2024中国年选系列

2024年
中国武侠小说精选

傲月寒　苏琳　选编

长江出版传媒　长江文艺出版社

图书在版编目（CIP）数据

2024 年中国武侠小说精选 / 傲月寒，苏琳选编.

武汉 ：长江文艺出版社，2025.1. --（2024 中国年选系列）. -- ISBN 978-7-5702-3864-4

Ⅰ. I247.5

中国国家版本馆 CIP 数据核字第 2024GW8947 号

2024 年中国武侠小说精选

2024 NIAN ZHONGGUO WUXIA XIAOSHUO JINGXUAN

责任编辑：高田宏　万钟诺　　　　　责任校对：程华清

封面设计：胡冰倩　　　　　　　　　责任印制：邱　莉　丁　涛

出版：长江出版传媒　长江文艺出版社

地址：武汉市雄楚大街 268 号　　　邮编：430070

发行：长江文艺出版社

http://www.cjlap.com

印刷：武汉中远印务有限公司

开本：680 毫米×980 毫米　　1/16　　　印张：17.5

版次：2025 年 1 月第 1 版　　　　2025 年 1 月第 1 次印刷

字数：285 千字

定价：35.00 元

目录

破　狱

王晴川

一　狱岛

"整座狱岛就是一座精巧庞大的牢狱，进来了，就出不去。"

大明嘉靖三十四年夏，狱岛边的海水在阴郁晨晖下化成了深邃的蓝绿色。天空也是愁眉苦脸的，咸腥的海风将云脚吹得很低，似要缠上海神庙前那杆高挑的旗。

任小七站在海神庙的二楼望台上，口沫横飞地向身边一位锦衣中年人卖力地介绍着："这话是小人的族叔说的。不说后岛那阴森恐怖的地、水、风、火四大黑狱，就说前岛吧，斗鸡赌钱，酒色财气，哪一样不是缠人缚人消磨人的牢笼？小人族叔还说，其实天地就是一个大牢狱，人怎么跳得出去呢？"

"天地就是一个大牢狱，你那族叔有些意思。"锦衣中年人拈髯一笑，"狱岛这名字好怪，原本就是这名字么？"

"狱岛原是有名字的，但因岛上黑狱的名头太大，就被人传成了狱岛。相传水泊梁山好汉'玉麒麟'卢俊义就险些因犯事被刺配流放此地……"

锦衣中年人微微点头。登岛之前，他已对狱岛做了些功课。狱岛隶属登州，因孤悬海边、四面环水，地利得天独厚，从大宋至大明，都是关押朝廷重犯的所在。他登岛数日，已摸清了狱岛的大致情形。狱岛也分前岛后岛，地、水、风、火四大黑狱都在后岛，那里神秘而恐怖，号称大明最难脱逃的监狱。而靠近登州的前岛则是商民杂居，有茶肆、酒馆、勾栏、集市，更有数百户渔民散居其间。

元朝时，这里曾是著名的海贸集散重地。到了大明开国时，明太祖颁布禁海令，特别是嘉靖年间的海禁制度最严格，这里就成了真正的"狱岛"。后岛关押重囚；前岛最著名的营生则是赌坊，尤其流行斗鸡。前岛的渔民民风剽悍，喝最烈的酒，也玩着最狠的刀。不狠不行，这里从永乐年间就屡有倭寇入侵，到了本朝嘉靖年间，倭寇更是肆无忌惮，官兵屡剿不尽，剽悍的岛民不得不结寨自保。

眼下二人所在的这海神庙，真正的名字叫天妃庙，供奉的正是沿海民众最信仰的天妃妈祖。其位置就在前岛与后岛的交界处，庙前是香火鼎盛的大片空场。

此时海神庙前人头攒动，猎猎作响的大旗下慢慢聚来了许多身着奇装异服的人。

"这几位就是狱岛周边最著名的五大海豪。嘿嘿，爷您是从京城来的大官，咱大明有海禁，所以海商大半干的都是亡命买卖，可他们又不愿被人叫海匪，就自称是'海豪'，海上豪杰。那位穿黑袍的，是九龙塘的'鹰眼'沙爷，大号沙鹰，五十多岁，擅使双刀，刀法阴得很，手底下海客最多，算是五大海豪之首。那个光头的胖子，是金沙洞的吕爷吕金刚，一身横练功夫……"

任小七在望台上俯视着不远处拜祭天妃妈祖的几位海匪头目说："他们都是来看那金乌大会的。狱岛金乌大会乃是沿海名气最大的斗鸡赌会，附近三十六岛岛主、七十二路海豪谁不眼红。呵呵，只是咱大岛主定下的规矩，五大海豪若想看金乌大会，每人只得带五人登岛；更要先拜祭天妃，缴足了香火钱。"

任小七本是岛上的狱卒，二十出头的年岁，黑瘦俊俏中透着几分机灵。就是因为这份机灵劲，他被大岛主金独冰选中，来伺候从京城来的锦衣卫大老爷苏暮云。大岛主交代过，这位苏爷是一名锦衣卫副千户，官虽不大，却是首辅严嵩的亲信，身负绝密使命从京师赶来，必须伺候好了。

"爷您问每家要交多少香火钱？"任小七伸出了巴掌，"白银五百两！"

"当真不少哇。"锦衣卫副千户苏暮云淡淡一笑。

他特意甩开两位性子阴沉的岛主，点明了让任小七陪自己在全岛游荡，就是想听听更多的细节。他对这多嘴的青年很满意，暗自盘算，每家五百两白银啊，便是去济南繁华地段买座三层的好宅子，也花不了一百两，这两位岛主果然多有贪墨。

岛主只是俗称，其实大岛主金独冰就是隶属于登州大营的把总，统率营兵五百驻防狱岛。但这金独冰长袖善舞，将狱岛经营得有声有色，加之善于钻研，给登州大营送去了大把银两，遂坐稳了位子。又嫌弃把总、千总的官职太低，就自称大岛主，连岛上的营兵都改称为岛兵。肥差的位子坐久了难免就被各方势力觊觎，而羽翼渐丰的金独冰也有尾大不掉之势，锦衣卫副千户苏暮云登岛所负的绝密使命之一，就是对付心思叵测的金独冰。

"那位吕爷擅使双刀，不知刀法比你们二岛主陈一刀如何？听闻陈岛主自号'讨倭第一刀'？"

"嘿嘿，不瞒爷您说，差得远。我家二岛主那'讨倭第一刀'的名号不是白叫的，我见过他三次跟海匪放对，还从来没有见他出过第二刀，每次只是一刀。"

"只是一刀？"苏暮云不由得眯起了眼。

他一眯眼，任小七顿觉一股针扎般的痛楚直刺过来，浑身就是一个哆嗦。他才想起来大岛主交代过，这位苏爷刀术惊人，有"京师第一刀"的美誉，看来名不虚传，这股气息果真霸道。

"确是只有一刀。自然了，比苏大人您老，那还是差着许多。"少年急忙赔起了笑。

"那蒙面女子是谁？"

任小七顺着苏暮云的目光望过去，猛地瞥见那袭熟悉的窈窕身影，心就咚地一跳。

那是萧滢。

萧滢是昨晚找到任小七的。

她踏着月辉款款而来，一身黑衣，婀娜得像极了传说中的海岛妖女。那时她没蒙面，露出的那张精致脸孔真是美得要命。任小七想不到女人还能美成这样。她告诉他，是他堂兄任小云让她来的。她还带来了信物，堂兄的刀和亲笔书信。

任小七认识的字不多，却能一眼认出堂兄虾米爬般的字迹。堂兄的信上说，萧滢与他都是聚合堂的，聚合堂乃是一批忠心报国的朝廷文官建立的秘密组织，命他务必全力帮萧滢成事。任小七当时手就有些抖，问堂兄为何没有回来。萧滢说，他另有聚合堂的重任在身，难以离开京师。

萧滢只是请他帮个小忙，给新来死囚中一位叫张淳的公子哥传个信。她塞给他一纸短笺，叮嘱说，是密语写的，别人看不懂，但也要务必保密。任小七忍不住问，你们要干的事很凶险吧？不怕我出卖你们？

萧滢摇摇头说，你堂兄是我们最铁的兄弟，他一力担保你值得信任。任小七很感动，瞬间就有能为她掏心掏肺的感觉。

她又问，你有何梦想？此事若成，聚合堂必会助你完成。任小七倒一愣，说自己最大的梦想就是离开狱岛，好男儿就不能总窝在一个地方。堂兄早出去闯荡了。我也想出去，能去京师最好，然后再讨个中意的老婆。她就一笑，说，好，事成后我带你去京师，再帮你找个好老婆。

她那一笑就愈发美得动人心魄，只是他却从她的笑容里看出了一抹忧色。

现在，萧滢果然来了。

"她……她是金银岛的余六姑！"任小七努力装出一副云淡风轻的模样，"余六姑也是五大海豪之一，海商买卖做得最大，也最有钱。为人却很神秘，据说没有人看过她的脸。"

"故弄玄虚！"苏暮云冷笑，目光很快又凝重起来，"怎么还有倭人？"

楼下的庙旗前确是走来了几名倭人，矮个子，身板却挺得笔直，腰间插着长短倭刀，透着一股狠意。

"还真是倭人。他们还真敢来呀，想必那'倭国第一刀'就在其中了，只是不知是哪一位。"任小七也有些结巴，凝神看了看，才向苏暮云细说端详。

原来就在一月前，这狱岛风云突起，登岛码头上竟接连出现了三具尸身。这三人都是附近五大海豪里著名的大小头目，死状竟全是自额至腹，被人一刀劈开。死者身后还写着歪七扭八的一行血字：倭国第一刀。二岛主陈一刀审视了伤口，确认这三位海豪头目确是死于倭寇刀下——看来这"倭国第一刀"是一位极高明凶悍的倭寇刀手。而就在半月前，陈一刀又收到了"倭国第一刀"派人送来的战书，称其要与他在狱岛天妃庙前一决高下。二岛主愤然应战，更指明了决战就在举行这金乌大会的同日进行。这才破例允许倭人登岛。

"五人装束一样，显然不想暴露谁是真正的倭国第一刀。"苏暮云凝视着几道倭人身影直到消失在天妃庙大殿门口，"看来几天后的金乌大会会多了一样彩头，讨倭第一刀对阵倭国第一刀，怪不得登州的富户闲汉们都要登岛观战了。"

他抬头远眺，能看到遥遥地又有两艘大船慢慢驶近狱岛。

"你也练过刀吧？"苏暮云倏地转头望向任小七。

任小七觉得自己又被那无形的钢针刺了一下，忙说："跟族叔还有堂兄拉拉杂杂学过一点而已，就是瞎练。"心底却忍不住想，当年堂兄任小云曾夸过自己极有天赋，是一位少见的练刀天才。堂兄很厉害，混过镖局，还在那个什么聚合堂的组织里做过事，堂兄说的话准没错。

"小指是怎么回事？练刀时失手了？"苏大人似乎对他很感兴趣。

"不是练刀，"任小七摊了下缺了小指的左掌，嘿嘿地笑了笑，"是大岛主交代下来的差事没办好，前年的事了。"

"什么差事，金岛主对自己人这么狠？"

"不不不，大岛主对我很好的。差事办不好都要砍头的。但大岛主看我是心腹，就只砍了根小手指。"他无奈地伸握着左掌，"其实也不是什么大事，就是前年的金乌大会，我让我的'大将军'夺下了金乌状元……"

原来任小七极擅调养斗鸡，他养的斗鸡几乎每次在金乌大会都能成功杀入前三。其中一只名唤"大将军"的斗鸡，爪利性骁，在前年金乌大会中一路势如破竹。但是在最终的夺魁战前，金岛主私下里叮嘱任小七一定要让"大将军"在决战中输，因为这是狱岛庄家做的大局。可任小七玩疯了，硬是将大岛主的密令抛在了脑后，最后让大将军赢得了"金乌状元"的名号。

"就因为这个，"苏暮云斜睨着任小七的左掌，"后悔么？"

"不后悔。我还有些羡慕'大将军'，它做了回最好的自己。"任小七咧开嘴没心没肺地笑着，"不像我，整天都这样……"

他立即住了嘴，只在心底想，是呀，整天都这样，在充满霉味的牢房里当差，在充满汗臭的赌棚里要钱喝酒，提心吊胆地给大岛主办事，说不好哪次就要挨骂受罚。

每一天都是这样灰扑扑的日子，无穷无尽地重复下去。

苏暮云却笑了笑，神色又回复了京师贵人的高深淡然，漠然地望着庙前，眼中似乎再无他这个人。

二　密谋

入了夜，前岛的酒肆和赌坊就热闹起来。

外面传来女人的调笑声、摇骰子的呼喝。这间敞亮的酒肆前厅却有些瘆人的安静。因为有资格坐在这里的，是五大海豪及其亲信。

一场密议刚刚结束。扮作余六姑的萧滢约来了另外四家大海豪，告诉了大家两个绝密消息。

第一个消息很诱人。后岛黑狱中关押着的那公子哥张淳，是大明总督江南江北诸军、专办讨倭的张总督之子，此人曾奉命将清剿来的大批倭寇宝藏埋藏在了一处秘密地点，只要救他出黑狱，大家就能一起发横财。

第二个消息则很要命。余六姑在朝廷里的靠山传来了密信，狱岛两位岛主想剿了这几路大海商向朝廷献功，甚至锦衣卫已来了密使登岛督战。这次狱岛金乌大会，大家怕是来得去不得。

这两个消息，让其余四大海豪首领全急成了斗鸡。

金沙洞的吕金刚拍案大骂两位岛主的十八代祖宗，腾蛟帮帮主薛千手沉吟不决。飞鲸寨寨主许老实则是阴沉多疑之人，直接质疑头戴面纱的萧滢能不能代表真正的余六姑。

最后还是九龙塘的"鹰眼"沙爷拿出五大海豪总首领的派头，先是力证萧滢金银岛岛主余六姑女儿的身份，接着敲了敲桌案，做了最后的定夺——五大海豪素来同进同退，而且他最信余六姑方面来的信息。那些绝密消息至少救过他两次命。现在的情形是，锦衣卫登岛督战、两大岛主想全力清剿海商，五大海豪被诱入狱岛后就陷入了虎穴。

群豪终于达成共识：大家先要静观其变，如果消息属实，五大海豪就只能背水一战。那时就干脆劫牢反狱，救下那个公子哥张淳，顺道发一笔横财。

计议刚罢，砰然一响，大门被人撞开，十余名岛兵持枪横刀，拥着一名高大汉子大踏步走入。那汉子身形魁梧如巨人，半边脸却被半张鬼魅造型的黑铁面具遮住，整个人平添了一股阴沉狠厉。

群豪全认得这脸戴铁面具的壮汉正是二岛主陈一刀。众海豪都是久经风浪，并不太慌乱，只是冷眼旁观。陈一刀也不说话，慢悠悠踱到案前。

这次密议耗时极长，此时早过了子夜，为了掩人耳目，群豪在自己案头都放了些散碎银两，只说是通宵豪赌。陈一刀就顺手抓起了许老实身前那锭大银。

"二爷，那不是你的。"许寨主挑起了粗眉。

"放下！"许老实身后的黑脸瘦汉将手突地握住了剑柄，汉语有些生硬。

陈一刀将大银悠然塞入怀中，斜睨着那瘦汉，冷笑起来："看你这身装束，莫非就是那'邪剑小李'——朝鲜人？"

"好眼力，是我！"那瘦汉目光阴冷地回望过来。

众人都是一凛。这几年确是有邪剑小李这么个人物，来自朝鲜。他闯荡大明中原，剑法极其犀利，自号是天下三剑之一，三年前就曾在福王府内的"剑道论武"中连胜了五位剑客，败者或断手或断臂，惨不忍睹。这也成就了"邪剑小李"的赫赫凶名，不想竟被许老实网罗到了手下。

陈一刀阴森森道："朝鲜莽夫也来我狱岛撒野？拔剑吧。"

他的话一出口，两人的眼神都变得刀锋般锐利，堂内的人都觉得心底泛出一股寒意，连那些雄赳赳的岛兵都不说话了。整座大堂仿佛突然间陷入了冰窖里，大家都觉得自己的血液忽然被冻住了。

自被撞开的大门外透进一股清凉的晚风，院里树叶的簌簌低吟声传入了堂内，不知是谁吁了一口气。那道吁气声才响起来，堂内就亮出了两道光，像是骤然射进来的闪电。

陈一刀退了半步。邪剑小李却斜飞出去，撞在了墙上，又像一张画般滑了下来。

"好刀法！"陈一刀却望向了萧滢。

小李想挣扎起身，身子却软软的，没有气力，一道血痕从他左肩划下来，蔓延至小腹，鲜血汩汩涌出。适才刀剑相交，陈一刀挥刀破开了邪剑小李的剑势，劈中他的左肩。但正是萧滢出刀，斜刺里一刀点在了长刀上，才免了邪剑小李被开膛破腹的惨剧。

陈一刀果然只出了一刀。

"二爷这莫不是倭国的刀法？"许老实脸色煞白，却还是亮出了自己的大环刀。

"外邦小辈，敢在我大明称什么天下三剑！"陈一刀竖起了刀，任由刀锋上的血迹淋漓垂落，"刀法不分倭国与中原，能杀人的就是好刀法。"

跟他眼神一对，许老实握刀的手突突发颤，竟不敢出刀。

"陈岛主，我们交了香火钱，在此叙旧喝酒耍钱，"萧滢收起短刀，"没犯你岛上的法吧？"

"犯了。这是家酒馆，只准喝酒，不许赌钱。赌钱去两条街外的赌坊街，案头的赌金，老子都要充公了。"

陈一刀居高临下地扫视众人，"明白吗，老子就是这岛上的法！锦衣卫苏千户已经登岛了，都给老子老实点，安心等着几日后金乌大会的那场大热闹。否则，本官可随时将尔等法办。"

薛千手的目光陡地凌厉起来，吕金刚也攥紧了腰间的双刀刀把。群豪显然将陈一刀的狠话跟萧滢的信息对在了一起。

"好，那就散了，"萧滢却站起身来，"遵照二岛主的严令，不得聚众！"

鹰眼沙爷当先起身，懒洋洋地挥了挥手："散了，给二岛主个面子。"

因为擅长斗鸡，每到金乌大会期间，任小七都会被大岛主调往前岛去伺候斗鸡赌局。今日一大早，他却想着萧滢的叮嘱，巴巴地赶回后岛的黑狱，去寻那个叫张淳的公子哥。

犯人们正在进行三日一次难得的放风。任小七来得正是时候，恰看到了犯人们泾渭分明地分作两拨，各自虎视眈眈地对峙着。

任小七就吸了一口冷气。他认出那拨人多势众的犯人头领是汪和——倭寇"四大寇"之首汪直的堂弟。

倭寇的大首领居然是汉人，这确实有些讽刺，实际上十余股大倭寇的首领都是大明子民，真正的倭人不过是这些明人巨寇招募的死士私兵罢了。风头最盛的倭寇"四大寇"之首，则是徽州府歙县人汪直，自称"徽王"，挟制着三十六岛倭寇。

汪和正是大魁首汪直的堂弟，素得汪直信任。在半年前明廷的一次剿倭行动中，汪和被张总督的公子张淳领兵擒获，连同其大批党羽被送入狱岛黑狱关押。张总督原是想留着他诱捕其堂兄汪直，不想没多久大明政局风云突变，他虽讨倭成效卓著，却因为得罪了首辅严嵩，被弹劾入狱。随后其子张淳也成了要犯被抓，被发配到了狱岛。

其实张淳是两个月前被关入狱岛黑狱的。在一次放风时，汪和认出了对面的新囚徒竟是自己的大仇人张淳，狂喜之下涕泪横流地大叫天妃娘娘显灵。两拨人立时就要大打出手，只是被岛上狱卒镇压住了。

当时任小七就在场，对张淳印象深刻。张淳生着一张黝黑的方脸，配上浓眉虎目，很有些将门虎子的气概。自此之后，汪和等一众倭寇的放风时间就跟其他人错开了。但也许因近日岛主和狱卒们都在忙乎金乌大会的事，今天汪和等倭寇竟又跟众人一起出来放风。

抗倭兵将和倭寇两拨囚徒立即就剑拔弩张，很快就相互对骂起来。

汪和恼羞成怒，一挥手，三名壮硕的倭人就向张淳猛冲了过去。

"住手！"任小七看出了异常——这里居然没有狱卒管事。他急忙大喝一声，冲了出来，同时大声吹哨传讯。这时才有几个狱卒不太情愿地赶过来，驱散了双方。

一场囚徒火拼消弭无形。任小七松了口气，手中皮鞭挥得啪啪作响，将张淳叫到偏僻角落，喊着要教训教训他。张淳神色自若地跟他转到了拐角处，只冷冷瞧着任小七，丝毫不做分辨。任小七瞥见四下里无人，将密信塞给了他。

张淳很快就认出了写信人的笔迹，立时脸色大变，猛地攥住了任小七的手腕，低喝："滢儿？当真是滢儿来了？快叫她走，这里是狱岛，就是一座巨大的陷阱。"

"我管不了太多，我只是受托传信！"任小七的心也怦怦乱跳，他隐约觉得，萧滢这小娘儿们怕是要干什么大事。

张淳将短笺塞入嘴里面嚼了咽下，才又抬起头，神色恢复了冷硬："我是总督之子，家父只是暂蒙冤屈，很快就能平反昭雪，我决不能叛。就这句话，拜托回复吧。"

愣了一下，任小七才弄明白萧滢只怕是要劫狱或者暗助张淳越狱，这才让自己用密语传了信息。而张淳这句话的意思是，他老爹可能没多久就会被放出来官复原职。他身为其子，"决不能叛"，以免让囹圄中的老爹身陷死地。

任小七知道自己管不了太多，就说："保重！公子是条好汉，但我觉得这岛上只怕有人要害你。若没人在背后撑腰，汪和今天绝不敢这么干，那三个倭寇冲过来时的眼神，就是要杀人的。"

张淳拱手一笑，眸间并没什么惧色。

大岛主金独冰很快也闻知了这场未遂的纷争，怒气冲冲地亲自提审另一个斗殴要犯汪和。

"你给老子小心点，在狱岛，弄死你就是碾死只小蟹。"当屋里只有汪和跟他两人时，金独冰再也懒得掩饰，低骂道，"老子让你做掉张淳，可没让你这么大张旗鼓地杀人，明白吗？老子瞧你定是故意为之，想给老子添个大麻烦。"

汪和懒洋洋地打了个哈欠："大人该为自己着想了。张总督被打入京师天牢就要问斩，你们怎么办？这里岛兵不过数百人，等我大哥的神兵一到，五千神刀武士就能碾平这小小狱岛。你以为你身后的登州兵马敢出海救你们？"

"住口！"金独冰脸色愈发阴沉，想说什么，终究是摇了摇头，"收起你那点鬼心思，你跑不了的。滚吧。"

汪和伸了一个懒腰，晃晃悠悠站起了身，走到门口时，忽听得金独冰又低声念叨了一句："一切要等那个锦衣卫苏暮云走了。"

汪和回头看时，却见金独冰又垂下了头，身子隐在黑暗里，再也看不出神色。

汪和甩出一道意味深长的笑，昂然迈步出屋。

三　长夜

傍晚，萧滢又约了四路海豪密议，地点是任小七提供的一处绝密赌坊。经过上次的波折，她知道这岛上都是陈一刀的眼线，行事必须谨慎些。

"见谅了诸位，上次的话没敢说透，"萧滢站起身来，目光灼灼，"现在我就告诉诸位那批财宝的下落。"

鹰眼沙爷等人的眼神立时就亮了起来。任小七因为帮着萧滢寻来了这处秘密赌窝，也就跟在萧滢身后。原以为这批大海豪聚在一起要豪赌一场，这时听了几句，就觉得风向不对。

"我们已经打探清楚，去年张总督扫荡倭人，缴获了大批倭寇财宝，还没来得及送交朝廷，只得就近藏在狱岛前岛的一处秘库内。那秘库就在海神庙内……"

堂内静了静。鹰眼沙爷先是嘿嘿一笑："去年张总督那一仗打得很漂亮，但最终剿其巢穴时却有些匆忙。当时汪直带着千余漏网之鱼乘船出逃，张总督要全力追剿余孽，仓促之间，想找个好的藏宝地点不容易。狱岛那时候正在张总督辖下，地方最近，岛上防备又极严密，正是埋宝的好地方。"

"沙爷说得是！那两位岛主将咱们诱上了狱岛要下狠手清剿，以有备攻无备。我们五大海豪已经没了退路，"萧滢扫视众人，"那不如就鱼死网破，我们只有直捣其藏宝巢穴，将狱岛闹得天翻地覆，才有机会逃生！"

"那就干了。"许老实当先站起身，经得昨晚那一场突如其来的刀战，他对救了他亲信一命的"余六姑女儿"颇有些感念。

"拿酒来，"吕金刚狠狠一拍桌案，"大家歃血为盟。"

任小七目瞪口呆，原以为众人只是喝喝酒耍耍钱，哪知却变成了聚众密议劫掠岛上财宝。这他娘的是要造反啊，你们要义劫皇纲，可老子却不是程咬金呀！

他正嘀咕着，却见众海豪首领已经在大海碗里灌满了酒，又割臂滴血，很快大海碗就传到了他眼前。萧滢坦然道："这位任兄弟就是岛上的高级狱卒，也是我的耳目亲信，有他在，我们事半功倍。任小七，滴血吧。"

十余道凶神恶煞的目光聚过来，任小七只觉背脊发寒。这时候只要多说一句废话，这群海匪可能就会将自己大卸八块了。他索性挺直了腰板，自怀中取出匕首，割破了小臂，滴入了几滴血。

烈酒热血混在一处，众人跟着举杯盟誓。

混着血的热酒滚入腹内，任小七忽然生出一种奇怪的感觉，似乎和这群才见面没几天的大海匪们成了生死之交。

盟誓后就是开怀畅饮。任小七酒量不错，很快就和海匪们喝得热热闹闹。吕金刚搂着他的肩膀，连呼投脾气。薛千手心思较细，饮酒间还细问了几处劫宝的细节。萧滢一一作答，保证更详细的计划在明晚就跟大家细说，今晚只是结盟畅饮。

群豪对她甚是服膺，也知道黑道的规矩，做大事的计划都要在最后的时候才公布。只喝了两坛酒，萧滢就示意大家尽快散了，免得再惹陈一刀注目。

众海豪齐声称诺，各自拱手散去。任小七发现这些人喝酒时摇摇晃晃满嘴酒话，散局时却肃然沉默。仿佛滴酒没沾。

只有沙爷没走，拎着个酒坛走到了萧滢身前。

他眇了一目，只有右眼灼灼如电，这才得了"鹰眼"的绰号。见旁人都已散去，沙爷又倒了三杯酒，道："咱们再喝一杯。"今晚喝酒时这位海豪总首领一直若有所思，这时候显然是有话要说。

任小七不知自己是否该离开，但见沙爷向自己点点头，也只得赔笑举起了酒杯。三人各自将酒一饮而尽。萧滢爽快地将酒杯一翻，笑道："沙爷定是有大事要吩咐吧。"

沙爷将酒杯放下，缓缓说："从官府劫宝，终究是件天大的事。但你既然铁了心要办大事，我也就只能跟你，只是许多关窍咱们都要细细推敲了……"

任小七只得硬着头皮在这里听沙爷和萧滢细说劫宝的细节。但只听得片刻，他就觉得头昏脑涨，忽然脚下一软，竟栽倒在地，跟着就觉四肢酸软，再没有一分气力起身。

又听砰然一声，萧滢也栽倒在他身边。

"沙爷，刚才那杯酒里面加了什么？"萧滢的声音竟也有些发软。

"我沙家独门的软骨散而已。"沙爷站起身，从袖中抖出两根绳索，将二人麻利地绑了，才说，"九龙塘和金银岛素来同进同退，知道为什么吗？因为老子是唯一见过余六姑真容的人。老子还知道，余六姑没有女儿。"

萧滢问："那你为何几次替我圆谎？"

"只因老子确信，你带来的很多消息是真的，但有些又是假的，虚虚实实，老子不知你在玩什么把戏。"

"大首领还是信不过我？"萧滢苦笑一声，"实话说吧，余六姑本就是我们的人，只是突然抱恙，无法前来执行任务，才由我来出此下策。"

任小七越听越惊，酥麻的感觉慢慢退却，暗自用力，却觉沙爷的绳子捆得极是扎实。

沙爷大骂："可你竟要诳我们攻打海神庙？去你妈的，那是一处死地。没有人比老子更清楚更熟悉狱岛。"

"笑话，最熟悉狱岛的人是我们的任小七，怎会是你沙爷？"

任小七听得萧滢突然又提到自己，心就突突直跳，忍不住想，要不要跟沙爷说实话，老子跟她可没什么交情。

沙爷猛地扯开了胸前襟袍，自衣襟内衬里抽出一幅绢，抖开来，却见那绢上颜色斑斓，图线密布，竟是一幅地图。

任小七只看了两眼，不由得叫道："这是……狱岛的地图？"

"看清楚了吗？这是我大哥的杰作。整座狱岛的机关埋伏在十年前有过一次全面改造，改造之后的黑狱才是真正的牢不可破。那都是我大哥的奇思妙想。"沙爷一把揪起任小七的头发，"你应该见过我大哥，他叫沙疯子，当年就被关在狱岛黑狱里。"

"我记得他，"任小七忽然想起来那个略带文气的疯癫老者，身处黑狱，却总喜欢在墙上涂涂画画，忍不住叫道，"我还给他送过几次饭。可他去年就死了，自尽啦。"

"他是狱岛黑狱改造的设计者，但鸟尽弓藏，黑狱大功告成之日，他就成了黑狱最大的威胁，于是被诬了罪名，关入了他亲手设计的黑狱，然后在里面发疯，在里面自尽。"沙爷的独眼放出灼灼怒芒，"好在他早就想到了这一天，给了我一份黑狱的地图。嘿嘿，老子今朝登岛，将这地图贴身携带，原就是想着只待寻了机会，定要杀了金独冰，为大哥报仇。"

"现在，冒充金银岛岛主女儿的小妞，"沙爷猛地扯下了萧滢的面纱，露出她美丽而苍白的脸孔，"快些交代，你到底是哪一方的人马？你们提供的藏宝信息，到底是真是假？"

"我背后的靠山是什么，你最好不要过问。"萧滢淡然一笑，目光却在那幅地图上巡视着。

沙爷独眼如欲喷火，却仍不敢轻易得罪这古怪美女。他俯身提起任小七，大步走到屋角的水缸前，将他的头按入了水中。任小七登时觉得窒息难耐，但手臂被绑，后颈要穴被拿，也只能无助地扑腾。

也不知过了多久，沙爷终于将他的头提出水面，狞笑："说不说？这小子可撑不了多久！"

任小七才大喘了两口气，正想向萧滢求助，脑袋就又被按进了水中。

强烈的窒息感四下里袭来，一些奇怪的声音和画面也如潮水般涌来。那是堂兄慵懒的声音："任小七，我早说过你是个练刀的奇才，但你就是不肯信自己。老金叔传给咱们的那几招刀法是最猛厉的破山刀法。人生就跟这个海岛一样，到处都是困着人的黑狱，你得有勇气破开黑狱。"

跟着就是一些熟悉的影像，都是自己跟堂兄练刀的画面。那正是自己练熟了的刀法。但要说这是什么高明猛厉的刀法，任小七打死也不肯信。堂兄跟老金叔一样，都是喜欢吹牛的家伙，只不过他早早地从这个鸟海岛逃了出去罢了。

猛听得咔咔两响，似有两刀相交，跟着一股巨力袭来，任小七就横飞了出去。摔得挺疼，却并无大碍。他顺势一挣，发觉绳索已被割断，四肢气力已复，却见沙爷横仰在案头，脖颈上架着一把刀。

刀握在萧滢手中。

"原也不想瞒着沙爷的。"萧滢淡淡而笑，"我们的背后是聚合堂，严嵩的死对头。"

"小妖女使诈，你没中蒙药？"沙爷突然受制，正想破口大骂，忽然听得聚合堂的名头，也不由得脸孔一僵。

他虽纵横海上，却也听过京师聚合堂的名头。这是一个完全江湖化的组织，偏在朝廷里还有很大的靠山，堂内多是精锐高手，常能刺探出朝野间的高级机密，行事神秘，甚至敢与严嵩和锦衣卫争锋。更因聚合堂在讨倭之战中屡出奇计，这就让其在朝在野都有极大的声威。

"你真是聚合堂的人？听说你们的靠山是一批真正的高官？"

"那都是一批有风骨的文人，不肯与严嵩和锦衣卫同流合污。我们的信息从来准确无误，"萧滢忽然用刀背敲了敲沙爷的肚皮，将他怀中的那幅地图挑入手中，"包括你身怀狱岛地图这事，包括你鹰眼沙爷的真实身份。那藏宝之地就在天妃庙，敢不敢去劫宝，就看你沙爷的胆量了。"

听得"真实身份"四字，沙爷脸色骤变。

萧滢扭头看向任小七："喂，你没事吧？"

任小七挺身而起，摇头说了声没事。

萧滢这才收了刀，扶了沙爷起身，说："实不相瞒，余六姑也是我聚合堂一脉，负责打点财货买卖和刺探海上情报。这次行动，原是要余六姑亲至的，我只是扮作她的侍女。但我们在路上遇到了锦衣卫暗探老六，老六看出了余六姑的身份，突然出手，重伤了余六姑。"

沙爷一惊："六姑怎样了？"

"她无大碍，只是在养伤，无法执行任务了。我只能临时顶替她的身份冒险登岛。我跟那暗探老六几乎同时登岛，终于在前岛遭遇，我重伤了他，夺了他的褡裢。这是我在老六褡裢里搜到的情报，上面显示当今天子要全力推行海禁，锦衣卫督促狱岛将你们这五大海豪一网打尽。"

沙爷抓起了少女扔在案头的竹筒，倒出一份薄绢，只扫了一眼就破口骂道："这些狗贼。"

"这次金乌大会就是给你们设下的巨大陷阱，苏暮云则是来督战的。我奉聚合堂之命，就是要杀狗官苏暮云，救公子张淳。现在咱们已经被串在一起了，你们劫宝逃生，我来杀人救人。"

"好，那就鱼死网破吧！"沙爷脸现狠厉之色，"若要搅乱狱岛，最好的法子就是放火！"

"君子所见略同。"萧滢赞道，"论起玩火，天下最精通此道的，就是沙爷了吧？"

"你还知道什么？"沙爷眯起独眼。

"沙爷在纵横海上之前，与令兄都是岛上的高级工匠。兄长沙疯子是机关与建造名家，沙爷则是火器高手。在狱岛地、水、风、火四大狱改造完成之前，沙疯子预感到了自己难逃鸟尽弓藏的命运，就将地图秘授给了沙爷，并让沙爷尽快离岛。于是沙爷就策划了一次操作失误，炸塌了一座工棚，因此被逐出狱岛。只是那次爆炸有些估算失误，沙爷的一只眼睛被炸瞎了。故此沙爷被逐出岛，就更多了几分悲壮色彩，这才开启了驰骋四海的海商生涯。"

"余六姑这婆娘，嘴太不牢靠。"沙爷苦笑一声，"好吧，干他海囚姥姥的。沙某这条命，还有九龙塘一干兄弟们，全听聚合堂调遣。"

两人很爽快地击掌盟誓。任小七在旁瞧着，却觉得萧滢这小娘儿们太厉害了，一步算一步，竟将这些五大海豪耍得团团转。

沙爷走后，憋了一肚子话的任小七就叫住了萧滢："姑奶奶，我堂兄是你们聚合堂的人不假，但我不是呀。我只管给你们传个信，可没说给你们卖命！"

她没说话。

他盯着那张美得让他心惊肉跳的面孔，沉声问："你今天故意给沙爷擒住，就是想看看他身上那份地图，对吧？黑狱地图里面也许有破解黑狱的法子吧？地图到了手，你再说动沙爷这火器专家去狱岛纵火，你们去劫牢救张淳就更多了几分把握！"

她才一笑："看来你堂兄说得不错，你挺聪明。"

"你这叫声东击西。海匪们去放火和劫宝，你们才有机会去劫牢。好高明的算计。可你们知道吗，黑狱根本无法逃脱。地、水、风、火四大黑狱层层环绕，不说那最骇人的水黑狱和火黑狱，只说地黑狱，那厚墙内都是流沙，挖墙凿洞，就会引得流沙填洞，看守发现沙少自会知晓。风黑狱设计得就如一个巨大迷宫，窄甬道七拐八绕，拐错一个弯就迷路；更不知从哪里灌进来的海风，吹在窄甬道里犹如鬼哭狼嚎。"

"外人是破不了黑狱，但你不是外人。"她目光灼灼地望着他，"何况我们还有沙疯子留下的地图。"

他给她看得有些心慌，就说："你莫忘了，张淳根本不想越狱。"

萧滢沉沉地叹了口气："这是我从锦衣卫老六褡裢内搜出来的另一封密信。"

又一个竹筒倒在案头，密封火漆已被撬开，她从竹筒内抽出了一份薄绢。

"圣旨已下，在我离京前，张总督已被秘密处斩。老六是在苏暮云之后出京的，就是奉命来将这锦衣卫密信传给苏暮云的，让他务必斩草除根，杀了张淳。"

任小七心底一沉，想到了张淳那无奈的笑容，更觉有些凄凉。

"狱岛藏宝的风声早就传出去了，这几路海豪本就是盯着这批宝藏来的。金独冰和陈一刀两位岛主既想独吞宝藏，又想向苏暮云邀功，我就计划将他们一网打尽。"萧滢冷冷道，"我没有利用他们，我只是提醒他们已经身陷死境。"

"包括你也一样，你可以选择退出，但你这辈子……也就这样了。"萧滢收起竹筒，没有看他，转身走出了赌坊。

任小七盯着那道窈窕的背影融在沉沉的夜色里，心里面五味杂陈。

咬了咬牙，他还是大步出了这间小赌坊。

外面的夜色很黑，黑色黏稠得像是永远也醒不过来的梦。他忽觉心内空荡荡的，就苦笑着安慰自己，任小七，好了七哥，我的七爷，已经过去了，终于不用再干掉脑袋的营生了。这不是挺好吗……

他晃晃荡荡地走着,蓦见东南方亮起了一团亮光。他不由得揉了揉眼,那似乎是东南两个街口的位置起了火。狱岛前岛并不大,他立即辨出那个地方大致是老金叔的那家小赌坊。他心中一紧,忙向亮光处疾奔了过去。

沉沉暗夜里,老金赌坊果然燃起了大火,院中的廊柱上还吊着几具尸身,晃晃荡荡的,衬着背后的火光,煞是骇人。

任小七刚在沙爷手底下死里逃生,不敢莽撞,忙刹住步子,缩在一株老树后细看。却见赌坊坊主老金叔也被吊在廊柱前,正自哀号求饶。一名身材瘦削的锦衣卫把刀架在他的脖颈,厉声喝问:"最后问一句,我家老六是怎么死的?他的尸身就横在你们院外,你家里面又有刀,不可能不知情。"

老金叔显然是遭了毒打,还剩下半口气,只是摇头哀求。任小七大吃一惊,拔腿就要冲过去说情。忽见一蓬血花飞出,那锦衣卫已抹了老金的脖子。

"老子乃是锦衣卫大档头白不清,到了下面,记得老子的名字!"瘦削锦衣卫喝了声,又转头对身后的几名属下吩咐,"老六不能白死,将这赌坊尽都烧了!"

一声吆喝,几只火把就向院内扔去,烈焰熊熊燃起。

"老金叔!"任小七嗓子发干,小腹里瘀了口热气,忽觉那口热气涌到了喉头,就要蹿出去。这时背后一麻,有一股熟悉的清香袭来,任小七才发现自己已被萧滢拽回了街角。

任小七双眼通红,拼力挣扎,却被拿住了要穴,呼喊不出,挣脱不得。萧滢也不说话,扯着他便走,竟又赶回了那偏僻赌坊中。

屋子里残灯未熄,鬼火般地闪着。少女丢给他一个帕子,冷冷说道:"白不清刀法平平,却是苏暮云的亲信,你一个人上去也是白白送死。"

"死了,老金叔死了……"任小七眼睛通红,大张着嘴,想哭却哭不出声,缓了缓,才说,"我爹妈走得早,多年来常受老金叔这位族叔的接济,他常吹嘘家传的破山刀法天下无敌,只是自己太懒没工夫苦练。他赌钱绝对公平,喜欢喝酒,喝多了爱给我们讲些乱七八糟的故事……但他就这么死了,杀只鸡还能听到个叫唤呢!"

"我遭遇锦衣卫暗探老六是在深夜,重伤了他之后就夺了他的褡裢。"萧滢神色也有些黯然,"这厮也真硬气,愣是夺路逃了。只是深更半夜的,我猜他活不了多久，又怕露了形迹，就没有追击，没想到他竟挨到了老金叔的赌坊外。不知怎的，这时候锦衣卫才发现他的尸身。想来白不清搜查时见到了老金叔的刀，认为他是练家子，这才胡乱杀人。这也是锦衣卫的惯用伎俩，杀了人，他们也就交了差了。"

任小七猛地一拍桌案："我跟你们干！老子，老子要亲手杀了这白不清！"

萧澄还未答话，房门忽然被打开，一位干瘦汉子闪身进来，在萧澄耳边低声禀报着什么。任小七认得这叫小丁的汉子，当日萧澄找到自己时，这小丁就毕恭毕敬跟在她身后，应该是她的属下。

听得小丁的禀报，萧澄的脸色变了变，随即冷冷道："师兄，既然来了，就少摆架子了，进来一叙吧。"

"师妹，"一位高大中年人大踏步走入，冷哼，"你果然在这里。"

"师兄是何时来的？有何吩咐？"

"今晚刚刚登岛。"中年人满脸阴沉，忽地沉声喝道，"萧澄，你用迷药迷倒了余六姑，再冒充她赶来搭救张淳，擅自行动、胆大妄为，心里还有聚合堂堂规么？"

任小七大吃一惊，原以为萧澄算度细致、情报精准，背后是有聚合堂的强大支持，这时候才知道，这少女竟是背着聚合堂独自行动，而且还迷晕了堂内的同道中人。任小七这个外人都觉得萧澄简直有些无法无天了。

"师兄，公子不该死。"萧澄执拗地仰着头，"何况这次我们算计得当，还是有六成把握能救下他来的。"

"是你，而不是我们。"中年人喝道，"莫忘了师尊教诲，凡事先以大局为重！"

"大局为重？"萧澄扶着桌子，慢慢站起身，脸上已有两行清泪滚落下来，"张总督一心讨倭，却被下狱问罪了；公子铁血丹心，也要在这岛上被杀了。我们就眼睁睁地看着他死，然后看着他那些铁血兵将随他一起死？你告诉我，什么叫大局？"

"师妹，"中年人不由得怔了怔，只得举起一枚黑沉沉的令牌，"堂主令牌在此，见令如见堂主，萧澄听令，速速跟我回京。"

萧澄脸上的泪水更多，却挺直了身子，从怀中摸出一块小小的令牌拍在案头："对不住，师兄，从今而后，聚合堂与我无干了。我知你自来看我不惯，怎么处置，随你吧。"

中年人的脸孔有些扭曲，终于慢慢拔出刀来，沉声说："这样回去，我交不了差。拔刀吧。"

萧滢不再流泪，也拔出了刀，冷冷说道："我没把握胜你，所以不会留手。"

二人隔着三步远凛然对视。两人的刀都是狭长刀身，映着烛光，闪着幽幽的红。

蓦的一缕幽红蹿起来，又一缕幽红几乎同时跳起。任小七只觉眼前仿佛有两条细长的红色小蛇在凌空飞腾着。

忽然间有清脆的刀鸣声响起，满空横飞的红蛇骤然消失。

萧滢退开两步，一跤坐倒在了大椅上。中年人却闷哼了声，强撑着站稳了，摇晃着身子走过来，将萧滢抛在案头的银色小令牌收入怀中，转身出屋，头也不回地走入无边的深夜中。

"副堂主！"干瘦汉子小丁却叫了一声，转身向萧滢深鞠一躬，道了声保重，就急匆匆追了出去。

任小七脸色煞白，忙赶过去，想将萧滢扶起来，却被她一把推开。

"我没事的。"她苦笑了下，脸上有一抹冷硬。

"那……谁胜了？"任小七颤巍巍地问。

"他胸前中了我一刀，还有半月可活，走水路，或许能尽快赶回聚合堂。"她望着门外深不见底的漆黑，"小丁也走了。我现在退出了聚合堂，成了纯粹的孤家寡人了。"

"那……你还救不救张淳？"

"救！计划不变，拿酒来！"听她这么一喝，他的心就是一哆嗦，忙搬过来屋角的酒坛，照她的吩咐，连倒了四大碗酒。

热酒入腹，他才问："公子张淳是你什么人，你这么玩了命地也要救他？"

"我其实是他的丫鬟。"她仰头笑起来，笑容却颇有些凄美，"聚合堂要聚心合力共抗奸党，张总督是我们全力争取之人，我就奉命打入张府，做过他半年的丫鬟。你莫多想，我们清清白白，但他……真是个好人。"

他"嗯"了一声，心里不知是个什么滋味，忽问："我堂兄任小云……

还活着吗？"

她盯着他，眸子比门外的夜色还黑。

任小七接着说道："我也是听了你师兄说你迷晕了余六姑的话，一闪念想到的。堂兄素来刀不离身，你却送了他的宝贝刀过来，八成是他出事了。"

她低下了头，长长的睫毛也垂下来，说："对不住，并非是要骗你，只是想暂时瞒一瞒，不让你太痛苦。这次计划原是小云筹划的，但在路上我们遇到了老六带领的锦衣卫，一场激战，小云受了重伤。我拼死将他救了出来，但他来不及给你写信了，最后只让我给你传一句话。"

"什么话？"任小七哽咽起来。

"他说，你要自己做主，可以不必卷进来。"

任小七紧紧攥着腰间的刀柄，仰起头号哭起来："堂兄啊，我现在就是自己做主。"

"噢，我们现在都是无主的孤魂野鬼。"她轻轻拍了拍他的肩头，"别给你堂兄丢脸。"

四　入狱

夜色沉沉，大岛主金独冰、二岛主陈一刀和苏暮云都没有睡，三人已经计议了多时。

商议的重点就是一件事。狱中的张总督交代，曾命其子张淳将缴获的一批倭寇重宝埋在了狱岛前岛的地下秘库内，但苏暮云去前岛秘库现场查验后，发现数目完全对不上。

金陈二位岛主一口咬定，张淳必是瞒报了，前岛秘库中不过是倭寇重宝的一小部分，大批宝藏被他秘密埋存他处。只是张淳这小子着实是个硬骨头，狱岛几次刑讯逼问，都撬不开他的嘴。

苏暮云最后拍了板，张淳性子刚硬，在锦衣卫的大牢中就曾扛过多种酷刑，而且朝中有一批跟严阁老作对的高官们还在为他积极奔走，所以现在还不能明目张胆地刑讯逼供。最好的办法是派个机灵的人，去张淳的天字号牢房卧底，或许能诱出那个秘密。

苏大人接着说出了自己看中的人选，说那个会斗鸡的狱卒任小七，看着就很机灵。

两位岛主对望了一眼，都没有犹豫，齐声称赞苏大人有眼力。

转天一大早，疲惫不堪的任小七就被两位岛主召了来，委以重任。

说明了卧底计划后，苏暮云拍着他的肩头说："小子，此事若成，本官带你去京师见见世面。运气好的话，还会将你选入锦衣卫。"

任小七刚与萧滢商议好如何暗助张淳越狱，这必须利用自己的狱卒身份。但苏暮云则计划要将自己也关进大牢，让任小七不由得愣在了当场。

他正犹豫间，看到了苏暮云身后的白不清，这个杀人不眨眼的魔王正阴恻恻地盯着自己。

任小七眼珠一转，忙挤出一副惊喜脸孔，说自己必会肝脑涂地全力完成重任，但要回去准备一番，以免被张淳那逆党看出端倪。

"好吧，准备得要快！你最迟今晚就会被投入大牢，"金独冰的目光有些阴森，"罪名就是，暗通叛党张淳，几次给张淳通风报信，甚至想与这叛党逆贼筹谋越狱！"

任小七僵硬地干笑了下，心底狂跳不停，暗想：他海囚姥姥的，这罪名简直是给老子量体裁衣，难道老子已经露馅了？

"马上就要到金乌大会的正日子了。这两天，任小七你要卖些力气呀！"苏暮云满意地点了点头，"唔，这金乌大会上的热闹可是不少。"

二位岛主就陪着他一起大笑起来。在豪爽的大笑声中，三人都琢磨着金乌大会上要做的那些大事。

任小七很快就被关入了天字号牢房，同处一室的除了张淳，还有一位叫鲁敖的囚犯。

鲁敖整天缩在角落里死气活样的。任小七很快就得了机会，将萧滢从暗探老六那搜出的薄绢给张淳看了。

这实在是个无比残酷的消息。任小七觉得张淳看到那薄绢字迹的一瞬，整个人仿佛被什么抽去了精魂。父亲就是张淳的精神支柱，而薄绢显示的正是张总督已被问斩的消息。

张淳盯着那薄绢，许久不说话，然后双手慢慢揉搓，将薄绢搓成了粉末。

"可能你们都不知道，"半晌，他才抬起头，"汪和不能死。"

"什么？"任小七被他这句没头没脑的话说愣了。

张淳皱了皱眉，才缓缓说："家父全心讨倭多年，却发现大明军备废弛、兵力疲弱，一味只靠武力清剿事倍功半，最好的办法就是诱降。家父蒙冤前已说通了四大寇之首的汪直归顺朝廷，汪直归心甚切，才派出其堂弟来商谈归降事宜……"

经得张淳一番解说，任小七才明白这里面的许多关窍。

原来张总督讨倭是软硬兼施，而且颇有成效。当时汪和就在张总督府上密谈。眼见着最大一股倭寇势力就要不战而降了，张总督突然被抓问罪，政敌严嵩给他罗织的罪名就是对倭寇剿而不灭、养寇自重，甚至私通倭寇，与大倭寇汪直暗通款曲。

张总督这一被问罪，他府上的汪和就成了一个烫手的山芋。如果放走了汪和，就会坐实他私通汪直的罪名。若是斩了汪和，则会让诱降汪直的大计功亏一篑。无奈之下，张总督只得与最信赖的属下俞老将军商议，密令儿子张淳将汪和擒了，关入狱岛看押。

在一心抗倭的张总督看来，由其子亲自抓获汪和，也许能有利于洗脱自己的罪名。而且，哪怕自己深陷囹圄，讨倭大业仍要继续下去，最忠诚的下属俞老将军自会将其招降汪直的大计贯彻到底。

任小七这才有些明白，怪不得汪和恨死了张淳，一见面就要破口大骂。但他却仍不明白为何张淳这时候会顾及汪和。

张淳说："你以为，他们为何要将我们和汪和那批倭寇关押在一起，更派了锦衣卫登岛督查？这是一个局，他们就是想看看，我与汪和是如何串道的。"

任小七一拍大腿："可你们两拨人几乎大打出手，这是仇人见面的架势呀，岂不就洗脱了你父子的嫌疑？"

"锦衣卫会认为，我和汪和是串通了在演戏。"张淳沉吟着，"如果我要越狱，定然先要将狱岛搅乱，那时汪和自然也会乘机逃跑。这样一来，张家就坐实了通倭的罪名。"

"那就找机会，先杀了汪和。"话一出口，任小七才明白张淳最初那句话的意思。

'若杀汪和，俞老将军的招降计划必然失败，汪直必反，讨倭大计必遭重击。"

任小七看得出来，他仍是忌惮越狱的后果，就叹口气说："所以你还想再忍忍？"

张淳轻拍着自己的心口："破开这黑狱并不太难，难的是我无法破开自己的心狱。"

"我倒想起来老金叔给我们讲过的一个故事。你知道么，真正的八仙过海就发生在这狱岛。那时还是北宋年间，狱岛牢城营内的配粮只能养活三百囚徒，但每年都有成百上千的囚犯配军被发配来此，许多犯人只能被虐待死，或是扔进大海喂鱼。于是就有七男一女八位囚徒不甘这么白白等死，硬是筹划了集体越狱。这八人选了个风平浪静之夜悄然越狱入海，凭着超强水性和事先备好的驴皮木板等浮物，相互扶助，历尽千辛万苦，竟真的游到了对岸的蓬莱。渡海数十里，行若神迹，一传十十传百，就被人传成了八仙过海。"任小七嘿嘿一笑，"然后老金叔就对我们说，人么，都是很能忍的，哪怕是在地狱里面待久了，也会觉得这地方还不错，能在里面忍下去。忍下去，你就只是八名囚徒；可你若真有勇气破狱而出，你就是八仙过海。"

"也许这才是真实的历史。"张淳慢慢攥紧双拳。

"萧滢说了，你若一心求死，她会留下来陪你一起死，你的这些弟兄也会一起死。"

"人在牢笼中被压迫到极点，就只能破狱而出，只看你敢不敢！"张淳猛然一拍木栏，"滢儿不能死！兄弟们跟我受了这多苦，自然也不能死在这里。"

张淳反手推醒了闷睡的鲁敖。鲁敖原是军中一位机关术高手，对张淳颇为忠心，原以为在岛上熬过三年刑期，就能被释放出岛。听得任小七说，他们这批兵将因徒过不了七天就会被捏造罪名尽数处死，鲁敖悲愤交加，立即同意参与越狱。

三个人开始低声推敲越狱的各种细节，最终将越狱的时机放在了明天的金乌大会上。

"我们研究过沙爷带来的地图，金乌斗鸡大会就在天妃庙的前台举行。而从这前台，到那天妃庙的藏宝秘库，却是有一条密道。"

任小七拿手指在地上大致画出了一条斜线。

"救命的一条线。"张淳立即看出了其中关键，"沙爷这地图，价值千金呀。"

任小七暗赞公子的聪明，又感叹为了这条救命的线，萧滢可是下了血本，连施苦肉计，才让沙爷上了这条船。

"那个倭国第一刀呢？登岛了没有？"张淳忽然又想起来什么，"据说他与陈一刀的决斗，可是金乌大会前最大的热闹。"

"没有。曾有五名倭寇顶着决斗的名头登岛，却一直缩在前岛客栈里，我们岛兵去问过了，他们没一人承认自己是倭国第一刀。"

"这里面有些古怪。"张淳拧起了眉头。

五 越狱

金乌大会的正日子，天晴得一碧如洗。

众人拜祭妈祖娘娘之后，就在神像下举行选筹仪式。所谓选筹，就是从天字号和地字号的黑狱内抽签出一些倒霉的囚犯，被抽中者就会成为斗鸡的筹码，将有五成概率在斗鸡押宝失败时被杀。

选筹仪式历来是金乌大会的一个隆重环节，举办地点就在海神娘娘庙前的一块临海巨礁上。天妃神像也要在这一日抬出庙来，号称"晒神"节。选筹时，众岛民和登岛闲人们齐聚在礁下，前可见惊涛拍岸，后可见神像巍峨，颇为壮观。

金独冰别出心裁地请了登岛的新贵人来参与选筹仪式。首先选筹的是苏暮云。锦衣卫千户大人从筹筒中抽取了筹子，被抽中的居然是汪和所在的牢中的十名倭寇重囚。囚犯中的群盗呼哨四起，汪和则是一身白衣，不以为然地四下扬手。

随后就是五大海豪前去选筹。一身利落窄紧衣裙的萧滢站起身来，款款登了台，抽了筹子出来一看，不出所料就是张淳为首的天字号囚徒。

台下的汪和等囚徒立时大声起哄喝骂。张淳则向对面的倭寇吐出一口老痰。

萧滢忽地高声道："这家伙的生死被我抽中了，按照我们金银岛的规矩，老娘要敬他一碗酒。"

金独冰眸中闪出异样光芒，挥了挥手表示同意。

萧滢举着杯走到张淳身前。二人对望了一眼，竟说不出话来。还是张淳咳了一声："我一个将死之人，还缺这口酒吗？"

萧滢才想起来冷哼一声："为了这场大赛，我们金银岛可是花了血本的。小子，放心上路，或许还有一线生机呢。六姑我看好你。"

张淳就一笑："既然六姑煞费苦心，那就祝你发横财！"

萧滢亲自给公子将酒喂了。

原本清朗的天宇忽地乌云四合，神像被投映出大片阴影，犹如流泪。两只巨大牢笼就在神像两旁对立，牢笼内的张淳与汪和斗鸡般地凛然瞪视着。

岛主金独冰率众举杯，宣布大会正式开始。

当先挺身登台的是二岛主陈一刀。他提刀在手，大声喝问，胆大妄为袭杀我大明子民的倭国刀手来了否？可敢登台与我陈一刀一战？

他声若洪钟，连喊三遍。台下看客们彩声四起，为讨倭第一刀喝彩，却始终不见那倭国刀手现身。陈一刀又大骂了几声倭人胆小如鼠，才在如潮的掌声中昂然下台去了。

萧滢和薛千手等人都是暗自皱眉，这动静颇大的大明讨倭第一刀迎战倭国第一刀，竟是这样无疾而终。

跟着一声锣响，庞大的铜笼被推上了巨礁，斗鸡大赛开锣了。呼哨声四起，看客们开始疯狂吆喝着下注。他们大多是熟客，又有赌坊伙计在旁推波助澜，早就看准了相应的斗鸡。

各笼内都有著名的斗鸡，就在看客们的呐喊声中，开始捉对厮杀。

金乌大会让看客们最觉刺激的一个环节就是由于斗鸡胜负是与囚徒生死相关联的，每一轮参斗的鸡都通过选筹环节而与一名囚徒紧密关联，那只鸡斗败后，与其关联的囚徒就会立即被扔下大海。

巨礁壁立百仞，五花大绑的囚徒们从上面被扔入大海后，几乎必死无疑。这环节也是金岛主的独创。每当听到囚徒坠海前的哀号惨呼声，看客们都会无比兴奋，许多人一起嘶喊，岛兵也会随着擂鼓造势。

说来也怪，连着三轮，都是地字号倭寇囚徒关联的斗鸡失败了，于是就有接连三名倭寇被抛下了大海。

倭寇们的惨号一声比一声响亮，看客们拼命地跺脚嘶喊助威，鼓声也是一轮响过一轮。

端坐在正中看台上的金独冰颇有些春风得意的感觉，不停地给身旁的苏暮云劝酒，同时体贴地做着最细致的解说。

金狍冰在今早就收到了任小七传来的密信，这位机灵的卧底通过事先安排好的亲信狱卒传话过来，说他已经获得了张淳的信任，并说张淳现在一方面幻想着其父能沉冤昭雪东山再起，另一方面又对朝廷多有怨言。任小七还传话说，张淳最好不要死在斗鸡坠海上，这样他就有更多的机会套出张淳的秘密来。

从金独冰口中得知了这个消息后，锦衣卫千户苏暮云的心情也很不错，甚至也跟着看客们跺脚喝彩。

金独冰很满意这种效果。只是锦衣卫千户大人可能永远都不知道，张淳身上根本没有什么藏宝的秘密了。其实那批倭寇宝藏当日全都被张淳护送至了狱岛，埋于前岛的军械库下。张家父子倒台后，金独冰就打起了这批宝藏的主意，只将不足四分之一的宝藏留在了军械库下，其余大批宝藏早就被其悄悄转移至了另一处绝密地点，准备择机私吞。

没想到这位苏千户显然掌握了一些情报，坚决地认为军械库下的宝藏数目不对。金独冰只得献出备选计策，推说是张淳没有老实交代藏宝详情，隐瞒了大部分宝藏的埋藏地，连番拷打之下也难以撬开其口。

剩下的任务就要落在任小七头上了，他作为卧底要给苏暮云传递密信，确认张淳真有大批宝藏埋于他处。然后，再让张淳"突然身亡"，这秘密就此永久消逝。

所以任小七很关键。

金独冰看得出来，苏暮云也在拼命拉拢这小子。那就不妨给任小七多些甜头，再软硬兼施逼其入毂，待糊弄走了苏暮云，再将这小子杀了灭口。

就在金独冰琢磨任小七的时候，任小七正遭遇到越狱计划的第一个大麻烦。

沙疯子设计的地、水、风、火四黑狱确实无法越狱。好在有了沙爷那张地图，更有了任小七这位极熟悉黑狱的狱卒，再经得萧滢和张淳先后仔细推敲，就确定了一个大胆的计划。

任小七卧底入狱时暗藏了一把钥匙。他和机关术高手鲁敖会在金乌大会开战后群情热烈之际，悄然开锁，作为先锋，溜出黑狱。天字号黑狱外面就是水狱，两人会一路潜水而出。只要穿过了水狱，就能用上沙爷地图中提供的那条神秘通道；再绕过风狱和火狱，就会直接逃进天妃庙后院的一处秘库内。

这条逃出生天的越狱之路只是存在理论的可行性。张淳要求二人必须先行操演一番，否则几十号人贸然行动，若有任何差池，比如那神秘通道并不存在，或是出口被封死了，那么这一批兄弟就是自寻死路，代价实在太大。

前岛的金乌大会其实并不会影响到后岛，但那几通响亮的鼓声还是遥遥传了过来，狱卒们的心思就全在斗鸡押宝上了。任小七很会揣摩人心，事先特意鼓动看守自己牢房的两名狱卒押了大价钱。鼓声传来后，那两名狱卒心里就似长了草，终于耐不住性子，赶去偷瞧热闹。

任小七很顺利地就打开了黑狱牢门，带着鲁敖溜出了天字号牢房。他们没有走正常的甬道，因为那样铁定会遇到其他巡视的狱卒。两人很快就近钻入了黑狱外的水狱。

最麻烦的就是这一段水路，水狱里还有三道机关拦阻。好在任小七在狱岛服役多年，经历过两次水狱大修，亲见过水狱三道机关的修缮过程。两人昨晚就已经仔细推敲过了，这时一路潜泳过去，凭着鲁敖的机关术手艺和任小七的经验，两人竟有惊无险地连破三道机关。

万万没想到的是，在突破第三道水门机关后，鲁敖忽然如游鱼般地窜过水门，反手又扣上了机关。任小七登时被关在了窄小的水道内。鲁敖在水门外自可上岸换气，任小七在水门内却进退不得，很快就窒息难耐。就在任小七快要昏过去时，鲁敖又猛然自外面打开了水门。

"谢谢你，给老子提供了一条生路。"鲁敖揪住任小七的头发，把他拽出水面，"只要把你们越狱的信息上报岛主，老子就能活下来了。你这个人证，现在还不能死。"

任小七大喘了两口气，忙说："我就是苏大人和大岛主派来的卧底，你不要乱来。"

鲁敖愣了下，随即怒道："都这时候了，还想骗老子。"说罢抓起任小七的头，又按入水面。

呼吸渐渐艰涩，任小七觉得自己快要憋死了。说来也怪，就在这时，那些奇怪的练刀画面又蹿入脑际。他猛然双掌探出，左掌反扣住鲁敖的手腕，用力回拽，右掌斜刺里向上戳出。

猝不及防的鲁敖被他猛力拉回，恰好用喉咙直撞他的右掌，咔嚓一声，喉咙碎裂。

"是谁？"就在鲁敖的尸身栽入水道的同时，冷僻的水狱内响起一声断喝。

任小七抬起头，就看到了白不清那张惨白的脸孔。这家伙不知为何，竟亲自来到了这里巡视。

"白大人勿忧，是我。"任小七翻身上岸，看清了白不清只是独自一人，暗松口气，"属下奉苏千户之命入狱卧底，果然发现这厮竟想趁乱越狱，被属下逮了个活口。"他一边将鲁敖的尸身扯上岸来，一边悄然摸向水门外的护栏。

他和萧滢在入狱前推断好了越狱路径，事先在这里藏了一把短刀。

水狱内光线黯淡，白不清并没瞧清楚他的动作，冷笑着趑了过来："我早劝过苏大人，要提防这些贼囚乘机越狱。果然……"

任小七还有些嘀咕，却想到了堂兄的话。堂兄说得从来没错，自己就是个练刀的天才。手摸到了冷硬的刀柄，他的心也瞬间冷硬起来，那就拼了吧。

幽暗的水狱内蓦地亮起两抹刀芒。

先出刀的竟是白不清，但任小七的刀居然后发先至。白不清退开两步，冷笑道："死贼囚，你还不懂隐藏自己的杀气。"

他的话忽然顿住，不可置信地捂住了脖颈。

"救我，小子，"软倒在地的白不清却哀求起来，"救我。我会向大人力荐你，苏大人……会带你去京师……"

任小七闭了下眼，眼前闪过廊柱下老金叔摇摇晃晃的影子，然后又一刀全力砍了下去。

两轮拼杀后的任小七颇有些心惊肉跳，这时才突然想起自己竟是杀了人，而且是一下子杀了两个。恐惧、震惊、担忧诸般情绪一起涌上来，他竟双腿发颤，险些当场呕出来。

强自凝定心神，他立即想到，虽然水狱里面很幽暗，但两具死尸很难掩藏。用不了一炷香的工夫，尸身就会被巡查的狱卒发现。好在他如愿找到了那条密道——沙爷地图上的暗道是真实存在的。

他现在必须尽快赶回天字号牢房。按照他跟金独冰的约定，张淳今晚会被放回牢狱，那时他会再带着张淳组织真正的大规模越狱。

可时间来不及了。

任小七忽然想道，张淳现在应该还锁在大铁笼内，只要救了他，旁人反而没有性命之忧。但自己这身囚徒装束，实在难以混到天妃庙去救人。灵机一动，他望向了白不清那身花纹繁复的纱绸锦袍和饰有鹅毛的锦衣卫官帽。白不清被他两刀砍断了脖颈，血迹远溅，只领口处沾了些血。他强忍着再次要呕吐的感觉，将那身丝纱锦袍从死人身上扒了下来，就着水狱暗河的水胡乱洗了洗，套在了身上。

这时候不能回头，只能向前。他费力地打开了那条暗门，猫腰钻入了密道。

六　秘库

台上的那只名叫"大将军"的斗鸡正是任小七一手调教的，此时越战越勇，已经有四名倭寇被抛入了大海。

铁笼内的汪和忽然嘶声怪笑："张淳，你个孬种，敢不敢跟老子直接比拼？用两只斗鸡在台上折腾个鸟！"台下许多人立即来了精神，跟着一起起哄喝骂起来。

就在此时，轰隆一声巨响，仿佛地动山摇，整座狱岛都一起震颤起来。突如其来的轰鸣声让台上官吏、台下看客都有些六神无主，甚至高台上铜笼内斗志昂扬的斗鸡们都有些蔫了。

金独冰拍案而起，正待命手下亲信去探查详情，却见西北方已燃起了熊熊火光。金独冰顿觉脊背一寒，那里应该是火器坊，军械火药存放处。

明军较重视火器装备，因怕倭寇觊觎狱岛，曾在岛边建炮台，设佛郎机炮两门。更因狱岛地理方便，狱岛上便建有火器坊，前些年还曾集结了一批火器工匠，在后岛荒僻处仿制佛郎机的新型番铳和火器。

难道是火器坊发生了大爆炸？金独冰这念头才一闪，就听得爆炸声一道连着一道地响起。火器坊的三座主库竟发生了连环爆炸。

大地震颤，火光冲天。山野间竟忽然间窜出了许多倭人，手持长刀，气势汹汹地向巨礁扑来。

"倭寇，是倭寇攻来啦！"岛民们哀号嘶喊，不少人来不及奔逃，就做了倭人的刀下之鬼。

爆炸初起时，萧滢双眸闪亮，还以为自己的计划成功了大半。

沙爷负责执行火攻之策，麻烦之处就在于他如何混进防卫紧密的军械区。这首先需要一块可以畅通无阻的狱岛黑铁腰牌。而任小七因为在金乌大会期间要在前岛和后岛往返忙碌，就得了大岛主亲赐的一块黑铁腰牌。在他奉命要去天字号牢房卧底后，自然就再不需要什么腰牌了，而岛主一时疏忽，并未收回。任小七就将这腰牌和自己的一套狱卒装束都交给了萧滢，沙爷今日就凭着这身行头混进了军械区。

但此时爆炸声连绵响罢，忽地又看到了遍地里卷来的倭寇，萧滢才是一惊，只怕倭寇要浑水摸鱼，忙拔刀大喝："五路海豪兄弟们，倭寇来啦，大家随我一起抗倭！"

"随我一起抗倭"本是他们预先定好的动手口号，只是没想到倭寇竟真的来了。萧滢知此刻有进无退，沙爷还未及赶回，便只得带着薛千手等人奋力冲向铁笼。

这时候必须先救张淳。

高台上下乱作一团，金独冰是真的慌了。

苏暮云倒还镇定。跟陈一刀对了下眼神，苏暮云忽然拍案大喝："金独冰勾结倭寇作乱，来人，给我拿下了。"

"苏大人何出此言？"金独冰又惊又怒，一脚将身侧扑来的锦衣卫踢下了高台，"苏大人听我解释，这里面必有……"

蓦地刀芒一闪即逝，将他的话硬生生截断。

苏暮云收刀，金独冰喉间鲜血汩汩，终于一头栽倒。

"苏大人果然好刀法。"陈一刀拱了拱手。

"速速收拾乱局。"苏暮云眸间闪过一缕阴沉，"我自会向严嵩大人举荐你，尽快将陈将军收入锦衣卫。"

他跟二岛主陈一刀早就密议妥当，并示意陈一刀弄出些乱子，才好趁乱夺岛，只是没想到会闹出这么大动静，更料不到竟会真有倭寇袭岛。现在苏暮云不得不继续倚仗陈一刀，尽快荡平上岛的倭寇。

"听我号令，速集人马，斩杀倭寇！"陈一刀挥刀咆哮。几队张皇失措的岛兵迅速集结过来，被二岛主分派着冲向倭寇。

陈一刀正待提刀身先士卒，目光陡然一凝：天妃庙的后院竟燃起了大火。

辨清了起火的方向，二岛主的眼神竟首次凝重起来。

有数名矫健的倭人当先冲到了台下，挥刀猛斩笼外铁锁。笼内的汪和忽地手指对面铁笼里的张淳，歇斯底里地喝道："斩开他的笼子，老子要亲手杀了他。"

倭人武士颇为听命，立即有人转过来劈砍张淳的笼锁。咔咔锐响中，两座铁笼的大锁几乎被同时劈落。

张淳眼见数把倭刀晃动，忙将身子一伏，从笼中滚了出来，却立时陷入重围。

萧滢已率着十余名海豪全力向这边扑来。但台上的岛兵早得了号令，对这批海豪盯得极紧，见他们突然发动，忙挥刀冲下，反将萧滢等人困住。

张淳滚出铁笼，还未及起身，便见汪和已从武士手中抢过了倭刀，气势汹汹地挥刀劈落。张淳没有戴脚铐，但手上还铐着长链，忙挥链缠住了汪和手中的长刀，顺势甩出，挡住了另一侧袭来的两柄倭刀。

"滚开！老子要亲手杀了这鸟人。"汪和厉啸着待要抽刀，但张淳铁链含了内家软劲，外柔内刚，收放自如，长链抖动间反将倭刀缠得愈发紧了。

身边的几名倭寇听了汪和号令，并不上前相助，只是在旁封住张淳的退路，挥刀呐喊。

就在此时，一道人影斜刺里扑来，刀光如电，一刀刺中了汪和。

来人正是任小七。他这一身锦衣卫的服饰和绣春刀本就十分唬人，更因突如其来，前一刻还没有人见到他，下一刻他的刀已经插入了汪和的右肩。

听到汪和嘶声惨呼，倭寇们才齐声怒喝着冲来。张淳则手疾眼快，右手抢过汪和的倭刀，左手长链抖动，缠住了汪和的脖颈，大喝道："全都住手，给老子滚开！"

倭寇们愣了一下，齐齐顿住步子。

"先退开！别激怒这蠢驴，都退下！"汪和也咆哮起来，"耳朵都聋了吗？"

也许是自信还有妙手反败为胜，汪和竟很干脆地服了软。倭寇们只得愤然持刀后退。

身后忽地又响起了喊杀声，竟有几路岛兵已冲到倭寇身后。大多岛兵都对倭寇有着天然的愤恨，双方立即厮杀在一处。

"走！"张淳眼见这批倭寇与岛兵杀在一处，忙将长刀横在汪和脖颈，招呼任小七急向天妃庙后院退去。

天妃庙的后院火光一起，陈一刀就看清了起火的方位，立即蹿下高台，带着十余名亲信直扑后院。

火势在后院已经蔓延开来。陈一刀暴跳如雷，一边厉声喝令手下全力救火，一边带着几名亲信转入院角。行到一扇暗门前，陈一刀不由得顿住了步子，原本与院墙一色的暗门居然半掩着，显然有人刚刚进去了。

这里正是天妃庙内一处不为人知的秘密地窖。狱岛带有极强的军事属性，明军甚至在兴建天妃庙时也考虑到了军士埋伏及收藏军械的需要，因此这地窖造得异常庞大，形若地宫。当日陈一刀和金独冰就是将大多数藏宝就近转入了此地。

陈一刀又惊又怒，拔刀在手，缓缓推开暗门，前方现出一段黑漆漆的暗道。亲信们举起火把，几个人拾级而下。

一座轩敞的地下秘库呈现在眼前，秘库内本应终日黑暗，现在居然被人点亮了墙壁上的油灯。数盏油灯将秘库照得亮堂堂的，可以清晰地看到库房中央一排排巨大的木箱。

"果然找到了此地。"一道阴森的笑容从阶上响起。苏暮云大步踏入厅内，忽然挥刀砍中一只木箱。木箱崩裂，一堆金银咕噜噜地滚了出来。

苏暮云呵呵冷笑："陈岛主，是我命人放的火。我始终认为最大的可能就是你们二位岛主转移了大部分宝藏。推断了多日，觉得最好的藏宝之地必然还是在天妃庙。此庙地处岛心，容易监控，又与藏宝旧址最近，挪动时不会显山露水。嗯，还有，你和金独冰经常会来这里转转。但我实在懒得细搜，只需让这里起一把火，你们自会跑来真正的藏宝地探查。"

'苏大人果然好手段。"陈一刀死盯着苏暮云，目光如欲喷火，却忽地攥紧了刀柄，大喝一声，"什么人？"

三道人影慢慢从一排木箱后转了出来，两边是张淳和任小七，中间夹着长刀横颈的汪和。

先前任小七在那神秘暗道中潜行多时，打开暗门时赫然发现自己就在这秘库内部。望着那一排排巨大木箱，他明白了一切。从秘库悄然而出，神兵天降般地救下了张淳后，任小七立即拉着张淳转入了天妃庙后院，钻入了秘库内部躲藏。

这里正是沙爷地图那条救命密道的尽头，按照越狱计划，少时过后，萧滢就会带着沙爷、薛千手等人赶来会合。

不承想却在这里遇见了陈一刀和苏暮云。望着二人身后精锐的锦衣卫和剽悍的岛兵，任小七只觉双手都是冷汗，不由得向张淳身后缩了缩。

忽听得脚步声杂沓，正是萧滢带着薛千手等十余名海商豪客沿阶冲下。她早看见了三人进入天妃庙后院，知道那里就是地图标示的密道所在，便趁着那群倭寇与岛兵全力厮杀，立即按计划率人赶了过来。

秘库甚是宽敞，聚集百十人也毫不拥挤。此时数拨人马持刀对峙，数十双眸子映着熊熊火光，有人狂喜，有人惊骇，有人忧惧，有人陶醉。

"陈岛主，本官素来言出如山，"苏暮云拔出绣春刀，沉声道，"速平倭寇，本官力保你在锦衣卫飞黄腾达！"

他迅速分辨形势，发现只要控制住陈一刀，再扫平这小股作乱的倭寇，余下的这些海匪自然不足为患。

"遵命！"陈一刀声出刀至。

这一刀如天火突降，秘库内的所有火把的光芒在这一刀下齐齐生出了奇异的扭曲。

苏暮云不由得惊怒交集，实在想不到陈一刀竟会向自己出刀。好在他本就长刀蓄势，立时挥刀上撩，挑出反八字的防御刀势。这一刀力由腰发，稳如泰山。

满厅扭曲的火焰又回复正常，气势如山如火的两刀居然没有相交。秘库内忽然如坟场般死寂。苏暮云不可置信地低下头，看着胸腹部那道细长裂痕，想说什么，却终于无力地倒下。

"是你！你才是那个倭国第一刀！"萧滢横刀当胸，死盯着陈一刀，"是你悄然斩杀了五大海豪高手，假托倭国第一刀之名，然后再高调宣布与其决战，到底是为了什么？"

"为了制造一个借口，"张淳大步而出，跟萧滢并肩而立，"好让这几名精锐倭寇头目公然登岛。有了他们的接应和陈一刀的安排，其余倭寇自然也就能顺利潜入岛上埋伏。嘿嘿，'倭国第一刀'这绰号就有些不伦不类，要知道倭奴素来讨厌这个'倭'字，他们只会自称'日本第一刀'。"

薛千手、吕金刚等几名海豪又惊又怒，纷纷喝骂："陈一刀，原来你早就投靠了倭寇，却还要暗中对付老子们！"

"公子，久违了。可还记得因醉酒误事被令尊打了二十军杖、又被逐出军中的陈铁甲么？"陈一刀缓缓摘下了那狰狞的面具，露出另半张布满伤疤的脸孔。

"那是三年前的事了吧？果然是你，怪不得似曾相识。"张淳叹了口气，暗想三年前父亲初掌东南兵权，眼见军律弛懈，只得严律治军，重责立威，没想到竟惹下了此人，"但你的刀法变了，这莫不是学了倭人的阴流剑道？"

陈一刀冷冷一笑："老子当年被逐出军中，走投无路，只得来狱岛投靠当年的结拜兄长金独冰。可这个兄长嫉贤妒能，始终将老子这两年的功劳藏匿不报。苏暮云看准了这一点，鼓动我助他夺岛献宝。当老子看不出来么？事后他必会卸磨杀驴，给老子诬个罪名，独占功劳。呵呵，令尊张总督害得老子做不成大明武官，现在锦衣卫又逼得老子连个岛主都做不成。那我也只能去私通海匪倭寇了。"

"卑鄙小人总会给自己的卑鄙行事找些堂皇的理由。"张淳冷哼道，"我父子一心剿倭，而你最终恰是投靠了倭寇，看来家父当日真是法眼如炬。"

"剿倭？"陈一刀呵呵冷笑，"倭寇能剿得尽吗？海上行商八方来财，谁不眼红？凭什么要海禁？这条海禁国策，才是真正的祸国殃民。知道为何倭寇的首领都是大明子民么？因为倭寇的背后都是依赖海商的东南各大豪族，而东南豪族的身后则是江南出身的高官显贵。所以讨倭抗倭的，没一个好下场。"

张淳眼中如欲喷火，一时竟默然无语，只觉这陈铁甲所说的话，竟与父亲私下里的抱怨有几分近似。但大明子民何罪之有，要被这群利欲熏心的高官显贵残害，被这群作乱的倭寇掳掠屠杀？！保家卫国，何错之有？想到这里，张淳眼中的火焰再次点燃。

陈一刀大是得意，将长刀遥指任小七，点头微笑，"任小七，干得不错。

大岛主对你的承诺,我会加倍给你。救下汪公子,你就立下了天大的功劳。"

任小七忽然发现,陈一刀并不知道自己背叛狱岛投奔聚合堂的事,在这位二岛主眼中,自己仍是卧底天字号、全力争取张淳信任的狱岛细作。因此,只要献出汪和,自己就能轻松脱困。

"蠢材,还不快放手?你竟是陈一刀派来的,"汪和又惊又喜,"他娘的这一刀插得老子好苦。"张淳和萧滢都是一惊,正待回身再制住汪和,那边陈一刀已经动了,整个人就如奔马般向这边冲来。二人只得挺刀迎战。

吕金刚、薛千手等人要来相助,却被陈一刀的亲信们挥刀拦住。

"这是狱岛。谁也逃不出去!"陈一刀狞笑道。刀芒只一闪,萧滢就闷哼了一声,右肩破开一道血口,不得不将刀换到了左手。

任小七眼见萧滢挂彩,心头大怒,就想给汪和一刀断喉,但随即又想到公子张淳的一句话:汪和不能死。他心慌意乱间一抬头,蓦见萧滢正向张淳望过去,那目光盈盈如波,任小七的心没来由地就是一痛。

陈一刀已转头对任小七喝道:"还愣着干什么?放了汪公子!"

任小七被他一喝,不由得将刀从汪和的脖子挪开了一寸。

"对啊,快放开你爷爷,"汪和斜睨着他,"老子会赏你几个倭国娘们儿尝尝鲜!"

任小七陡觉心底火辣辣地一痛,不是因为这粗俗不堪的骂声,他在海岛上早已习惯了这种粗俗,他心痛的是汪和看他的目光。这目光让他想起了白不清在赌场杀人时的眼神——冷漠得仿佛在看一只蚂蚁。

汪和愈发恼怒:"小螃蟹崽子听见没?再不放手,小心老子将你祖宗八代都从祖坟里刨出来大卸八块……"

骂声戛然而止,任小七一刀抹了汪和的脖子,随即竖起绣春刀,大喝道:"锦衣卫白不清,奉锦衣卫千户苏暮云密令,斩倭寇汪和于此!"

少年忽觉无比畅快,自己终于做成了张淳死活不敢做的事,而且现在自己是锦衣卫装束,斩汪和的是一把雪亮的绣春刀。

秘库内静了一瞬,随即暴起数声大喝。眼前刀光闪烁,陈一刀、张淳、萧滢同时向任小七挥出长刀。

陈一刀的刀最先劈到,刀气如凛冬的山巅狂风般劈到了任小七的脑顶。

张淳的刀几乎在同一刻横插过来,挡在了任小七头顶。

刀气依旧如狂澜般势不可挡地当头压下，好在萧滢的刀也到了，斜刺里劈向陈一刀的脖颈，攻敌之所必救。陈一刀收刀，头顶那怒涛般的刀气倏忽消失。任小七刚要透一口气，却陡觉那股刀气去而复来，一股巨力嗖地撞在他的肩头。

任小七感觉自己被惊马撞上了，身子倒飞丈余，跌在了地上。

一股热血翻越上来，他觉得自己要昏过去了，强撑着望去，却见陈一刀已如恶鬼般再次扑到。张淳当头迎了上去。张淳这次飞扑的姿势有些奇怪，他几乎是迎着对手的刀尖撞了上去。

刀芒再闪，骨肉被刀锋斫斩的声音、张淳铁链搅动的声音、刀锋劈砍的声音几乎同时爆响。任小七却觉眼前一片漆黑，彻底昏了过去。

再醒来时，任小七发现自己已经在船上了。

这是沙爷过来接应众人的乌艚船，薛千手、吕金刚等群豪都已拼杀得伤痕累累，好在都上了船。任小七惊讶地看到萧滢也木然坐在船舱内，她怀中还抱着一个人。

那是满身血迹的张淳。

她痴痴地望着他，嘴唇嚅动，似乎在说着什么。

任小七只觉脑袋要炸开了，又昏了过去。

尾　声

任小七没受什么重伤，很快就彻底恢复了过来。

躺在乌艚船宽敞的船舱里，他终于知道了决战的结果，张淳竟是跟陈一刀同归于尽了。金独冰和苏暮云也早死了，狱岛的岛兵群龙无首，对群豪并无死战之心。还是萧滢强振精神，带着众海豪杀入黑狱，将张淳的属下囚徒尽数救出。随后群豪人多势众、声威大震，一起杀向了那批登岛肆虐的倭寇。

倭寇们不足百人，要营救的大头领汪和又被斩了，在海豪和岛兵并力围剿下无心恋战，丢下几十具尸体，仓皇入海逃遁。萧滢也带着群豪乘乱登上了沙爷的大海船。

一番辛苦，大家终于逃离了狱岛。

萧滢如约将任小七带入了京师，还动用了聚合堂的老关系，让他在一家镖局里做了名趟子手。这镖局的总镖头也是任小七堂兄的旧交，任小七为人精明勤快，又有一手诡异刀法，几个月下来，在镖局里混得很不错。

日子闲散了下来，他很想再见见萧滢，可谁也不知道她去了哪儿。一晃半年过去，任小七都没有打听到萧滢的消息。

这一晚月白风清，正是暮春的好天气，正在院中闲坐的任小七终于看到了踏月而来的萧滢。一别半载多，她又清减了不少，但精神似乎恢复了许多，也终于肯跟他说起狱岛最后决战的诸多细节。

原来张淳早就存了死志。

问题就出在任小七冒险送进去的薄绢上。那张薄绢是萧滢伪造的。她熟知张淳的性格，为了能让他配合越狱，只得伪造了其父张总督已被问斩的锦衣卫密信。只是萧滢没想到，张淳也在聚合堂干过一段时间，同样精通聚合堂内诸般细作卧底的技巧。从任小七手中接过那幅薄绢的一瞬，他就看出那是萧滢伪造的。

伪造的锦衣卫密信，反而让张淳更加坚定地认为父亲还在狱中，仍可能会洗脱冤屈。他之所以同意组织越狱，其实也是判断出锦衣卫登岛，必有不利于父亲的重大阴谋，极可能会对自己和那一帮弟兄们下手。他最大的愿望就是想救出这批跟着他一同入狱的军中袍泽们。

秘库决战中，陈一刀展示出了难以匹敌的强悍刀法。危急之际张淳用上了两败俱伤的打法，他几乎是迎着刀锋撞了上去，想用铁链缠住对手的长刀，但长刀很快钻过了铁链。张淳就将右肩撞上去，用铁链和血肉之躯缠住了那把神鬼莫测的长刀。

萧滢乘机斩杀了陈一刀。但陈一刀死前刀锋横划，直接破开了张淳的胸膛。

临死前，张淳对萧滢说了些心声。他认为自己哪怕逃得出黑狱，也逃不出自己的"心狱"，好在他的选择对得起父亲和整个家族。随后他拜托萧滢一定要把这帮兄弟袍泽们都救出去。接着，他又说出了一个对于萧滢无比残忍的请求，请她在自己死后砍下自己的头颅，送给俞老将军。

任小七想到在船上看到的那一幕场景，怔怔道："你……你真的砍了？"

"我知道他的心思，他要继续招降汪直。"她在月色下凄婉地一笑，脸色无比苍白，"本来想让吕金刚做的。但最后，还是我自己……"

她的声音很轻，像是怕惊扰了春夜的小虫。任小七却只张了张嘴，再也说不出什么。

"临走前，他只对我说了一句话：'滢儿，我对不住你。'"她又笑了，却慢慢低下了头，"其实他是对不起自己。"

"所以他始终逃不出自己心里的狱岛。"任小七也慢慢吁了口气，又问萧滢近来在哪里安身。

她说，自己已答应照顾张淳的那帮兄弟们，索性就带着他们投奔了余六姑，做起了真正的海豪。而她虽叛出了聚合堂，但师父就是聚合堂的耆宿，所以关系并没有完全断。

在海上做了快意恩仇的海豪，她才彻底明白了陈一刀的话：倭寇是剿不尽的。东南地方豪强们很依赖海上贸易，以攫取巨额财富，这些人与海盗乃至倭寇有着千丝万缕的联系，而这些东南大族的背后则是大明朝堂盘根错节的官员们。

"这次进京来，本是依例给聚合堂交割些银钱的，不承想又亲见了一桩惨剧。"她停了听，才一字一顿说，"就在昨日午时，张总督被斩于西市，罪名仍是欺怠不忠、养寇不战……"

"张总督还是被杀了，但这罪名……"

任小七忽觉全身无力，随即又生出一种苍凉的荒谬感，"也就是说，张总督被杀，与狱岛之事无关。无论张淳是否越狱，张总督都难逃一死。呵呵，你当日伪造的那份锦衣卫密信，倒是无意言中……预言成真了？"

她不再说话，仰头望着那轮残月发呆。

他心中却有狂澜激涌，眼前晃来晃去的都是她抱着那个浑身是血的身影喃喃低语的模样，那是在随波起伏的海船中，她却抱得异常的稳。

她忽然站起身来，说："这几月来快刀轻舟，驰骋惊澜，倒也逍遥自在，你要不要随我一起走？"

任小七愣住了，这本该是让他狂喜不已的邀请。但他此刻竟鬼使神差地犹豫了，终于慢慢摇了摇头："总镖头曾说，我可以入聚合堂的，我想亲眼看看堂兄拼杀的地方。至于那片海和那座岛，我出来了，就再不愿回去了。"

"能真正出来也不错。"萧滢拍了拍他的肩头，就拱手作别。他急忙送了出去，却不知说什么是好了，最后就这么看着她走远。

后来，任小七果然进了聚合堂，也知道了很多聚合堂的事。再后来，朝廷果然成功诱降了汪直，一番波折后终将这位倭首斩了。

但任小七再也没有见过萧滢。

任小七后来对萧滢无尽的思念就定在了那一晚的最后一眼。她头也不回地走入了前方苍黑的街衢里，在她身后，月辉像是撒在地上的海盐般亮晶晶的。

销 兵

小 椴

探 刀

公元 357 年。

也即大秦国的永兴元年。

十一月。

一清早，当今的御弟、阳平公苻融就带着很多人来到了打匠营。

——今天，他们是来看刀的。

苻融身边跟着的人都算大秦国当今的显贵了。此时，虽已入冬，但节候还早，其中有几个人就急不可耐地穿上了一身华贵的貂皮，有的还早早就戴上了里外发烧的帽子。

苻融衣着简素，只穿了件常服，戴了顶漆纱笼冠。与他并肩而行的代国王子拓跋筹则戴着顶突骑帽，身着裲裆——那狭长的硬布背心更衬得他身材劲健。

其余的人则有来自司空府的左史苟庭、少府的樊用、现管着武库的姜世怀、将作监的仇余，以及扬武将军姚苌、胡商安悉达等。

苻融带上司空府、少府、武库、将作监的人，是因为打匠营这类兵器制所本就与他们几个衙门密切相关；带上胡商安悉达，是因为苻融想要给这些将出炉的铁器估上个好价；带上拓跋筹，则是因为大秦军中一直缺马，代国盛产战马，苻融想跟代国交易马匹；至于带上姚苌，则是因为他是这个氐人朝廷中最显赫的羌人，羌人人数虽不算多，朝廷却要借以压制朝中那批从枋头带来的羯胡们。

而且有姚苌在，加上那粟特胡商、代国来的鲜卑王子、现管着打匠营的羯族人鱼特，也算集齐了大半胡族，可以借势传播一下他氐人大秦冶炼出来的"柔铤"的威名。

拓跋筹出发前还问过苻融是不是要带他去赴宴，这么早，要吃什么。

苻融当时笑吟吟地跟他说："炒铁！"

拓跋筹龇出一口白牙来，答道："那有嚼头！"

打匠营中，最显眼的莫过于那三座高耸的土炉了。土炉呈椭圆形，下面偏偏的两侧各设两个风口，风口处有硕大的鼓风用的皮囊。这时，二十多个南阳来的流民正围着那炉忙活着。炉侧有嘴，这时正汩汩地流出通红的铁汁，那铁汁沿着一道砖渠流入十余步远的一处砖砌的方塘。

方塘中铁汁通红，半流半凝着。哪怕是冬天，四周围着的汉民汉子们也打起了赤膊，个个手里执柳木棍。另有一妇人一手抱着簸箕，一手将里面的灰向方塘中撒去。那些打赤膊的汉子身上腾腾地冒着热气，将手中的柳木棍伸入塘中不停地翻搅。每到柳木棍烧短了那么两三寸，就要更换一根。

拓跋筹从未见过这等景象，喃喃地说："这就是炒铁？"

说着，他抬头向这一大片工地望去，只见场中不只这一炉，另有两炉形制不太一样。三座炉边，共有一百多个汉子，或运炭，或鼓风，或炒铁，或锻打，在那儿热火朝天地忙活着。但每个人各司其职，分毫不乱。

拓跋筹问："谁替你看管这里？"

苻融与他两人在打匠营工地间穿行，这时闻声侧头笑看了他一眼。

"一个女人。"

拓跋筹愣了愣："一个女人？"

苻融点点头："没错，就是一个女人。你看她管着的这么大一块地儿，分毫不乱……"他回头向身后望去，樊用等一干人已远远落在后面。

"可咱们后面这些本该跟她对接、给她配套供料的各职司现在已乱得不行。矿那边本是司空府管着，送过来的铁石听说一百担能被这里打回去五十担；这里用的炭是要在少府支出，却被宫里嫌弃靡费，时不时扣着，总是支不出来。莫干——那女人名叫莫干，要的东西又非常奇特，她还要五牲尿与六畜脂，将作监一开始嫌麻烦，不肯承应这份供应；后来见有油水，又都抢着上，可送过来的东西大半不能用，还得扔掉。我叫武库那边儿把库中锈烂的兵器与好用的分开来，没用的就送到这边来，以弥补铁料的不足，直到现在他们也没分列清楚……这些倒也罢了，可偏偏，他们各衙门各自现管着的事儿管不好，还想去抢别人的差事。朝廷里别的衙门，又想着要染指这件事……"

苻融苦笑着摇头。

"而这女人管理的这块炉火锻炼之地，却井然有序。我管着的那批男人们，个个遇事则躲，有利则争，早晚他们彼此要打出血来。"

苻融站住身，朝东首坡上高地的一处帐篷望去。

"谁知我们这些氐人、羌人、羯人，战场上也算千军万马杀出来的，处事儿竟不如这一个汉女。"

拓跋筹问："别的我多少还能明白，可要五牲尿做什么？你说的可是牛尿、猪尿、羊尿……那些东西？"

苻融摇摇头："其实我也不明白。她说是淬火用，比清水冷得快。你别看只是要打造一批刀，他们这忙活了近三个月，才草草建成。现在，前前后后，又弄出几十步的工序。"

拓跋筹有些不可置信："真有这么麻烦？"

他们这时走到另一个炉边，炉边就有锻铁的人。

苻融笑着看向拓跋筹。

"你是明白人，可以想到，这些麻烦里，有的肯定是必需的；但有的，就不见得真有那么必需。这些东西，她懂，咱们不懂。我也猜不出，那些要来的奇奇怪怪的东西，哪些是真的需要，哪些是故意乱要的——好让我们搞不清她这冶铁锻刀的道理。她是个聪明人，这乱世里，将阖族上下的百数十口人，从南阳带过来，翻过了整道秦岭，跨过漫川关、牧护关……天知道有多少关，经过饥馑、经过兵祸，直闯到长安来。最后细算，全族老少，折损不过十之一。这本事，别说她一个女人，就算男人也未见得能够！何况稍一安妥，她能迅速地又招集了三百多故里亲旧过来——她自然会有她自保的手段。"

拓跋筹向空中吸了几下鼻子。

除了炉口烟雾里散发出的炭火味，他还闻到四周果真有些说不清道不明的尿骚味儿，还有更加奇特的带着腥气的油脂味儿、生人的汗味儿与死亡的腐烂味儿，以及腾腾而出的铁汁味儿。

拓跋筹眯起眼，像看到一群群五牲六畜，那些健壮的生命，在这混乱的灰尘与混杂的味道之间奔驰而过。而奔腾过的地方，居然真长出了铁！

拓跋筹摇头笑了下："他们汉人老说'天子牧民'。我从小活在云中，但见四野天低，但见草长云伏，一向只知牛马可牧。"他望向四周，"真从没想过，人也可牧。连马溺、牛尿都有人收存，还能积成这样一大桶一大桶的……"

拓跋筹踢了踢脚边的桶。

"还会这么被人一担一担地担过来。"

他伸手在面前扇了扇。

"被你说得，我都像能在这些尿骚味、生铁味、油脂味、汗味、炭味儿里，闻出一点人的气息来……"

铸　刃

莫干的帐篷支在一个坡顶。

其实坡顶距下面的炉场也不过几十丈的距离，但苻融与拓跋筹这么一路攀爬上来，被风吹着，只觉得那空落间搭建的帐篷仿佛有种远离尘嚣的清冷。

拓跋筹看了苻融一眼。

"汉人就是会做姿态。"

说话间，他们终于走到了帐边。

那帐子颇大，内里陈设却简单。一道屏风落在地面，将帐篷后三分之一的地界隔离开来，也将帐内之地分成了前后两半。

屏风上只见素绢冰绡，只在屏下首绣了两句《刀铭》，也没人来得及细看。

素绢屏风前三尺余地，支了一张青石大案。

案旁还放着一个木人架。

符融带着一众人等走入时，人人都先看到案上平放的那把刀。

那把刀分明是新铸出来的，单面斜刃，刀脊向刀部微弧，前部略翘。刀身长两尺，后面即是狭长的刀茎。刀茎特别长，长得引人注目——与刀身长短相近。

这时，它正端正地放在那张青石案上。

帐顶透风处开着口，光泄入，正打在那石案之上。

只见石案光泽暗淡，所有的光像都被吸在了那把刀上。

那刀静陈石上，安安静静，如一泓水、一眼泉，含光蓄势，却又像是随时可能披卷飞溅起来。

符融的眉毛忍不住轻轻一挑。

屏风后约略透出一个女人的身形。

那女人身材高挑，一身汉人装扮，高髻向天，广袖垂云，直襟的束身襦衣，下衬着多裥的长裙。

那女人立在屏风后面，冲走进帐来的诸人行了一礼。

然后她一手伸前，向诸人示意案上的刀。

天下战乱已久，其实在场的男人，个个都从血火中走来，却是头一次见到这么个全须全尾、传说中的、汉晋风范遗下的仕女。

连符融都感觉到一种隐约的、古老的、略阳氐人传说中的、那个以"天下"为自己牧场的汉家人的礼仪绵绵迫来。那是一种气韵的压迫。

可这压迫又不像是冒犯式的，而是规范式的——规范着你的言行、举止。

众人受那女人示意，再度注目向案上那把新铸好的刀。

满帐默然。

有顷，屏风后走出来一个瘸腿的老人。

那老人从案上捧起了刀，向屏风后走去。

然后，屏风后的女人接刀。她一手执一长柄，一手执刀，将之安装在那根长柄上面。

那双手分步骤地插柄、上销、压环、配璎珞，动作娴熟。

——原来这是一把长刀。

刀装配好后，被那女子双手横托于身前。屏风上映出的那刀长达七尺。

却见那瘸腿的老人已从屏风后面走出来。

案旁尺余处，竖立着一个木人。老人王车开始给那个木头人穿皮甲。

案下原来有一摞皮甲。

那些皮甲制式不一，年代也分明不同，有晋式的，有前赵的、石赵的、冉魏、成汉的，更有荆州桓温制式的、蜀中制式的。其中，要数荆州桓温制式的皮甲制作精良，硕大的甲皮由坚韧的皮条缝缀在一起，甲上涂着漆，更增其韧度。

王车不只给木人穿一层皮甲，他把案下摞着的、那些从小到大的甲衣，依次一层层地给那木人套上，足足套了十几层，最后套上桓家皮甲时，木人身上的甲衣早已厚达尺余。

给木人穿完所有的皮甲后，王车拖着他那条瘸了的腿，往后退了一步。

然后，这瘸老人做出了一个"请"的姿势。

应他的姿势，苻融身边的男子，几乎个个都本能地伸手腰间，按上了刀柄。

老汉王车肃手示"请"。

扬武将军姚苌本能地伸手按在腰间的刀把上，盯着那木人身上的重重厚甲。他的手很用力，手背上都迸出了青筋。

可最终，他还是轻轻地摇了摇头，表示放弃。

见姚苌摇了头，胡商安悉达快步上前，伸手开始翻那几层皮甲，要检其真伪。一开始，他那胡商式的精明神色里，还带着股要拆穿对方把戏的嬉笑。可他表情越来越严肃，终于，他晃着头，不可置信地踱回刚才处身的位置。

拓跋筹这时才上前，他绕着那木人走了一圈儿。行走中，他一手笼入另一手袖中。行到那木人左首时，他迅速地袖中抽匕，又快又狠地向那木人胁下就是一刺。他一刺即收，众人只觉一眨眼间，几乎没见他出刀，他就将匕首重笼入袖中。

拓跋筹冲苻融轻轻摇首，往回走来。

这王子出刀极快，在座的没几人能看清他的动作，这时才见他身后木人身上的皮甲，腰肋处断了三重的皮绳。

苻融看着走回的拓跋筹，笑着赞了声："好眼力！"

他在赞拓跋筹的眼力好，一眼看到那十几重皮甲腰肋处的漏洞，出刀更是快而且狠。

拓跋筹回了声："阳平公也端的好眼力。"

他是赞苻融看得清他的动作与他插缝儿的机心。

两人相视一笑。

苻融回望身边的、现管着打匠营的"考工令"鱼特。

"穿这么多层，你们这刀……真的能行？"

亲管着打匠营的鱼特也是一脸茫然。

他侧身面向苻融，以不敢跟苻融并立的姿态，拱手行礼，他正不知怎么作答，忽觉得身后像有一道微风掠起，苻融的目光早不再看向自己脸上。

鱼特猛一回头。

只见身后，屏风忽裂。

屏风裂起的碎隙中，只见那柄七尺长刀破空而出，刀柄上的璎珞迎空奋起，那青森的刀光刻进鱼特的瞳仁里。

四周鸦雀无声。

因为众人眼见着那刀锋直破重甲，由肩向肋，整个八寸厚的刀身不只没入甲衣，还深深地切入木人的胸肋处。

刀背早已不见，前部略翘的刀尖这时轻轻振动着，带着细微的刀响，直指向在场的诸人。

而执刀劈出的，竟是莫干。

那个具有他们从没见过此种风范的汉人女子。

只听莫干淡然谦和地开口：
"小女子力弱，让诸位见笑了。"

屏风已破，众人望向莫干。

只见她身材高挑，穿着件淡青色的上襦，下面穿了条赭石色的长裙，裙上有好多条裥因为她适才劈刀的动作激荡开来，还没还原，露出里面杏黄色的袴。她的两条大袖按汉人样法儿，用一条丝绦通肩上束，吊于上臂，系结于颈后，此时伶俐地露出两只前臂来。腰长颈韧，鹤势螳形，全身并无佩饰，只左腕上，晃动着一枚碧莹莹的绿镯。

符融抬头上望。
"这真的是，你们炼出的第一把刀？"
莫干点头。
"正是。"
她转头望向木头人身边立着的王车，再转头望向符融。
"但如果不能如我所请……"
她双手还执着刀柄。
然后，轻轻点了点头，像是对王车示意。
"这可能也是……"
王车忽然抡起一把大锤，猛地侧着砸向那已嵌入木人身上很深的刀身与刀柄相接处，也是最薄弱处。
那刀身被一锤之下，应声而断。
握着刀柄的莫干因为受力，气血上涌，脸上涨得一红。
只见她双手握着那长柄，柄头只剩半尺的残刀。

"……最后一把了！"

这女人从一开始自己装刀，到命人叠甲，到邀人试甲，再到自己以一妇人之力，扬刀破甲，本已激得在场男子无不耸然动容。

但这些，远没有她最后这突然出语要挟、决然毁刀的动作更让人吃惊。

管理着打匠营的考工令鱼特再也忍不住，叱道："你疯了！"

莫干眼神儿都没瞟他一下，只是直直地平视着阳平公苻融。

苻融凝望向莫干。

"你想要什么？"

"调走他！"

莫干简洁地答道。

她看都没看那鱼特一眼，但她那一份倨傲的鄙视，犹如一支尖利的匕首，直插向鱼特。

只听莫干平静地陈述道：

"不只是调走他，以后，无论司空府，还是少府、将作监、武库，都不得再插手打匠营。司空府、少府、将作监、武库管理的所有矿场、炭场、采料所，也要有我派出的'考工令'。一切如我意后，我在一日，可保你工期不差，出品无差。接下来的冬月，此炉可出千五百把柔铤。就是不许任何人再来凌虐我族人，插手我打匠营！"

夺　锋

鱼特涨紫了面皮，伸手往后腰间摸出一把鞭子，一鞭就朝莫干头上抽去。

莫干冷冷地看着他，眼间那鞭子抽来，躲都没躲。

苻融一抬手，肘部正好撞到鱼特执鞭的手腕。那鞭子失了准，从莫干肩头滑过，可鞭梢还是划过了她的颈子。

只见莫干颈上登时一道鞭痕。

然后，有些微的血迹在那鞭痕里渗出。

莫干冷冷地看着鱼特。

"七百三十九……"

她的表情异常淡漠。

"你主管这里不过三十一天，这已是你抽在我族人身上的第七百三十九鞭了。"

莫干随手一掷，那把残刀已被她掷于足下。

苻融脸上立时罩上了一层冰。

鱼特怒叫道：

"以为你铸了把破甲刀，就了不起吗？不过是选矿、洗矿、清窑、垒炭、鼓风、炒铁……早知道你们这些汉人不可靠，你以为我还没摸明白？"

莫干不屑地笑了笑。

"十三天前，你就曾自己带人照猫画虎，亲自监督出了一炉铁水。那炉铁水炼得怎么样，你自己心里没个成算？因为没炼好，那天你又鞭打了多少工匠？"

鱼特不由得愣了下。

那几日莫干进城采买，他本以为莫干不知道这事儿。

鱼特恨恨地笑着。

"你的意思是说，这套雕虫小技，除了你们汉人，我们羯人，羌人，鲜卑人，氐族人就都玩不动了？"

他这话一出，樊用不由得微微色变。

莫干鄙视地望向鱼特。

她轻轻叹了口气。

"除了攀附，与攀附后的凌弱，你还会干些什么呢？"

然后她的声音大了起来。

"什么汉人、羯人、羌人、鲜卑人，学不学得会我不知道……

"但你，终此一生也学不会的。"

她在地上拾起一片残刃，认真地看了看成色，冲王车说："告诉他们，生铁覆得少了些，要加一成半。"

说着，她转头望向一众人等，朗声说道：

"我只知道，这柔铤之术、宿铁之刀，现在，除了我们南阳孔氏，无人能掌握其中关窍。而除了我，再无人知道连贯的工艺间的修补协调。

"别人铸的不过是刀。

"我……

"……炼的是刃！"

鱼特脸上的怒笑已有些狰狞。

"炼刀算得了什么？当年与殷浩之战，老子不知屠了你们多少汉人。你们南阳孔氏造的刀再厉害，可敢派个人出来，与我对战当场？"

苻融忽然怒喝了一声："够了！"

他转头望向仇余。

"这儿的考工令是隶属于你们将作监的是吧？"

适才鱼特吵吵嚷嚷，没人干预，是因为人人都知道，鱼特出身羯族，当年鱼太师阖家毁于苻生之手后，在外任职的鱼特虽未曾罹祸，但早已再无依靠。他能得到考工令这个位置，应该是苻融念着鱼家旧情，提拔他的——所以众人都不插话。

仇余见苻融问到自己头上，只能上前一步，应道："是。"

苻融淡淡道："他这脾气，确实不适合监理打匠营。你带回去。他既然这么喜欢杀人，外放给边关，好好的如他的愿吧。"

鱼特挣着还想说话。

仇余使了个眼色，早有左右人上前，把鱼特挟持了出去。

苻融这才转身望向莫干。

只听他轻声说道：

"夫人说得没错，这人确实不足以监理打匠营。"

他一锤定音。

众人以为，他就要折服于莫干了。

却听苻融继续说道：

"但他适才问的话却有点儿意思。"

他双目灼灼地望向莫干。

"既然汉家刀兵可以铸得如此锋利，为什么自汉高祖起，就数度困顿于匈奴？此后数百年间，你们汉人为何又连连折损于前赵、石赵、慕容鲜卑……这些个胡人手下呢？"

他词锋尖锐。

——想来，适才鱼特为自保，引出的"汉夷"之争，已深深触动了他。

耕　读

莫干先向苻融深深一礼，拜了下去。

"小女子谢过阳平公免我南阳孔氏再遭鞭打之厄。"

说完，莫干站直身。

她走到那道已遭劈毁、犹存大半的素绢屏风前。

只听她声转温婉，和声发问：

"以诸位之聪敏，以为汉人只铸我南阳孔氏的这一种刀吗？"

莫干自袖中取出一支炭笔。

她转身向屏风上画去。

"汉人依仗的刀兵之锐，终将因其后这两种刀的出现，渐渐钝去。"

说着，她在屏风的绢面上随手勾勒出一张简单的图画。

"上古之前，自汉人刀耕火种之始，汉人的刀，已开始主要砍向土地，而不再是砍向仇敌。"

那素绢屏风上，只见莫干以简约笔意，就画出一个男人用一把似刀似斧的器物砍向土地的画。

"从这把刀第一次以砍为耕开始，汉人旧有的刀兵锐气，很多就转移消散了。那以后，这刀先化为锄，再化为犁，更化为铲，为耒，为镰……划井田而织阡陌。"

她以简略笔意在屏上画出秧苗与土地。

然后她掷笔于地，回身望向众人。

"刀不过一器，刃才是生民可以划开此混沌的利器。刃之用，岂止在于杀人？刃之用，原亦可活我亿万生民。"

帐中的各路豪杰一时满脸茫然，不知道她在说些什么。要不是看着阳平公苻融的面子，只怕再不想听她如此废话了。

苻融却头一个听了进去。

不只听了进去，还似陷入了沉思。

不独苻融，苻融身边的代国王子拓跋筹像是都听了进去。他们身后的樊用，与那个胡商安悉达似也兴趣大起。

樊用双目灼灼地望向莫干。那个胡商安悉达却满眼兴趣地看了下莫干，又看向苻融、拓跋筹与樊用，他似更感兴趣于莫干这番话在这几个胡人青年心中的反应。

"所以汉人之刀兵，先摧折于'耕'。其势初而渐，继以鸿，刀兵都开始用于争夺或保护井田阡陌了。"

说着，莫干离开屏风，向众人身前行近。

她是一个女人，却似乎并不避忌男子。

在场的男人虽多轻视女子，但这时似已觉得，不能轻视"这一个"女子。

只见莫干走到苻融身前。

她从颈下衣内，摸出来一个吊坠样的东西。

那小东西色作青绿，长不过寸许，顶端开刃，模样似一把刻刀。

她将那小坠子递给苻融。

苻融接过，放在手中细看。

不只他起了兴趣，樊用、拓跋筹、安悉达等人都忍不住延颈向前，看向苻融手中这件布满青绿之锈的饰物。

莫干轻声地说：

"阳平公可能没见过这样的东西。

"这是我汉人一千几百年前用过的刻刀。

"众位想必都知道，汉人之语，虽异方殊音，汉人之字，却已通行宇内。而最早的字，就是由刀刻于甲骨之上的。

"可谓汉人之刃，一用于刀，再用于犁，三用于笔。"

"这一把，是我母亲传给我的，据说就是周朝史臣，用于刻削竹简时用的刻刀。

"而汉语之中，刀笔连称，是因为这刀，最后终究进化为笔。"

说着，莫干双目灼灼地望向面前的一众男子。

"各位久经锋镝，我相信，都是从刀与火中蹚过来的。也相信各位与汉家人刀兵相争之际，有过摧坚折锐之胜。

"但善用刀，是否就擅铸刃？

"而诸位摧坚折锐之际，就算曾连胜汉人刀兵于战场，就一定能再胜汉人之'刃'所化成的'它刃'吗？

"连胜于耕，而复胜于笔？"

莫干语气和畅。

但和畅之下，锋锐已出。

苻融忽然退后一步。

他调整姿势，正面地面向莫干。

然后双手一拱，深深地拜了下去。

"夫人之刃，已摧折我等执刀野人于耕读之间矣！"

传　剑

莫干左跨一步，先避开苻融这一礼。

然后，一礼回了过去。

只听莫干谦声道：

"不过汉人因耕而得利，因利而相争，因争而诉之于笔，以笔内讧，由内讧而诉诸刀兵——汉人之鉴，使四方生灵涂炭、万千肝脑涂地。汉人之失，虽纵千万里田亩，不足以盛其悔；罄南山之竹，不足以刻其错。"

"诸君果能思之，愿诸君可由此鉴之。"

剑 僧

洋公子

一剑凌厉扫落发，僧人执笔葬魂花。只望青灯照，却忘明月挂。风霜刀剑空门乱,楼阁血衣泣江海。一朝来，一朝去。旧梦怨语痴为恨。死生恋红尘。

第一章　焚明月

七月十五。鬼节。

雨落如丝，刺骨的风在云龙山间疾走。

将近黄昏，尹月紧握手中就快烧尽的三炷清香，面色铁青地直立在祭坛之上。

寒风冷冽，好似鞭子，连同冰凉的雨丝正无情抽打着她一身的单薄。烟黑的纱衣随风雨起舞，一阵又一阵的，好似归鸦齐飞。

她皱纹满布的额间幽怨紧拢，两鬓的雪白如寒天结霜，充满了凄怨悲凉。此刻的她痛彻心扉，只因今日所祭的是含笑楼的心血——明月剑。

除了尹月在师门独天仙阙中所铸的那把已经消失了二十年的青天剑之外，它可算是含笑楼自铸剑以来唯一引得江湖豪杰争相抢夺的光明之剑。

可是，如此的正义光明却因屠血剑魔而被迫接受焚祭。

江湖之上，这集铸剑与武艺于一身的含笑楼是何等不可一世。可如今，怕是谁也不会想到，堂堂的含笑楼中竟也会有如此惨烈不堪的事情发生。

今日种种，都宛如当年她那个傲剑江湖的师门——独天仙阙。

这是天意。

二十年前青天消失，二十年后明月焚祭。

这样的钻心之痛，让尹月感觉自己仿佛回到了二十年前那一个皓月当空的夜晚——也是她在独天仙阙度过的最后一个夜晚。自那晚以后，她的青天与独天仙阙便一同在江湖上消失得无影无踪了。

二十年。

尹月不知，独天仙阙里的那个人是生还是死。

若是活着，那个人会前来保全明月吗？

若是死了，那个人会在阴曹地府里为明月的祭礼而哭泣吗？

她抬头仰望这如同鬼哭狼嚎的天色，心中既是忧愁，又是惶恐。惶恐今夜即便明月当空，也断不会如二十年前的那晚皓白了。

尹月非常清楚地记得明月剑铸成之时，那个屠血剑魔还曾对她指天誓约道：徒以明月为名，恩感师父之教。

一切言犹在耳。

她恨呐！恨她这辈子唯一的徒弟，竟会有朝一日嗜血成性、杀人成魔！

尹月紧蹙着眉，居高临下地扫视了一遍站在祭坛下面的那些个眼神凶猛的豺狼虎豹们。他们正是以点穴术叱咤江湖的乾坤堂内天、地二穴的两大交椅——阎天乾与柴世坤。再看其余堂内一众身着八卦衣的弟子们，他们则是以乾坤八卦阵的排位立于他们二位身后。

在风雨侵袭之下，那些豺狼虎豹们的眼睛好似愈发犀利阴狠了。明明他们的嘴角边滴下的是雨水，但落在尹月眼里，却活像是刚刚被吞下的猎物的鲜血，就连浓郁的血腥味她好似也隐约闻到了。

对于乾坤堂上下的心情，尹月绝对感同身受，因为死在明月下的无数亡魂皆是乾坤堂内天、地二穴的弟子。

整整六十四条人命无辜惨死于明月剑之下，对于本就以乾坤自居的乾坤堂而言，这个数字便刚好是乾坤八卦中的六十四卦象。

这简直就是奇耻大辱！

试问，面对如此的肆意挑衅，阎、柴两大交椅该要如何才能平息怒火？

今日，本应是快意恩仇的最佳时刻！可是始作俑者屠血剑魔仍不知所终。乾坤堂的追杀令下达数月之久，但江湖之大，藏身之所繁之又繁，追杀之事便犹如大海捞针。

为此，尹月早就做好了生死一搏的准备。以阎、柴二人的点穴神术，倘若当真想置含笑楼上下于死地，恐怕双方免不了一场血战。

但如今看来，事实并非如她想象得那般凶险与血腥。

终究如此。

无论是谁，无时无刻不心心念念着那把明月剑呐！

求而不得，该如何？

情势所逼。

眼下，唯有焚明月剑！

突然，尹月恍惚瞧见了在离祭坛不远的山弯处有一个高高瘦瘦的身影立在那里，灰蒙蒙的衣衫迎风雨飘着。

这是她的错觉吗？

是他？

不！——绝不可能是他！

她的徒儿绝不会是这种偷鸡摸狗之辈！

还是——那个人？

她虽表面看上去未动声色，但心底早已似大海般翻腾不止了。

她沉重地闭上了眼睛，暗笑着自己。

兴许是太过执着，眼前才会出现这样的幻象。

可是，她重新睁开眼睛看向方才的那个山弯处时，惊奇地发现那个身影依然在！

此时此刻，乾坤堂上下都气势汹汹，她多怕这是她的徒儿，可又怕不是他。但若不是，如今还有谁人会来此见证明月剑的焚祭呢？

难道，真是那个人回来了？

就在她心乱如麻时，一位紫衣少年走到了她的跟前。她定神一看，原来是含笑楼楼主四大弟子之一的大弟子向远之。

向远之先是审视了一下尹月凝重的神色，然后沉声地说道："尹师叔，这是墨剑山庄庄主差人送来的一串佛珠，说是经由法蕴禅寺开光的宝物，特意献给明月剑的焚祭之礼。"

墨剑山庄？

尹月突然双眉紧蹙，布满血丝的眸子红得邪魅，微微颤动的嘴唇好似在咒骂着什么。

"立刻扔了它！越远越好！"她异常鄙夷地看了一眼佛珠后咬牙切齿地对着向远之低吼。

其实，她本可以亲手将它捏得粉碎，但是她不要！她不要一丁点儿有关墨剑山庄的东西靠近她的明月剑，哪怕是即刻就会随风而逝的珠子的粉末也不可以！

面对这样的回答，向远之倒也丝毫未感到意外。

江湖皆知，墨剑山庄与含笑楼是多年的死对头，只因墨鹤城庄主爱剑如命，曾多次对明月剑欲求而不得。所以，这把明月剑正是双方多年僵持敌对的根源。

但唯有尹月心里最明白，这其中的真正根源究竟来自何处！

所以，尹月始终觉得这事儿实在是太过蹊跷——仅是一夜之间，她的徒儿与明月剑竟全都毁了？！

莫不是那只老狐狸背地里搞了些什么见不得人的阴招，才逼得她的徒儿与明月剑落得如此下场吧？

尹月暗自揣测着。

就好像二十年前，他对师门——独天仙阙，所做的那些卑鄙无耻的行为一样！

六——

他的卑劣何止这区区的二十年，那可是深入骨髓的肮脏，即便是粉身碎骨也无法抹除！

而如今，他竟又好死不死地送来一串一百零八颗的开光佛珠？

何意？——焚祭之礼？

这摆明了就是狠狠地刮了含笑楼一百零八个耳光嘛！那一百零八声响亮狠辣的声音，还要以佛的名义告诉所有人——他墨鹤城得不到的东西，他人也休想得到！

尹月闷哼了几声，心想那只老狐狸是从何时开始信佛了？难不成，是突然决心要忏悔二十年前亲手造下的孽吗？

可耻！可笑！

即便整日地念'阿弥陀佛'，他墨鹤城这辈子都注定是一个佛口蛇心的败类！

所以，向远之听到尹月的指示后，便即刻将佛珠狠力地扔向山间的某一处或崎岖又或不见光的地方。

眼见如此，尹月才颇为解恨地点了点头。

向远之又一如往常般平静地说道："尹师叔，您之前吩咐的有关焚祭的一些事儿都已安排妥当，可要现在就办了？毕竟，焚祭的时辰就快到了。"他微微低着头，双手作揖，极其恭敬地询问着尹月。

尹月微怔了一下子，像是在寻思着些什么。她反应过来再迫切地看向那个山弯处时，那抹人影却早已不在。

只是，风雨依旧。

"烧吧。"尹月垂着眸，又是无奈又是坚定地答了向远之两个字。

向远之点了点头，然后便走下祭坛用眼神示意其他三位师弟们，让他们预先准备将要焚烧的锡箔冥纸。

这些往生钱财是尹月特意献给那些剑下亡魂的祭物。

她相信，此时此刻，所有惨死在明月剑下的魂魄都会得到应有的安息。

嘶——火焰熊熊。

淅淅沥沥的雨依然留恋于风中，但山峦间的湿润丝毫没有影响到焚烧的火势。

渐渐地，银光闪烁的锡箔纸被火烧得焦黄了，一股子烟熏味在风雨里放肆地翻腾。尤其是在这朦胧暮色之下，缓缓浮现的烟雾更添了一丝鬼魅。

第二章　柳含笑

"你再怎么痛心，焚祭该有的礼数还是不能免的！"

一位白眉老者不知何时从绣满含笑花蕊的宽大袖口里拿出三炷正焚

烧的香递到了尹月手中，而她原本手里的那三炷香不知是燃烧殆尽，还是被雨水打湿了。

"你真是厉害，此刻还有心思谈礼数。"尹月狠狠地瞪了他一眼。

这位白眉老者名叫柳含笑，正是含笑楼的主人。

他同尹月与墨鹤城一样，都师从消失了二十年的独天仙阙。其独创的剑法"一剑无影"威震江湖，却在二十年前的某一夜不知为何摧毁了自己亲手铸造的佩剑无影。

从此，他同尹月的手上便再也没有拿过剑，而含笑楼里也再没有出现过他们二人铸造的剑。

江湖上曾有这样一个传闻，说是柳含笑为了自立门户、独霸江湖，竟不顾同门之义、师徒之情，心狠手辣地摧毁了尹月的青天与自己的师门独天仙阙。

除此之外，传闻还说他并未销毁自己的佩剑无影，只是不知是出自什么原因才将其藏匿了起来。

时日一久，就连常在闹市长街上的说书人也将有关柳含笑的事迹作成一诗，还写得有声有色。诗曰：

> 含笑楼楼主柳含笑，袖里藏剑暗逍遥。
> 云龙山间寻楼处，流霞亭前含笑妙。

这诗虽是说书人的游戏之作，却字字暗含深意。江湖人皆知含笑楼立于云龙山间，满山的含笑花既是娇嫩如玉，又是幽香若兰。

不仅如此，含笑花田还如迷宫错乱，许多的分岔歧路实在是让人眼花缭乱。所以，若没有楼中弟子的指引则是断断找不到含笑楼的。

而且，柳含笑还为含笑楼定了一个奇怪的规矩——若想求剑，便要在云龙山上的流霞亭前种上一朵含笑花，直至花开飘香之日才是上山求剑之时。

这样的规矩二十年来从未变过，如今却因屠血剑魔惹下的血债而让柳含笑不得不为乾坤堂破此先例！

至于诗中提及柳含笑袖口藏剑的传闻，也只能智者见智了。即便是与他朝夕相处了二十年的尹月，终究也摸不透他袖口里隐藏着何等玄机。

只是，江湖传闻终究会逝于江湖。

那位撰写含笑诗的说书人已是许久没有出现在闹市的长街上了，但那首颇为戏谑的含笑诗却至今在江湖上广为流传。

夜色深了。

许是风雨犹在的缘故，遥看烟黑的天际，不见星光也不见月。

柳含笑温文尔雅地挥了挥宽大的衣袖，雪色的双眉沾着雨水，微微蹙着。

今日焚祭，虽是逼不得已，但他也是想借此逼那个屠血剑魔现身！

说到底，终究是屠血剑魔操纵着明月屠尽了人命，染尽了血债！他一旦现身，也不必劳烦乾坤堂动手，他柳含笑誓要亲手杀了那个忘恩负义的弃师败类！

不为其他，只为他对尹月整整二十年来的爱慕之情！

他不忍呐！

不忍看着她就这么活生生地被自己亲手养大的徒儿背叛到如今这般遍体鳞伤的地步！

这样的伤痛，似乎比二十年前发生在独天仙阙的悲剧来得更为惨烈！

突然，柳含笑诡异地对着尹月微笑道："你该明白，含笑楼是决容不得任何一把染满无辜血腥的剑的！若不是你的剑魔徒儿如今不知所终，明月剑也不必葬身火海！再者，即便明月焚了，我想乾坤堂的那两位恐怕也决不会就此善罢甘休！"

他略微顿了顿，没什么血色的双唇不禁紧紧地抿住，摆着一副欲言又止的模样，低声又道："难道，你还真指望阎老大会看在当年你与他死去妹妹的那份交情上，对含笑楼、对你的剑魔徒儿、对明月剑手下留情吗？"

"够了！"尹月低吼了一声，愤怒地将手中的三炷清香丢进了锡箔冥纸的火堆之中。

嘶！——火花四溅！

忽然间，那些原本明明灭灭的锡箔冥纸又重燃起来。

的确。

柳含笑说中了她的心思。

她确实是抱着那样的想法。而如今的事实证明，含笑楼无恙，她的剑魔徒儿虽说不知所终，但这样的消息对她而言便是最好的消息；而明月剑……

她明白，不论是二十年前面对亲妹的死，还是如今面对堂下弟子的死，阎老大都已经作出了最大的让步。

得与失，总是充斥着悲痛与无奈。

她避免了血腥杀戮，却要在血肉铸造的心里永远经受失去至爱明月剑的折磨。

尹月深深地叹息着，悲愤交加地盯着身旁的柳含笑。

她知道，无论如何他都认定了她会不顾一切地将那个屠血剑魔袒护到底。

可惜，这一回他错了。

若她真的知道那个屠血剑魔身在何处，她又怎么舍得焚了明月？她定会第一时间毫不犹豫地杀了他！而且，要用他亲手铸造的明月剑刺穿他的胸膛，直至鲜血流干流尽为止！

要知道，明月剑不仅仅是屠血剑魔的心血，更是她的命啊！尤其，是在青天剑消失了以后……

柳含笑紧绷下颌，眼神复杂地凝望着悲痛交织的尹月。

爱之深，恨之切。

虽然不忍，但为了让尹月能够彻底对她的剑魔徒儿死心，更为了不让尹月再一次经受二十年前的伤痛，所以有些话即便再狠毒、再残忍，他终究还是不得不说的！

"难道，含笑楼里唯有你的剑魔徒儿懂得铸剑？技艺超群的人多的是，你该为含笑楼的未来着想！"

话虽如此，但柳含笑在心里其实还是十分看重那个屠血剑魔的。

记得当年年仅十岁的屠血剑魔便已铸成明月剑。那时"一剑明月，浩瀚如月"轰动江湖，引得众多江湖豪杰争相观瞻。

这样的天赋异禀，让柳含笑仿佛真的看见了二十年前独天仙阙里的那个人。

纵观他门下的四大弟子，当真是没有一人能及得上那个屠血剑魔！若不是他屡欠血债，亲手毁了明月剑的清白，柳含笑是当真想在自己百年之后把楼主这个位子交给他。

但如今这样的局势，他已不得不另作打算。

想着，柳含笑意味深长地将目光集中于正在焚烧锡箔冥纸的一位青衣少年身上。

他名叫叶秋溟，是柳含笑门下的二弟子，也是他退而求其次时看重的继位楼主之人。

叶秋溟所铸造的北溟剑虽说比不上青天与明月在江湖上的地位——即使武功或许也在那个屠血剑魔之下，但柳含笑相信以他的悟性，他日定能成就非凡！再者，论品行，他也坚信叶秋溟是断然不会步了屠血剑魔的后尘的！

尹月咬牙切齿地盯着身旁嘴角上扬的柳含笑，迎立于风雨之下的他竟是那样如沐春风。

他所有的言下之意，她都懂。

只是，她与那个屠血剑魔又岂止是师徒关系这么简单。毕竟是自小就养在身边的人呐，即便他背叛她，但此时此刻她还是期盼着他能够出现，然后在众目睽睽之下夺回明月。

可是，现实永远就是这般残酷的。

尤其是在焚祭的前一晚，当柳含笑宣布他的徒弟叶秋溟为新任楼主之时，她简直心如刀绞。

而就在那一刻，她竟仿佛看见她的剑魔徒儿回来了。毕竟年少啊，看着叶秋溟持剑时的那份豪迈，他眉宇间与生俱来的英气实在是像极了她的剑魔徒儿。

其实，也是像极了二十年前独天仙阙里的那个人。

只是，像归像，尹月却并不怎么喜欢叶秋溟。不知为何，她总感觉在叶秋溟的身上隐约藏匿着一种阴郁的味道。那股味道，就好像是从那只墨老狐狸身上散发出来的一样，阴阴沉沉的。

而柳含笑，又是何等绝顶聪明的人呐！

他明知尹月此生除了屠血剑魔之外不会再收其他徒弟，却在含笑楼遭遇乾坤堂接二连三索讨屠血剑魔欠下的血债时，毅然决然地安排叶秋溟来掌控如此混乱的局面。

尹月知道柳含笑的良苦用心——亲手创建含笑楼二十年，亲手培养四大弟子仗剑江湖。

二十年。

整整二十年的心血啊！

试问，他又怎么忍心眼睁睁地看着自己整整二十年的心血，竟在一夜之间被一个屠血剑魔给毁了？

但是，他与她都老了，对太多的江湖世事已力不从心。而含笑楼的确需要有新鲜的血液来继承！

仅凭这一点，他就责无旁贷。

只是，即便情势所逼，即便退而求其次，尹月却更看重向远之——这个沉稳谦逊、聪慧灵敏的少年。

即便是他们的两位师弟冯玉恒与纪霖风，虽然二人都稍显文弱，也不具执掌大权之能，但在尹月心里，却宁可让他们继承含笑楼楼主的位子。

只是如今，明月剑就要焚了，谁当楼主对于她而言又有何意义？

如雷的祭奠钟鼓敲响了。

一声一声，响彻云龙山巅。

终于，尹月双手紧握明月剑身，以自己炽热的鲜血开启焚祭仪式。

"今日焚祭明月，我尹月在此正式宣布与屠血剑魔师徒缘尽。如有违誓，自当与明月共赴火海！"

炽人的焚祭之火烧红了她的双眼，如血的泪在她涌满皱纹的眼角停驻了许久，直至奔涌而下，泣血成河。

"烧吧！烧吧！烧得好啊！"

一时之间，祭坛下充满了排山倒海的欢呼声，震耳欲聋的鼓掌声。

这样的欢腾热烈，让尹月心中好似有千万把利剑正麻木不仁地痛饮着她全身的血液，直到蚀尽，直到干枯。

这样的钻心之痛，当真与二十年前一模一样。

第三章　屠血僧

次日。破晓。

一位青衣人拎着一捆黑布，十分利索地飞身进入了一座寺庙内。

这间寺庙名唤法蕴禅寺，香火甚旺，除了一些信徒百姓及达官贵人祈福供奉之外，江湖之上唯有墨剑山庄的墨鹤城庄主可算得上是大施主了。

背着若隐若现的朝阳，青衣人轻轻地推开藏经阁的大门，只见一位黑发高束、身穿灰色僧服的男子正盘腿稳坐在蒲团之上，双目微闭，敲打着红木圆台上的木鱼。

"明月焚了？"

"焚了。"

"我师父……可伤心？"

"伤心欲绝。"

清脆悦耳的木鱼声突然停了，男子猛地睁开双眼，目光怔怔地看着青衣人手中的那捆黑布。

"多谢你，叶师弟。"男子冰冷地说道。

叶秋溟听了只无奈地摇了摇头，然后小心翼翼地探出门去四处望了望。待确认并无人跟踪之后，他即刻关上大门，紧接着将手中的那捆黑布抛到男子手上，似笑非笑地说道："就连尹师叔也没有察觉其中真假，那墨老狐狸造假的本事真是一流的！"

男子接过黑布如释重负地轻叹了一声，然后又将黑布放在了身侧如获至宝地来回抚了又抚，却并未准备打开看个究竟。

他是怕了。

害怕他人觊觎的目光，害怕他人蛇蝎的心肠，害怕黑布之下明月剑的光芒万丈。也正是因为以往过度的璀璨，才导致了它今日惨葬火海的绝境！所以，他怕一旦打开黑布，便会有人因为明月的闪耀而再次从他的身边夺走它！

见蒲团上的男子没有作声，叶秋溟耸了耸肩膀，冷冷笑道，"若是被我师父还有尹师叔知道了这事，怕是要把我千刀万剐了不可！"

试想，他这亲手调换了众人翘首期盼的明月剑的事儿，若是被他们发现了，他们怕是只有将他生吞活剥了才算解恨吧。

原来，被焚祭的明月剑实乃墨剑山庄庄主墨鹤城的杰作。幸得飞鸽传书来得及时，这才让叶秋溟提早把真明月剑从焚祭的祭坛上掉了包。

一番思索后，叶秋溟开始对着蒲团上的人自嘲起来。

　　"若不是因你屠了人命，师父他又何曾会看得上我，让我去继承楼主的大位？"忽然，他眉头一紧，对着蒲团上的男子一本正经地说道，"若哪日师父真要为了此事杀我，我也定要赶在师父前面用北溟剑来个自行了断，毕竟是自己亲手铸造的剑，死也算是死得其所、死得安心了。"

　　说罢，叶秋溟下意识地将手伸向附在胸膛上的那把薄如蝉翼的北溟剑之上。

　　这话说来虽有些荒唐，可当真是他实打实的心里话。叶秋溟心里非常清楚，他的师父柳含笑选择他来继承楼主大位全然是权宜之计。

　　若不是因为他——屠云踪，这个背叛师门的屠血剑魔，他叶秋溟又怎会如此顺利地坐上他梦寐以求的含笑楼楼主的位子？

　　仅为此，他是该感谢他的。所以作为报答，他接到屠云踪的飞鸽传书后，便毫不犹豫地保全了明月剑。如此，这含笑楼楼主的位子他可算是没有白白抢了他的。

　　屠云踪坐在蒲团上半晌没有作声，只目光如炬地盯着叶秋溟那双深邃的眼眸，一动不动地盯着，好似要看透他的心事一般。因为方才的那番话，他可从来没有听一向清高的叶师弟说过。

　　熹微的阳光洒在藏经阁的窗户上，斑斑驳驳的，好似云朵的影子从天而坠。

　　这样的好天色，屠云踪当真已经数月没有见过了。

　　"如此大费周章的，你究竟有几成把握可以追查到青天剑的下落？"叶秋溟盘腿坐在了屠云踪对面的蒲团上，双手还饶有兴致地把玩着桌上的木鱼。

　　屠云踪没有回答，只是转眼望向那些一堆一堆被束之高阁的经书，似剑舨尖锐的眼神狠狠地扫视着存放经书的每一个角落。

　　据墨老狐狸提供的线索和他这数月来的观察推测，最为可疑的终究是法蕴禅寺的住持——禅修大师！

　　这位禅修大师虽佛法高深，却从未踏出过禅房为僧侣信徒讲经说法，只是将自身参禅的感悟与佛理制成册子，供僧侣信徒阅读参悟。就连重大的佛诞节日他也不曾亲自主持过，而是交由寺中其他资历深厚的僧人主持管理。

据悉，他这样的习惯，持续至今已有二十年了。

可是，就是这位二十年未曾踏出禅房半步的大师，竟会在昨夜——也就是明月剑被焚祭的那一夜，毫无声息地从禅房中消失不见了。

二十年。

记得，他恩师尹月的青天剑也是二十年前这般毫无声息地消失的！

若这样算是巧合，那这世间的阴差阳错岂非分分秒秒都在反复重演？

或许是的。

可他屠云踪偏偏就不信这个邪！

更何况，当昨夜他亲自尾随禅修来到云龙山上时，当他目睹对方熟练地穿过含笑花田、隐匿在山弯处远远地眺望着祭坛上的明月剑时，当他在禅修的眼中看到了充满着身为出家人不应有的锋利时，试问他又该用什么样的理由去说服自己，证明这一切都只是一个巧合？

这样千丝万缕的交错，让屠云踪心里透着莫名的不安与恐惧。

"毕竟都不明不白地消失了二十年，你又何必为了墨老狐狸的一句话就昧着良心屠尽人命、背叛师门？"叶秋溟一语犀利地刺破重点。

这样心狠手辣的手法，倒让他突然想起了他的另一个师兄——向远之。

原本，叶秋溟还以为只有他一人觊觎着含笑楼楼主的位子。可是直到明月剑被焚祭的那夜，向远之手里的那串佛珠完完全全出卖了他自己！

试想，与那只老狐狸有关的东西背后，又会发生怎样卑劣龌龊的勾当？

这一点，他叶秋溟可比谁都清楚！

稳坐蒲团上的屠云踪却好似什么都没有听到一样，又重新拿起小木槌敲着木鱼，对于叶秋溟此刻如鹰一般阴冷的盯视也装作视若无睹。

屠尽人命？

屠云踪只觉得可笑至极。难道只因他姓屠，便要把人命血债全都算在他的头上？这样随意计算，在阴曹地府报到的鬼魂岂不都要向他一人索命来了？

如此甚好。

他当真要衷心感谢那个老奸巨猾的墨鹤城！他作为这场借剑杀人戏码的事主，为了摧毁自己求而不得的明月剑，可谓是用尽一切残忍卑鄙的手段——寻了一个身段、武功皆与他相似的杀手，又造了一把假明月剑，然后黑布蒙面潜入乾坤堂，用假明月屠杀了阎、柴门下的六十四名弟子！

一夜之间，他屠云踪变成了人人得而诛之的屠血剑魔，而他的心血明月剑也要随他一同走上这一条腥风血雨的不归路。

这样一剑双得的手法真是绝妙无比！

当然，江湖之大，与墨剑山庄结下仇怨的又何止乾坤堂？可那老狐狸却偏偏挑乾坤堂下狠手，想必是有更多不可告人的秘密牵涉其中！

可是，试问他自己又有何等权利去谩骂、憎恨那个老狐狸的一言一行？

那六十四条人命血债虽不是他欠下的，但是有关此事的前前后后，他可桩桩件件都了如指掌。

为了什么呢？

他扪心自问。

为了寻找恩师尹月亲手所铸的那把青天剑的下落？

为了让恩师尹月不再整日独自黯然、抱憾终身？

还是，为了求得解药，去救一个可怜女子的性命？

轰——

忽然，屠云踪只觉有一股子燎原大火正灼烧着自己的五脏六腑！

那个该死的老狐狸！

当初，为夺明月剑，老狐狸竟不惜将自己亲生女儿作为诱饵，想用其美色引诱他。

只可惜，人心难测！

那只老狐狸机关算尽，终究还是被自己的亲生女儿出卖了全盘计划。

屠云踪永远也不会忘记，那个可怜女子饮下了亲生父亲下了蛊的酒后，满嘴鲜血淋漓的惨状！她那双充满深情不悔的殷红的双眼泛着汹涌的热泪，一滴一滴与血一起沾湿了他的双手、他的眼睛、他的心。

是他害了她。

不！——更确切地说，是明月剑，是这把名利并驰的利剑心狠手辣地摧毁了这个可怜的女子！

就在那一刻，就在他即将被怒火焚尽了神志之际，他从墨老狐狸口中得知了有关青天剑的消息。

罢了。

他告诉自己，无论那个老狐狸是否是在用找此借口筹谋更大的阴谋——借他之手一并夺取青天与明月，还是别的什么阴谋诡计——他都该为那个无辜受害的可怜人求得解药。

他并非是为了儿女情长，而是实在不忍看到那样一个为爱奋不顾身的女子就这般香消玉殒了。

所以，他便答应了那个墨老狐狸的要求，成为背叛师门的屠血剑魔；再通过墨老狐狸与法蕴禅寺的关系，顺理成章地成为带发修行的俗僧。

无论名利恩怨，他们二人皆是相互利用的棋子。

只是这楚河汉界，将帅的胜败仍是一场迷局！

"你快走吧。"

屠云踪没有再看叶秋溟一眼，只是自顾自地将小木槌安置于木鱼的中空腹部，然后走到了红木书架旁的书案前坐下，开始研墨抄写经文。

若非为了明月，他可不会让他的叶师弟来这法蕴禅寺。这里虽是佛门重地、清净之处，但与那墨老狐狸有所牵连的地方还是敬而远之的好！

屠血剑魔，弃师败类，有他一个屠云踪就足够了。

> 一切有为法。
> 如梦幻泡影。
> 如露亦如电。
> 应作如是观。

这是他数月来每日抄写的《金刚经》中的经文选段。

或许在此之前，屠云踪无论如何也不会想到，他竟也能做这般清心寡欲的事情。

自然，他这么做只是为了让自己能够平心静气地思考，思考眼下那些一重一重厚重繁乱的谜团。

可笑的是，即便每日抄写，他却始终参透不了其中的禅意。

或许，他本就是一个泯灭人性的屠血剑魔，即使僧衣加身，即使佛经在手，终究也不过是一个屠血僧罢了。

第四章　空门乱

"等等！——"

就在叶秋溟正准备离开时，屠云踪突然发出一丝战栗的制止声！

与此同时，叶秋溟也已将北溟剑紧握在手，细长轻薄又弥漫着朦胧烟雾的北溟剑，此时此刻好似正在向叶秋溟发出震撼心魄的狂啸！

在危急时刻，剑的感应永远是最敏锐的。

他们被包围了！——藏经阁外，已是杀机重重！

隔着一道能渗透妩媚光亮的门窗，屠云踪完全能感觉到立于门外的人，他那一重又一重的内力正在不断地膨胀。那份狂热，让他几乎已经看到了门外之人对于鲜血的贪婪嘴脸——就在那一呼一吸之间如饥似渴地骚动着。

他们要吞噬他的骨血！

生死一战，在所难免！

"你出卖我？！"

屠云踪将捆着黑布的明月剑顶住了叶秋溟的后颈——那根最为凸显的血管之处。

叶秋溟握着北溟剑站着不动，那双阴邪的眸子泛着昏暗不定的光，高凸的额头微微冒着冷汗。

眼下，他不能动，也不敢动。

他清楚地知道，即便明月剑没有出鞘，屠云踪也绝对可以利用内力割破他的血管。

他的命，只在弹指间。

"我若出卖你，又为何要冒险为你保全明月剑？"叶秋溟理直气壮地反驳道，"如今有人追杀到法蕴禅寺，还偏偏赶在我来送还明月剑的这个关口，这摆明了就是有人刻意离间你我师兄弟！"

叶秋溟转了转眼珠，然后又继续振振有词地说道："除了墨鹤城那只老狐狸，还会有谁知道你藏身此处？你仔细想想便知，从头到尾导演这一切的都是那只可恶的老狐狸！恐怕……"他故意高深莫测地欲言又止。

"恐怕什么？"

面对意料之中的追问，叶秋溟狡黠地笑了。

"恐怕，墨老狐狸早就通过你所搜集到的讯息得到他梦寐以求的青天剑了！"

"你说什么？！"

早就得到青天剑了？

那么……

一语惊醒梦中人。

屠云踪突然踉跄着后退一步，连同手中被黑布裹着的明月剑的气势也稍稍减弱了。没了威胁的叶秋溟即刻顺势退到一旁，与屠云踪保持距离的同时，更是试图想清楚接下来该如何应对门外那股来势凶猛的杀机！

屠云踪愣了半晌，突然猛地扯开黑布一看。

天呐！

他惊住了！——叶秋溟送来的这把明月剑果然是假的！

或许，这把假明月能够瞒骗过所有人，即便是他的师父尹月也未必能够分清真伪，可是他——屠云踪，这个与明月骨血相连，魂魄相守的创造者又怎会认错！

那个该死的墨老狐狸！

他究竟还有多少阴谋诡计没有使出来？

不对！

若老狐狸明知青天剑与禅修大师有关，为何不亲自动手，偏偏大费周章地找上他来这守株待兔？所以千思万想，屠云踪断定那只老狐狸是绝不可能就这么轻易得到青天剑的！

可是……

屠云踪又陷入了苦思。

难不成，是趁着明月焚祭的那夜他跟踪禅修大师之时，老狐狸偷偷潜入禅房拿的？

不对！

那夜，他早已赶在禅修大师回到禅房之前潜入细搜过，禅房里除了文墨经卷、佛台香蜡之外，他丝毫没有发现任何可以藏匿青天剑的暗门机关。

究竟是怎么回事？

屠云踪绞尽脑汁地想着，手中的那把假明月已被他用内力震得粉身碎骨了。

哐——

突然，藏经阁的大门被一股十分强劲的内力给震得四分五裂。

空气中的那些被撕烂的呛人的木屑灰尘在明媚阳光的照射下肆意地飞扬。

不出屠云踪所料，带头冲进藏经阁的果然是乾坤堂的阎天乾与柴世坤！紧接着，数名身着八卦衣的乾坤堂弟子接踵而至，以八卦配九宫的阵势将屠云踪与叶秋溟毫无缝隙地死死围住。

阎天乾鄙夷冷笑道："好小子！居然躲在寺庙里吃斋念佛了！真是万万没有想到啊，尹月竟会教出像你这般贪生怕死的孬种！"

柴世坤气焰嚣张地接着说道："阎老大，多说无益！依我看呐，还是让这小子好好尝尝我们点穴神术的厉害！这个杀千刀的小子竟敢毫无人性地屠杀了我们整整六十四名弟子！今日，老子便要让他受尽求生不得、求死不能的痛苦！"

说罢，柴世坤飞身立于藏经阁的横梁之上，随手抖动衣袍的瞬间，只见几道充满内力的气流直逼屠云踪的天灵盖。

"天、地二穴弟子听命！"

"弟子在！"

"风池哑门左商曲，神阙断喉中极穴！"

"是！"

一时之间，好似风云四起，一道一道汹涌狂烈的气流已将阁中的所有经书破坏得凌乱不堪。

只见，立于屠云踪左三路的弟子以猛虎出林的姿势，对准他的颈部穴位锋锐攻袭！

弓步，撤步，前后猛踢，飞拳灵指。

这是屠云踪头一回领教乾坤堂弟子的点穴术，他们指尖的稳、狠、准果然妙也！

这也让屠云踪从心底佩服起那只诡计多端的老狐狸！他当真不知，

老狐狸究竟是如何寻得一个武功如此高强的人，竟可在一夜就屠杀了眼前这群猛如虎兽的点穴神手们！

此刻，屠云踪只恨未有明月在手，几个回合下来，他也很是吃力！应对之暇，他不禁将视线放在了身旁同样苦于应战的叶秋溟身上！

只见，在右三路攻袭他的八卦衣弟子好似一群机敏猿猴，正拧腰掬拳地向着叶秋溟的四肢穴位钻袭！

八卦衣弟子们都配合得相当到位，转身甩拳，拧腰转胯，重心稳固，真是一气呵成。但叶秋溟也毫不示弱，北溟剑轮番挥刺间，已逼得好几位八卦衣弟子晕厥倒地，甚至吐血身亡。

屠云踪见了简直是大吃一惊。

叶秋溟这样猛烈的气势，剑剑锋利夺命的魄力让他觉得太过陌生。

屠云踪稍稍分心的那一瞬间，竟已被八卦衣弟子分毫不差地点中了命关穴左商曲！

命门被困，胜负已分。

但屠云踪却丝毫没有为此感到惊恐，反而十分镇定地盯着一旁仍在苦苦作战的叶秋溟。

只见，此时的叶秋溟早已杀红了眼，在他那双充满刀光剑影的凶恶眸子里，早已是血流成河。

杀！

杀！

杀！

一个杀字，泯灭了他的人性！

此刻，他已经完完全全地回归到了那个夜晚——屠尽乾坤堂六十四条人命的夜晚。

是的。

为了坐上含笑楼楼主的位子，他心甘情愿地成为墨老狐狸摆布的棋子。但谁也无法预料，这场突如其来的藏经阁之战，竟让他彻底暴露了如魔的本性！

这些，恰好也正是屠云踪现下的所思所想。

出乎意料，却在情理之中。

始终站在一旁冷静观战的阎天乾好似也看出了些端倪，为了证实自己心中的猜测，他立即示意横梁之上的柴世坤来收拾眼下的残局。

藏经阁内，已是血香弥漫。

残破不堪的经卷之上尽是淋漓的鲜血。

这样的亵渎，落在屠云踪眼里真是心如刀绞。

数月的潜移默化，佛台香烛的清心洗礼，一切早已在他的内心深处不知不觉地落地生根。

他痛心地看着几张残破的经文碎纸，沾着殷红飘落在他的脚下——那正是他抄写的《金刚经》。

如梦幻泡影。

如雾亦如电。

这一刻，他真想眼前的所有都宛如一梦。

"含笑楼当真是人才辈出的地方！"柴世坤阴冷地瞪着被自己点穴制住的叶秋溟。

"快给老子老实交代！"柴世坤伸手锁住叶秋溟的咽喉，气愤地吼道，"老子堂下六十四名弟子的性命是不是你联合屠云踪一起杀的！"

叶秋溟不屑地咬住嘴唇，一双冒着寒气的眸子诡异地对着柴世坤，流淌着殷红的嘴角散发出一阵冷蔑的笑。

"柴老弟莫要动怒，动怒最伤身！"一旁的阎天乾十分气定神闲，拍了拍柴世坤的肩膀说道，"江湖上还没有谁人能够经受得了我阎天乾的致命三十六点穴术的！"

柴世坤拍手叫好道："哈哈，阎老大若肯亲自出手自然是好啊！"

就在二人兴奋商议之时，迎着门外最为刺眼的阳光之处，一位与屠云踪身着同样灰色僧服的白须老僧正双手合十，缓缓地向藏经阁的杀气走来。

"阿弥陀佛……"

屠云踪没有想到，来人竟然会是他——禅修大师。

柴世坤威胁说道："老和尚，我劝你少管闲事！虽然乾坤堂向来恩怨分明，不会滥杀无辜，但刀剑向来无眼，若是不慎伤了您老，这传到江湖上，我们乾坤堂定会背负个不敬佛祖、扼杀神明的罪过！"

禅修听了仍旧屹然不动地站在原地，只轻轻拨动挂在胸膛之上的大佛珠，一脸慈悲地说道："善哉！施主将佛寺浸浴于血泊杀戮之中已是罪过，即便往后一心忏悔，今日造下的恶孽已是难以抹掉的。日后，施主定会坠入阿鼻地狱，永受无尽苦难。"

"我呸！给老子闭嘴！死和尚！"柴世坤瞋目切齿地怒吼道，"什么恶孽，什么地狱？全都是鬼话！这两个臭小子联起手来杀老子堂下六十四名弟子，试问这位大师，他们又该坠入何等地狱受苦？！"

禅修轻声叹息道："罪孽之人必受罪孽之苦。生死无常，杀戮更是轮回无尽，趁早放下，才得清净。"

"简直是胡说八道！"柴世坤怒声道。"原本老子还想好好折磨折磨这两个臭小子，如今……哈哈！"他仰天长笑道，"反正你口中的阿鼻地狱我是去定了，如今老子就是要当着你这个死和尚的面亲手杀了他们二人！老子倒要看看佛祖神明、地狱轮回又能奈老子何！"

柴世坤话音刚落，便同时抓住屠云踪与叶秋溟的命门要关，被点住穴道的二人如同被缰绳捆住的傀儡一般无法动弹，只能任由柴世坤那双魔手操控。

见状，禅修依然静心地拨动着大佛珠，对着凶神恶煞的柴世坤劝说道："阿弥陀佛！施主，只有趁早回头，方达彼岸解脱！"

可是已是急怒攻心的柴世坤根本就不加理会，当他将全身的内力都集中于停在二人命门之上的指尖时，凌空飞来的一串大佛珠突然绑住了这双即将夺命的魔手！

这样的意外，令在场所有的人都惊呆了。

这也是屠云踪再一次从禅修的眼中看见，一个出家人绝不该有的那份锋利。而如今，他的眼中又骤然多了一层鬼魅般的凶光。

这是大开杀戒的预兆！

"死和尚，竟胆敢与乾坤堂为敌！"柴世坤一边试图挣脱佛珠的束缚，一边恶狠狠地咒骂道，"死和尚！你简直是自寻死路！阎老大，你还在等什么！"

他此话一出，一直在旁默不作声的阎天乾终于也按捺不住，他一个箭步来到禅修的身侧，单手扣住了他的右肩，预备使出他的致命三十六点穴术。

而就在阎天乾即将下手的那一瞬间，禅修竟已神不知鬼不觉地飞身上梁，只见他将手伸进袈裟之内，摆出一副要拔剑相向的姿势。

难道！

见到禅修这样的举动，屠云踪简直欣喜若狂！若他的估计没有错，他师父尹月消失了二十年的青天剑就藏匿在禅修的僧衣之内！

一定是如此！

果然是禅修！果然是他！

可是，他为何要救一个与他毫无关联的人？这唯一的可能性，或许就是他的师父尹月了。

如今看来，以禅修的武功或许早已发现他跟踪调查了自己数月之久了吧！可他不仅没有揭穿，也没有质问，甚至依然让他安然于藏经阁内。

难道，是因为那只老狐狸的缘故？还是，终究与他的师父尹月有关？

罢了。

无论如何都好，二十年了，他师父尹月心心念念的青天剑就要再次面世了。可是他的穴道被人所控！

该死！

突然，屠云踪的嘴角溢出了许多鲜血。

没错！他正在极力地利用内力冲破穴道！

就在这时，阎天乾气急败坏地直冲着横梁上的禅修大师吼道："死和尚，与我阎天乾作对的下场只有死路一条！今日，就是你和尚的死期！"

一声震耳欲聋的嘶吼过后，阎天乾集中幸存的八卦衣弟子一起齐飞横梁，誓要与禅修大师来一场生死较量！

"大事不好！阎老大！——"柴世坤突然撕心裂肺地吼叫道，"屠云踪那小子被救走了！"

待阎天乾飞身下来，这才惊奇地发现柴世坤竟被人点住了穴道！

眼看情势有变，叶秋溟立即强硬地利用内力冲破穴道，只见他猛地喷出一口鲜血后，拖着负伤累累的身子，紧握着淌着鲜红的北溟剑很是不甘地离去了！

"究竟是哪个不知死活的王八蛋干的？"

"是她！是惊鸿！"

"那个死丫头！她当真是和我死去的妹妹一模一样，这辈子终归是要死在一个'情'字上的！"

"哼！死和尚！"阎天乾傲然地昂着头，对着稳立横梁上的禅修大师吼道，"今日就暂且放过你这个臭和尚，来日我乾坤堂定要铲平你的禅寺，让诸佛神明全都和你这个臭和尚一同坠入阿鼻地狱去吧！哈哈哈……"

阎、柴二人如痴如狂地仰天长笑。

"罪过！罪过！"禅修悲悯地闭上双眼，双手合十道，"诅咒唾骂，业障难消！"

"呸！"

柴世坤不甘就这么放过禅修，所以在临走前他从衣襟内掏出个火折子随手丢在了那些沾满血腥的经卷上。

"这是我们乾坤堂特意给贵禅寺上的一炷大香！有此香火，相信诸佛神明都会愉悦！哈哈哈……"

禅修望着陷入火海的那些佛文经卷，一时间只感到心如寒冰。

二十年了。

他原以为早已放下的恩怨情仇，终究还是回来了。

第五章　惊鸿泪

这个密室很大。

不——这不单单是一个密室，说是一座豪华府邸也不为过。

屠云踪困坐在一张白玉椅上，十分惊讶地看着眼前的一切——紫檀香炉、琉璃佛台、五彩珠帘和竹藤屏风，无论是雕刻还是镶嵌，都堪称巧夺天工。

他万万没有想到，在禅修的禅房暗藏的机关后面，竟有如此富丽堂皇的密室存在。更让他始料未及的是，开启这密室的钥匙竟是供奉在佛台之上的那本泛黄残缺的经书。

但是，这些意外与方才救了屠云踪性命的那位身形玲珑的蒙面人相比，实在是不值得一提。

"你是乾坤堂的人？"

一定是。

能够不费吹灰之力地就将柴世坤制住，这种神乎其神的点穴神术除了乾坤堂之外，江湖上恐怕再无任何人能够做到。

屠云踪眯着眼睛，充满疑惑地打量着这个始终背对他的黑衣蒙面人。

确切地说，应该是黑衣蒙面的女子才对。

这蒙面人虽一直未曾开口，但从身形轮廓与呼吸力度来看，屠云踪可以断定一定是个女子！

为了证实他的想法，屠云踪又接着问道，"姑娘，你既然有心救我，却为何迟迟不帮我解开身上的穴道呢？"

听了屠云踪的话，蒙面人像是很紧张，连同背在身后的手也突然紧握成拳了。

见蒙面人还是无心面对自己，屠云踪倒是又想出了另外一个好法子。

"好吧！"他挑了挑眉毛说道，"既然姑娘不愿帮我，那我只好自己强行解穴了！"说完这话，屠云踪只觉得自己很无耻！

他不禁嘲笑自己：屠云踪啊屠云踪，为达目的你竟也玩起这样拙劣的把戏！如此，你与那只让你深恶痛绝的老狐狸又有何区别？

"千万不要！"

终于，一声高亢直指他的心脏！

"怎么……会是你？！"

他没有想到，自己的声音竟会如此颤抖。

尤其，是当那张熟悉的秀丽脸庞深深地刺入他眼睛的刹那间，他只感觉全身上下沸腾的血液都瞬间冰冻了。

他当真完全不敢相信，那双充满深情、不悔的殷红的双眼竟会重现在他的眼前！

这是梦吗？

如梦幻泡影的梦吗？

很遗憾，他真实地感受到她的纤纤手指触碰到他身上穴位的那一刻，真的有一股炙热的暖流从他的胸口真真切切地淌过。

这不是梦。

当这样的暖意流到屠云踪的心田时，他总闻到一股令人作呕的血腥味。

因为他始终深刻地记得，那日她身中蛊毒时，满嘴鲜血淋漓的惨状！那也是他在法蕴禅寺数月里，每夜都挥之不去的噩梦！正因如此，每日的执笔抄经，成了他唯一能够静心的方式。

如此想着，屠云踪深深地凝视着那个立在琉璃佛台旁的倩影。只见她那双殷红得好似在滴血的眸子里，正拥挤着一丝一丝的波澜。

她，好吗？

虽然她如今安然地站在他的眼前，虽然她如今的脸色看上去非常红润，虽然她一呼一吸的感觉十分顺畅，但是，他还是很想亲口问一问她。

不过，看样子，她的蛊毒一定是解了。

屠云踪无奈地垂眸苦笑。

毕竟，无论何种阴谋诡计，始终还是敌不过父女连心！

他，竟是个傻子！

对于这般显而易见的圈套，他竟选择义无反顾地往下跳，而且还是越跳越深，直至深不见底的黑洞里无法自救。

毋庸置疑。

他对她，是动了情的。

可是身在江湖，'情'之一字便犹如穿心的万箭。

如今，屠云踪早已记不得当初极力地劝服自己这并非是儿女情长的那个人，究竟是谁呀？

同样的，此刻的墨惊鸿也是心乱如麻。那双殷红的眼里波澜不再，取而代之的璀璨光芒则深深地照耀在那张令她日思夜想的俊容之上。

他，好吗？

她想问，却又不敢问。

有好几次，她都很想什么都不顾忌地来找他，然后原原本本地告诉他——所有的一切都是她父亲为了私欲而精心策划的阴谋！

只因，二十年前一场师门的恩怨情仇，权力相争。在那场争斗之中，她的母亲不幸死了。自此之后，她的父亲就变得扭曲病态！不仅终日食蛊成性，竟还把失去至爱的痛苦化作仇恨，誓要千倍万倍地报复在当年所有的人身上！

而她，竟是因为有着与母亲相似的容貌，而成为这条复仇路上最廉价的牺牲品！

可是迂迂回回，她最终还是没有勇气告诉他这一切的始末真相。

直到今日，眼看他命在旦夕，她终究还是违抗了她的父亲！背叛了她的舅舅阎天乾！

即便，她会因此而得不到她父亲每日定量所给的那份蛊毒解药。

想到此处，墨惊鸿忽然侧过身去，有意地避开与他四目相对。她只怕自己这双殷红的眼睛会令他看出端倪！她宁可让他认定了自己是一个心如蛇蝎的女子，也不愿让他知道她身上的蛊毒根本就没有解！

"我……"二人默契地欲言又止。

墨惊鸿虽然始终没有看屠云踪一眼，但凭借眼角的余光也能勉强地透析他此刻的神情变化。

诸多谜团当前，屠云踪不愿再感情用事，便直截了当地切入正题道："收买叶秋溟，调换明月剑，再加上今日乾坤堂的追杀，你又突然出现救我！墨老狐狸究竟还有什么阴谋诡计是没有使出来的？"

他猛地从白玉椅上站起，目光如电地向着惊慌失措的墨惊鸿逼近！

这样一步一步、不快不慢的节奏对于本就无言以对的墨惊鸿而言简直就是地狱般的煎熬。

"还有这间密室又是怎么回事？"屠云踪又冰冷地问道，"难道墨老狐狸又想故伎重施？"说到这里，他不禁露出一丝轻蔑的笑。

终于，他走到了她的跟前，一手强硬地拽住她纤瘦的手臂，另一只手则扣住她的纤腰，强迫她那双殷红的眼睛毫无保留地面对自己！

"说！——那只老狐狸是不是又想让你这个宝贝女儿施展美人计？！"

这一声一声的撕心裂肺狠狠地切割着她本就支离破碎的心。

难道，这样的痛彻心扉只有他一人有吗？——她是真的很想大声地这样对他说！

可是，她不能！她不能在伤害过他一次之后，又再一次地用爱的名义重蹈覆辙！

她的爱，是沾着毒的。

所以，她就应该下定决心做一个毒如蛇蝎的人。

墨惊鸿闷哼了一声，随即迅速地用指尖在他的后背轻轻一点。

"屠云踪！你就少做白日梦了！"她眯着眼，面对着穴道被控的他邪魅地微笑着。

"你真是卑鄙！"屠云踪既鄙夷又揪心地对着依旧在怀里的墨惊鸿冷

言说道，"为了培养你这个宝贝女儿，那只老狐狸肯定是花了不少心思！从乾坤堂偷盗而来的点穴神术，再加上你的绝色容貌，最重要的是你还遗传了那只老狐狸十足的阴险狡诈！墨惊鸿，你当真是那只老狐狸最尖锐的武器！"

墨惊鸿紧绷着下颚，几近妖邪的笑依然在嘴角上毫无顾忌地绽放。

"多谢你的赞美！"话音刚落，她就慢慢踮起了脚，伸长了脖子，用滚烫的双唇在屠云踪的右侧面颊上印下了一个浅浅的吻。

这是她真真切切的心意。

但她不敢吻得太深，也不敢吻得太久，只怕自己陷情太深而无法自控。

"你……"面对如此突来的温情，一时间屠云踪竟不知说什么才好了。此时，他只恨那该死的穴道没能够控制住他的双眼，逼得他只能死死地盯着她那双殷红的眼，他一再想要别开眼不去看她，可却怎么都移不开。

对上他那双充满迷惑又夹杂着深情的眼神，墨惊鸿又一如既往地开始了她的阴狠伪装。

她依然在他圈抱的怀里，用手指轻柔地钩起他的下颚，殷红如泣血的眸子闪烁着如晚霞般的瑰丽，一举一动活像是一只狡猾的狐狸正在猎捕口中之食。

这样亦狠亦柔、亦真亦假的折磨，就快要将她的心逼得发疯发狂了。

突然之间，犹如电光火石。只见一串大佛珠重重地打在了墨惊鸿的后颈处，待屠云踪反应过来，墨惊鸿早已晕厥在地上。

眼看卧倒在地上一动不动的墨惊鸿，屠云踪发疯似的对着眼前那一脸慈悲的禅修大师狂吼："死和尚！亏你还是一个出家人，竟然如此对待一个弱女子？！"他一边撕心裂肺地吼叫，一边拼命地要冲破那该死的穴道！

弱女子。

他将这三个字脱口而出时，就连他自己也觉得说得底气不足。她完全算不得是一个弱女子。细想，她时而柔情似水，时而阴冷妖媚，为达目的用尽心机，无论容貌与头脑都活像是一只美丽而狡猾的狐狸。可是，在他心里，她终究还是一个被生父利用的可怜女子。

禅修抚了抚白须，不温不火地说道："你这样硬破穴道会大伤元气！你口中的弱女子能够找到我隐藏了二十年的地方实在是费尽心机！你为了一个如此工于心计的弱女子不惜伤害自己，这么做值得吗？"

"值得！"屠云踪一分一秒也没有犹豫，斩钉截铁地对着禅修大吼！

"阿弥陀佛……"禅修双手合十，微微叹息道，"年少轻狂！'值得'二字又岂是嘴上说说这么容易？"

屠云踪没有理会，他甚至完全不顾因硬破穴道而从嘴里汹涌而出的鲜血。他一股脑儿地跪倒在地，然后紧紧地将她拥入怀中。

禅修静静地看着他对她的那份用心、那份深情，恍惚间似乎看到了二十年前的那一幕幕动情的画面。

他仔仔细细地注视着躺在他怀里的墨惊鸿。她当真与她的母亲长得一模一样。

"也罢。"禅修从怀里掏出一个白玉瓷质的瓶子和一个绣着"佛"字的锦盒扔给了屠云踪，然后又看了看躺在他怀中的墨惊鸿黯然说道："玉瓶里是你的疗伤药，至于锦盒里的乃是我多年来亲自研制的药，你定要给她服下才是。你们二人就暂且留在此处休养，不到明日天亮千万不要出去。"

屠云踪很诧异地握着手中的那个佛字锦盒，半晌没有出声，却又突然向禅修问道："你究竟是谁？我师父尹月你可认得？墨鹤城与你究竟有何渊源？还有那把青天剑，它真的……在你手上？"他问得很紧张，问得很小心翼翼，即便有些答案他其实早已心中有数。

"阿弥陀佛……"禅修对着满目疑惑的屠云踪蹙着眉头说道，"无论时隔多久，许多年前没有了断的终究都需要有个结局！"

看着禅修离去前的那副悲戚的神情，还有那双充满着出家人绝不该有的七情六欲的眼睛，以及那道潇洒凌厉的背影——好似一位傲剑江湖的侠客正要赶赴沙场，开始一场刀光剑影的血战杀戮。

"央……快阻止……他！"墨惊鸿迷迷糊糊地躺在屠云踪的怀里，双手却紧紧地抓住他的衣襟，好似呓语一般，不断地重复这一句话。

"惊鸿！惊鸿！"屠云踪在她的耳畔连喊着她的名字。

忽然，只见墨惊鸿十分用力地睁大了双眼，满目的殷红如同血海一般不停地冲刷她的面颊。紧接着，她开始不断地吐血了，那满嘴的鲜血再一次地残忍地撕扯着他的五脏六腑。

"惊鸿——"屠云踪双手捧着她沾满血水的脸，狂乱地嘶吼着。

他就是一个不折不扣的傻子！

自始至终，她那双殷红如泣血般的眼睛就一直在告诉他——她的蛊毒根本就没有解！

什么叫痛不欲生？

什么叫肝肠寸断？

当她再次出现在他的眼前时，他原以为自己的那份感情就此失而复得，却未想到竟要再次经受惨绝人寰的折磨！

这一回，他可是真正地体会到了情之一字当真犹如万箭穿心。

就在他束手无策之际，被忽略在旁的那个佛字锦盒突然地映入了他的眼帘！

眼下，这可是唯一的救命稻草！无论真假，他都决定要放手一搏！看着即将被鲜血吞噬的娇容，他没有再给自己任何犹豫的机会，以最快的速度拿出锦盒里的药丸塞进了那张鲜血淋漓的口中！

"没事了惊鸿，药丸吃下去你就会没事了！你很快就会醒的……很快就会……很快……"他紧贴在她的耳畔不停念叨着、安抚着。

同时，他也借此安抚着自己内心的伤痛，生怕没有那些自欺欺人的话语他便不能再活下去了。

不知过了多久，屠云踪已经平静下来。

怀中人的鲜血好似已经流干了，但突然又有一股滚烫的热流从他的指尖缓缓滑过。

她在哭。

这让屠云踪着实松了一口气。

他依旧紧紧拥着她，没有再说什么话，也没有再问她一个字。

他想，此刻就让她这样安安静静地在他的怀里大哭一场吧。

果然，她好似听见了他的心声，她真的躲在他的怀里抽泣起来。慢慢地，她开始肆无忌惮地放声大哭。

终究，是他错了。

他就是一个儿女情长的人，本就应该在遇见她的那一天带她远离这被恩怨情仇充塞的江湖。

可是他没有。

直到她蛊毒缠身，直到他深陷阴谋谜团，种种牵绊让他更不能那么做了。

那么，此时此刻，就让他再多抱她一会儿，让她也多哭一会儿吧。

这样奢侈的独处，只怕所有的江湖儿女都在遥想期盼。

第六章　同门怨

这究竟是花海，还是血海？

当屠云踪拥着依旧双眼殷红的墨惊鸿来到含笑花田时，眼前的一切实在让他觉得惊恐而又陌生。

终究，他没有听从禅修的劝诫，未等第二日天亮便从那间密室出来了。

黄昏灰黄的光线笼罩着云龙山间，就连沾着血的花瓣也好似发出些许金色的璀璨。

只见向远之与叶秋溟都虚弱地仰躺在染满鲜血的含笑花田之中，二人身上的衣衫已被许多凌厉的剑气刺得残破不堪。

"两个没用的东西，就凭你们这点本事还妄想坐上含笑楼楼主的位子？真不知柳含笑怎么会收了你们两个这么无能的徒弟！"

循着声音的来处，屠云踪隐约看见了一个双脚立在一朵含笑花上的黑色身影。与其同时，墨惊鸿也朝着屠云踪所望的方向看去。

没错！

那人正是墨剑山庄庄主、墨惊鸿的父亲——墨鹤城。

屠云踪满腔气愤地低吼道："可恶的老狐狸！无论如何，我今日定要亲手杀了他！"

"不！不可以！"墨惊鸿猛地张开双手拦住气势凶猛的他，急切地道，"他毕竟是我的亲生父亲，无论他如何对我又如何对你，请你看在我的情面上，千万不要置他于死地，好吗？"

屠云踪看着墨惊鸿那双殷红如泣血的眼睛，愣住了。他不是为了她方才对自己的恳求而动容，而是恨自己竟会被仇恨冲昏了头脑，一时竟会忘记了最重要的事情——得到蛊毒解药。

罢了。

他这辈子注定会被牵绊所累，注定不能随心所欲、任性而为！

无论是不由己的人，还是不由己的心，一切都会在情之一字面前化为乌有。

这无疑也是那些背负着恩怨情仇的江湖儿女们，最痛彻心扉的无奈。

"惊鸿！你这是在做什么？！"屠云踪目瞪口呆地惊问道，"你应该知道，即便是死，我也绝对敢硬破穴道的！"他万万没有想到，这一回她竟会为了那个老奸巨猾的父亲再次控制住他的穴道！

墨惊鸿却紧咬住嘴唇，异常坚定地回答道："你若硬破穴道，我便即刻在你眼前自裁！"她用指尖对住自己的命门要穴，殷红的双眼里波澜汹涌。

屠云踪双眉紧紧蹙着，似是被一把锋利的剑深深刺过的印痕。

他认输了。

在她面前，他注定要做一个傻子。

墨惊鸿没有说话，胸口闷着的酸楚忽然从她的眼眶倾泻而下，带着一丝丝殷红，如花般绽放在她的脸颊上。

就这样，二人默然地站在花田岔路旁，屏息看着或将要发生的一切。

"墨鹤城——"

这一声响彻天际的嘹亮，使得这满山沾了血的含笑花瓣都微微动荡了几下。

只见柳含笑凌空挥袖飞来，同墨鹤城一样双脚轻盈地立于一朵含笑花之上。

与此同时，尹月连同冯玉恒与纪霖风也迅速飞身来到身负重伤的向远之与叶秋溟身边，急忙替他们运功疗伤。

见状，墨鹤城依然挺立于含笑花上未有什么动静，一袭暗藏汹涌的黑袍迎风舞动，血红的衣襟与他那双殷红的眸子一样透着邪魅，一头梳于脑后的整齐的白发十分光亮，全露的宽大额头上赫然可见几道触目惊心的剑疤。

柳含笑记得，那些剑疤还是当年老狐狸发疯自残所留下的。这让他不禁想到了二十年前，与墨鹤城同门学艺的种种。想着，他黯然默叹了一声，叹这岁月无情，更叹这人生无常。

二十年了。

一切却恍如昨日。

他以为那只老狐狸拥有了墨剑山庄，拥有了江湖地位，拥有了亲生骨血陪伴身旁，便不会再奢求什么。

可惜，他竟会忘了老狐狸欲壑难填的野心。就如二十年前，为夺师位独掌独天仙阙，老狐狸竟在他们师父每日饮的酒里下了蛊毒，从而导致师父身陷濒临死亡的绝境。之后，师父不知所终，这只野心勃勃的老狐狸便以自己的姓氏改独天仙阙为墨剑山庄。

可是权势、地位、名誉，这一切都不足以让这只贪得无厌的老狐狸安心。

如今，眼睁睁地看着被鲜血玷污了的含笑花田，柳含笑当真是火冒三丈！唯有他心里知道，这一片娇嫩含笑可是充满着他对尹月的那整整二十年来的爱慕之情！

他永远不会忘记，当她看到他种下的第一朵含笑开花时的那个神情，她笑得好像一个孩童一般天真与满足。

就从那一刻开始，他便在含笑楼定下了播种含笑花才可上山求剑的这种让人看似莫名而又可笑的规矩。他始终不曾奢求什么，他知道她早已心有所属。他唯一的心愿便是这满山含笑开遍时，能够再次换来她的珍贵笑容。

可是，他心心念念的美好竟被这只老狐狸给毁了！

柳含笑想着，开始挥动他那两只绣满含笑花蕊的宽大袖子，不知要做些什么。

霎时间，四周骤起的花瓣都随着柳含笑袖口暗涌的气流而肆意飞舞着。

看着怒发冲冠的柳含笑，墨鹤城仰天大笑道："师弟啊，师兄我可是日夜想着与你刀剑相向的画面，却从未想过有朝一日会在这般诗情画意的花海里，能够亲手杀了你！"说到那个"杀"字时，他已将他的镇庄至宝——那把鲜红如血的霄神剑紧握在手。

"可是……"他眯着散发着邪魅魔光的眸子，痴痴地笑，又好似自言自语地呓语道，"现在还不是时候。等我们的师父来了，我们师徒四人才算是真正的团圆了！二十年了，我们都该团聚……团聚了……"

几乎是同一时刻，柳含笑与尹月都露出一副难以置信的神情狠狠地盯着如痴似狂的墨鹤城！心想这只老狐狸，实在是疯得彻底！

此刻，尹月暂且将重伤不醒的向远之与叶秋溟交由冯玉恒与纪霖风二位照料，然后飞身来到柳含笑的身旁，与他一起并立在一朵含笑花之上。

"好啊，好啊，我的好师妹别来无恙啊！"墨鹤城抖了抖身上的黑袍，一脸阴冷地对着尹月说道，"其实你又何必花费不必要的力气救那两个无能的小子？他们身上的伤，可都是彼此争斗的结果！这让师兄我想起了许多年前的事情，好像那时，我们三人也是如此——为了独天仙阙，为了师父的那个位子，不惜自相残杀！"

柳含笑听了怒斥道："你简直就是胡说八道！当年背叛师门、争权夺势的分明就是你这只老狐狸！只怪我与尹月始终顾及着与你的同门情义一再忍让你！像你这种无耻败类，当初阁老大就该把你生吞活剥了！"

"没错！"尹月在旁也深恶痛绝地咒骂道，"若非你的冷血无情，我那可怜的若情姐又怎会惨死？！"

"不！不是这样的！"突然，墨鹤城像是中了魔咒一般，开始疯言疯语地道，"那个不要脸的贱人，明明已经是我墨鹤城的人了，可心思全然在师父的身上！她是咎由自取，她明知我早已在那壶酒里下了十足的蛊毒，却硬要饮下与师父同归于尽！是她自己寻死！该死！"

"闭嘴！你才是那个不要脸的贱人！"尹月怒气冲天地大吼道，"当年若情姐本就与师父有婚约在先，是你这个无耻狂徒硬是毁了若情姐的清白，这才让她不得不委身嫁给你！我原以为你只是用卑鄙的手段来强夺你的最爱，可是没有想到，你并非真心喜欢若情姐，而是要不择手段地夺走属于师父的一切！"

听到最恨处，身旁的柳含笑怒不可遏地接着道："你这个卑鄙小人，我柳含笑这辈子最痛恨的就是与你同门！我原以为阎若情的死会让你清醒，不想多年之后你竟会把歹毒的心思全然加在了这些小辈身上！"

一想到他那两个被老狐狸利用到体无完肤的徒儿，柳含笑心痛的同时更觉心寒——他一向看重的徒弟叶秋溟竟也会被名利权位所累。

在发生屠血剑魔事件之后，他竟在无意间发现了向来谦卑的大弟子向远之与那只老狐狸飞鸽传书，他真不知该如何形容那时的心情。

失望？怨恨？

好似都不是。

他当时异常地冷静，在安排冯玉恒与纪霖风暗中监视向远之的同时，他决意把含笑楼的未来都寄托到叶秋溟的身上。

可惜，他终究还是下错了赌注。

当阎老大到含笑楼告诉他有关乾坤堂六十四条人命血债的真相时，他简直无法接受如此惨烈的事实——他一手调教出来的徒儿竟是真正的屠血剑魔！

他实在说不出埋在心底的痛与怨，怪只怪自己自始至终都所托非人。

忽然，墨鹤城竟疯魔般地乱舞手中的霄神剑，又如野兽般仰天长啸。只在弹指之间，他身上的黑袍也被他汹涌迸发的内力震得粉碎。

就在这时，一位陌生而又熟悉的故人迎着花田走来。

是他！

面对预期中的走来的禅修大师，被困在不远处花田里的屠云踪实在是难掩心中的激动之情。因为，他几乎能够肯定，他的到来定能解开积攒在自己心中那一重又一重的谜团！

墨鹤城望着被鲜血染得最红的那一片含笑花田处，异常欢愉地痴笑道："师弟师妹快看呐！二十年了，我们的师父他终于回来找我们了！"

终究，还是他墨鹤城赢了。

他费尽心机，苦心搞了这么多事，终于还是逼得二十年都不出禅房半步的他现身于此！无论是明月剑焚祭那夜，还是乾坤堂围攻藏经阁之时，一切的事实都让墨鹤城足以相信，自己一直以来对于屠云踪身世的猜测是完全正确的！

他可一直记得他的师妹尹月对师父的那份感情。更何况，当年他们二人因要铸造出举世无双的青天剑还曾一同闭关数月。

试想，孤男寡女共处一室，尹月本就对师父情有独钟，这样的机缘难道这么轻易地就被辜负了？

同门如此，互不相欠。

总说他是强夺师母的无耻败类，那么尹月岂不也做了为人不齿的苟且之事吗？！

墨鹤城眯起殷红的眼，轻蔑地笑着。

这时，尹月与柳含笑都激动地望着那个双手合十的老僧缓步走近时，他们彻底认定了墨鹤城是真的疯了的事实。

纵观眼前的白须老僧，无论眼耳口鼻、身形架势，还是举止神态，他身上的每一处地方对他们二人而言都相当陌生的。唯有老僧那副慈悲安然的神态，倒让他们觉得活像是一尊佛立在跟前一样。

但老僧身着的那袭灰色僧衣倒是让尹月颇感熟悉。

记得，那夜明月剑被焚祭时，相似的灰色衣衫曾在山弯处迎风雨飘动。

"阿弥陀佛……"

听到这句每一位出家人都常说的佛语，尹月与柳含笑都不禁发出一声嗤笑。绝非是他们二人有不敬之心，而是在这充满杀气与怨气的气氛之下，一句慈悲佛语岂能化解一切恩怨情仇？

突然之间，墨鹤城泣血一般的双眼异常凶狠地盯住站在花海间从容安然、闭目诵经的禅修，然后猖狂放肆地低吼道："或许如今江湖上已全然忘记了独天仙阙，全然忘记了有个叫游独天的傲剑霸主，可是我墨鹤城可永远不会忘了师父您的模样。即使二十年过去，您早已变得面目全非，但您的一呼一吸，徒儿我一闻便知。"

其实，他原本以为师父早已死在了他的蛊毒之下，可在他为亡妻阎若晴十年死忌而前往法蕴禅寺商议法事之际，他竟无意看到了那些放置在寺内传阅的经卷。那一笔一画，一钩一提，莫不是他的师父游独天的亲笔？！

就是这样晴天霹雳的现实将他狠狠地推至深渊！

一时间，似美梦惊醒，他仿佛看见了那夜遥挂天际的皎洁明月之下，师父与若情蛊毒攻心，鲜血淋漓、生死不能的惨状！

顷刻间，那柄血红的霄神剑好似化作了一只猛鹰，向着禅修凶猛地伸出了那双尖利的爪牙！

忽然，只在瞬息，两把光明闪亮的长剑鬼使神差般地从柳含笑那两只绣满含笑花蕊的袖子里飞出，硬生生地挡住了霄神剑的猛烈攻势。在昏黄混沌的空中，两把长剑不断地碰撞出璀璨如星的光芒。

"青天！明月！"尹月震惊地呼喊道。

眼前的一切实在是发生得太急太快了。望着那把皎洁如月的明月剑在空中自由地舞动，屠云踪的心中真是五味杂陈、百感交集。

许是过于兴奋与震惊，他竟没有发现站在身旁的墨惊鸿又一次蛊毒发作。这一回，她的嘴里正不断喷涌出漆黑的血来。但为了不让屠云踪发现，她即刻点住了自己的穴道，把所有将要喷出的毒血都积聚在自己的体内。

"哈哈，原来真正阴险的人是师弟你啊！"墨鹤城惊讶道，"枉我费尽心机想要得到青天、明月，到头来终究还是输给了你的良苦用心！哈哈，想不到啊……真是想不到……"

这样疯狂的笑声不该属于一个常人。

他已然是疯了。

慢慢地，尹月与柳含笑看见了两行黑血从墨鹤城那双殷红的眼睛里流淌而下。

这是他终日食蛊成性的后果。

只见墨鹤城猛地扔掉一向被他视为珍宝的霄神剑，双手抱头凄厉地对着已然灰暗的天空吼叫，直至七孔与额头上的那些剑疤都汹涌地冒出黑血，然后重重地仰躺在含笑花田之中。

在闭上双眼的那一刻，他好像终于明白，这些年来他最怨恨的不是师父，不是同门，不是他的妻女，不是任何一个人，而是他自己。

因为千般怨恨，所以万般折磨。

这场血雨腥风，或许注定在还未开始时便结束了。

同门怨，心头结。

二十年的等待，二十年的城府，二十年的仇怨，都在那么一瞬消失无影。

如今，万物皆空。

禅修拨动大佛珠，望着眼前一片的血腥狼藉，黯然双手合十，默念起《生生咒》。

第七章　红尘逝

整整三日，屠云踪米水不进，只身一人跪在琉璃佛台前，祈求供奉在佛台上的观音尊者能够大发慈悲，解救他所遭受的一切苦难哀愁。

黑浓扎人的胡须已不知不觉地爬上了他的上唇、下巴、面颊还有两腮，肿胀的眼睛里更是缠满了万缕的血丝，像是被刀子割破的朱红绸缎，那些光泽柔软的绵丝不断地在他的眼里织绣着精致缤纷的图案。

他不知道自己为何会再次来到这间如谜一样的密室里。但他非常清楚地记得，她口中不断喷涌的那些黑红毒血是如此令他痛心。

当那只老狐狸几近惨烈地身亡之后，墨惊鸿竟也选择离自己而去。

而他的同门师弟叶秋溟也终于完成了他一直以来的心愿——用他亲手铸造的北溟剑，在他师父柳含笑的跟前自刎。而向远之呢，在他自我了结之前，竟残忍地将他的两位师弟冯玉恒与纪霖风给杀了。

看到向远之眼里闪烁的杀意，他充满了愤怒，更是充满了痛苦与无助。

这或许是所有江湖人的劣根性——自己得不到的，就要想方设法地让别人也休想得到。

于青天剑，于明月剑，于含笑楼楼主的位子都是如此。

所以，还是那个城府极深的死人赢了。

含笑楼楼主再也无人继位，因为他已决意遁入空门，从此远离江湖，远离爱恨情仇，远离生死离别。

那一夜，当禅修预备为屠云踪剃度之时，尹月与柳含笑都没有阻止的意思。尹月还特意带上了青天剑与明月剑一同见证他落发的这一重要时刻。

眼看着自小养大之人的乌发被一根一根地剃去，尹月不禁湿了眼眶。

她还记得二十年前，她与师父铸完青天出关的那一日。但那时的她怎么会想到那个被遗弃在独天仙阙门口的男婴，有朝一日竟会为了一个'情'字而遁入空门。当然，她也不会想到，当年亲手抱起那个男婴的人，今日竟成了替他剃发受戒的师父！

天意弄人。

但是让尹月确信这一切的非是墨鹤城那日的疯言疯语，而是这间让她熟悉得不能再熟悉的密室。眼前的紫檀香炉、琉璃佛台、五彩珠帘、竹藤屏风，一切的一切，莫不是当年的独天仙阙。

可是，尹月与柳含笑却都非常默契地选择了沉默。而此刻正在一心为屠云踪完成剃度的禅修也是如此。

他们彼此本可以相认，但是双方都没有打算踏出那一步。

究竟是什么遮住了他们彼此双方的心意？

他们不知道，那张原本熟悉的面孔究竟是被蛊毒侵蚀得面目全非了，还是终日被青灯古佛洗礼得脱胎换骨了？

归根结底，他们是不敢相认，是不敢再次回首当年历历在目的悲剧。

即便，已是二十年过去。

"诸法空相，净心菩提。"禅修放下剃刀，看着散落满地的乌发，一手按住屠云踪光亮的头，严肃地道，"从今日开始，禅净便是你的法号。望你能净心修法，参透我佛无上正等正觉。阿弥陀佛！"

禅修说罢，便只身一人头也不回地离开了。他的步子很急很快，生怕片刻的迟缓都会让他后悔自己所作的决定。

他回到自己的禅房时，只见一个娇小的身影正静静地直立在窗边，那复杂多变的神情让他一时间读不出她的心思。

察觉禅修的到来，墨惊鸿竟没有问一句有关屠云踪的话。为了遵守与禅修的约定，她带上了他倾尽半生研制的解药默默地离开。

她不知道自己究竟会去哪里。是回乾坤堂找回亲情，还是回归江湖重振墨剑山庄，还是，默默地藏在暗处观察他的一举一动，以此来度过她无奈多舛的余生？

在这样寂静如死的深夜里，禅修望着那渐行渐远的倩影，好似看见了许多年前的那张熟悉脸庞正甜甜地向着他微笑。

侠客行

茶 壶

一

"书生，你也给我写个故事吧。"

"只有大侠的故事才值得写。"

"好，那你等我去变成大侠。"

……

名剑阁外，柳长亭中，陈墨川看着缓步走来的故友，心里念着他们从前说过的话。

大侠？什么是大侠？

难道在他眼里，视人命如草芥的人就是大侠？每一步都踩着累累白骨的人是大侠？

陌生感让陈墨川觉得愤怒，也觉得悲哀。

人已经走进柳长亭，坐在陈墨川对面。

"书生，好久不见。"

多久？十年？十一年？陈墨川已经记不清了。他唯一记得的，是前几天从北边传到名剑阁的消息。

魔教教主白蚁带着人一路南下，势不可挡。所过之处武林门派无一幸免，各路同道皆惨遭追杀。顺者昌，逆者亡。他疯了，他要将所有武林人都赶尽杀绝。

名剑阁不是第一个被围攻的门派，也绝不会是最后一个。

"墨川，你曾与他是朋友，这是武林最后的机会。"师父捧着一坛酒跪在他面前。

陈墨川看着摆在两人中间的酒。

这是名剑阁最烈的酒，里面掺着名剑阁最烈的毒。

白蚁，必须死。

"请你来，是为了喝酒。"

陈墨川把酒倒在杯子里，酒带浑浊，遮盖了杯底的翠绿色花纹。

白蚁拿起酒杯："咱俩最后一次喝酒也是在这儿。"

此处，名剑阁下柳长亭中。陈墨川从没有想过，昔日一起饮酒的少年会变成如今的样子。

白蚁将酒杯慢慢送到唇边，陈墨川的手心里渗出冷汗。

"等等。"陈墨川脱口而出。

白蚁并不意外，端着酒杯看他。

他知道酒里有毒？他知道自己会叫住他？如果自己不开口，他会喝下去吗？

陈墨川不知道，他不知道的还有很多。

"白蚁，你能不能告诉我原因？"

"什么原因？"

"他们与你无冤无仇，你却杀了他们。"陈墨川看着白蚁执杯的手，伤疤在他手背上盘根错节。他知道白蚁从来不用兵器，每一条性命都是被这双手亲自了结的。

白蚁笑道："书生，这武林里无缘无故就被杀了的人还少吗？"

"但为什么是你？玉虚观、卧虎堂、乞儿帮，前后近十个门派的几千武林同道死在你的手里。白蚁，为什么？"

陈墨川的手在发抖，手背上青筋暴起。

白蚁看着酒杯，像是在认真思考。

片刻之后，他放下酒杯对陈墨川道："我说过，我要变成大侠。"

"这不是大侠，你不配。"

白蚁笑了，他的笑容是嘲讽还是无奈？

"你笑什么？"

"书生，你是名剑阁的入室弟子，而我只是一个野小子。可咱俩竟然见了面成了朋友，还记得是因为什么吗？"

陈墨川点头，他当然记得。

二

"我叫白蚁，白天的白，蝼蚁的蚁。虽然你跟他们是一伙儿的，但我白蚁恩怨分明，既然你帮了我，那我就交你这个朋友。"

陈墨川看着比自己高半头的白蚁，指着他的脸道："你流血了。"

白蚁抹了一把脸，愤愤地骂道："他妈的，不就是仗着自己会武功吗？老子有一天投了门派学了本事，一定让那群王八羔子好看。"

陈墨川心想，没有哪个门派的师父会收他，正经门派只收习武人家的孩子，这是武林的规矩。师父说过，会武功的人终究是少数，物以稀为贵，多了就不稀罕了。

"喂，小书生，你叫什么？"

"陈墨川。笔墨的墨，海纳百川的川。"

"啧，难怪一副书生打扮，连名字都文绉绉的。"白蚁把他上下打量了一遍，"看你武功挺高的，在名剑阁地位也不低吧？"

"我是师父的入室弟子。"陈墨川骄傲地抬起头。

名剑阁虽然不大，也从不参与武林里的事，但在武林里地位很高。出门说自己是名剑阁的普通弟子都会被高看三分，更何况是掌门的入室弟子。

"刚才欺负你的那些人，我都记住了。等回了山上，我告诉师父罚他们抄书。哎，你又流血了。"陈墨川赶紧从衣襟里扯出小师妹送他的手帕，递给白蚁。

白蚁瞥了一眼，嫌弃地一撇嘴："娘里娘气的，我不要。"说完，他用脏乎乎的袖子抹了把脸，又忍不住骂起来，"这群王八羔子可真黑。"

陈墨川安慰他："你放心，我一定告诉师父。"

"算了，说也没用。今天是这几个，明天是那几个，你师父还能罚整个山上的人都抄书？再说，抄书有狗屁用！"

整个山上的人？陈墨川有点糊涂了，难道所有人都欺负他？

"既然你出手救我一命，那就江湖规矩，我白蚁有恩必报。走，请你吃饭。"说完，白蚁拉着陈墨川就走。

两人一路从镇上走到山脚，七拐八拐之后，在一小片林间空地看到一个小茅棚。旁边蹲着一个十七八岁的姑娘，正在烧火。

"姐，我回来了。"白蚁上前叫她。

姑娘回头见白蚁脸上有血，一把抓过他问："你又跟谁打架了？"

再一转头看见站在旁边的陈墨川，姑娘抄起烧火的木棍，指着陈墨川鼻子道："你们名剑阁的弟子还有没有王法？我们把钱都给你们了，还想怎么样？想逼死我们？好啊，要死大家一起死。"

说完，她举起木棍冲着陈墨川抡过来。

陈墨川被她骂得愣住，反应稍慢，肩膀结结实实地挨了一木棍。幸亏他筋骨强健，木棍断了，只是胳膊有些疼。

白蚁赶紧抱住他姐的腰，连声道："不是他，这个兄弟救我来着。"

姑娘拿着半截木棍愣住，脸上一红，一把拍在白蚁后背上道："小王八羔子，你怎么不早说？等着，姐抓了兔子，给你炖汤。"

那天，陈墨川第一次意识到，这世上还有人的生活与他的生活完全不同。他们没有爹娘师父，只有他们自己，住在林子里随便搭的一个茅棚里，喝山涧的水，吃林子里的飞禽走兽。

回去之后，陈墨川把那几个师兄弟的所作所为告诉了师父。他以为师父会震怒，会惩罚他们，然而师父只是轻描淡写地教训了那几人两句。师父对这种事习以为常，并不放在心上。

陈墨川天资聪颖，比其他师兄弟更受师父宠爱，所以也更自由。他隔三差五就下山去找白蚁，有时候带点山上的点心，有时候带一坛师父酒窖里的好酒。

师父觉得他年纪小，不许他喝酒。可白蚁他姐就从不管他，甚至还做些下酒菜给他们吃。

两个人坐在柳长亭的桌子上，你一口我一口。喝得兴起时，陈墨川就跳下桌子，给白蚁演一套师父传的剑法。

过几日，镇上来了说书的先生，白蚁就领着陈墨川去镇上听书。两个人挤在茶馆里一众大人中间，听说书的人说武林里大侠的故事。

回来的路上，白蚁对陈墨川道："书生，你教我认字吧。"

陈墨川惊讶地看着白蚁，他前天跟白蚁提议的时候，白蚁还说读书娘娘腔，有那工夫不如去习武。怎么改主意了？

"我要写书。以后，我的书天底下所有说书人都说。"白蚁一拍胸脯，豪情万丈地回答。

"写书？"陈墨川"噗"一声笑出来，捂着肚子蹲在地上。

白蚁朝着陈墨川的鞋帮踢了一脚，涨红了脸问："笑什么笑？你不信老子能写出书来？"

"不是不是。"陈墨川站起来，拍着白蚁的肩膀，"你现在大字认不上一箩筐，等熬到能写书，恐怕胡子都白了。白蚁，能著书立说的都是大儒，你可得努力才行。"

陈墨川以为他就是心血来潮，没想到白蚁居然是认真的。他学了一个月，认识了不少字。

其实，陈墨川有私心。因为门派规矩在，他不能教白蚁武功，那么教他认字也好。江湖上识文断字的人有限，所以白蚁应该也是物以稀为贵的。

白蚁学得认真，陈墨川就更上心了。白蚁出身市井，陈墨川就收罗了好些野史杂书送给他读。

陈墨川还盘算，虽然不能让师父收白蚁做徒弟，但是可以让他去名剑阁名下的铺子里干活。这样，他就不用跟他姐一起住茅棚了。而且，白蚁还能给他姐准备一套体面的嫁妆。

打算得很好，日子也照常过。可谁能想到，居然生了变故。

陈墨川一大早被师兄叫起来，领到师父屋里跪着。一同跪着的，还有之前因为欺负白蚁而被他打的那四个人。

师父不知什么原因，气得脸色铁青，看见陈墨川立刻先劈头盖脸给了一顿戒尺。

戒尺也是木的，师父只用了三成力，陈墨川就立刻皮开肉绽。

打完了，陈墨川才知道，挨的这顿打是因为白蚁。

旁边跪着的名剑阁弟子昨天在镇上又碰见了白蚁，两边都是宿怨，立刻就动起手来。结果，四个习武的人居然没打过白蚁，倒被白蚁用柳枝打了一身伤，连滚带爬地逃回来。

他们说，白蚁用的是名剑阁的剑法。

师父打完了陈墨川，对那四个人道："武林的规矩不能坏，名剑阁的剑法更不能外传。"

陈墨川不明白师父的意思，那四个人已经懂了。

陈墨川被师父关了三天禁闭。三天后，他偷偷下山去找白蚁。

茅棚被烧得看不出原样，白蚁和他姐都不知去向。陈墨川站在那堆黑乎乎的木炭前愣了很久。师父的意思，他终于明白了。

回名剑阁路过柳长亭，白蚁坐在石桌上等着，身旁放着一坛不知从哪儿来的酒。

他的手血肉模糊，脸上和身上的血和炭黑掺杂在一起。看见陈墨川来，让他过来坐。

陈墨川坐在他旁边，低着头不说话。

他高兴见到白蚁，可又害怕见到白蚁。

白蚁把酒坛递到陈墨川面前。

陈墨川接过酒坛，眼泪"吧嗒"一声落在酒里。

"书生，我不能跟你学认字了，我要走了。"

"你要去哪儿？"陈墨川用袖子一抹脸，看着他问。

白蚁咧嘴一笑，没有回答。

三

记忆中的笑跟眼前人的脸重合，陈墨川默然。

他们放火烧茅棚那天，白蚁他姐因为生病先睡了，白蚁去给他姐请大夫所以逃过一劫。等白蚁回来，火已经快要熄了。他徒手从火堆里扒出他姐，人烧得焦黑。

"他们已经给白姐姐偿命了。"

那是陈墨川平生第一次杀人，也是唯一一次。在名剑阁的生死台上，四个人都是被一剑毙命，没有痛苦，也没有任何挣扎。扔了杀人的剑，陈墨川当场自废武功，从师父的入室弟子，变成默默无闻的藏书阁管事。

"我知道。"

"但是不够？"

"不够。"

"你要让整个名剑阁都给白姐姐陪葬？"

"不够。"白蚁轻轻转动放在石桌上的酒杯，忽然停住，低声道，"他们来了。"

谁？陈墨川抬眼，箭已到面前。

白蚁手快，一把握住箭羽，转手把箭抄在手里。

同时，林中无数冷箭飞出，将柳长亭团团围住。

眼看着两人要变成刺猬，白蚁出手了。

他以箭为剑，在亭中游走，身法快得只剩残影。

片刻之后，冷箭尽数落地。再看白蚁，已经回到原处坐下。

陈墨川呆住，这是他第一次见白蚁出手。

白蚁用的是名剑阁的剑法，是他最喜欢的一套剑法。他给白蚁演这剑法的时候，自己只会三招。白蚁也只会这三招，但更精进。

"这是第二次用。"白蚁看着陈墨川，笑中带着苦涩。

有人从林中阴影里走出来，单膝跪在白蚁面前："教主料事如神，果然都是名剑阁的精锐，无一漏网。"

"把尸体拖到名剑阁的山门前，点火。"

"是。"

他早就料到自己请他喝酒时，会有人来偷袭。是了，以师父的性格，是决不会放过这样好的机会，哪怕这次偷袭会搭上自己徒儿的性命。

"不是我。"陈墨川见白蚁看他，下意识解释。

"我知道。"

他又知道，他什么都知道，却又什么都不肯说。

"告诉我，为什么？"

"你呢？为什么？"白蚁反问，"好好的入室弟子不做，却自废武功跑去看藏书阁，你是为什么？"

陈墨川被他问住，低下头不说话。

这些年里，他也总是在问自己为什么。难道只是一时的少年意气，冲动之举？他辜负了师父的一番苦心，他至今都能清楚地想起当时师父的表情，混杂着惋惜和愤恨。可是，那表情居然让他心生快意，像是复仇成功，又像是得以解脱。

"当年的事，总要有人负责。"

"确实该有人负责，可那个人不是你，不是那四个凶手，甚至不是你师父。"白蚁看着陈墨川，"书生，这不过是借口，你在逃避。"

"我没有。"

"你觉得自己有一天会变成你师父，变成杀我姐那四个人。"

"我不会！"

"武林规矩重如山，身在这个染缸里，谁都逃不掉，身不由己。你很清楚，唯有自废武功，你才能仍旧是你，才能心安理得地一辈子躲在名剑阁里，活在你认为的武林中。书生，你只是不想承认，名剑阁不是你想的那样，武林也不是你认识的样子。"

陈墨川一时如五雷轰顶般呆住，白蚁的话如同利刃，撕碎了他与武林之间最后的帐幕。

半晌，陈墨川讷讷地问："那白蚁呢？还是我认识的那个白蚁吗？"

白蚁凝视着陈墨川，说道："书生，我姐死的那天我就发誓，我一定要成为武林里立规矩的那个人。只有我立下的规矩，没有人敢违抗，能让恃强凌弱的人被格杀勿论，才能救当年的白蚁、才能救我姐。"

"可这规矩的每一横每一竖都沾满了鲜血和人命。"

"立规矩总要付出代价。"

陈墨川低头盯着石桌上的酒，轻声道："他们不会承认你是大侠的。"

"由他们。"白蚁一挺胸脯，意气风发宛如从前那个少年。

陈墨川看着他，凝着的表情缓缓化成微笑。

"白蚁，我给你写个故事吧。"

说着，陈墨川拿起白蚁面前的酒碗摔在地上。

青石崩裂，腥味弥漫，白蚁恍若不觉。

陈墨川捡起瓷片，走到柳长亭外，在木柱上一笔一画地刻字。

这一横是玉虚观的，欺男霸女，无恶不作。

这一竖是卧虎堂的，开设赌场，逼良为娼。

这一撇是乞儿帮的，探人机密，敲诈勒索。

笔画越写越快，陈墨川只觉得脑中有无数的声音在回荡。这些年听到的事从记忆中蜂拥而出，谁家被名剑阁灭门，哪户被师兄弟逼得无家可归。一切都一清二楚，他甚至记得每一件事发生的时间。

身在武林，没有人能独善其身，他是帮凶。

"诛同道，救苍生。好，好！"

白蚁看着柱子上的字大笑，再看陈墨川时，笑容僵住。

他站在亭中，拿着桌上那坛酒。

"书生！"白蚁惊呼。

陈墨川淡淡一笑，道："这些年里我也听见了不少事。玉虚观为了霸占民田火烧村屋，把找他们理论的人打死，尸体挂在树上作为警告。卧虎堂开着赌场妓院，常以赌债逼良为娼。乞儿帮探人机密，敲诈勒索。我虽然是个书生，但并非不闻窗外事。

"我不知你做得对还是不对，我只知道我在听到这些时，曾经恨自己软弱无能、不能救民于水火。

"我信你今天说的每一句话，但师命难违。"

白蚁皱着眉头，强忍眼中泪水，点点头道："我知道了。"

"白大侠——我敬你！"

说完，陈墨川仰头将酒倒入喉咙。

四

一日后，名剑阁被攻破。杀人不眨眼的魔教教主白蚁，终于变成睥睨武林的至尊。所有人都认为，武林将在他的治下天翻地覆、再无安宁之日。可他们错了。

武林还是那个武林，只是再无道貌岸然的"侠士"自居正义、涂炭生灵；江湖还是那个江湖，只是再无装腔作势的"正派"虚与委蛇、阳奉阴违。

多少年后，曾有手下为公事四处寻他，最后却在柳长亭遇见。

这位身居高位、杀伐决断的教主，竟然怀抱酒坛，时而朗声大笑，时而满面泪流。他的身旁还放着一个空碗，似乎在与谁对饮。

而柳长亭的柱子上，当年的刻痕早已斑驳，依稀可见是唐代诗句，只是最后一行不知出处，却好似常被摩挲，格外清晰——

> 少年怀一顾，长驱背陇头。
>
> 焰焰戈霜动，耿耿剑虹浮。
>
> 天山冬夏雪，交河南北流。
>
> 云起龙沙暗，木落雁门秋。
>
> 轻生殉知己，非是为身谋。
>
> 拔剑诛同道，誓欲救苍生。

千门之心（节选）

方白羽

一　示警

　　齐小山觉得自己就像是被人追猎的狼，虽然早已精疲力竭，还是得拼命地奔逃。这一路上他像狐狸一样设下了七八处迷魂阵，但追踪他的都是些顶尖的猎人，他们轻易就识破了他的伎俩，逐渐逼近到离他不足半里之遥。这已经是一个无法逃脱的距离。

　　快了！快了！齐小山不断在心中鼓励自己，目的地已遥遥在望，只要坚持到那里把口信带给那个人，就算是死也可以瞑目了。

　　前方就是那幢三层高的望月楼。齐小山知道，每个月的这天下午，那人都会来望月楼三楼的牡丹阁接见那些苦候多时的顾客。只要能见到他，让他把那个警示带给公子襄，就算被身后这些追击者当场击杀，也死而无憾了！

　　望月楼渐渐近在眼前，齐小山甚至能看到三楼牡丹阁那洞开的窗户里绰绰约约的人影。他暗松了口气：禹神保佑，我总算可以把那警示带到！

　　突然，望月楼前方十字街口那端闪出了一个怀抱长剑的佝偻人影，像影子一样贴在墙根。远远地，他周身散发出的强烈的死亡气息，就给人以无形的压力。齐小山顿时感觉浑身冰凉。虽然初次见到此人，齐小山也立刻就猜到，只有杀人无算的影杀堂绝顶"影杀"才会自然而然散发出这种死神一般的阴冷气息！那人抱着剑好整以暇地盯着急奔而来的齐小山，刚好拦在了通往望月楼的路口，那是通往望月楼的必经之路。

齐小山刹住脚步，心知以自己目前的状况根本无法再跟人动手，何况对方是出手必中的"影杀"。他急切地环顾四周，企盼能找到其他通往望月楼的路。但他失败了，要接近望月楼必须冲过那个杀手的拦截。不仅如此，跟踪而来的追击者离他已不过数十丈之遥，现在连逃命的机会都没有了。

十字街口另外两侧也有人慢慢逼过来，他们的神态、举止无可掩饰地暴露了他们那极高的专业素质。若不是顾忌这儿是闹市区，恐怕他们早已经动手。齐小山突然发觉自己成了落入陷阱的困兽，还是只受伤的困兽！他不甘心地望着不远处那扇窗口，离那儿已不足二十丈，这二十丈却成了不可逾越的天堑！禹神啊，快赐我力量！他在心中焦急地祈祷！

就像是回应了他的祈祷，一旁一扇乌沉沉的大门突然打开，一个形貌猥琐的老头被人从门里扔了出来。里面一个地痞模样的汉子拍拍手上本不存在的尘垢，骂道："输光了还要赌，你当咱们富贵坊是济生堂啊？"

门里除了那地痞的咒骂，还隐约传来吆五喝六的嘈杂人声，显然里面是一间半公开的地下赌坊。齐小山想也没想就拐了进去。那地痞刚想伸手拦，齐小山递过去的一块碎银立刻让他收回了手。

"客官请！"地痞殷勤地向里示意。看在银子的面子上，他装作没看见齐小山浑身的血污，只在心中寻思：伤得这般重还要来赌，看来又是个烂赌鬼！

赌坊中人头攒动，热闹非凡，齐小山捡了个赌客云集的桌硬挤进去，立刻引来两边赌客的不满。不过一看齐小山满身的血污和怀中的短刀，几个赌客赶紧把脏话咽了回去，还自觉地往两旁挤了挤，给齐小山留出一块相对宽松的位置。

"发牌！"齐小山把身上所有地银子往桌上一拍，足有二十余两，令这小小赌坊中没见过世面的赌客们一阵骚动。只有庄家不动声色，依然手脚麻利地砌牌发牌。这桌是推牌九，片刻间两张黑黢黢的骨牌就推到齐小山面前，他把牌扣入掌中，眼光却扫向两侧。只见两个杀手已跟踪进来，混在众多赌客中盯着自己。齐小山不怕他们突施暗算，他很清楚，除非万不得已，这些杀手不会在人群稠密处动手；他们总是很小心，不想让人认出来，成为六扇门通缉的逃犯。

"杀！"齐小山一声大吼，把所有人都吓了一跳。只见他"啪"的一下把骨牌拍在桌上，顺手夺过身旁一位赌客手中的茶杯，咕噜喝了一大口后又塞还给他。那赌客惊讶地发现，自己那满满一杯茶已经变成了半杯血水。

"我赢了！"齐小山等庄家一开牌，伸手就要去拿桌上的银子。庄家一把扣住了他的手腕。"慢着！这牌有问题！"庄家盯着齐小山面前那两张牌，对身旁的助手一摆头，"亮堂子！"

这是赌场术语，就是亮出所有的牌，以查是否被人偷换。助手熟练地掀起所有的骨牌，众人顿时一目了然。齐小山的牌明显是多出来的两张，仔细点甚至能发觉那两张牌的成色与其他牌有明显的区别。

"老大，逮着个换牌的老千！"庄家兴奋地冲赌坊内进一声高喊。里屋立刻传出一个粗豪的嗓音："照老规矩，左手出千剁左手，右手出千剁右手，双手出千就两只手都剁了！"

那老大话音未落，几个赌坊的打手立刻围了过来，有两个还掏出专门剁人手脚的斧头把玩着。众赌客赶紧往两边闪开，把齐小山一人留在中央。

"小子，出千也想点高招啊，居然用换牌这等拙劣的伎俩。"一个把玩着斧头的大汉用猫戏老鼠的眼神打量着齐小山，"别怪哥哥我心狠，出千最少要剁一只手，这是天底下所有赌坊的铁规，咱不能坏了规矩不是？"说着他就来抓齐小山的手。不想齐小山突然掀翻了赌桌，一把推开他就往门外跑去。周围那些打手已经小心提防了，可还是让齐小山一口气冲出人群跑到门外，一路撞倒了七八个赌客。众人呐喊着追了出去，场面一时混乱不堪。跟踪齐小山进赌坊的那两个杀手犹豫了一下，最终还是没在这人多的地方贸然动手。

齐小山冲出赌坊立刻向望月楼拔足飞奔，十几个赌坊的打手叫着追在他身后，立刻吸引了街头所有人的目光。

前方堵在通往望月楼路口的那个杀手立刻手扶剑柄做好了出手的准备。很明显，只要齐小山敢冲向望月楼，他就会毫不犹豫地出手，哪怕在闹市杀人也顾不得了。谁知齐小山跑到离他数丈远时突然折向左边那条街口。但那条街口也有人守候，齐小山跑到那路口，立刻又折向左边。不过后面那条路也有追击者迎上来，他只得再往左边拐。片刻工夫齐小山已在十字街口跑了一大圈，却依然没找到逃脱包围的办法，他像落入陷阱的狼一样，在十字街口不停地来回奔跑。

十几个赌坊打手追在齐小山身后跟着跑了两圈后，有几个聪明的便改变策略绕到他前面去堵截，却被齐小山拼命挥舞的短刀逼开。不过这也延缓了齐小山奔逃的速度，后面追击的斧头、匕首终于招呼到齐小山后背上，鲜血喷涌而出。齐小山却不管不顾，依然拼尽全力在十字街口来回奔跑。

"这小子该不是被吓傻了吧？"追击的打手们陆续停了下来，奇怪地望着依然在来回奔跑的齐小山。只见他从东折向南，再由南折向西，由西折向北，最后由北折向东，来来回回沿着固定的路线在十字街口拼命地奔跑，鲜血因激烈的奔跑不断从他身上的伤口喷涌而出，洒在他奔行的路线上，留下一路斑驳醒目的血痕。

打手们不再阻拦追击，只看他流出的那一路鲜血，任谁都知道他已经坚持不了多久。众人抱着胳膊好奇地看着齐小山，寻思这小子要到什么时候才能不像落入陷阱的野兽那样徒劳地来回瞎跑。

力量在飞逝，齐小山感觉双脚就像踏在棉花上一样虚飘，神志也渐渐迷糊。他最后看了一眼远处望月楼三楼牡丹阁那扇窗户，隐约可见有人在窗口张望。齐小山不禁在心中大叫：你可一定要把这信息带给公子啊！公子，你可一定要读懂这信息啊！

不知跑了多少圈，齐小山终于无力地摔倒在地。几个赌坊的打手缓缓围上去察看，一个打手小心翼翼地探了探齐小山的鼻息，立刻一脸惊讶地缩回手："死了！"

他话音刚落，却见一个面色阴沉的家伙挤入人群。众人只觉眼前有道寒光闪过，齐小山的脖子上立刻现出了一道小小的刀口，刚好破开颈项边那条血管。但意外的是，刀口中几乎没有鲜血喷出，想来血早已经流尽。众人抬头要寻找出剑之人，却见那人转瞬间已经走出老远，自始至终没一个人看清他的模样，只看到他那微微佝偻、瘦削的背影，像一只在秋风中踯躅独行的老狗。

"死了！"一个赌坊的打手不甘心地摸摸齐小山的脉搏，立刻吓得一缩手，"这下麻烦了，官府非找咱们麻烦不可。"

"有啥麻烦？不过是个外乡人，弄去埋了就是。只要没人报官，官府才懒得管这等闲事呢。"一个打手不以为然地撇撇嘴。

就在富贵坊的打手们商量着如何处理齐小山尸体的时候，望月楼三楼的牡丹阁内，一个面色木讷的老者正遥遥望着十字街头这一幕，随意地问了句："下面是怎么回事？"

一直在牡丹阁中亲自侍候的望月楼熊掌柜赶紧吩咐一个伙计下去打听。眼前这老者是望月楼最尊贵的客人，他随便一句话熊掌柜都恨不得当成圣旨来执行。

不一会儿，下去打探的伙计就气喘吁吁地跑回来，垂手笑着对老者汇报道："是个在富贵坊出千的外乡人，居然敢用换牌这等拙劣的伎俩，被人逮了个正着。成老大本想剁他一只手就算了，谁知道他像是被吓傻了，竟在那十字街口没命地来回奔跑，弄得身上伤口迸裂、血流尽而死了。成老大已让人把他弄去葬了。"

"唉，真是丢人！"老者小声嘟囔了一句，最后看了一眼那个不知名的老千在十字街口留下的那一路刺目的血迹。从这窗口看去，那血迹四四方方，像个大大的殷红的"口"字，正好在十字街口的中央，让人有一种触目惊心的感觉。老者遗憾地摇摇头，在心中暗自叹息。

一旁的熊掌柜赔笑道："还从来没见过这么笨的家伙，居然连逃命都不会，只在那街头像头蠢驴一样来回跑圈。最后失血过多而亡，其实那应该算是笨死的。"

"客人来了没有？"老者无暇理会这等闲事，收回目光缓缓坐回主位。熊掌柜赶紧笑道："客人们已经等候多时，就等您老的吩咐。"

"让他们递上来吧，今日已有些晚了。"

熊掌柜赶紧退了下去，匆匆来到二楼一个隐秘的房间，亲自引着一个客人来到三楼的牡丹阁。那客人在熊掌柜示意下，一言不发地把一个信封搁到老者面前的书案上，然后拱拱手，退了下去。

等他离开没多久，又一个客人被熊掌柜领进牡丹阁。来人也像先前那人一样，一言不发留下一个鼓鼓囊囊的信封就走。不一会儿工夫老者就接待了四五个客人，这些人都是一言不发留下个口袋或信封就走。这样持续了一会儿，看看再没客人了，老者这才把那些信封和口袋用一个大袋子收起来。他刚准备离开，熊掌柜却不好意思地搓着手赔笑道："还有一位客人，不过她的敬献有点特别，我不敢自作主张，还要您老拿主意才是。"

"特别？"老者有点意外，但更多的是怀疑，"让她来吧，我倒想看看，还有什么东西可以称得上'特别'。"

熊掌柜这次没有亲自去引领，而是冲楼下拍了拍手。不一会儿，一个素白的身影渐渐从楼梯口升起来，在熊掌柜示意下缓步来到牡丹阁内，冲老者盈盈拜倒。

虽然早已过了为女色心跳加速的年纪，老者还是眼光一亮，不由自主地深吸了一口气。跪在面前的是一个只可能出现在梦中的女子，看模样虽只有十七八岁年纪，却给人一种惊艳的感觉。尤其那身素白的孝服，真让人怀疑这女子是狐精艳鬼，或者落难的女仙。

"小女尹孤芳，拜见公子襄特使。"她是第一个对老者开口说话的客人。

"你知道我家公子？"老者没有怪她坏了规矩，反而饶有兴致地问道。

那女子抬起头来，没有直接回答老者的问题，却轻轻念起了那首江湖上广为流传的诗句："千门有公子，奇巧玲珑心；翻手为云霭，覆手定乾坤；闲来倚碧黛，起而令千军；啸傲风云上，纵横天地间。"

"你既知我家公子，就该知道他的规矩。"

"我知道，"那女子直视着老者的眼睛，"我有比钱财更宝贵的东西！"

不知从何时开始，云襄就喜欢上了登山。别人登山是为享受沿途那绚丽的风光和跨越艰难险阻的乐趣，他却只沉溺于登顶后一览众山小的心旷神怡。在黄昏时分登上屋后那座无名小山，欣赏西天那艳丽的红霞渐渐变成朦胧模糊的墨雾，成了他每日的习惯。俯瞰山下那些玩偶般的房舍、蝼蚁般的人流，让人不由得觉出天地之恢宏、个人之渺小。遥望着山脚小镇中那些忙忙碌碌的同类，云襄不禁为之叹息，人的一生难道就只为三餐一睡忙碌？在忙碌中走向坟墓？

当晚霞最后一丝余晖也彻底隐去后，云襄才翻过身来，以手枕头仰躺在山顶。浩瀚无垠的夜空中，月色苍茫，繁星似锦。他心里出奇地宁静，只有遥望深邃不可揣度的天幕时，他的心中才有这种赤子般的宁静，思绪也才不染任何尘埃。

远处传来"吧嗒吧嗒"的脚步声，像是某种四足动物在山林中奔驰。云襄慢慢坐直身子，转望声音传来的方向："阿布，是你吗？"

月色朦胧的山道上，渐渐现出一条硕大无朋的獒犬。这獒犬乌黑的皮毛上尽是凌乱斑驳的旧疤痕，一道道疤痕令人触目惊心，不过这反而令它看起来更显威猛。见到主人，它不像别的狗那样围着主人摇尾乞怜或撒欢嬉戏，而是高傲地昂着头，在一丈外静静站定，用微微泛光的眼眸默默与云襄对视。那神态突然让云襄觉着它有些像自己。自信、孤傲、不屑与他人为伍，甚至连它那身触目惊心的伤疤也有几分像自己，大概当初收留这条奄奄一息的恶犬，就是觉出它与自己有几分相似吧？云襄这样想道。

"是筱伯回来了？"云襄懒懒地问。阿布不可能回答主人的问题，只是吝啬地摇了一下尾巴，那神态似乎在表明它对主人摇摇尾巴都是一种难得的慷慨。

云襄见状不由得笑了："阿布，你就不能多一点儿表示？好歹我每天都管你吃喝，可没亏待过你。"说着他站起来，遥望山腰喃喃道，"咱们回去吧，希望筱伯这次能给我带回点值得期待的东西。"

半山腰有一幢朴素而精致的小竹楼，外观正如云襄的衣着一般，简约而不失温雅，于平平常常中隐隐透出一种大家气象。云襄回到竹楼后，立刻躺进竹制的逍遥椅中，似乎多站一会儿都是受罪。竹楼中，那个风尘仆仆的老者早已等在那里。

"公子，这次我给你带回了些好东西，请过目。"面容慈祥的筱伯说着把褡裢中的信封一件件拿出来摆在桌上，然后一一打开，从中抽出一沓沓银票摆在桌上。看那些银票的花纹式样，都是全国最大的钱庄通宝钱庄五百两以上的大额银票，一张就够寻常人家几年的开销。云襄却连眼都没有多眨一下，甚至没有正眼看那些银票一眼，只是意态萧索地揉着自己的太阳穴。筱伯对云襄的反应早已习以为常，也不在意。他又从褡裢中拿出一只样式古朴的盒子笑道："金陵有家大户这次倒是下了功夫，除了银子，还弄来了失落多年的九龙杯，公子要不要看看？"

云襄接过盒子，盒内是一只小巧的金爵。筱伯立刻在爵中倒满清水，只见金爵内壁镂空刻有九条栩栩如生的小金龙，随着清水的荡漾，小金龙便如活过来一般在杯中游动。云襄见状淡淡道："不过是件奇巧的玩意儿罢了。"

筱伯见云襄没看在眼里，忙把那些信封中的帖子一一拿出来递给他。见他信手翻看着，脸上渐渐现出不耐烦的神色，筱伯便笑笑说："还有一样东西，不过老奴却没法拿出来。"

"是什么？"

筱伯脸上的表情有点古怪，犹犹豫豫地道："是……是一位姑娘的处子之身。"

云襄怔了一下，突然失笑道："筱伯你糊涂了？什么样的女子我没见过？"

筱伯忙道："我也是这么说。可那位姑娘不知得了谁的指点，打听到老奴的行踪，苦苦哀求，老奴被她缠不过，也是一时心软，只好勉强答应把她的帖子给公子带来。她还有一幅肖像画也托我带来给公子过目。怕公子怪罪，老奴也不敢拿出来。公子若无意，我这就回了她。"

云襄没有回答，只静静地靠在椅背上闭目养神。筱伯以为他已睡着，不由得小声嘀咕道："我还是回了她吧。唉，只可惜一个孤苦伶仃的弱女子，遭逢如此大难，还带着个年仅六岁的弟弟，以后的日子可怎么过哟……"

"筱伯你又在嘀咕什么？天下可怜人无数，咱们帮得过来吗？"云襄闭着眼叹了口气，最后还是睁开眼道，"把她的帖子拿来我看看吧。"

筱伯脸上闪过一丝喜色，忙从怀中取出一封信和一个小卷轴递了过去，小声解释道："这是她自画的一幅肖像和她的帖子，公子请过目。"

云襄接过信封和卷轴，看也不看便把那幅画着那女子肖像的卷轴凑到烛火上。望着卷轴无声地在云襄手中燃尽，筱伯心中奇怪，问道："公子既然对她有兴趣，何不先看看她的模样？若是没兴趣，又何必要看她的帖子？"

云襄眼中闪过一丝隐痛，默然半晌方道："你以为我今生还会看上别的女子吗？"

筱伯悄悄叹了口气，黯然摇摇头："公子还是忘不掉舒姑娘？可惜老奴派出无数眼线和风媒，也始终没能打探到舒姑娘的消息……"

云襄苦涩一笑，跟着一甩头，一扫满面颓唐，朗声道："这女子既然敢画像自荐，想来对自己的容貌有十分的自信，不看也罢。只要她的事有足够的挑战性，我也不妨帮她一回。"

筱伯疑惑地挠挠头，问道："以前也有人以美色献公子，公子从未放在眼里，这女子的模样公子还未见过，何以便接下她的帖子呢？"

"这不同。"云襄浅浅一笑，"以前那些俗客都是用别人的女儿献我，如今这女子是自献自身，显然她更需要帮助，与以前那些以美色贿赂我的家伙完全不同。"

说着云襄已撕开手中信封，展信草草看了一遍，他那白皙温雅的脸上渐渐布上了一层严霜，连连冷笑道："有趣有趣，想不到这事还如此有趣。"

他最后看了看落款，轻轻念道："尹孤芳，这名字有性格，我喜欢。"说着抬起头来，对筱伯点点头，"告诉她，这帖子我接了！"

"好的！"筱伯高兴地搓搓手，跟着又笑道，"说到有趣，我这次还真碰上了件有趣的事。"

见云襄看着自己，筱伯忙道："我在望月楼见那些顾客时，一个在赌场出千的笨蛋让人撵得在十字街口来回跑，大概是给吓傻了，居然不知道往远处逃，生生累死在十字街口。"

云襄眼里露出探询的神情。筱伯忙把看到的情形仔细讲述了一遍，最后摇着头叹道："真是有些奇怪，那家伙在十字街头来回奔跑不说，还沿着一条固定线路，一路上洒下的血多得吓人，就像一个大大的'口'字。"

"口？"云襄皱起眉头。

筱伯忙解释道："是啊，还正好在十字街口中央，不偏不倚。"

云襄神情渐渐凝重起来，片刻后突然轻叹："筱伯，你一定要查查这个人的来历，咱们差点错过了别人用性命带来的警示。"

"警示？"筱伯一脸疑惑。

云襄点点头，从茶杯中蘸了一点茶水，然后在桌上画着，说："你说他一路洒下的血迹像个大大的'口'字，还刚好在十字长街中央，是这样吗？"

"没错！"筱伯望着他用茶水写下的那个"口"字，依然一脸疑惑。云襄蘸着茶水把"口"字的四条边一一延长，"口"字就变成了"井"字。他点着那个字叹道："十字街头中央的'口'不就是个'井'？而他又像困兽般在这'井'中来回奔跑，你说他是要告诉我们什么？"

"陷阱？他是说自己落入了陷阱？"筱伯恍然大悟，跟着又连连摇头，"不对不对，你怎么肯定他是要向咱们传递信息，而不是向旁人？这一切也许根本就没任何意义，只不过是种巧合也说不定。"

"我能活到现在，就是从来不相信什么巧合。"云襄正色道。见筱伯露出深以为然的表情，他接着解释道，"首先，只有你定期要到望月楼三楼的牡丹阁见顾客，这在江湖上已经不是秘密，他留下的血迹也只有从上方俯瞰才能让人联想到那是个'口'字；其次，他是先在赌坊中故意用低劣手段出千，让人揭穿遭到追砍，把事情闹大以吸引你的注意，同时也表明了他自己的身份；最后，也是最重要的一点，他不是说自己是落入陷阱的困兽，而是警告咱们小心陷阱，不然无法解释他为何会失血过多死在当场。他一定是被人所阻，无法把警示亲自带给你，才用自己的性命来向咱们示警啊！"

说着他抹去桌上那个"井"字的四条出头的边："你看，这个鲜血写成的'口'字若不当成一个字来看，像不像一口井？"

"没错！"筱伯顿时明白，"难怪他的举动如此古怪。可惜，他没有告诉咱们谁在设陷阱，又在哪里给咱们设陷阱！"

云襄拿起桌上几张帖子若有所思地道："这陷阱一定就在这些帖子中间。"说着他把每张帖子都细细地翻看了一遍，然后把帖子递给筱伯，"我想，这个陷阱一点不难猜。"

筱伯接过帖子也细细看了一遍，豁然开朗："没错，几乎所有的帖子都指向同一个地点——金陵！"

九月的金陵城依旧像个巨大的蒸笼，潮湿闷热得令人心烦意乱。四下里除了单调的蝉鸣，几乎听不到别的声音。烈日当空的正午，除了蝉，所有活物都自然而然地躲到树荫里避暑，这样的天气本不是请客的好时候，沈北雄却偏偏选择了在这个时候请客。

沈北雄喜欢请客，尤其是请那些即将成为自己口中食的猎物。在他眼里，宴席也是杀戮场，杯来盏往的酒桌也是江湖，甚至比刀光剑影的江湖更让人迷恋、更让人动心、更让人心甘情愿为之付出一生。

"主上，客人们都到齐了，候在门外呢，是不是请他们入席？"

听到外面随从的禀报，沈北雄凝定的眼眸中终于闪出一丝笑意。这完全在他意料之中。想想三个月前，自己作为初到金陵的外乡人，即便腰缠万金，那些奢华自大惯了的金陵商贾也没人真正看得起自己。不过在三个月后的今天，就算天上落着刀子、地上燃着烈火，接到自己请帖的这些商贾也必定会来——他们不敢不来！

"不忙，让他们等会儿。"沈北雄淡淡吩咐道。随从悄悄退下后，他从冰盘环绕的太师椅上站起来，闲闲地来到窗边，透过竹编窗帘的缝隙瞅瞅外面。从这座金陵最富丽堂皇的天外天酒楼的三楼窗口望去，刚好可以看到酒楼的大门。门外不知什么时候已聚集了数十个衣着华丽的商贾，全然不顾天气的炎热，正在交头接耳议论着什么，远远看去，可见众人神情都隐隐透着一层忧色。沈北雄不由得微微一笑，一伸手，立刻有丫鬟递过一杯冰镇酸梅汤。他接过来一边细细品着，一边面带微笑欣赏着楼下这一幕。诚心请客却不让客人进门，沈北雄大概算是第一人。

直到一杯酸梅汤终于饮完，他才对门外吩咐道："让他们进来吧。"

酒店的大门终于打开，众人来不及客气，连忙冲进稍微凉爽点的酒楼。估摸着众人俱在二楼落座后，沈北雄才施施然从三楼下去。一进二楼的酒宴大厅，他便面带微笑拱手道："让诸位老板久等，北雄甚感惭愧。"

众人纷纷站起来还礼，一边细细打量来人。虽然"沈北雄"三个字在金陵如今已是炙手可热，但大家还是第一次认真地打量着这位短短三个月就征服了金陵商界的传奇人物。只见他面色紫黑，五官轮廓异常突出清晰，颔下有稀疏短髯，年过四旬，却有一双比年轻人还清亮幽寒的眼睛。那高大健硕的身材，全然没有寻常商贾的富态和臃肿，完全不像是个商人。众人正打量间，却见沈北雄皱起眉头，突然回头呵斥随从："如此炎热的天气，宴席间岂能没有冰盘？快着人送上来！"

随从立刻诺诺而去。不多时便有身披轻纱的少女鱼贯而入，人人手捧冰盘围着大厅摆了一大圈。众人由方才门外的烈日烘烤，转为现在的冰盘环绕，顿感凉爽异常，同时心中又是一阵诧异。大富大贵之家窖藏有冰块不稀奇，沈北雄不过是来金陵仅三月的外来客，却一下子拿出这么多冰块，在这等小事情上都不马虎，显然是有备而来。

"诸位老板，天气炎热，本不该在这种时候要大家前来赴宴。不过幸好在下还有冰镇的西域葡萄美酒和几味清淡小菜待客，倒也可以聊以赔罪。"沈北雄说着拍拍手，立刻有衣着清凉的美貌侍女捧着酒菜鱼贯而入，悄无声息地在桌上将酒菜铺陈开来。

见到那些酒菜，众人又是一阵惊叹。这些见惯大场面的巨商富贾，只需闻闻酒味就知道那是窖藏了六十年以上的葡萄酒。这样的酒有一小坛已是稀奇，对方却一下子拿出了两大桶，只看那半人多高的木桶模样，这一桶酒该在百十斤上下。再看那几味小菜，都是些叫不上名字的花花草草，或拌、或炒、或做汤羹，全都鲜嫩得像刚摘下来的一般。有人忍不住悄声询问身后侍立的婢女，才知道那是用天山雪莲、长白蕨菜、大理优昙花、辽西莒莒草等做成的清淡小菜。众人这下更加吃惊，这些东西单独一样倒也不稀奇，但放在一起做成宴席就很罕见了。尤其像大理优昙花、天山雪莲之类，花期既短又极难保鲜，离开故土则无法成活，所以即便见过大世面的这些金陵商贾，也从未见过它们新鲜时的模样。有人心存疑惑，便虚心请教主人："沈老板，不知这些花草是如何保鲜的呢？"

沈北雄笑着摊开手："我也不知。这等小事我从来都是交给下人去做，我只需告诉他们我的需要，他们自然会为我实现。"说着他转向身后的婢女，"去把白总管叫来，让他给大家介绍一下这些花草是如何保鲜的，也可以让诸位老板可以依法炮制，以便随时享用这些清淡野味。"

不多时白总管来到厅中，那是一个精瘦干练的老者。他先给沈北雄见礼后才向众人解释道："天山雪莲是采即将开放的花蕾，连根挖出植于特制的冰车之中，一路快马加鞭，赶在冰车中的寒冰完全融化前火速送到目的地，藏于冰窖之内。要用时再以阳光照射，使花蕾开放后便可采摘了。其他几种花草也大抵是用这等办法。"

众人啧啧称奇。这办法说来简单，但耗费的巨大人力、物力、财力，恐怕只有皇家才不在乎。众人对沈北雄有着皇室背景的传言又信了几分，心中的忧虑就更重了几分。

沈北雄见众人面色怔忪，不禁微微一笑，很为自己举重若轻地震慑对手的手段得意。尤其选在炎热的正午宴请这些素不相识的商贾，就是要试试自己在他们心目中的地位。如今沈北雄已清楚了自己的分量，下面的事情就容易多了。谈笑间他若无其事地举杯招呼众人享用酒菜。众人心中有事，对着满桌难得一见的佳肴也是食不知味。酒过三巡，沈北雄这才开口对大家说道："诸位老板，今日冒昧请诸位前来，就是想听听大家对在下三个月前的提议有何答复。"

大厅中立时变得鸦雀无声，即便有冰盘环绕，众人依然汗如雨下。三个月前，众人也接到过这样一份请帖，地点也是在这天外天酒楼。不过当时大家从未听说过沈北雄这个北佬，自然也就不怎么放在心上，礼貌性出席宴席者不到今日的三分之一，那还是看在天外天酒楼的幕后老板金陵知府田得应的面子上。没想到那晚赴宴者俱被宴席的奢华、主人出手的豪阔征服，更为他那吞天食地的气概震慑，对他在席间提出的狂妄要求，出席者竟只有两人当面拒绝，剩下的都只推托说要回去好好考虑一下。沈北雄当时也不要众人急着表态，只说三个月后再宴请大家，听大家的答复。于是，才有了今日这宴席。

"诸位都是金陵商界的头面人物，"一片寂静中，沈北雄的声音显得尤为响亮，"沈某这次南来，正是想进军江南商界，想在这富甲天下的金陵城打出一片天地。要在金陵站住脚，当然首先就要置业，总得先买下几家铺子作为根基。我察看了整个金陵的商号后，发觉自己中意的铺子大多在诸位手中，因此想请诸位给个面子卖给在下，希望大家不会让沈某失望才是。至于价钱方面，当然不会让你们吃亏。"

三个月前，当出席沈北雄酒宴的几个富商听到这要求时都感到有些好笑，且同时又为主人的实力震慑。要知道沈北雄想买的可不是"几间铺子"，而是数十间大商铺，还全都在金陵城人气最旺的繁华街口，有些还是生意兴隆的百年老店。这些商号的老板大多是金陵商界的头面人物，个个财力雄厚，不说大家都不缺钱，就是缺钱，凭着自家店铺的字号，也能在任何钱庄筹到银子周转。所以，当时大家看在知府田大人的面子上没有当面拒绝，只搪塞说要回去考虑考虑。只有荣宝斋的张老板和金玉典当行的陈老板当场表示决不会出卖祖产，结果就在这三个月内，两间殷实的大商号就垮了，张老板上吊自杀，陈老板则成了疯子，他们的儿女也被卖身为奴抵债。直到那时大家才意识到，沈北雄不是在开玩笑，他不仅有那个实力，更有那个手段！江湖上甚至传言，沈北雄已悄悄吞下了百业堂十多家赌坊，他这条过江龙，居然压倒了江南第一大帮会百业堂这条地头蛇。

金陵为江南最繁华的城市，也是整个江南的商业中心。而全天下又以江南最富庶、最繁华，像古玩珠宝、棉麻绸缎等货物的买卖量俱是天下第一。因此对商人来说，可称得上得金陵者得江南，得江南者得天下。也正因此，几乎每个金陵商贾都家道殷实，富得流油。一家老字号的珠宝行和典当行要在短时间内垮掉，除非是遇到天灾、战乱或劫匪，且这定会闹得满城风雨。但荣宝斋和金玉典当行偏偏不声不响就垮掉了，整个过程没听说有什么盗匪卷入，也没听说与沈北雄有什么关系。不过金陵商人都猜测是他干的，却偏偏不知他使了什么手段，这种雾里看花的感觉更让大家心生惧意。大家现在终于意识到，沈北雄胃口之大、财力之雄、手段之狠，已不是常人能揣度的了。所以三个月后的今天，一接到沈北雄的请帖，众人不顾酷暑立刻就赶了来，无一缺席。

窗外的蝉鸣一如既往地喧嚣，厅内却寂静异常。众人三缄其口，一方面是没人想卖掉自己的祖产，另一方面又不想去做那出头的傻鸟，当面拒绝不知什么来头的沈北雄。

"你们的铺子我已找人估了一个价，请过目。若觉着还公道的话，在这契约上按个手印就可以成交，你们店里的底货我也可以全部吃下。"沈北雄话音刚落，那个精瘦干练的白总管立刻把一张张的契约递到众人手中。众人看看契约上的估价，倒也算公道。看来沈北雄是下了一番大功夫，今日正式向大伙儿摊牌了。

有人轻轻咳嗽了一声，小声问："买下咱们这几十家铺子，再加上所有的底货，那得多少银子啊？"

沈北雄望向发问者，呵呵笑道："你是怀疑我的实力？"说着他拍了拍手，立刻有数十个壮汉抬着一口口红木箱从楼上鱼贯而下，有条不紊地把箱子在厅中整齐地摆上，打开。大厅中立时为黄澄澄的光芒笼罩，刺得人睁不开眼。厅中之人俱是巨商富贾，什么场面没见过？但是，很少有人见过如此多的黄金，厅中顿时一片唏嘘。

沈北雄见状淡淡一笑："这里的黄金约值小一百万两银子，大概也够买下你们的铺子和底货了。若还不够，我以这个暂抵。"说着他摘下了左手无名指上一枚玉扳指，随意地放到桌边。一位须发皆白的老珠宝商远远看见那枚扳指，浑浊的眼中立时放出异样的光芒，指着扳指颤声问道："老朽……能看看吗？"

沈万雄做了个"请便"的手势。老者立刻来到桌前，小心翼翼地捧起那枚翠绿如新柳的玉扳指，然后他的手和颌下那三绺白须同时颤动起来，不禁抖着嗓子喃喃道："是龙纹玉，独一无二的龙纹玉！这……这可是无价之宝啊！"

他这话引得众人又是一阵骚动。即便是这些见过大世面的金陵富商，也只是听说过"龙纹玉"，很少有人亲眼一见。如今见沈北雄随随便便就拿出一枚，众人不禁围上来一开眼界。只见翠绿幽寒如万古深潭的玉扳指中，天然生成一条爪、角、口、眼俱全的莹白小龙，栩栩如生到每一个鳞片都清晰可辨，直让人疑其为封于这翠玉中的上古精灵。

龙纹玉扳指在众人手中传递了一圈，最后又回到沈北雄手中。众人重新落座后，方才那认出龙纹玉的老者清清嗓子道："我们不敢怀疑沈老板的实力，沈老板给的价钱也很公道。不过老朽的温玉阁是祖上的基业，不打算变卖，所以你有再多钱也跟老朽无干。老朽只想知道，咱们若不答应你的要求，沈老板会怎样对付咱们？"

沈北雄呵呵一笑，缓缓道："对沈某来说，商场上只有两种人，一种是合作伙伴，一种是对手。咱们若不能成为伙伴，就只有做对手。对于对手，沈某向来是斩尽杀绝，不留后路。"他环视一圈，"相信总有人愿意合作，把铺子商号都卖给沈某，届时咱们就各凭实力，一较高低。"

显然他是要凭雄厚的实力打击敢于不买账的人，以非常手段挤垮对手。众人不由得面面相觑，这根本不是一个利字当头的商人应该采取的手段，沈北雄也实在不像一个正经商人。这样的人，对于老老实实做生意的商人来说最为可怕。众人心知若联合起来，实力未必不如沈北雄，但要几十个利字当头的商人联合起来恐怕比登天还难，迟早会被沈北雄各个击破。商人最是重利，在利益将要受损时难免犹豫起来。有几人便存了屈服的心思，毕竟沈北雄给的价钱也算公道，不过不知旁人的打算，也就不好先开口。有人还心存侥幸地想道：这北佬显然不是正经生意人，以为钱多就可以为所欲为，若能把铺子高价卖给他，没准他将来怎么亏死的都还不知道呢。

众人各自打着小算盘，一时俱没有说话。就在这时，只听一人色厉内荏地质问道："金陵乃江南重镇，关系着整个江浙一带的安宁，田大人岂能容你扰乱金陵商业？"

沈北雄没有看那个敢如此质问他的商贾，却缓步踱到窗边，指着对面一幢高楼淡淡地对白总管吩咐道："它挡了我的视线，给我拆了。"

白总管答应着奔下楼去。不一会儿，只见从四面八方涌出诸多工匠，飞速把那幢两层高的楼台包围起来。他们不顾天气炎热，立刻动手拆房，一时号子喧天，转眼之间那幢富丽堂皇的两层高楼就渐渐矮了下去，只剩断壁残垣，相信不到天黑它就会变成一片废墟。

酒楼中的众商人惊得目瞪口呆，不仅仅是为沈北雄显示出的巨大力量，更是因他那深不可测的背景。众人都知道对面那幢金陵有名的青楼和脚下这幢酒楼一样，都是金陵知府田大人私下里引以为傲的秘密产业。可沈北雄说拆就拆，就算是事前暗地里出高价从田大人手中购得，也显示了沈北雄全然不用顾及田大人面子的自信，以及损失上万两银子也不放在心上的魄力。

"天色不早了，"就在众人呆愣的时候，只听沈北雄冷冷道，"愿意转让铺子的老板请留下来与白总管商谈转让细节，不愿卖的人请自便，恕沈某不送。"

众人不由得迟疑片刻，是走是留一时竟难以决断。就在这时，只见白总管手捧一封拜帖快步上楼，来到沈北雄身旁小声道："主上，金陵苏慕贤求见。"

沈北雄皱起眉头，满脸不悦："我不是说过，除了我请的客人，谁也不见吗？"

白总管俯下身来，在他耳边低声道："是金陵苏家的苏老爷子。"

沈北雄脸上第一次露出些异样的神色，来人竟是金陵苏家大名鼎鼎的苏老爷子。金陵苏家无论财力、物力还是在武林中的地位，在江南都无人能及，而苏老爷子则是苏家声名赫赫的前一任宗主，如今虽不再料理族中事务，以沈北雄的自负也还不敢稍有轻慢。他向白总管点头示意："快请！"

白总管立刻冲楼下高喊："请苏老爷子！"

话音刚落，一个神态飘逸的白衣老者已大步上楼。众商贾忙抢着招呼见礼。白衣老者微微点头答应着，眼光却落在沈北雄身上。

不等白总管介绍，沈北雄已遥遥抱拳笑问道："是什么风把金陵苏家苏老爷子给吹来了？沈某初到贵地，自忖不过是一小小商贾，没资格拜见苏老爷子，所以不敢冒昧打搅。却没想到苏老爷子竟会亲移玉趾来见，令沈某惶恐万分啊！"

"沈老板不用客气。"白衣老者轻捋胡须，"老夫早已不理俗务，今日冒昧前来不过是受人之托，给沈老板送上一纸请柬罢了。"

沈北雄满脸诧异："是什么人居然能劳动苏老爷子，仅仅是送一封请柬？"

白衣老者呵呵一笑："若不是老夫，旁人要见你恐怕也不容易。请柬就在这里，你一看便知。"说着从怀中掏出一封信，不等白总管上来接，便一抖手向沈北雄平平递去。

信晃晃悠悠飞过数丈距离，直到离沈北雄前胸不及一尺时，他才伸两指信手拈住。白衣老者不由得微微颔首赞道："好身手！"

沈北雄一笑，抬手示意："苏老爷子请上座，容在下给您老敬酒赔罪。"

"不敢打搅，请柬既已送到，老朽这就告辞！"白衣老者说着一拱手，转身就走。

直到他去得远了，沈北雄才缓缓拆开信封，展开里面的请柬，上面只有寥寥几行字："金陵城郊，望江亭内，已备下清茶一壶、雅曲一首，恭候沈老板登亭观云霞满江、长河落日。"

最后落款是两个字——云襄。

看到最后两个字，沈北雄拿帖子的手不禁一动，却没有说话。身旁的白总管见他面色有异，忙低声问道："主上，是何人的请柬？"

沈北雄慢慢把请柬递给白总管，望着窗外已被拆得差不多的那幢残楼喃喃道："你自己看吧。"

白总管接过请柬，只看了一眼便失声轻呼："是公子襄！千门公子襄！"

"备马！咱们立刻赶往城郊望江亭！"沈北雄说着看看天色。片刻间他的面色已冷静自如。

白总管扫了周围那些不明所以的商贾一眼，低声问："他们怎么办？"

沈北雄摆摆手："今日这买卖暂时搁下，让他们先回去候着。"

众商贾糊里糊涂被白总管送出天外天酒楼后，一路上都在议论。一些人不知这公子襄究竟是何等人物，居然能让沈北雄如此失态。温玉阁的祁老板神情复杂地喃喃道："老朽听说过公子襄，不过不知道他是凡人还是神仙，是圣人还是魔鬼……"

二　宣战

城郊望江亭，如孤鹰般耸立在江岸悬崖峭壁之上，直面着浩渺东去的一江秋水，是历代文人墨客喜好的一个风雅去处。当沈北雄率十多个随从迁到亭外时，只见西边江面上，血红的夕阳将落未落，映照得江面殷红一片，也映照得亭内霞光漫漫。

就在这满亭霞光中，一个白衣公子负手临江孑然而立，孤傲而单薄的背影，在漫天晚霞映照下，有说不出的冷寂萧索。凉亭一旁的石几上，尚有一瞽目老者独自盘膝抚琴。徐缓幽咽的琴声，隐然与江水波涛遥相应和，直让人分不清何为琴音、何为水意。

沈北雄在亭外示意随从们四下戒备后，才遥遥冲白衣公子的背影抱拳高声道："沈北雄应邀前来，希望没有误了公子观日之约。"

白衣公子缓缓回过身来，沈北雄不禁惊诧于他的年轻。此人年纪不过二十七八，身材相貌并不特别出众，却有一种与生俱来的雍容气质；白皙温雅的脸上，有一种未经风霜的贵族子弟特有的容光，使他看起来实在不像曾经叱咤风云的公子襄。尤其那恹恹的眼神，像经历过太多磨难的风烛老人，似乎对身外的一切都已失去了兴趣，就是在打量沈北雄的时候，也只是一种例行公事的目光。

"敢问阁下就是公子襄？"沈北雄皱起眉头，心中隐然升起一种见面不如闻名的感觉。

白衣公子没有直接回答，却抬手示意道："素昧平生，本不该冒昧相邀，不过幸好在下还有一壶清茶与满江晚霞待客，倒也可以聊以赔罪。"

沈北雄听到这话眉头皱得更深，对方这话居然就是方才自己宴请那些商贾时客气话的翻版，甚至连语气中那调侃的味道都有些相似。他心中不由得暗惊，对方果然是有备而来。想到这里，他立刻恭恭敬敬地抱拳道："公子客气了，接到千门公子襄的请柬，北雄岂敢不来？"

"坐！"白衣公子指了指亭中石桌旁的石凳，沈北雄忙依言坐下。只见对方执起桌上那壶茶徐徐斟上两杯，然后抬手向沈北雄示意。沈北雄小心翼翼地端起一杯，稍稍凑到鼻端一闻，眼里便闪出一丝惊异："公子这壶清茶，下的功夫只怕不比在下那花草宴席少啊！"

白衣公子眼望西天，却不搭理沈北雄，只萧索地喃喃自语道："骄阳终于要沉下去了，日落的时候，大概也是天地间最美的时候吧？"

沈北雄扫了一眼西方那只剩一半的红日，不以为意地淡淡道："日出日落，原本再自然不过，也没什么稀奇。"

白衣公子无声一笑，转向沈北雄问道："在色鬼眼里，女人最美；在酒徒眼里，烈酒最美；在赌棍眼里，骰子最美；在财迷眼里，银子最美。不知在沈老板眼里，什么最美？"

沈北雄一怔，沉吟了片刻，然后指着亭外那浩浩荡荡的江面，感慨道："生命如流水，转瞬即逝。人这一生，不过是历史长河中短短的一瞬。就这短短人生，是如江水一般默默流逝，还是如流星一般留下万丈光芒，这是平常人与大英雄的区别。"他顿了顿，然后定定地望向公子襄，"在我眼里，流星最美。"

白衣公子一怔，微微颔首道："你倒有几分像我。"说着他端起茶杯轻轻啜了一口，然后幽幽一叹，"收手吧，流星虽美，可也不是人人都能做的，更何况流星对旁人来说，还是一种巨大的灾难。"

沈北雄哈哈一笑，傲然道："既然公子知道我跟你是同一类人，就不该劝我，更不该请我。不知道你这是托大还是失策？"

白衣公子微微皱了皱眉头："这么说来，你是不给在下面子了？"

沈北雄深吸一口气，肃然道："能做公子襄的对手，北雄深以为幸！"

"对手？"白衣公子哑然失笑，"这个世上即便有云襄的对手，也绝对不是你。"

沈北雄面色立时涨红了，却没有反驳。想起关于公子襄的种种神奇传说，沈北雄心知，对方完全有资格说这话。不过这不但没有吓倒他，反而激起了他心中天生的狂傲之气，他不禁暗暗发誓：公子襄，你迟早要为今天这话后悔！

就在沈北雄暗下决心的时候，亭外的瞽目老者已划弦收声，如泣如诉的琴声戛然而止。在这寥然而逝的琴音中，白衣公子已端起茶杯对他示意道："你可以走了。从现在起，你要时时睁大双眼过日子，千万不要犯一丁点儿错误。"

沈北雄心中恼怒异常，自己在这个人面前居然自始至终都处于下风，而对方却并没有显露出过人的气势或财力、物力、人力，居然就凭他那名字也能令自己在气势上输了不止一筹。沈北雄心中陡然生出孤注一掷的念头，心有所想，内息便隐隐而动，衣衫顿时无风而鼓。就在这时，一旁陡然传来一声突兀的琴音，如银瓶乍破，又如锐箭穿空，更如夺魂惊雷。沈北雄浑身不由得一个激灵，本能地闪开一步，提掌护胸暗自戒备。

却见一旁那瞽目老者神色如常，正手抚琴弦引而不发。沈北雄警惕地打量着那瞽目老者，冷冷道："想不到公子襄身边竟有如此深藏不露的内家高手，北雄差点看走了眼呢。"

瞽目老者神情漠然地道："小老儿不过是为贵客助兴的卖艺人，公子出得起价钱，小老儿便为贵客献上一曲，仅此而已。"

卖艺人？沈北雄心中一惊，陡然想起一人，不禁脱口惊呼道："夺魂琴！影杀堂排名第二的顶级杀手！"

"惭愧！"瞽目老者摆摆手，"这次小老儿只为贵客助兴，只要沈老板心无恶念，小老儿手中这琴，就只是一具弹奏《高山流水》的乐器。"

沈北雄脸色阴晴不定，想起那些死在夺魂琴下的众多名震天下的人物，心中权衡再三，终于强压下争强斗狠的冲动，对白衣公子一拱手："公子有夺魂琴护身，难怪敢孤身请客。今日感谢公子款待，他日北雄再还请公子。"

"随时奉陪！"白衣公子仪态萧索地点点头，对沈北雄言语中的威胁浑不在意。

沈北雄见状转身就走，出了望江亭便照原路而回。紧跟着他的白总管见主人面色阴沉，也不敢多问。直到走出一箭之地，沈北雄才对一个随从低声吩咐道："英牧，你带人在望江亭四周布下眼线，如果能发现公子襄的行踪，那便是大功一件！"

那随从应诺而去。沈北雄脸上渐渐浮出一丝冷笑，转头对身后的白总管低声道："你派人连夜传讯给柳爷，就说目标已出现，猎狐计划可以开始了。"

白总管脸上闪过一丝兴奋："好！等了这么些年，总算到了对付他的时候，柳爷一定早已经等不及了。"

"你错了，"沈北雄眼神复杂地勒马回望江亭的方向，"柳爷追踪了他几年，连他一根毫毛都没摸到过，却反而被他戏耍了无数次，柳爷的性子早就磨没了。这已经是柳爷今生最后一个心结，他一定不会着急，一定会非常有耐心。"

"难怪这次柳爷下了这么大的本钱。"白总管恍然大悟。

"你又错了，柳爷可没这么雄厚的本钱。"沈北雄笑笑，见白总管眼里露出探询之色，他却别开头，一磕马腹加快步伐，"走吧，公子襄近年已经很少亲自出手了，这一次他既然来了金陵，咱们就得打起十二分精神，千万不能有丝毫大意。咱们的陷阱虽然天衣无缝，不过公子襄可是天底下最最狡猾的狐狸啊！"

一行人回到金陵没多久，负责监视公子襄行踪的英牧就匆匆带人回来，向沈北雄禀报道："老大，公子襄真是狡猾如狐，我带兄弟们还傻呆呆地在望江亭四周设暗哨守望，他却沿着早已在悬崖边备下的绳索下到望江亭下的江面。那里有他备下的水手和小舟，我们只能眼睁睁看着他顺江而遁。"

沈北雄平静地"嗯"了一声，没有感到太意外，公子襄若轻易就让人盯上，那肯定就不是公子襄了。他正要安慰英牧两句，却见英牧咧嘴一笑说："咱们虽然没盯住公子襄，不过却有点意外的发现。"

见沈北雄看向他，英牧忙道："咱们的眼线发现，除了咱们，还有人在跟踪公子襄。"

"哦？"沈北雄顿时来了兴趣，"是谁？"

"雪时还不知道他的底细。"英牧脸上露出自得的神色，"不过我已让最擅长跟踪的兄弟盯住了他，只知道他是个落拓潦倒的书生，而且现在也在金陵城中。"

"按说公子襄要不是自己露面，从来就没有人能找到他，更不该被人盯上啊？"沈北雄皱起了眉头，想想又释然地点点头，"这次公子襄邀我赴约，先请江南苏老爷子递柬，又是当着金陵那么些商贾的面，走漏风声倒也正常。就不知是谁也在留意他的行踪？"

"把那家伙抓来问问不就知道了？咱们虽盯不住公子襄，盯他可没问题。"英牧脸上露出残忍的微笑，拷问俘虏是他的嗜好，一说到这个他脸上便露出跃跃欲试的神色。

"不妥。"白总管插话道，"咱们不知道他是否还有同伙，他若不是孤身一人，咱们一动他就会惊动他的同伴。咱们最好只在暗中监视，先弄清他和公子襄的关系再说。"

沈北雄想了想，道："嗯，这样也好。公子襄仇家遍天下，有人留意他的行踪也很正常。咱们只需盯住那家伙，说不定就有意外收获。"

"朝醉夜复醒，对月长天歌。一弯银钩似酒壶，嫦娥何不共我酌？"

金陵的夜少了白日的热闹喧嚣，却多了些丝竹管弦和狂曲醉歌。一个书生模样的醉鬼倚在太白楼的窗棂上，对着窗外高挂夜空的明月高声吟哦，仪态颇为狂放。只可惜他衣着实在寒酸，面目也太过肮脏，不然还真有几分才子狂生的模样。

"走了走了，我们要打烊了！"太白楼的伙计终于不耐烦起来。现在只剩下这最后一个顾客，还是那种只喝劣酒不要下酒菜的酒鬼，他们当然想把他赶走好早一点关门睡觉。

"哦，打烊了。"醉鬼喃喃说着，手伸入怀中掏摸半响，然后把几枚铜板拍在桌上，大度地对伙计摆摆手，"不用找了，算我请你们喝茶。"

他摇摇晃晃站起来要走，却被伙计一把抓住。那伙计把几枚铜钱摔到他脸上，骂道："你这半天时间，一共喝了三斤老白烧，这几个铜板连零头都不够！"

"我……我没钱了。"醉鬼挣扎着想摆脱伙计的掌控，却被那伙计抓得更紧。

"没钱？"那伙计一巴掌把他打翻在地，"也不打听打听，咱们太白楼是谁的产业，敢到咱们这儿来吃白食？"

"谁的产业？"醉鬼挣扎着要爬起来，却又被另一个伙计一脚踢翻。

"这儿可是百业堂的产业，杜啸山可是咱们的舵把子！"那伙计大声道，言语中颇有些狐假虎威的味道。

"杜啸山是谁？百业堂又是什么玩意儿？"那醉鬼一脸懵懂。

这话立刻招来几个伙计的老拳。有人大骂道："在金陵城混，却连百业堂和咱们舵把子都不知道，你他娘的不想活了？"另一个伙计则劝同伴说："算了算了，看他是真喝醉了。咱们搜搜他的身，若有值钱的东西就留下充作酒钱，若没有再按老规矩收拾他不迟。"

几个伙计七手八脚翻遍了他全身，也没有找到任何值钱的东西，众人只得照老规矩把他吃下的东西打得全呕了出来。那醉鬼对众人的殴打浑不在意，却对着满地吐出的酒水痛心疾首连连哀叹："我的酒啊，我的老白烧啊，全白喝了！"

"他娘的，没见过这样要酒不要命的烂酒鬼！"几个伙计无可奈何。开酒馆的最怕遇到这种不要命的烂酒鬼，这种人对自己的性命都不在乎，整天只泡在酒中，酒瘾一旦发作拿命去换酒都干。总不能真的把他往死里打吧？几个人最后只得把这酒鬼从太白楼扔了出去，然后打烊关门。

太白楼门口挑着的两个灯笼收起后，街上就变得朦胧起来。那酒鬼伏在地上轻轻呻吟半响，挣扎着要爬起来，却意外地看到自己面前有一双着粉底快靴的脚。酒鬼拼命抬起头顺着这双脚往上看去，才发觉有一个人蹲在自己面前，却是一个紫色面膛的黑衣大汉。

"啧啧，不过是白喝了一点劣酒，怎么就被打成了这模样？"大汉托起酒鬼的下巴，仔细审视着他的脸。他的脸肿得如同猪头，一边眼角肿得老高，使那只眼睛也眯成了一条线，脸颊上像是挨了重重一脚，嘴角还挂着呕吐物和血沫。大汉也不嫌肮脏，掏出袖中的绢帕抹干净酒鬼的脸。这才发觉他年纪并不大，五官应该还算周正，只可惜脸上肿得完全变了形，很难看出他的本来面目。

"为一点酒弄成这样子，值吗？"大汉语气中满是同情。

谁知那酒鬼却不领情，一把推开大汉的手说："老子乐意！"酒鬼虽然说的是吴语，却带有明显的巴蜀口音。

大汉对酒鬼的无礼不以为忤，只笑道："如果我请你喝酒呢？"

"那敢情好！"酒鬼一听说喝酒顿时来了精神，挣扎着就要爬起来，却总是力有不逮，只嘴里连连说道，"你要请老子喝酒，就算让老子叫你干爹都没问题。"

酒鬼在那大汉的扶持下总算站了起来，那大汉架着酒鬼一只胳膊笑道："江湖何处无酒友？走！沈某请你喝一杯！"

昏黄的烛光，油腻腻的酒桌，两碟卤味和豆干，几大碗浑浊的老酒。即便在深夜，街头也少不了这种露天的小酒摊。看着酒鬼迫不及待地连喝了三碗，那面目棱角分明的大汉才笑问道："今日能与老弟共饮也算有缘。还没请教老弟大名？"

酒鬼醉眼蒙眬，打着酒嗝嘟囔道："不过是喝酒，问那么多干什么？"

大汉微微一笑，抱拳道："在下沈北雄，最喜欢结交江湖上各种各样的朋友，听老弟口音像是巴蜀人士，不知与唐门可有渊源？"

酒鬼眼中闪过一丝警觉，敷衍道："落魄之人，怎攀得上那等世家望族？"

对方对自己名字的反应并没有让沈北雄太意外。"沈北雄"三个字虽然能令金陵商界为之动容，但在普通人面前还是一个很少听说过的陌生名字。不过对方那点并不引人注意的异常反应没逃过沈北雄的目光，他不动声色地望着自己的手，笑问道："公子襄呢？不知老弟与他又有什么渊源？"

"什么公子香公子臭，老子全不认识。"酒鬼说着站起来就要走，却被沈北雄按住了肩头。他只得咧着嘴乖乖坐下来，在沈北雄的掌控之下完全失去了挣扎的能力。

"别跟我说你跟公子襄没任何关系，不然你跟踪他干什么？"沈北雄笑眯眯地问道。

酒鬼的脸色顿时有些慌乱，不过依然故作镇定地道："我不知道你在说什么。"

"你真不知道吗？"沈北雄笑着放开了手，轻声道，"据我所知，几年前公子襄曾在巴中做过一件大案，弄得有巴中第一富豪之称的叶家倾家荡产。叶家跟蜀中唐门是世代姻亲，公子襄却在唐门眼皮子底下把叶家弄得家破人亡，据说仅有一位叶二公子幸免于难，只是一直不知所终。"

"是吗？这跟我有什么关系？"酒鬼又端起了酒碗，边喝边嘟囔道。

沈北雄呵呵一笑，也举起了酒碗："对，这跟咱们没任何关系。只是我沈北雄喜欢交朋友，尤其是吃过公子襄苦头的朋友。"

"我不喜欢交朋友，"酒鬼一口喝干碗中劣酒，然后舔着嘴唇道，"不过谁若给我酒喝又另当别论。"

"没问题！"沈北雄笑着拍了拍手，一个身影立刻从烛火照不到的黑暗处闪到他面前。沈北雄看也不看地吩咐道："去弄顶轿子过来，把这位公子请到舍下一叙。"

那黑影悄然离开后，另一个精悍的老者又闪到沈北雄面前，在他耳边低语道："咱们在城西遇到点麻烦，那是百业堂的地盘。"

沈北雄皱了皱眉头，叮嘱道："现在咱们的时间不多了，得抓紧。我这就去见杜啸山，若没有他这条地头蛇的支持，咱们将一事无成。"说着他转头对身旁的酒鬼笑道，"老弟先随我这兄弟去寒舍暂歇，明日老哥再陪你好好喝上一顿。"

冲黑暗中打了个响指，立刻有数名黑衣人围了过来。沈北雄指着依旧在喝酒的酒鬼对众人吩咐道："替我好好招待这位公子，千万莫怠慢了他。"说完他带上精悍的白总管，往城西大步而去。

百业堂的总坛在城西杜家巷，这里整条巷子的人家几乎都姓杜。杜家祖先几百年前就在这里定居，靠维护和经营屠、捐、赌、私、漕等百业为生，经上百年经营，渐渐发展成控制整个金陵城的第一大帮会。传到杜啸山手上，百业堂已经成为插足整个江南百业的最大帮会组织。

沈北雄带着白总管来到这里时已经是三更时分，杜家巷中早已看不到一点灯火。不过凭着"沈北雄"三个字，他还是没费多少周折就见到了百业堂现在的舵把子杜啸山。

"说吧，半夜把我叫起来究竟有什么事？"二人在大厅中分宾主坐定，百业堂堂主杜啸山不阴不阳地问道。从外表看他只是一个精瘦干练的矮小老头，留着稀疏的山羊胡，恹恹的三角眼给人一种似睡非睡的感觉，不过举手投足间却流露出一种高高在上的人才有的从容气度。就算他不是百业堂舵把子，光凭这气度也能让人猜到，他绝不是个普通人。

"深夜打搅杜堂主，实在是不好意思。"沈北雄恭敬地抱拳为礼，算是为自己的唐突赔了罪，"我刚得到手下兄弟的汇报，说咱们在城西一带的买卖遇到了点麻烦，不知是怎么回事？"

杜啸山捻着颌下稀疏的山羊胡，不辨喜怒地道："我听说沈老板在城中大肆购买商铺，心中总有许多好奇。虽然沈老板以高价买下了百业堂名下十多处产业，短期来看百业堂没有吃亏，但卖出经营多年的当铺、赌坊，对我百业堂声誉有极大的影响，不明真相者还以为我杜啸山怕了沈老板。基于这个原因，百业堂不打算再与沈老板合作，除非我知道你真正的目的。"

沈北雄收起笑容，漠然道："有些事杜堂主还是不知道为好。"

"既然如此，沈老板请回，恕杜某不送。"杜啸山说着端起了茶杯，听语气显然是动了真怒。

沈北雄对杜啸山的隐怒视而不见，只笑道："百业堂名下的产业，沈某可以再多出两成价钱。若杜堂主能帮助沈某收下其他商铺，每间铺子还可以另外给百业堂一成的佣金。"

杜啸山闻言心中一动，暗自计算开来。光百业堂名下的产业，在本来就北市价高的基础上多出两成价钱，就是十多万两银子的出入；若再加上沈北雄意图收购的商铺付给百业堂的佣金，恐怕就是几十万两银子的好处，这足以抵百业堂数年的收入。这北佬究竟为何要出如此高价来收购金陵商铺？杜啸山百思不得其解。虽然在巨大的利益面前杜啸山也不禁怦然心动，不过多年的江湖经验告诉他，这世上没有天上掉馅饼的好事，对方既然敢出如此高价，肯定就有加倍赚回来的把握。况且在江湖上厮混，还有比银子更重要的东西，杜啸山容不得对方掌握全部主动权，而自己却毫不知情。因此，他只犹豫了片刻，便断然拒绝道："除非我知道你收购商铺的原因，不然咱们无法合作。"

沈北雄一脸无奈地摊开双手："没有商量的余地？"

杜啸山没有回答，只端起茶杯示意："送客！"

沈北雄无可奈何地站起来，刚走出两步却又像想起了什么似的回过头来："哦，对了！这次我来金陵，柳爷千叮万嘱要沈某一定来拜见杜堂主，并代他老人家向杜堂主问好！"

"柳爷！"杜啸山脸色顿时有些异样，"你是柳爷的人？"

沈北雄淡淡一笑："沈某不过是替柳爷打前哨的马前卒，柳爷随后就到。届时沈某若不能完成柳爷交代的任务，只好到柳爷面前领受责罚了。"

"柳公权也要来金陵？是他要收购金陵商铺？"杜啸山十分惊讶。

沈北雄神秘一笑，摇头道："杜堂主眼线遍天下，应该知道柳爷可没这么多银子买不动产。"

杜啸山脸色终于变了，沉吟半响，突然下了决心似的一点头："好！百业堂与你合作，不过价钱上面你得再加一成。"

"你这是坐地起价！"

"谈生意本来就是要讨价还价！"

二人如猛虎般瞪视着，互不相让。片刻后沈北雄淡淡道："杜堂主想要讨价还价，总得让沈某看看你的本钱。"说着手腕一翻便向杜啸山胸口抓去。杜啸山看似年老体衰，手脚却十分灵活，沈北雄手脚刚动他便钩手还击。二人双手在咫尺之间上下翻飞，转瞬间便交手数十招，场中顿时响起噼噼啪啪的声音。片刻后二人总算停了下来，沈北雄扣住了杜啸山左手脉门，杜啸山右手扣住了沈北雄左肩胛。二人身形凝定，静静相持片刻。沈北雄突然呵呵一笑，缓缓放开杜啸山的手道："杜堂主果然高明。好，成交！"

杜啸山脸上露出一丝感激的微笑，也慢慢放开了沈北雄的肩胛，然后与对方击掌为约："从现在起，百业堂上下将全力协助沈老板收购金陵商铺，直到沈老板满意为止。"

离开百业堂后，紧随沈北雄出来的白总管不解地问道："主上，我不明白方才主上明明占了上风，为何最后却故意输了半招？"

沈北雄一笑："百业堂是地头蛇，咱们若没有杜啸山的全力协助，恐怕会事倍功半。我出手是要显示咱们的实力，警告他胃口别太大，要适可而止，让他半招是让他在自己手下面前挣足面子。对这一点杜啸山心知肚明，相信他以后不敢再坐地起价。今后杜啸山和百业堂，将是咱们在金陵最可信赖的盟友。"

白总管脸上露出叹服的神色，不由得微微点头。沈北雄笑着拍拍他的肩头，踌躇满志地道："制服一个人有时候以力胜之并不是最好的办法，智者不为。好比棋道高手对弈，力战者等而下之，善战者以战谋利。真正的绝顶高手，总是胜人于不知不觉间。"

金陵城那场突如其来的躁动令所有人为之惊讶，很快就成为街头巷尾谈论的焦点。一个北佬大肆收购金陵商铺，手笔之大前所未有。虽然他出的价钱足以令人动心，但不少商贾还是不愿出让祖传产业，任牙行捐客说破了嘴也枉然。在僵持了近一个月之后，那些坚守祖业的小商贾渐渐感受到来自黑白两道的压力：先是百业堂帮众上门骚扰，以下三烂手段破坏商家声誉，然后恐吓顾客、破坏生意，令这些商铺门可罗雀。你若报官，不仅得不到官府的保护，甚至会引来黑白两道更严厉的报复和打击。直到这时所有人才明白，沈北雄这条过江龙，不仅有黑道地头蛇百业堂支持，就连官府也已被他收买，普通生意人家除了卖掉铺子，根本无路可走。

也有路子通天的大富商不甘屈服，偷偷把沈北雄的霸道和金陵知府的不作为告到朝中关系密切的朝臣跟前，得到的回信却是："提高卖价，大赚一笔。"

这场商界的骚乱却跟小老百姓没多大关系，人们除了在茶余饭后谈论一下某老板倒霉进了牢房，或揣测一下沈北雄的背景和目的，依旧该干什么干什么，毕竟这些事都是富人之间的问题。

就在这样一个动荡不安的时期，在十月暮秋的一天黄昏，一顶简朴的小轿悄然从北门进了金陵城。八名风尘仆仆的汉子锦衣怒马护在小轿周围，人人面容冷峻，一脸肃然。虽然只有寥寥数人，却如一彪训练有素的军队，令人不敢正视，这排场与小轿的简朴不太相称。一行人进城后也不停留，径直往天外天大酒楼而去，无须通报便从侧门进了天外天酒楼的后院。直到进了二门，小轿才在庭院中停了下来。

沈北雄与白总管早已候在那里，不等小轿停稳，沈北雄已抢先一步上前掀起轿帘。轿中是个须发花白的青衫老者，看模样五十出头，满面的沧桑和粗糙的皮肤使他看起来不像是个养尊处优的主儿，尤其他那骨节粗壮的手，倒像是个劳作了一辈子的贩夫走卒。但富可敌国的沈北雄对他却异常恭敬，亲自为他撩起了轿帘。

老者弯腰钻出轿子，跨过轿杆时脚下突然一个趔趄差点摔倒。沈北雄赶紧伸手扶住，满是关切地道："柳爷这腿……"

"唉，今晚大概又要下雨了。"柳爷揉着自己的腿，眼里满是疲惫。一旁的白总管也赶紧扶住柳爷另一只胳膊。在二人的搀扶下，柳爷一瘸一拐地进了一旁的厢房。

"这腿是越来越不中用了。"在床上盘膝坐定，柳爷边揉着自己的腿边感慨，然后示意立在床前的沈北雄和白总管，"你们都站着干什么，是不是显示你们都有一双好腿？"

"不敢！"二人笑着在床边的凳子上坐了下来。沈北雄赔笑道："我前日刚从一药商手中买下一具完整的虎骨，正琢磨着泡两坛虎骨酒孝敬柳爷呢。"

"别尽他娘的干些拍马屁的鸟事，"柳爷瞪了沈北雄一眼，并不领情，"我让你带着数十万两银子来金陵，可不是要你买什么虎骨的。"

心知柳爷迫切地想知道这段时间的成果，沈北雄忙示意随从退下。待房中只剩下三个人后，他才掏出几本账簿递给柳爷："柳爷请过目。"

柳爷细细翻看着账本，眼光烁烁，满面的疲惫一扫而光。沈北雄在一旁小声解释道："我带来的银子几乎全打光了，也仅拿下数百间商铺。有些铺子是金陵苏家名下的产业，照您吩咐我没碰它们。还有些铺子背景复杂，我也没有轻举妄动。下一步该怎么走，还请柳爷示下。"

柳爷仔细地看完账本，很不满意地摇了摇头："你还是太过谨慎，缺乏吞天食地的大气势，许多繁华地段的铺子都无法拿下。下一步你要提高收购价，在现在的基础上再加三成，不信这些大的商铺不出让。"

"加三成？"沈北雄大惊，"目前金陵商铺因我们的大肆收购，价钱几乎上涨了一倍。再加三成，我们哪有那么多钱？"

"你守着那些没用的房契地契干什么？"柳爷教训道，"把它们抵押给通宝钱庄，自然又有几十万两银子到手，这样边买边押，几十万两银子能干成几百万两银子的大事。"

"这……风险是不是太大了？"沈北雄犹豫起来。

柳爷不悦地摆摆手："风险你不要管，照我的话做就是。"

"咳咳！"一直不曾说话的白总管突然清了清嗓子，小声插话道，"柳爷，咱们这次来金陵是为对付公子襄。属下实在不明白买这么多商铺和对付公子襄有什么关系。"

柳爷扫了白总管一眼，反问道："你俩也跟着我追查了公子襄两三年，可发现他有什么致命的弱点？"

沈、白二人对望一眼，立刻异口同声地道："贪财！"

"没错！"柳爷赞许地点点头，"我从多年前就在追查公子襄，发现他对钱财的贪婪简直到了丧心病狂的地步，从巴中首富叶家到扬州珠宝巨商汤家，无不是被他弄得倾家荡产，就连黑道漕帮他都敢去啃一口。人为财死，鸟为食亡啊！这样致命的弱点咱们若不加以利用，岂能逮到这只狡猾的狐狸？"

"属下……还是不太明白。"白总管依旧一脸疑惑。

柳爷诡秘地笑了笑："咱们这次既然把公子襄引到了金陵，若没有一个令他心动的饵，岂能让他上钩？再说公子襄富可敌国，若不能让他把那些不义之财吐出来，又岂能算成功？这次我就是要以他的方式赢他一回，让他也尝尝倾家荡产的滋味。"

沈北雄心领神会地点点头。白总管眼中却依然有些疑惑，正要再问，只听门外有人小声道："柳爷，金陵知府田大人求见。"

屋里三人都是一怔。柳爷小声嘀咕道："这家伙，消息倒是灵通。也罢，我既然来了金陵，总要见见本地父母官，让他进来吧。"

门外随从立刻应声而去，沈北雄与白总管也起身告辞，出门时正好看到一身便服的金陵知府田大人匆匆进来。他也来不及与沈、白二人招呼，便匆忙进了厢房。

"哎呀，果然是柳爷到了，下官没能亲自迎接，恕罪恕罪！"田知府一进门便夸张地叫着，满脸的肥肉也跟着唇齿的张合抖动起来。

柳爷在床上欠了欠身："田大人在上，恕老朽腿脚不便，不能下床见礼。"

"不敢不敢！"田知府慌忙拱手道，"柳爷乃刑部红人，深得皇上器重，与福王爷更是过命的交情，下官能得柳爷接见，实乃三生之幸！"

"田大人这么说可是乱了尊卑。"柳爷不紧不慢地道，"老朽不过一行将告老的小捕头，论品级尚在大人之下，该我去拜见知府大人才是。"

"柳爷千万别这么说！"田知府肥白的脸上顿时露出诚惶诚恐的表情，"您老可是皇上亲封的天下第一名捕，全国数十万捕快的总捕头，手握御赐尚方宝剑，三品以下官吏无须请示便可直接缉拿。古往今来，有哪个捕头有这等威仪？柳爷堪称公门中千古第一人啊！"

柳爷对田知府的奉承一脸漠然，只问道："大人是如何得知老朽来了金陵的呢？"

田知府狡黠地眨了眨眼："下官在朝中还有几个朋友，对柳爷这次秘密来金陵多少还是有所耳闻的。知道柳爷不欲张扬，下官也不敢以知府身份公开拜见，所以才私下前来，望柳爷莫怪下官莽撞才是。今后柳爷有什么需要请尽管开口，下官一定全力配合。"

"难得你有这心，以后麻烦田大人的地方恐怕还真不少。"

二人有一搭没一搭地闲聊着，都是场面上的客套话。眼看柳爷渐渐露出不耐烦之色，田知府终于忍不住问道："近日听说杭州船舶司要搬迁，也不知是真是假？"

柳爷原本懒散疲倦的眼神蓦然一亮，声音却依旧平静如常："这等国家大事，老朽微末小吏，岂能得知？"

田知府紧盯着柳爷的眼睛，仿佛是在自语："难怪最近金陵商铺行情看涨。下官猜想这消息多半属实，柳爷以为呢？"

"也许吧，这等大事原不是我等能猜度的。"柳爷模棱两可地慢声应道。

田知府理解地点点头："嗯，若是船舶司迁到我金陵，届时东瀛、琉球、瓜洲等地的商船俱从金陵上岸，而江南乃至全国的货物也将从金陵出海，那金陵的商机将陡增数十倍。水涨船高，金陵的商铺也将成为令人眼红的稀世珍宝啊！"

"呵呵，那大人该买下几间留给儿孙才是。"柳爷一脸玩笑。

不过田知府却从这玩笑中听出了柳爷的话外之音。但他依然不敢肯定，便赔笑道："下官正有此意。只是这传闻尚未证实，所以还要柳爷指点迷津。"

"不敢不敢，田大人高瞻远瞩，何须老朽指点？"

二人相视而笑，眼里都有一种意味深长的笑意。田知府已知道了自已想要的答案，又闲坐了一会儿就赶紧告辞出来，步履比之方才轻快了许多。

待他走后，沈北雄与白总管再次来到柳爷床前，想打听田知府此行的目的。却见柳爷神色怔忪，对二人轻声道："把商铺收购价提高五成，要快！"

沈、白二人相顾骇然。白总管忙提醒道："可是我们的银子几乎用尽，就算找钱庄借贷也需要时间，再说一般钱庄也没那么多银子周转啊。"

"我今晚就去见通宝钱庄的费掌柜，通宝钱庄乃皇家钱庄，有整个国库作为后盾，要多少银子都没问题。"突然柳爷似想起了什么，望向沈北雄，"公子襄有消息吗？"

"自从望江亭一别就再没有他的动静，也没探到他任何消息。"沈北雄忙把与公子襄望江亭一会的经过细说了一遍。见柳爷神情冷淡，他立刻又补充道，"虽然英牧没跟上公子襄，却发现另有人也在追踪他——是原巴中首富叶家的二公子。想当年叶家败在公子襄之手后，他便发誓要报此仇，是公子襄众多仇家中比较有头脑的一个，所以我把他请到了这里。"

"你不该让一个陌生人接近咱们。"柳爷皱了皱眉头，"再说对这种富家子弟也别抱太大希望。你查过他的底细吗？"

一旁的白总管忙道："我让两个兄弟这几天去了趟巴中，顺便去了唐门，从了解的情况看，各方面都相符，应该没问题。"

柳爷的眉头依旧没有舒展："即便是这样，咱们也不能掉以轻心，况且他也未必对咱们有用。"

"我当初对他也没抱多大希望，"沈北雄笑道，"不过后来才发觉，在某些方面他对公子襄的了解比咱们还要深，毕竟叶家是败在公子襄手上，他对公子襄的仇恨使他不惜一切代价和手段来追踪公子襄，比任何人都要执着。"

"我不信这世上还有谁比咱们更了解公子襄。"柳爷不以为然地道。

"我是说在某些方面，"沈北雄忙解释道，"比如我们以前就不知道公子襄崇信黄老之术，同时又极爱清静，不喜欢与俗人打交道，除了一些炼丹修真的道士，几乎没有任何朋友。"

"他有这种毛病？"柳爷不禁抚须沉吟起来，"如果是这样，他这次来金陵，很有可能会选择偏僻的道观落脚。这样不仅可以时时向那些炼丹修真的道士请教，也可以避开城中捕快的追查。"

"我也是这样想，"沈北雄笑道，"所以派出十多个兄弟密查金陵城附近方圆数十里范围内的道观寺庙，因为人手不太够，我还让百业堂也帮我追查。不管有没有意外的收获，至少不会损失什么。"

柳爷点了点头："你这一说，我对这位叶二公子倒有了些兴趣，现在就想见见他。"

"这会儿他多半是不在。"沈北雄笑道，"这位叶二公子生性好酒，又痴迷棋道，每日不是酒楼买醉就是去棋道馆厮混，若不是穷得没钱买酒他多半是不会回来的。我估计他是看在天外天酒楼可以白吃白喝的分上才在这儿待下去的。说来也怪，别看他每天醉醺醺的，好像难得清醒一回，但棋艺还真不赖，金陵几个棋道馆几乎没人是他的对手。柳爷若想见他，我这就让人上棋道馆找找。"

"还是算了吧，以后有的是机会。"柳爷遗憾地摇摇头，"今日我有些累了，待会儿还要去见通宝钱庄的费掌柜，改日再见这位叶二公子吧。"

见柳爷脸上露出疲惫的表情，沈、白二人忙告辞出来。待他们一走，柳爷即刻高声呼唤门外的随从："去给通宝钱庄的费掌柜递名帖，就说柳公权有事要见他。"

三　对弈

金陵城那场商铺收购风潮，因柳公权的到来而渐渐酿成一场令人瞠目结舌的风暴。先是田知府这种消息灵通的官宦，悄悄与沈北雄一道争相高价收购商铺，继而本地世家望族也闻风而动，加入抢购商铺的队伍中来；与此同时，原在杭州的船舶司将迁到金陵的消息也渐渐在茶坊酒肆流传开来，金陵商铺的价格闻风暴涨，连带普通民房的价格也跟着日日看涨。有财大气粗的商家甚至整条街成片地高价买下民居，并雇工匠改造成商铺再以更高的价钱转卖。一两个月之间，金陵商铺的价格就令人咋舌地涨了数倍。

这种百年难遇的暴涨立刻吸引了众多商家，抢购风潮甚至蔓延到整个江南，几乎每天都有江南各地的乡绅富贾雇镖客把一车车的银子运到金陵，争购那日日看涨的商铺。经常可以看到不少买家拿着一沓沓的银票守在牙行外，一旦有人要卖铺子，往往是十多个买家同时竞价争抢，把价钱抬到一个令卖家也不敢相信的地步。这种从未有过的火爆买卖，使得专门撮合商铺房产交易的牙行捐客如雨后春笋般冒了出来，以致民间流传着"金陵城牙行多过米铺，捐客多过工匠"的说法。

在这场抢购狂潮中，所有人都形成一种共识：不管花多少钱，只要把商铺抢到手，肯定能以更高的价钱卖出去，将来船舶司搬到金陵，商铺恐怕还会有更加惊人的涨幅。

不过就在人们追买的狂热中，也有人依然保持着理智和冷静，他们是这场风暴的始作俑者，自然不会为它所迷惑。

"柳爷，咱们借来的银子又快打完了。"沈北雄望着那厚厚几大摞房契，手心不由得捏了把汗，就算是见过大世面的他，也要为这价值数百万两银子的商铺房契咋舌，要知道国库一年的收入也才几百万两银子而已。

"市面上的铺价如今是多少？"柳公权并不因银子枯竭而担心，依旧一副镇定自若的模样。

"一间好一点的铺子价钱差不多要一万两，"白总管忙道，"这已经是几个月前的三倍多了。"

"嗯，还不够，"柳公权淡淡道，"把抵给通宝钱庄的房契地契先赎一部分出来，然后把它们重新估价再抵押给钱庄。价钱既然已经涨了三倍，咱们自然可以借出更多的钱。"

"还要把铺子的价钱往上打？"沈北雄一脸惊讶。

"没错！"柳公权一脸平静，"不过这次你要集中银子，把最繁华的内城一带的商铺价钱买高至少十倍；同时把咱们手中那些中城、外城的铺子悄悄卖出去。有内城商铺的价格暴涨的示范，中城、外城的铺子的价格也一定会随之暴涨，咱们手中这些铺子就能卖个好价钱。不过你可千万要有耐心，不能让人发觉有人在大量卖出，更不能把价钱打落下来。"

"我明白了！"沈北雄点点头，"我这就让人去找牙行捐客，一点点地把咱们手中的商铺悄悄放出去，决不让人察觉，更不会影响现在这涨势。我保证咱们手中的铺子至少能卖上三倍的价钱。"

"抓紧去办吧，别让我失望。"柳公权满意地摆摆手，示意沈、白二人照计划行事。不过一旁的白总管并没有在柳公权的示意下退出，反而满是疑惑地问道："柳爷，属下不明白咱们现在的行动和对付公子襄有什么关系。"

"当然大有关系，"柳公权笑道，"这次行动的银子可是福王爷资助的，我已夸下海口保证不会让福王爷亏本，甚至还要付他一笔不菲的利息，所以低买高卖是不得已而为之。公子襄富可敌国又十分贪婪，既然他来了金陵，我不信他在这一夜暴富的机会面前会一点儿不动心。他只要贪心一起，自然会落入咱们的圈套，在高价位上接下咱们手中的铺子。"

"可是，"白总管依然一脸疑惑，"杭州船舶司若迁到金陵，这些商铺也算物有所值，公子襄即便花高价买了下来，也不一定会亏啊。"

"呵呵，我既然有办法让这些商铺身价百倍，自然也有办法令它一落千丈，这也正是这个圈套的价值所在。"

白总管半信半疑地点点头，嘀咕道："就怕公子襄不上当，金陵和江南这些富商反而会落入这圈套，花高价买下咱们手中这些铺子。"

"那也不算坏啊！咱们这陷阱本是用来对付狐狸的，不过要是有野猪、麋鹿落进来，咱们也算是有所收获。这可不能怨老夫这陷阱，只能怨他们既愚蠢又贪婪。"说到这里柳公权自得地一笑，"当然，能找到公子襄的下落，并逼他把过去聚敛的钱财全吐出来，这才是老夫最希望看到的结果。"

"我懂了，"白总管点点头，"如果仅仅用严刑拷问等手段逼出公子襄手中的银子，恐怕这些银子全都得上交国库。不过要是能令他高价接下咱们手中的商铺，他手中的赃物自然就成了商铺而不是银子，这对咱们来说，当然是最好不过的结果。嘿嘿，还是柳爷高明。"

"我这就亲自带人去查金陵周围的道观，希望尽快找到公子襄的落脚之处。"沈北雄也明白了。

柳公权叮嘱道："对于如何找到公子襄，你们该多请教一下那个叶二公子，他说不定能帮到咱们。我有点奇怪，公子襄至今尚无任何动静，这可不像是他的作风啊。"

三人正在密谈，门外有人高声禀报道："柳爷，金陵知府田大人求见！"

"这家伙又来做什么？"柳公权皱起眉头，虽然心下很不想见他，不过对方毕竟是本地父母官，也不能不给他面子，只得道一声，"请！"

神情略显紧张的田知府应声而入，来不及与沈北雄和白总管寒暄，甚至也来不及与柳公权客套，便直接问道："柳爷，下官刚听坊间传言，说船舶司迁到金陵一事纯属谣传，不知这话是真是假？"

"田大人怎么突然问这个？"柳公权奇道。

田知府抓起丫鬟送上的茶水连灌了几大口，才喘着粗气道："我也是刚听人说，这就赶紧过来问柳爷。这传言要是属实，那可就糟糕之极。我不仅把多年积蓄全买了商铺，还在钱庄借了不少银子周转，甚至借了百业堂的高利贷。要是铺价大跌，我可就只有上吊了！"

柳公权一脸平静，与田得应的惶惑形成鲜明的对比。他好整以暇地轻呷了一口清茶，才笑问道："田大人在朝中也有官及一品的朋友，你是相信他的话呢，还是相信这没来由的市井流言？"

田知府一怔，神色渐渐平静下来，连连点头道："不错不错，船舶司迁到金陵的消息我可是从工部尚书张大人那儿得来的，他老人家还托我帮他在金陵也买上几间铺子，这消息肯定不会错的。不过现如今已经是几个月过去了，一直不见朝中有正式的官函下来，这总让人无法放心。"

柳公权淡淡一笑："朝中那些衙门办事的效率田大人又不是不知道，你还担心什么呢？"

"柳爷这么一说我就放心了，"田知府终于松了口气，"我就再等上几天，同时派人到京中打探，希望只是虚惊一场。"

把田知府送出房门后，柳公权的脸色渐渐凝重起来，转头对沈北雄低声吩咐道："你快着人到城中几大牙行去看看到底发生了什么事！"

沈、白二人离开后，柳公权望着窗外的天空发愣。足有顿饭工夫，他突然吩咐在附近侍候的一个部属："英牧，那位叶二公子现在在哪里？"

那个面目英俊的年轻人一怔，犹犹豫豫地回道："大概在附近的酒楼或棋道馆吧，我今日也没看到他。"

"快带人去找，找到他的下落后立刻回来向我汇报。"

"遵命！"

英牧匆匆离去后不久，沈北雄便从门外大步进来，一进门便对柳公权低声道："我带人去了附近几家牙行，原来不知谁造谣说船舶司迁到金陵的消息有假，闹得那些等着买铺子的财主人心惶惶，不敢再轻易下手。还有个大卖家在大量抛售，引得一些小商家也在跟着卖铺子。就连一直不曾出卖名下商号的苏家，现在也来凑热闹，放出了几间铺子，引得金陵一些商家也跟着抛售，把价钱打低了差不多一成。"

"公子襄终于有所动作了。"柳公权抚须轻叹。

沈北雄却不以为意地笑道："如果这是公子襄所为，他就是在帮咱们的忙。咱们正愁没法买到低价的商铺，现在正好利用这谣言大肆收购。"

柳公权没有理会沈北雄的提议，反而问道："如果咱们现在就把手中的铺子放出去，大概能赚多少？"

沈北雄一怔，犹豫道："虽然现在的市价是原来的三倍，但咱们当初既要打通官府，又要买通杜啸山这条地头蛇，所以成本也高。再加上现在谣言蜂起，一旦咱们把手中的铺子大量放出去，铺价肯定应声而落，恐怕到时不仅不赚钱，甚至会亏本。"

柳公权心事重重地在房中负手踱了几个来回，终于决然道："把最近买到手的那些商铺的房契地契全部抵押给钱庄，借钱先把铺价稳住，在目前这个价位上，有多少人卖咱们就收多少。"

"我这就令人去通知各大牙行！"沈北雄忙道。他话音刚落，就见白总管匆匆进来，对柳公权和沈北雄禀报道："柳爷，百业堂杜老大托人捎来话，说他们的人在城郊隐仙观发现了形迹可疑的外乡人，听来人描述，很像公子襄。"

"太好了！"沈北雄兴奋得一跳而起，"总算有他的下落了！我这就亲自带人前去，只要能拿住公子襄，还怕他的人继续在金陵兴风作浪、跟咱们作对？"

柳公权本欲阻拦，不过沉吟片刻后，还是点头叮嘱道："你要当心，不到万不得已不可鲁莽行事。若能把公子襄请到老夫面前自然最好不过；若不然，也一定要缠住他，老夫随后就到。至于找钱庄借银子周转的事，暂时交给白总管去办吧。"

沈、白二人刚走没多久，英牧就匆匆回来，对柳公权禀报道："咱们果然在城西的雅风棋道馆找到了叶二公子，他正在与人对弈。柳爷若想见他，我这就让人把他带回来。"

"不用！"柳公权缓缓道，"让人备轿，老夫亲自去见见他！"

城西的雅风棋道馆一向清幽雅静，不仅是文人墨客烹茶手谈的所在，也是金陵城一处名声在外的茶楼，尤其它天井中央那一口千年古井，水质甘冽、寒暑不涸，以其烹茶茶香醇正。因此，不少文人雅士也多爱在这里品茗小憩或以棋会友；相反，一些慕名而来的江湖豪客或巨商富贾来过一次后多半不会再来第二次，旁人若问起对这处金陵名馆的印象，这些俗客多半是四个字的评价——淡出鸟来。

正因如此，八名鲜衣怒马的精壮汉子护着一顶小轿来到这里时，自然引得众人连连侧目。这八名汉子腰佩兵刃，人人精气内敛，在门外翻身下马时落地轻盈无声，就算一般人也能看出这些汉子身手绝不简单。而那个从他们护着的小轿中出来的老者倒显得有些平常，不那么引人注目。

"柳爷少待，容小人把老板叫出来迎接您老。"一个在门外守候的汉子忙上前奉承道。柳公权摆了摆手："不用了。那位叶二公子在哪里？先带我去见他。"

一旁的英牧忙道："叶二公子现在二楼，柳爷请随我来。"

一行人在英牧的带领下缓缓上了二楼。只见偌大的二楼上，只有寥寥几个茶客在静静地围观二人对弈。其中一人是位富态的锦衣老者，正拈着枚棋子举在空中，全神贯注地盯着棋盘，迟迟没有落子。他的对手则是位衣衫落拓的年轻书生，与他的紧张形成鲜明对比的是，那书生正半醉半醒地斜靠在座椅上，举着个葫芦独自饮酒。有沈北雄过去的描述，柳公权立刻就知道这书生就是叶二公子了，对他的狂放举止倒也没有感到太奇怪。但走近了看到他的对手，柳公权不禁惊呼道："费掌柜！"

那拈棋沉思的锦衣老者蓦地惊觉过来，一抬头见是柳公权，也一脸惊讶，慌忙站起来要见礼。柳公权却按住他的肩头示意不必，问道："费掌柜怎么也在这里？"

那老者不好意思地笑了笑："说来惭愧，老朽也喜手谈，对自己的棋艺还颇有几分自负，早就听说金陵城中来了位棋艺精湛的年轻人，所以慕名讨教。谁知半个多月来，老朽每弈必败，直到他让到四子老朽才稍有获胜的机会，真是天外有天，人外有人啊！"

柳公权一脸惊讶地望向一脸醉态的书生。他倒不是对书生的棋艺感到吃惊，而是对通宝钱庄的费掌柜与书生的相识感到奇怪。他心中突然升起一种不祥的感觉，隐隐觉得这恐怕不是巧合。

"叶二公子？"柳公权眼中厉芒闪动，紧紧盯着书生问道。那书生悠然呷了一口酒，用醉眼乜视着柳公权，醉态可掬地笑道："早听说柳爷精于棋道，小生正琢磨什么时候才能与柳爷手谈一局呢！"

柳公权扫了桌上的棋盘一眼，只见书生的黑棋已占尽优势，费掌柜的白棋不过是在做困兽之斗。细看黑棋的布局，柳公权的脸色越发惊讶，黑棋处处照应，全盘面面俱到，几乎没有一颗闲子废棋，这等棋力实乃平生仅见。他的脸色不由得凝重起来，对书生点头道："择日不如撞日，老朽今日便与公子一弈。"

费掌柜赶紧推枰站起来，赔笑道："我这一局已然败定，早听说柳爷棋艺精湛，今日正好一开眼界。"

柳公权也不客气，大马金刀地在费掌柜的座位上坐了下来。立刻有茶博士清理棋枰，同时给新来的柳公权泡上盏新茶，示意二人猜先。

柳公权不急着猜棋，却对茶博士道："老朽与人对弈，向来不喜有人围观。"

茶博士一怔，脸上不禁露出为难之色。要把其他客人驱下楼以清场，这在雅风棋道馆还从未有过。不过没等他拒绝，柳公权的八个随从就已经开始驱逐茶客。在这些身佩兵刃的武人面前，众人不敢违抗，只得乖乖地下楼去。茶博士刚想抗议，被柳公权冷眼一扫，便也不由得闭上了嘴。柳公权对他摆摆手："你也下去吧，没有我的招呼不准上来。"

对方那种颐指气使的气派令茶博士不敢违抗，只得乖乖地下楼而去。不一会儿工夫，偌大的茶楼上就只剩下那半醉半醒的书生和柳公权二人。有那八名随从守在楼下，新来的茶客也无法上楼，整个茶楼顿时显得清幽异常。寂静中只听柳公权淡淡道："老朽与人对弈，素来是让先，所以不必猜棋，你先请。"

醉书生呵呵一笑："小生与人对弈素来是让子，你要我让你几子？"

"如果是赌命，自然越多越好！"柳公权冷冷一笑道。

醉书生猛地把葫芦一扔，脸上醉态一扫而光，以清澈的眼眸迎着柳公权冷厉的目光笑道："小生命贱，不配与柳爷相赌。如果是赌钱，小生倒是可以奉陪。"

"怎么赌？"

"一子一万两。赌注既然由小生定，这先手就该让给柳爷才公平。"

"好！"柳公权也不客气，拈起一枚白棋子"啪"的一声砸在棋盘中央的"天元"上，慨然道，"老夫生平遇一对手不容易，希望你别输得太快！"

就在同一时间，城郊的隐仙观外，沈北雄带着十多名手下悄悄赶到。立刻有先行在此盯梢的两名部属迎上来。沈北雄顾不得抹去一脸汗渍，急急问道："怎样？"

一个部属忙禀报道："观中除了几个穷道士，还有一个白衣公子带着个随从在这儿隐居，远远看其模样，正是上次在望江亭见过的公子襄！"

"太好了！你们守在这道观周围，待我亲自去会会他！"沈北雄难以掩饰心中的兴奋，立刻分派人手把道观包围起来，自己则带着两个随行高手径往观中而去。自从上次在望江亭被影杀堂的夺魂琴所阻，沈北雄已不敢再托大，这次随他前来的，均是公门中顶尖的高手，相信即便有夺魂琴保护，公子襄也别想再安然脱身！

三人闯进道观。两个迎客的道童见沈北雄一行神色不善，吓得张口结舌不敢阻拦，还没来得及向观主通报，沈北雄三人就已经进了道观二门。

一行人径自来到道观后院，远远便见一白衣公子负手立于树下，正仰头遥看天边落日。只看那份萧然卓立的神态，不是公子襄是谁？第二次见面，沈北雄已经没有数月前的惶恐感，心中反而有一种莫名的兴奋。环顾四周，并无任何人影，沈北雄这才遥遥冲那背影一拱手，笑道："公子襄，咱们总算又见面了！"

"你总算来了，没让我等太久。"对沈北雄的突然到来，对方似乎并没有太过惊讶，依然是那副落落寡欢的模样。他从天边收回目光，抬手向沈北雄示意："坐！"

沈北雄进入这后院，就发觉院中并没有多余的人，也就没有必要太过戒备。见对方并不因自己的突然到来有丝毫慌乱，沈北雄反而有点吃不准他打的什么主意。他满腹狐疑地在树下的石凳上坐下来，正要发问，却见一个书童模样的少年捧着一套茶具匆匆过来道："公子，茶已烹好，是从福建送来的铁观音。"

"给沈老板上茶！"白衣公子抬手对童子示意。那少年立刻熟练地在小茶盅中斟好茶水，用托盘捧到沈北雄面前。沈北雄心知以公子襄的为人，倒也不怕他在茶水中使诈，便端起一杯一饮而尽。随着那一股醇香的热流滚落肚中，一种说不出的惬意慢慢从腹中弥漫开来。沈北雄不禁赞叹一声："好茶！"

白衣公子淡淡一笑道："这等好茶，原本是可遇不可求的稀罕物，沈老板好运气。"

沈北雄呵呵一笑："沈某运气来了，公子襄的好运恐怕就到头了。"

"沈老板何出此言？"

沈北雄眼里闪出猫戏老鼠的神色，微微笑道："我从进入这道观后就在留意，却没有发现你有任何保镖，不知这是你的疏忽还是托大？"

"有没有保镖又有什么区别？"

"现在已经没有区别！"沈北雄说着慢慢放下手中茶杯，跟着曲指成爪，以闪电般的速度一把扣住了公子襄的手腕。他脸上露出胜利的微笑，扬扬自得地调侃道："就算你有帮手这个时候也已经迟了。柳爷早就想见你了，只是一直未曾如愿，今日他老人家总算可以一睹公子襄风采。"

"是啊，柳公权这个时候恐怕正在目睹公子襄风采呢。"白衣公子说着手腕蓦地一翻。沈北雄只感到对方手腕上传来一股柔和的力道，轻轻卸开自己的手指，跟着对方的手腕就如泥鳅般轻轻巧巧地滑出了自己的掌握。

沈北雄双眼蓦地瞪得溜圆，脸上的神情比白日里看见鬼怪还要惊讶。他呆呆地瞪着仪态萧索的白衣公子足足怔了半晌，才以不可思议的语气喃喃道："你……你不是公子襄！"

雅风楼的棋局激战正酣，枰中已落下了数十枚棋子。柳公权双眼紧紧盯着棋枰，边落子如飞边摇头叹息："没想到，真没想到！虽然从一开始我就猜到什么叶二公子多半有诈，我从来就不相信这种巧合，但我怎么也没有想到公子襄居然会孤身犯险、把自己投入险地。这简直可以用发疯来形容。"

对面的书生眉梢一挑，笑道："柳爷真是目光如炬，任谁在你面前都无法遁形。"

"什么目光如炬。我简直就是睁眼的瞎子！"柳公权连连摇头，"直到方才我都还不敢肯定你的身份，一直以为你不过是公子襄投在咱们身边的一枚棋子。待你落下这数十枚棋子后我才终于知道，你就是真正的公子襄！"

"何以见得？"

"千门中人长于算计，而棋道正是一门算计的学问，只这数十枚棋子就可看出公子胸中韬略，天底下只怕也仅有公子襄才有这等恢宏的布局、精准的算计、与众不同的谋略和出人意表的手筋！"说到这里柳公权抬起头来，第一次细细打量面前这位追踪了多年的对手。他的面容其实有些普通，就像任何一个眉目端正的穷书生一般。唯有那一双清澈明亮的眼眸中，闪烁着一种自信而孤傲的光芒，这种光芒令他平凡的脸上有了一种令人仰慕的魔力。

柳公权打量了他足有一盏茶的工夫，最后轻叹道："老夫阅人无数，自信只一眼就可看出一个人一生大致的经历，却不敢说能看透你。比如你皮肤并不细腻，甚至稍显粗糙，可见你并非如传言所说出身富贵；再比如，你发质柔细，稍显枯槁，头顶毛发甚至有些稀疏，一个人的头发记录了他的健康状况，由此可见你的健康状况并不理想；再联系你手上粗糙的皮肤和无数的疤痕，可见你曾经遭受过莫大的磨难，以致你的身体至今无法恢复；而你的手指骨骼并不粗壮，身架也显得单薄，说明你并不是从小就受磨难；你右手中指第一个关节有厚厚的老茧，那是长期握笔造成的，说明你苦练过书法，我想你多半是个出身贫寒的读书人。不知老夫说得可对？"

随着柳公权的侃侃而谈，云襄脸上神情变得越来越惊讶："都说柳爷眼光寻辣，今日一见果然名不虚传，云襄佩服！"

柳公权没有理会对方的恭维，只冷冷质问道："公子既然读过圣贤书，为何要投身千门，专做这等有违圣贤教诲的卑劣勾当？"

云襄轻蔑地撇撇嘴："圣贤在云襄心中早已经死了。何况柳爷这次在金陵的所作所为，恐怕也未见得就高尚吧？"

柳公权脸上微有些尴尬，忙转开话题问道："我实在想不通，你为何要孤身犯险接近咱们？只此一点就可看出，你是多么疯狂和不智。"

"诸葛一生唯谨慎，尚有空城一计险！"云襄淡淡一笑，"我碰巧知道有人在金陵设陷阱对付我，而我却毫无头绪，不知道会是一个什么样的局，这让我无法忍受，所以假意跟踪那个假的公子襄。只要有人对公子襄感兴趣，多半会自己主动来找我，那我就可以看出究竟是个什么样的陷阱。冒险接近沈北雄也是不得已的选择。"

"就凭你在天外天酒楼住了几天，就能知道咱们的内情？"柳公权显然不相信。

"你莫忘了我可是个设局的高手，什么样的骗局能瞒得过我？我不必知道内情，只需留意你们跟什么样的人来往、有什么样的举动，就能猜个八九不离十。"云襄笑道，"沈北雄用各种手段大肆购买金陵商铺，动用的资金达数十万两银子之巨，拼命拉拢官府、黑道和钱庄的力量，甚至借你过去抓住的把柄逼金陵商家就范。金玉堂和荣宝斋就是因为曾经买卖赃物被你抓住过，只好配合沈北雄演一出双簧，让旁人在不可预知的威胁面前，不得不把铺子卖给你。接着又传出杭州船舶司将迁到金陵的消息，引得江南富商蜂拥而来，疯狂追捧价格暴涨的商铺。我刚开始还以为柳爷是为对付我才不惜动用如此巨大的人力、财力，不过现在看来我是太高看了自己，我云襄不过是这场弥天骗局中一枚比较重要的棋子罢了。柳爷志存高远，我云襄不过是你众多猎物中一个诱饵而已。"

"何以见得？"柳公权神色又恢复了从容冷静，缓缓拈起一枚棋子，轻轻点在棋枰上。

"船舶司从杭州迁到金陵，这显然有些荒唐，从常理看这根本不利于商业往来。"云襄也信手拈起一枚棋子点在棋枰上，"不过这消息是从朝中最高层那里传出来的，再加上朝廷经常办些糊涂事，所以很少有人会怀疑这消息的真伪；就算有所怀疑，在日日看涨的铺价面前，这点怀疑早晚也会打消。"

柳公权两眼盯着棋枰，淡淡道："既然朝廷做事并不总是明智的，船舶司迁到金陵也就并非不可能。"

"本来是这样，"云襄抬眼盯着柳公权，"但这消息若是属实，就无法解释为何柳爷要借金陵富商把我引来金陵。难道要我也跟着这股东风发一笔横财？这更无法解释一个千门中人用性命传递给我的警示。因此，这消息根本就是假造，目的是想引我以高价接下你手中的商铺，甚至借助我的财力把铺价推上天去。这样，才能在真相大白时把我置于死地，而柳爷也才能赚个盆满钵满。你引我来金陵，多半也是担心自己的财力尚不足以撬动庞大的金陵商铺市场，想借我的财力帮你造势，在最后关头再把我置于死地，这大概是你最希望看到的结果。"

柳公权鼻孔里轻嗤了一声，淡淡道："金陵富商手眼通天，与朝中大员皆有往来，假消息岂能骗过他们？"

"这正是你这陷阱的高明之处！"云襄叹道，"以对付我云襄为理由，说动福王爷为你撒谎，因此，连朝中重臣都被你骗过了。当今皇上年幼，朝中实际上是福王爷当政。在福王爷眼里，他不过放出一个假消息，朝廷没花一个铜板，所以不觉得有什么不妥。而你则巧妙地利用这个消息，在金陵布下了一个吞噬一切的陷阱，先用各种卑劣手段低价悄悄买入大量商铺，在消息传出后再把铺价推高数倍甚至十多倍卖出去。有我上当帮你推高价钱最好，就算我不上当，金陵乃至整个江南的财主富商也会上当。如今整个江南的财富正源源不断地涌入金陵，前仆后继地扑向你设下的这个陷阱，你是想洗掠整个江南的财富啊！"

说到这里云襄脸上也露出钦佩之色："本朝最大一桩劫案，悍匪薄云刀折损数十个兄弟，不过劫得十多万两银子。你这陷阱如今已吸引了江南千万两银子，一旦你的计谋得逞，整个江南的财富将被洗掠一空——起码有数百万财富要被你卷走，多少人积蓄数代的家业会被你这陷阱吞噬干净，又有多少人会在接下来的铺价暴跌中输得一干二净。"

柳公权神情漠然地在棋枰中投下一子，撇撇嘴道："千门公子不是向以财主富豪为猎物吗？没想到还这么富有同情心。不错，我当初引你来金陵，其实是想借你的财力把铺价推到一个没人敢想的高度。我早就知道，这陷阱骗得过别人却一定骗不过你，我以为你会借这千载难逢的机会大捞一笔。你的财力与我的权力联手，咱们完全可以做到双赢。"

云襄哈哈一笑："本来这主意是不错，不过我却不想成为替罪羊。你以我为理由说动福王爷，又把我引来金陵，早就准备好将来一旦有人追查这场骗局，你可以一股脑儿推到我头上。所有上当受骗的人都会相信是臭名昭著的公子襄骗了他们，谁会相信一向公正廉洁、有'天下第一名捕'之称的柳公权会设下这等弥天骗局？就连我都有些不明白，你廉洁一生，为何这次却如此贪婪？"

柳公权轻轻叹了口气，揉着自己的腿淡淡道："我老了，为朝廷辛劳一生，除了有个名捕的虚名，就剩下这一身的伤病。我自己可以不在乎，却不能不为儿孙还有那些追随我出生入死的老兄弟们考虑。尤其那些殉职的弟兄们丢下的孤儿寡母，大多还在为生存苦苦挣扎，我得在退职前为他们谋一份活命钱。碌碌一生，到现在我算是明白了，廉洁有什么用？饿的时候不能当饭果腹，病的时候不能当药救命。人到最艰难困苦的时候才会明白，还是银子才靠得住啊！"

"啪"的一声，柳公权把一枚棋子拍在棋枰上，斜视着云襄笑道："你就算看穿了我这步棋又如何？你已经无法阻止我捞到这块决定胜负的实地。"

"是吗？"云襄针锋相对地把棋子拍在枰上，"你以为我不能破掉你这片大空，在你的势力范围险中求活？"

"我不信！"柳公权立刻投子还击。

"我知道你半年前就在着手准备，"云襄边落子边笑道，"在沈北雄来金陵之前数月你就已经令人在悄悄收购商铺，这一点你连沈北雄都瞒过了。经过半年多的准备，你手中握有大量低成本的商铺，所以你才会如此自信，对吧？"

柳公权脸上终于露出一丝惊讶："这你也知道？"

"这要感谢一位坚强的奇女子。"云襄叹道，"半年多以前，有人想收购她父亲开的小客栈，结果未能如愿，后来客栈就开始闹鬼，生意一落千丈。那位姓尹的小老板不信这个邪，晚晚守夜要抓住这鬼，结果却被鬼惊吓，失足从二楼摔下来，不幸亡故。官府草草结案，那间客栈最后也落到一个不知名的外乡人手里。这位叫尹孤芳的女子历尽艰辛，总算把寻求帮助的帖子递到了我手中。我在对这件怪事的调查中发现，附近多家铺子都遇到过这样或那样的怪事，最后的结果都是铺子变卖，落到某个不知名的买家手里。联系后来沈北雄大张旗鼓高价收购商铺的举动，我才开始发觉你这个局。"

柳公权接口道："所以你让人假冒公子襄请客，自己则伪装成公子襄的仇家借机接近沈北雄。不过我还是有些奇怪，是谁假冒的公子襄，能骗过精明过人的沈北雄？"

云襄笑笑："他是谁其实并不重要。不过他肯定比我更像江湖传说中那位孤傲绝世的公子襄。"

"你不是公子襄！你是谁？"沈北雄吃惊地盯着白衣公子，瞠目质问道。公子襄不懂武功，这在江湖上早已不是秘密，但以他方才震开沈北雄手指的那份功力，眼前这位白衣公子绝对是江湖上罕见的高手！

白衣公子哂然一笑："我是谁有什么关系呢？既然沈老板知道我不是你要找的公子襄，那就请回吧，别打搅了我的清静。"

沈北雄双眼似欲喷出火来，鼻孔里冷哼一声："就算你不是公子襄，那也是他的同党，既然我来了，你还想脱身？"说着对两个随从一招手，

"给我拿下！"

两个公门高手一左一右抓向白衣公子胳膊，一出手便是北派的分筋错骨手。却见白衣公子双臂微动，巧妙脱出两名公门高手掌握，跟着大袖横扫，竟把两名公门好手逼退数步。沈北雄见状，脸上不禁露出凝重之色，要说方才白衣公子脱出自己掌握还是偶然的话，这下他已再无怀疑，这白衣公子身手异常高明。要知道那两个公门好手乃是北派燕氏兄弟，是公门中的顶尖擒拿手，也是北派分筋错骨手的嫡传弟子，已不知有多少黑道强人在他们二人手中轻易就被拧断了胳膊手腕。

"难怪敢戏弄沈某，原来身手如此了得，把沈某都骗过了。"沈北雄说着站起身来，慢慢拔出腰间软剑，迎风一抖，长剑顿如银蛇一般发出嗡嗡的声响。白衣公子眼里露出凝重之色，衣衫无风而动，暗自戒备。

"看剑！"沈北雄一声轻斥，软剑直点白衣公子眉心。白衣公子右手往上一撩，竟以胳膊来格挡软剑。沈北雄冷哼一声，手腕下压，意欲一剑卸掉他半只胳膊。却听"叮"一声轻响，软剑竟被对方的胳膊挡了开去。跟着就见对方手腕一翻，一点淡若无物的刀光从袖中脱出，恍若莹莹月光一般直泻而来。

"袖底无影风！"沈北雄大惊失色，软剑连换了十几个剑式才挡住那无孔不入的刀光，场中顿时爆出一阵"叮叮当当"的刀剑交击声。沈北雄应声退出数步，盯着对方掌中那柄形式奇特的短刀，眼里的惊诧已变成震骇："你是金陵苏家弟子？"

白衣公子漠然收起短刀，冷冷道："金陵乃苏家根基所在，不容外人撒野，即便你来自京中也不行。"

沈北雄心知苏家乃金陵除百业堂外的又一地头蛇，是江湖上屈指可数的武林世家，势力比百业堂更为庞大；不过苏家只做合法买卖，也很少卷入江湖纷争，所以不如百业堂出名。走黑道的百业堂对柳爷心存畏惧，但苏家却未必会买柳爷的账，所以柳爷一再叮嘱，能不招惹苏家就尽量不要招惹。方才一交手，沈北雄便知自己奈何不了对方袖中短刀，就算与燕氏兄弟联手勉强能胜，也将是惨胜，但如此一来就要与金陵苏家正面开战了。想到这里沈北雄收起软剑，呵呵笑道："苏公子误会了。北雄此次来金陵不过是做点小买卖而已，来得匆忙，也没来得及跟苏宗主打个招呼，他日有机会定当亲自登门拜见苏宗主。"

说完沈北雄转身就走，刚走出两步却又回过头来，打量着白衣公子的模样，沉声道："苏家几位公子都是天下名人，不会做冒充公子襄的闲事。听说只有苏家大公子苏鸣玉一向深居简出、离群索居，刀法却是几位公子中最高的，今日一见果然名不虚传。以后有机会，北雄定要再次讨教。"

"好说。"白衣公子缓缓端起了茶杯，他眼中有一种世家公子不该有的厌世和萧索。这让沈北雄有些奇怪，也正是这种独特的忧悒气质，才让沈北雄把他当成了公子襄。

沈北雄领着燕氏兄弟从道观中出来，另两人心有不甘地问道："咱们就这样算了？"

沈北雄冷冷一笑："咱们这次的目标是公子襄，与苏家的恩怨只好暂且记下。"

说话间三人来到观外，几个在外埋伏的兄弟忙上前询问究竟。沈北雄来不及细说方才发生的一切，只对众人一挥手："快赶回金陵，咱们中了别人的调虎离山之计！"

四　连环劫

雅风棋道馆中的对弈开始进入了中盘激战，二人紧盯着棋枰，神情越发肃穆专注。不知从何时开始，隔壁有隐隐的琴声悠然响起，为二人的对弈又增添了几分雅意。

盘中局面渐渐明朗。望着渐渐陷入苦斗的黑棋，执白先行的柳公权脸上终于露出了一丝微笑，边落子边调侃道："公子襄啊公子襄，就算你聪明绝顶，完全猜到老夫的目的和手段，可惜在强大的实力面前，你依然无能为力。"

云襄神色如常，似乎并不因自己的黑棋陷入困境而担忧，甚至还有闲暇回应柳公权的调侃："是吗？你真以为自己已经稳操胜券？我既然能看穿你设的这局，自然有应对之法。"

柳公权眯起眼盯着云襄："我行动在前，手握大量低价商铺，你如果也加入抢购商铺的行列，自然会把价钱推得更高，帮我把手中商铺顺利地以高价卖出。如果你袖手旁观，光江南这些富商也能让我赚个对半。就算你对所有人说船舶司迁到金陵的消息有假，只要铺价还在上涨，谁又会相信你这个千门公子呢？"

"是啊，我阻止不了你，所以只好顺应大势，借你这东风分一杯羹。"云襄笑得耐人寻味。

"分一杯羹？"柳公权手拈棋子审视着对手，"这几个月以来，任何大量吃进商铺的买家我都让人探过底细，其中并没有可疑之人，不可能你抢购商铺而我还不知情。你如何来分这一杯羹？"

云襄没有直接回答，却指着渐渐进入收官阶段的棋局道："虽然从盘面看，白棋凭先行之利占了两三子的优势，但它有一处不为人注意的漏洞。"

柳公权把全局细看了一遍，最后摇头道："我从一开始就占了先机，到现在盘面只余几处官子，走到最后我会胜你两子。"

"是吗？我却不信！"云襄说着"啪"的一声落子入枰，"我先在此开劫！"

柳公权胸有成竹地投下一子："这劫早已在我算计中，你翻不了天。"

云襄淡淡一笑，轻轻把棋子投到早已算计好的位置。这一子出乎柳公权预料，他莫名其妙地望了望棋枰，又狐疑地看看公子襄："这一手你弃掉十余子，岂不是输得更惨？"

公子襄迎着柳公权的目光笑道："你只关注金陵商铺的行情，却没留意到更加庞大的民宅市场，它也随着你那消息水涨船高。我既然不愿为你推高商铺，就只有悄悄收购大量民宅，以远低于商铺的成本。我已立于不败之地。"

"民宅？"柳公权不以为然地撇撇嘴，落子提掉了云襄十余子，头也不抬地嗤笑道，"它价钱虽低，但数量太过庞大，根本无法在短时间内把价钱推高。况且民宅买主稀少，转手很慢，就算它有所上涨，幅度也有限得很，根本无法与商铺的暴利相提并论。"

"如果我把成片的民宅改造成商铺呢？"云襄笑问道。柳公权一怔，脸上终于变色。云襄指着棋枰轻叹道，"你只知道多吃多占，却忘了棋道中还有一种罕见情况，就算你盘面占尽优势，也依然赢不了！"说着，他缓缓把棋子点入早已算计好的位置，"我再开一劫！"

"连环劫！"柳公权如梦初醒。围棋对弈中偶尔会出现这种罕见的情况，就是两个劫同时出现，双方又都不能放弃，那这局棋就会一直走下去，永远不会分出胜负。一旦遇到这种情况，无论双方盘面优劣，最终也只能以和局论，这就是俗称的"连环劫"。云襄弃掉十多子，成功抓住了柳公权这个盲点。

见柳公权一脸懊恼，再无法落子，云襄终于投子而起，负手笑道："这局棋你苦心孤诣，在占尽优势的情况下却为一小小的连环劫所阻，无法胜出。正如你谋划良久的商铺暴涨神话，也因我手中握有大量可以改造成商铺的廉价民宅而行将破灭。已经有部分民宅改成的商铺投入市场，你大概也感受到了铺价最近几天的异动，是让它往上涨还是往下跌，只在我一念之间。"

柳公权望着云襄愣了半晌，然后揉着自己的腿轻叹道："千门公子果然名不虚传。不过你千算万算，却忘了自己最致命的罩门。老朽这双腿虽然半残，但要在这雅风楼上拿住你也不过是举手之劳。你说我要是生擒了你，咱们这一局的结果又会怎样呢？"

公子襄笑而不答。突然，柳公权听到身后有人小声道："柳爷，您老的茶凉了，容小人给您老续上新水。"

这茶楼早已清过场，不该再有旁人！就算有人悄然躲过公门八杰的耳目摸上茶楼，也决计逃不过自己的耳目！但直到他开口说话，柳公权才第一次发觉他的存在，这是怎样可怕的一个人啊？柳公权只觉背脊冒起一股寒气，慢慢回头望向角落那说话之人。只见他一身茶博士打扮，满脸的皱褶让人看不出年纪。在柳公权目光的注视下，他赔笑着提了茶壶过来续水，神情自然得就像任何一个年老体衰的茶博士一样。

柳公权的神情却是从未有过的凝重，眼光如锐芒盯着这茶博士，留意着他那稳如磐石的手，一字一顿地问道："影杀堂鬼影子？"

"柳爷好眼光！"茶博士笑着为柳公权续上水，然后垂手侍立一旁。

"能躲开我八名手下的耳目上这楼来的人不多，有这等轻盈如狸猫般身手的人就更加罕见，能在老朽身后静立良久却不为老朽所觉，恐怕天下就只有影杀堂排名第三的鬼影子一人。"柳公权说着转望云襄，满脸惋惜地摇头叹道，"没想到你竟会买通杀手来对付老夫，我看错了你啊！"

"柳爷多心了！"鬼影子忙赔笑道，"公子只是请小人负责他的安全，没有要刺杀柳爷的意思。再说这天底下若还有谁是影杀堂也不敢动的人的话，那一定就是柳爷。"

"哦，想不到我还这么有威望？"柳公权冷冷问道。

"柳爷乃天下数十万捕快的总捕头，弟子门人遍及天下，影杀堂可不想被几十万只鹰犬撵得无处躲藏。"鬼影子一脸恭谦。

"那好，我出双倍的价钱，你替我拿下公子襄。"

"柳爷说笑了。不说这有违我影杀堂的规矩，单说公子襄，那也是我影杀堂不能动的人啊！"

"不能动？为何？"柳公权眉梢一挑。

鬼影子却没有作答，只赔笑道："二位都是我影杀堂不敢动和不能动的人，只要你们相安无事，我鬼影子自然袖手旁观。不过万一柳爷想对公子不利，咱们影杀堂也只好冒险与数十万公门鹰犬周旋周旋。"

鬼影子这话无疑是表明了自己的立场，只要柳公权敢动手，他便不惜冒惹上数十万捕快的麻烦出手阻拦。柳公权心知要说动影杀堂杀手倒戈根本不太可能，不禁冷冷一笑："你若方才悄然出手，恐怕我未必能躲得过。但此刻你我正面相对，你以为还能威胁我柳公权吗？"说着手腕一抖，三枚棋子脱手而出，先后飞射鬼影子面门。鬼影子身形迅若冥灵，在空中连连变换了数次身形才勉强躲开，落地后脸上已有些变色。

柳公权手拈棋子引而不发，却目视云襄调侃道："公子毕竟不是武林中人，根本不了解武功，所以就以为影杀堂杀手天下无双。若论暗杀手段他们倒是够专业，但要论到武功，恐怕他们根本排不上号。此刻这鬼影子自保尚有困难，公子以为他还能保护你吗？"

云襄泰然自若地笑道："我不懂厨艺，却能尝尽天下美味；我不擅丹青，却藏有大师名作；我不通音律，却能听到妙绝天下的琴音；我就算不会武功，却依然懂得要如何才能制服柳爷这样的绝顶高手。"

"是吗？"柳公权把玩着手中棋子，环顾空荡荡的棋室，冷笑道，"方才鬼影子躲我三枚棋子尚有些狼狈，此刻我这棋子若是射向你，他还能挡吗？"

云襄叹了口气，道："柳爷也是棋道绝顶高手，难道非要走至分出胜负那一步才肯认输吗？"他话音刚落，隔壁的琴声突然清晰起来，通透悠扬，那面板壁似乎对琴声毫无阻碍，根本不能影响琴声的传播。

"夺魂琴！"柳公权面色一凛，"居然请到影杀堂排名第二、第三的杀手，难怪你如此自信。不过，这一局我依然要走下去！"说着他手腕一抖，三枚白色棋子飞向鬼影子，一枚黑色棋子却悄无声息地射向云襄前胸大穴。

只听琴声陡然一变，似有锐风穿透了板壁，跟着是"啪"的一声脆响，射向云襄的黑棋在离他胸口不及一寸处碎为齑粉。另一旁鬼影子躲开三枚白棋，立刻向柳公权飞身扑来，人未至，手中短匕已指向他的咽喉。

柳公权一声冷哼，身形飘然后退，跟着曲指弹开了刺来的短匕。待鬼影子身形一缓，柳公权立刻扑向一旁的云襄，只要能拿下云襄为质，就算在影杀堂两大杀手围攻下，也可安然无恙。

隔壁的琴音陡然一紧，从细碎的小调变成激昂的大板，声浪铺天盖地，似有千军万马汹涌而来。薄薄的板壁似纸一般在声浪震撼下簌簌发抖，不时被锐劲一穿而透，留下一道道透明裂缝和小窟窿。

柳公权在声浪和锐风中左冲右突，虽然足以自保，却无法接近云襄一步。一旁的鬼影子又凌空扑来，如附身鬼魅般死死缠在身后。只片刻工夫柳公权便气喘吁吁，浑身大汗淋漓。

"停！"柳公权一声厉喝。琴声渐渐变得低沉平缓起来，宛如蓄势待发的猛兽。鬼影子则拦在云襄身前，全神戒备地盯着柳公权。柳公权喘息稍定，自忖在夺魂琴和鬼影子联手阻拦之下，自己完全没有机会缉拿云襄，心中权衡再三，冷笑道："有夺魂琴和鬼影子保护你又如何？我八名部属就守在楼下，没人能把你带出这雅风楼。"

"我知道，公门八杰嘛。"云襄笑道，"听说他们是柳爷近几年从有志于献身公门的武林俊杰中精心挑选培养的好手，人人都可独当一面，在江湖上更是罕逢敌手。不过我没打算就这样离开，就算要走我也要柳爷亲自相送。"

柳公权轻哼一声没有说话。却见云襄缓缓踱到窗前，遥指窗外道："我今日若不能平安离开这里，明天一早，我手中的那些民宅、商铺就会蜂拥而出，船舶司不会迁到金陵的真相也将大白于天下。到那时，恐怕你的如意算盘就会尽数落空。"

"那也未必！"柳公权冷冷道，"民宅转手极慢，你手中就算有，数量也不会太多，在这短短几个月把它改造成商铺的就更少了。我要全部接下你手中的铺子大概也花不了多少钱。"

"但你并不知道我手中有多少已经改造好的商铺，"云襄笑道，"所以你不敢轻易冒险，尤其你现在资金已经耗尽，还负债累累。我从费掌柜那儿打听到，你以房契作为抵押，先后在通宝钱庄借了三百多万两银子，这些钱你又尽数投入商铺市场，你手中的银子已所剩无几。只要我集中抛出铺子就没有人能全部接下，铺价必然会被打下来。一旦铺价跌上两成，钱庄将把你的铺子强行抛出以收回本金，这将促成铺价暴跌，船舶司迁到金陵的谣言便不攻自破，那些追买铺子的财主一夜间就会消失。虽然现在铺价已涨了三倍，但你手中的商铺数量实在太庞大，根本不可能在短时间内找到如此多的买主。铺价一旦暴跌，你不仅赚不到一个子儿，还有可能把福王爷借给你的数十万两本金输个干净，你输得起吗？"

柳公权嘴角微微抽动了一下，有点心虚地喝道："我不信你能撬动整个金陵市场！"

云襄悠然一笑："凭我自己或许不能，不过如果再加上金陵苏家名下的铺子呢？"

"什么？"柳公权终于面色大变。金陵苏家名下数十间铺子一旦也集中低价抛出，虽然数量上不是特别大，但以苏家在本地的影响力，必定引得金陵商家跟着抛售。加上公子襄手中的商铺，这对追买的势头将是致命的打击。铺价上涨的势头一旦逆转，买主就会很快收手，自己那一千多间铺子就会砸在手中，若再被钱庄强行抛售抵债，那真有可能血本无归。虽然这仅是一种可能，但自己现在已经冒不起这个险。

柳公权头上汗水滚滚而下。但他依然不甘心地道："集中抛售打压铺价，这对你又有什么好处？铺价一旦暴跌，你也未必能全身而退，咱们只会两败俱伤。"

"你错了，伤的只会是你。"云襄笑道，"我手中商铺数量远远不如你多，又是用民宅改造，成本也比你低得多。所以我要脱身很容易，只有你才会陷入自己布下的危局。"

"你到底想怎样？你告诉我这些，说明你不会真的这么做，有什么条件你且讲无妨。"柳公权说着气恼地一把推翻棋桌。这一局虽是和棋，但对有先行之利的他来说，与败局没有区别。

"柳爷果然是聪明人，我确实不想这么做。"云襄点头道，"我答应过一个女子，要替她拿回被你夺去的客栈，这家客栈好像叫'悦来'，它原来的老板姓尹。"

柳公权脸上露出不可思议的神色："那是一家很小的客栈，就算是现在也值不了几两银子。你为了要回它竟然不惜动用如此庞大的财力、物力、人力来与我作对，甚至还联合了金陵苏家？"

"当然不仅仅是为这个。"云襄笑道，"我不喜欢被人算计，更不想被人利用，同时我又想借你这股东风发点小财，毕竟这是百年难遇的机会。所以，我不愿低价抛售手中的商铺，但我又没有耐心一点点地零卖。你如果不想看到铺价下跌引起市场恐慌，就该把我手中的铺子全部接下来。只要铺价不跌，你依然有可能赚大钱，只是时间稍微长一点而已。"

"什么？你是要我高价买下你手中的铺子，从我这儿大赚一笔？"柳公权只觉得肺都要气炸了。

云襄笑道："随便你啊！明天我就把手中的铺子全部抛出去，一次性大甩卖。如果你愿全部接下，我可以按现在的市面价算你九折，这样一来我也就不必经过牙行掮客抛售，也就不会引起市场的恐慌了。你考虑一下。"

柳公权脸上青筋暴起，紧咬牙关，实在不甘心受人摆布。他猛一拍桌子，怒道："你休想从我这儿捞到一两银子，大不了咱们一拍两散，我输钱，你输命，看咱们谁怕谁！"说着他突然高喊一声，"来人！"

楼梯口有脚步声响起，不过应声上来的不是公门八杰，而是一位神态飘逸的白衣老者。柳公权一见这老者，眼光不禁一寒，微微点头道："原来是苏老爷子，想不到金陵苏家竟和千门公子联手了。"

"谁是千门公子？"苏慕贤眼里闪过一丝狡黠，故意问道，"千门公子是谁？"

柳公权心知没抓住任何把柄，自己无法指认苏家与公子襄勾结。有金陵苏家插手，仅靠公门八杰是奈何不了公子襄了，若是沈北雄和他那十几个公门高手在这里还可以与对方斗上一斗。想到这他突然醒悟，沈北雄被百业堂传来的假消息引去城外，显然是中了公子襄的调虎离山之计。难怪公子襄敢在这儿等着自己找上门来。

柳公权心中权衡再三，知道稳住铺价才是当务之急，只要铺价不跌或缓跌，自己依然有希望赚上一大笔。他看了一眼云襄，无可奈何地问道："你手中有多少铺子？总价是多少？"

"不多，大概也就值七八十万两银子而已。"云襄笑道，"不过我估计你现在手中也没那么多银子，你可以先付我五十万两通宝钱庄的银票，剩下的给我打张欠条，柳爷的欠条我信得过。至于银子，你把我这些房契、地契押给钱庄，让费掌柜开五十万两银票出来周转自然没多大问题。"

"好，我今晚就把银票和欠条给你送去，你说多少就是多少。"既然已经输了几十万两，柳公权也就不在乎那点零头了，况且公子襄也不会占这种小便宜。

"别忘了还有那张悦来客栈的房契，还有被你手下意外吓死的尹老板的丧葬费，就算作一万两吧。"云襄说着已转身下楼，边走边头也不回地叮嘱道，"柳爷要记住，今晚我若收不到房契、银票和欠条，明天一早，我手中的铺子就会低价出现在金陵所有牙行捐客手中。"

"也包括苏家名下的商铺。"苏慕贤补充了一句，也大步下楼而去。

直到二人离开后，隔壁的琴音才渐渐消失，最后完全寂然无声。鬼影子呆呆地望着云襄远去的背影喃喃道："乖乖，影杀堂最大一单买卖也才挣十万两银子，公子襄一不杀人二不卖命，几十万两银子就轻轻松松到手，还要别人乖乖给他送去。真应了孔圣人那句话，劳心者治人，劳力者治于人啊！"

一脸愤懑的柳公权突然一巴掌拍在那面已经千疮百孔的板壁上，板壁顿时像面纸墙一般现出了个大窟窿。隔壁已空无一人，只有板壁后那张桌案上，依旧可见湿漉漉的汗渍。

柳公权见夺魂琴已走，不由得把愤怒的目光转向鬼影子。鬼影子吓了一跳，赶紧翻出窗逃之夭夭，不敢再招惹暴怒不已的柳公权。

数日后，当筱伯把悦来客栈的房契和一万两银子的银票交到那位献身求助的女子尹孤芳手中时，她并没有显得太兴奋，只略显羞怯地垂头小声问："老伯，不知小女子何时能晋见公子襄？"

"不必了，"筱伯笑道，"公子从不轻易见人。"

尹孤芳有些意外地抬起头来，满脸诧异地问道："小女子的容貌没有入公子法眼？"

"不是不是！"筱伯连连摇手道，"姑娘倾国倾城，相信任何人都不会视而不见。只可惜，公子压根就没看你的画像。"

"没看？"尹孤芳更加诧异，"那他为何……"

"公子行事，向来不能以常理揣度，老朽经常也看不透呢。"

尹孤芳秀美的眼眸中，羞怯早已退去，渐渐泛起一种期待和向往。她遥望天边喃喃道："那我更要让他看看我，我也想亲眼看看这个传说中的奇男子，哪怕这想法实现起来比登天还难。"

"这个我可帮不了你。"筱伯慌忙摇头。

尹孤芳对筱伯的拒绝没有在意，只对着老人如发誓一般坚定地道："我一定要见到他！一定！"

数月后，还是那处雅致的小竹楼中，云襄半闭着双眼躺在逍遥椅上，身子随着逍遥椅的摇动而微微摇晃着。风尘仆仆的筱伯像往常一样把一沓帖子放到桌上，然后搓着手说："公子，上次那位尹姑娘想见见你，亲自向你道谢。"

"不必了。"云襄懒懒地应着，依然没有睁眼，"金陵有消息吗？"

"正如公子所料，船舶司迁到金陵的消息果然是假的，而柳公权手中的商铺本来就不少，再加上高价接下了咱们的铺子和民宅，吃得实在太多了。就算铺价最高涨到原来的四五倍，他依然未能全身而退，至少有一半的铺子砸在了手中，算起来不仅没赚钱，还小亏了一些。不过由于他用商铺作为抵押，从通宝钱庄借了几百万两银子又投入商铺，铺价一跌，费掌柜借给他的银子全变成了死账。而通宝钱庄乃皇家钱庄，国库收入一多半也存在那里，它一旦出现巨额亏损，必将动摇国家根基。因此，福王爷无奈，与众臣商议后，只得假戏真做，不合情理地在金陵新设一船舶副司，这才让柳公权从金陵商铺市场中全身而退。"

"荒唐！"云襄蓦地睁开眼，"有杭州船舶司在前，金陵船舶副司岂不是多余？白白养活一大帮闲人？"

"是啊，"筱伯叹道，"为了把通宝钱庄的巨额死账救活，以福王爷为首的权宦不惜把假话编到底，在金陵设船舶副司引江南那些不明就里的愚夫入彀，接下了柳公权手中的商铺，把通宝钱庄和柳公权的巨额亏损全转嫁到江南富商财主头上。只有少数人在这场风波中一夜暴富，大多数参与商铺买卖的商贾最后都输得一贫如洗，有不少人甚至为此背上了巨额债务，最后只得上吊自杀，弄得家破人亡、妻离子散。"

云襄的身子停止了晃动，他眼里闪过一丝不忍，遥望虚空黯然道："筱伯，你说咱们借柳公权之局巧取数十万两银子，是不是也算害别人家破人亡的帮凶？这是不是有违天理？"

"公子千万别这么想，"筱伯忙道，"旁人不理解公子，老奴却是知道，公子的所作所为正是在替天行道，您取的每一两银子，都替天下人花到了最该花的地方。"

　　"替天行道？"云襄苦涩一笑，"天若有道，何需我千门云襄？"

　　筱伯理解地点点头，又拿出一本厚厚的账簿递到他面前，安慰道："就算公子不取这数十万两银子，它也会落入柳公权之手。再说公子首创的这个组织，显然比柳公权和那些江南富户更需要这些银子。有了这几十万两银子，咱们不仅可以维持它运转数载，甚至还可以在全国各地再新开十几处分堂。"

　　云襄接过账簿，轻轻抚摸着，神情就像是在抚摸着自己的孩子，眼里满是欣慰和关爱。那册厚厚的簿子封面上，有珠圆玉润的三个大字——济生堂。

（节选自重庆出版社出版《千门·云襄传》）

狼烟战神旗

李 亮

一

1939 年 6 月 13 日，黎明时分，草原上下起了倾盆大雨。

从四面八方赶来的蒙古族人，彼此搀扶着、拉扯着，目送拉着金棺的八辆木车、八顶白帐缓缓驶出圣地伊金霍洛。泪水和着冰凉雨水，爬满了他们满是皱纹的脸颊。一眼望不到头的人群，跪倒在灵车迁徙的去路上，哭声响彻天地。他们追着车队走啊走啊，很多人哭得晕倒在地，被挤掉的靴子，扔得几辆马车也装不下。

一只饥肠辘辘的秃鹫，在暴雨中艰难地起飞。它已经很老了，头上、弯曲的脖子，甚至是小半个胸脯上，都已经光秃秃的，连一根绒毛都没有了，雨水淋在它松弛、灰黑的皮肤上，使它显得愈发狼狈。与之相反的是，它背上和两翼上的羽毛则又厚又乱，像是一蓬荒草，它的身体因此显得更加巨大和笨重。

像一发灰色的炮弹，秃鹫撞开雨幕，掠过了那支哭泣的队伍。作为一只以尸体为食的猛禽，它这一生等待过太多的死亡了：被狼群围攻的野牛、摔断腿的骏马、被猎人射穿头颅的小鹿、找不到水的旅人、被押上刑场的囚徒、跌倒在暴风雪里的孩子、难产的母亲、流血的男人……它目睹了无数次死亡的开始与结束、挣扎与释然，早已拥有了预知死亡的能力。所以只消看到那些人的影子，听到他们的哭声，它几乎立刻就可以确定，在这一眼看不到头的队伍里，有很多人的生命之火已经熄灭了。

即使这个时候他们还能行走、还能哭泣，但在入冬之前，他们就会在自家的帐篷里咽下最后一口气。然后他们中的某些人的尸体又会被驮上马背，漫无目的地在草原上游荡，最后从马背上跌落，完成天葬的仪式，成为飞禽走兽的食物，重回到自然之中。

被汹涌的死亡气息吸引着，秃鹫的心中感到一阵狂喜。它不知道这些人为什么如此悲伤，但那意味着今年冬天，它需要的食物或许将不会那么缺乏。这对于已经衰老，并几乎失去捕食能力的它而言，无疑是一个可贵的好消息。

就在这时，在天边一条银缎子似的长河旁，突然炸起一片片火光，然后又传来一阵激烈的枪炮声。那是一条叫作杆占庙河的河流，河流两岸驻扎着青色和土黄色的军队。隔了这么远，那些枪炮的声音已经不大了，但其中的杀气，却还是把秃鹫吓得猛地拍打翅膀，向高处爬升。

人类越来越精于使用杀死生命的武器，在才一交锋，就已经撕咬成了一片，像是凶狠的怪物的咆哮，从云层间连绵不绝地传来。那仿佛是一个信号，在稍稍慌乱的迁陵的人群里，八顶白帐旁的队伍中突然分出了八匹快马，像是被吹散的蒲公英的种子，向四面八方疾驰而去。

秃鹫的注意力立刻被那八匹马上的骑手吸引了。他们有男人有女人，打扮各有不同，但身体贴在马背上，每个人无疑都是百里挑一的好骑手。秃鹫看不清他们的脸，但注意到他们每个人都背着一个巨大的木盒，大约有五尺长。

在疾驰中，他们的身上不再掩饰地散发出了越来越浓烈的死意。虽然只有八个人，但却比那迁陵队伍的上万人，还要令秃鹫感到饥饿和难以忍受的诱惑。

二

秃鹫奋力拍打自己沉重的翅膀，在乌云和密集的雨线中间，它追逐着他们、注视着他们。饥饿的感觉，令它更迫切地想要看清他们的死亡与腐烂，于是仿佛海市蜃楼一样，那些骑手在接下来的几天内的结局，在它的眼前一一浮现：

最温柔的那一个，死在了蜿蜒明亮的河边，他的鲜血顺流而下，像在白色的缎带上绣下了一枝粉色的梅花。他不相信自己的兄弟会变成敌人，因此敞开了怀抱迎接藏起了毒蛇牙齿的凶手。刻着他的名字的短刀，在呼唤着他名字的时候，捅进了他的肚子。他悲伤地拥抱着凶手，像最痴情的情人那样紧紧地搂住凶手的腰，一直到将凶手的腰椎折断了，才和他一起死去。

最勇敢的那一个，死在了一片舒缓的草坡上，雨水洗去了他脸上的血污，齐膝高的野草正好将他托起。他像睡在最柔软的毛毡上，神态安详。他已经尽力战斗了，十几个敌人的尸体，横七竖八地倒在山坡下，就是最好的证明。他那柄从不离身的雪亮的弯刀，也已在剧烈的战斗中崩裂、折断，像星星一样散落在他身边，了无遗憾。

最谨慎的那一个，死在了一棵大榆树下，他垂下的两只手里，还握着自己最可信赖的武器。他是蒙古族人中的神枪手，是一众同伴中最愿意尝试现代武器的人。二十步以内，他可以一枪打灭蝇头大的香烛；一百步以内，他可以打掉放在羊角上的苹果。可惜这一次，他一枪都没来得及开，就已经死在了自己的去路上。

最美丽的那一个，死在了自己的马旁，她伏在那匹枣红马的肚子上，乌黑的头发，遮住了面庞。那令无数草原男儿魂牵梦萦的歌声，已经停止。从此草原上再也没有花朵，没有百灵，没有了纵马奔驰的女孩。

最忠诚的、最智慧的、最暴躁的、最神秘的……他们的死亡，令秃鹫的口中滴下了黏稠的涎水。他们都是强壮的战士啊！在即将到来的死亡的阴影中，他们饱满健美的肉体散发着令人忍耐不住的香气。

秃鹫发出一声沙哑的唳叫，掉转方向，追着向北方而去的、即将第一个死去的战士，飞了过去。

那名战士，骑着一匹乌黑的骏马。

在被雨水打湿的缎子似的皮毛下，黑马的肌肉如流水一般起伏着。它的铁蹄，踏在积了一层薄薄的水的草原上，每一次都砸起巨大的水花，像是一朵朵白莲，托着它飞速向前。马背上的战士穿着一身暗红色的蒙古袍，宽阔的肩膀、厚实的背脊，都显示出他是一个强壮的年轻人。

往北十里，有一座巨大的敖包，兀立在平坦无垠的草原上。敖包最早是掩埋蒙古族战士遗体的石堆，但在千百年的演化中，渐渐变成草原上为人们指路的标识和祈福的祭坛。青年男女会在这里约会，路过的牧人会把在草原上遇到的石块，带回到敖包上将它越堆越大。眼前的敖包像一座小山那么高，顶上插着干枯的柳枝，柳枝上结着彩色的绸带和经幡。绸带和经幡浸透了雨水，冷冷地垂着，在阴暗的天色中显得更加深沉。

黑马来到敖包下，马上的战士跳下地来。他先将自己背负的木盒，恭恭敬敬地在敖包前的祭台上放好，然后才弓身退回黑马旁，从马鞍下取下一只沉甸甸的酒袋。黑马低声嘶鸣，轻轻地咬着他的衣角。但他还是放开了缰绳，重重地在马屁股上一拍，让黑马孤独地走了。

他是知道自己必死，所以让那匹黑马去寻找自己的生路吗？秃鹫一个俯冲，向他落下，在最后关头从他的头顶掠过，重重地落在不远处的一个枯树桩上。

"追逐死亡的使者啊，"那名战士说道，"你也觉得我将死在今天了吗？"

从近处来看，这名战士的高大和强壮，越发令人震撼。他有一个爸爸驮着儿子那么高，他的肩膀比两个大汉的肩膀加起来还要宽，他的呼吸有着狮子一般威猛的气势。秃鹫看着他，在木桩上磨嘴，啄得木头咚咚地响。

"伟大的成吉思汗啊！"那个战士对着敖包上的木盒祷告，他的声音低沉，"我们这些不肖的子孙，没能保护好您的灵榇。七百年神灯不灭的成陵，今天不幸迁出了圣地。但我们这些达尔扈特人一定会保护好您的灵物，不使它们落于恶人之手。请您的在天之灵保佑我们杀敌降魔、百战百胜。"

三

枯树桩上的秃鹫震惊了，它这才知道那迁陵的木车与白帐祭奠的是谁。也明白过来，为什么那些送灵的人如此悲伤、如此绝望；悲伤得连心都死了，绝望得连老天都哭了。

七百年前，伟大的成吉思汗在西征途中病逝，回到长生天的怀抱。按照蒙古族人的传统，他的金身被安葬于漠北。上万匹战马，反复践踏他的埋身之处，将一切痕迹全部掩盖。人们将一头小骆驼当着它母亲的面杀死，血洒在地上，之后便只有这头悲伤的母骆驼，能找到这里。而当那头母骆驼也死去，成吉思汗的埋身之处就成了永远的谜。

但成吉思汗在人间并非没有陵寝。在这拥有四海的汗王去世之前，有一天他率领大军经过一片草原。这里水草丰美、野鹿出没，令成吉思汗不禁心驰神往、马鞭坠地。他脱口而出："死后若能安葬于此，就心满意足了。"

因此，在他被密葬之后，他的儿子们就带着蕴含他最后一口气息的骆驼毛，回到这个名叫鄂尔多斯的草原，用八辆木车、八顶白帐组成的"八白室"，供奉成吉思汗和他妻子们的雕像、收纳他的灵物，建立了成吉思汗的衣冠冢。他们还挑选了五百户忠诚的护卫，成为达尔扈特——成吉思汗陵寝的守陵人，永不缴税、永不服役，但需要在每年的十二个月里，不分昼夜一丝不苟地守护和供奉陵寝。

七百年过去了，这座唯一可供世人祭拜的成吉思汗陵，早已成为草原人民的心中圣地。它保佑草原风调雨顺、牛羊成群、男人勇猛、小孩健康、女人的乳汁如河水汩汩不绝。忠诚的达尔扈特人，保护神灯不灭，完美地履行自己的职责。

这只秃鹫也曾飞过那香火鼎盛的八白室，看到那些长跪祷告的牧人和诵经的达尔扈特人，即使是它，也能感受到那与天地同在的神圣与肃穆。

但是现在，成吉思汗陵竟然被迁移了！

那个高大的达尔扈特战士盘膝坐在敖包前，拔开酒袋的塞子，大口喝起马奶酒。微酸的气味刺激着秃鹫，让它感到越发饥饿。它已经好几天没有吃到食物了，它已经好久没有得到过一具肥美松软的动物尸体，令它能够将自己的长颈伸进湿热的腹腔，去啄食血肉了。

所以大雨不停，那个战士在等待他的敌人，而秃鹫在等待他死去。

马奶酒喝完的时候，绵延的迁陵的队伍已经彻底走得看不见了。杆占庙河的那边，交战的炮火声，也渐渐停歇，只有零星的几响，不时吓人一跳。这场突如其来的战斗，离迁陵的路线这么近，真不知道有没有打扰成吉思汗的安息。

达尔扈特战士望着远方，暴雨渐渐转成了毛毛细雨，天色依旧晦暗。远方的地平线上，出现了一辆急速驶来的吉普车。

从迁陵队伍的方向驶来的吉普车，在阴沉沉的天地间打着两盏雪亮的车灯，像发疯的野牛东扭一下西扭一下，在平坦的草原上留下一道道狰狞的车辙。然后它似乎发现了这座敖包，发现了这个达尔扈特战士，于是轰隆隆地冲了过来。

秃鹫紧张地张了一下翅膀，在枯木桩上尽量站得远了一些。那个高大的达尔扈特战士站起身，安静地看着那架本不属于草原的机械毫不减速地向他撞来，而他也毫无惧色地迎向那钢铁巨兽。终于，在距离他十几步远的地方，吉普车发出一声尖锐的啸叫，猛地停住了。

溅满了泥浆的车身咆哮着、震颤着，冒着黑烟，像是不满于主人的怯懦和制止了它的凶蛮。驾驶室的车门被人狠狠踹开，一个年轻的蒙古族人跳了下来。他穿着一身雪白的蒙古袍，脑后还梳着细细的鼠尾辫。

"巴特尔！"他怪叫道，"你在这里干什么？"

"温坤少爷。"那个达尔扈特战士毕恭毕敬地说，"您又来这里干什么？"

"你这个下贱的奴隶！"那个叫温坤的年轻人笑了起来，"你现在敢不回答少爷的问话了？你忘了当初你在德王府里是谁给你吃的、住的？你忘了我的鞭子，是怎么抽你的了吧？"

巴特尔垂下了头，像一个正在被鞭打的奴隶那样，低声说："我记得的，温坤少爷。"

"不要以为你的母亲改嫁给了达尔扈特人，你就是一个达尔扈特了。"温坤说，"不要因为有沙王护着你，你就觉得你可以抬头看我了。在我上马的时候，你还是要跪下来为我垫脚；你永远欠着德王的恩情，这辈子都还不清的。"

"是的。"巴特尔说，"所以我在这里等您。"

"等我干什么？"温坤少爷尖刻地问。

巴特尔低着头，说："阻止您和德王，成为蒙古族人的罪人。"

咄咄逼人的温坤愣了一下，他冷冷地看着巴特尔，细细的眼睛里闪烁着狼的光芒。"别绕圈子了，"他说，"你知道我就是来找你的。成陵迁陵车队上的黑纛是假的，真的圣物被你们盗走了对不对？你们到底仿制了几杆黑纛？你手里的那杆是真的吗？"

四

　　他们突然提到成吉思汗的黑纛，就连一旁的秃鹫也不由得惊慌失措。

　　成吉思汗的黑纛，是一杆类似长矛的旗帜，也是长生天赐予成吉思汗的福佑他事业成功的神物。传说中，有一次成吉思汗率军作战时损失惨重，士气低落。他祈求长生天给予他战胜强敌的力量，突然半空一道光闪，一把矛状物在众人头顶悬而不下。成吉思汗命大将木华黎将其接下，但尝试几次都未能成功。于是成吉思汗许诺用一千匹马拉、一万只羊祭祀，这杆日后使成吉思汗大军所向无敌的旗帜，才降临人间。

　　黑纛的顶端是长约一尺的一尖两刃的金属矛头，其下有孔，安有长一丈三尺五寸的木柄。柄眼外固定着一个白银制作的圆盘，在圆盘的边缘上凿有九九八十一个小孔，穿有神圣的黑色缨子。缨子长三拃四指，用皮条牢牢固定。

　　黑纛的缨子，是用九九八十一匹枣红公马的黑鬃制成的；系缨子的皮条，是用羊皮在白酒和黄油中熟好剖细而制成的；黑纛的长柄，是用神山上的柏树制成的；长柄的外面，还有一层一丈二尺黄缎缝成的"衣服"，上面钉有一千颗扣纽，象征一千只慧眼。

　　有这样的神物指引，成吉思汗愈发战无不胜。黑纛的影子下，成吉思汗的军队勇猛无畏，团结一心；黑纛指向的地方，就是蒙古铁骑一定会征服的地方。

　　它因此被称为战神之旗，是成吉思汗陵中最重要的一件灵物。在圣地伊金霍洛，它被供奉在专门的祭坛上，插在用石头做的一只大金龟背上的孔内，周围有四柄陪衬的长矛用绳子与它相连，成为它的四条腿。

　　秃鹫不敢从它上方飞过，狼群会远远避开。成吉思汗的黑纛傲视风尘，与天地相连，是横亘古今的圣物，是伴随着太阳的升起和落下，永远挺立的蒙古族人的骄傲和信仰。

　　但这样神圣的黑纛，竟然被盗走了吗？而偷盗它的，还是达尔扈特的战士吗？

　　秃鹫歪着头，用映照过无数死亡的双眼注视着那个高大的达尔扈特战士。现在它似乎能明白，这个现在看起来还生机勃勃的人，接下来为什么会死在这里了。

"温坍少爷，"巴特尔沉痛地说，"达尔扈特人永远不会背叛成吉思汗——我们仿制黑纛、转移黑纛，都是在保护成吉思汗的黑纛。"他向旁边让开一步，将祭台上的木盒展示给对方，"为了保护成陵，我们不得不将它向西迁移，这已经是巨大的耻辱了。我们尤其不能让最宝贵的黑纛在这个过程中，再出什么意外。所以智慧的沙王想出了这个办法。我们偷偷打造了黑纛的组成中最重要的矛头的仿制品，由八个最忠诚的战士分别带往迁陵的目的地，就是为了让敌人找不到真正的黑纛。"

"但是你却留下来了。"温坍说，"你在这座方圆百里最显眼的敖包下，停下来了。"

"因为我想看清楚，抢夺黑纛的人，到底是谁。"巴特尔抬起眼睛，毫无惧色地迎上温坍的视线，说，"是谁早就知道杆占庙河的日军会在今天发动攻击？是谁立刻就发现了车队中的黑纛是假的？是谁对我们毫无信任，马上怀疑是八个达尔扈特人盗走了它？是谁会抢在其他达尔扈特人之前追上我们……我多么希望，那不是德王和少爷！"

温坍的脸色，比天上的乌云还要黑。他无论如何也想不到，曾经那个像石头一样沉默，像牛马一样温驯的奴隶，会有这样聪敏的头脑和舌头，轻而易举地就抓住了自己的马脚。

"狗在外面跑得野了，会咬人啦！"温坍恶狠狠地说，"可是你别忘了，如果没有德王开恩，你的父亲早该在我祖父去世时就被殉葬了；如果没有德王施舍，你父亲死后你和你母亲早就该饿死了；甚至连你的母亲改嫁，如果不是德王开恩，同意将她卖给达尔扈特人，她也根本没有办法获得自由！"

巴特尔看着他，眼睛里露出了复杂的神色。

他从祭台上请下那个自己刚才供奉的木盒，然后在温坍面前打开。

沉重的木盒，上面雕刻着古朴的花纹，又用红漆漆得闪闪发亮，像一颗巨大的红宝石。从外观上看，它的大小正好可以放下黑纛的矛头、银盘和连接的一截木柄。温坍的眼睛亮了起来。但盒盖打开，杏黄绸子的衬里上躺着的，却只是一截丑陋乌黑的铁棒。

"黑纛不在你的手里！"温坍气得声音都尖起来了。他猛地从袍子下掏出一支驳壳枪，敲开机头，对准了巴特尔，"你在骗我！在耽误我的时间！"

"如果少爷要杀我，不要让我流血而死。"巴特尔看着黑洞洞的枪口，缓缓地将木盒合上，声音中充满了悲哀，"人类的灵魂，存在于血液当中，如果少爷还是蒙古族人，如果少爷还记得草原上一代代传下来的信仰，就不要让我流血而死。"

温坍愣住了，握枪的手微微颤抖。

"进错圈的羊羔子，抱回来就好了；走错路的马驹子，牵回来就好了。人走错了路，总得有人来提醒他，走回来就好了。"巴特尔将木盒放下，声音柔和了下来，"沙王说，德王和日本人走得太近了。但是少爷，现在悔改还来得及。"

"你被沙王骗了！"温坍挣扎着说，"他才是想借汉族人的力量，夺取草原上的权力的人！他才是污蔑我父亲的人……"

"羊群里的黑羊白羊，其实很好分辨。"巴特尔深吸了一口气说，"前来随行恭送成陵西迁的德王之子啊，前来追查成吉思汗的黑纛的温坍少爷啊，你的嘀嘀叫的小汽车里，有没有一个日本人呢？"

温坍的脸上青一阵红一阵，说不出话来。

然后，吉普车的后车门打开，一个日本人慢慢从车上走了下来。

五

——真的是日本人！

一直在枯木桩上观察他们争吵的秃鹫，突然感到一阵愤怒。它伸长脖子，两翼张开，弯弯的钩嘴尽量向前探出，几乎想要扑过去，猛啄一口那个坏人。作为一只食腐的猛禽，它已经饿了太久了。近两年来，它想要在草原上找到动物的尸体已越来越难。那些从东边过来的日本人，个子矮小，表情狰狞，手里端着长长的步枪，身后跟着一队队冒着黑烟的卡车和坦克。沉重的车轮和履带，将地上的沙土都翻了上来，它们经过的地方再也不会长出青草、开出鲜花。步枪中射出的子弹打死了时常会供奉秃鹫的僧侣和牧人，震天动地的炮火吓跑了草原上的走兽和飞禽，秃鹫之所以会这么饿，全是因为他们的影响！

——而德王的儿子、成吉思汗的子孙，竟然在自己的车里藏了一个侵略者？

秃鹫看见，那个日本人穿了一身灰黑色的日本袍服，胸口绣着黑龙的纹样，手里拿着一把带鞘的细长的刀，脚下蹬着木屐。他似乎随时都很愤怒，倒竖的眉毛与下撇的嘴角在他的脸上形成了一个斜叉，配合铁青的脸色与鼻子下面脸部正中留着的一小撮胡子，在滑稽中又显得十分疯狂。

站在发动机咆哮的吉普车旁，面对巴特尔，他缓缓抽出了自己的长刀。

雪亮的长刀，在从天而降的雨水中、在车灯的照耀下，越发白得刺眼。日本人扔下刀鞘，双手握刀，刀尖遥指巴特尔。细密的雨丝迅速打湿了他的袍服，原本的灰黑色变成了更为凝重的暗黑色，原本就黑得发亮的黑龙则似乎获得了生命，张牙舞爪，几乎破衣而去。

"我会让你流尽最后一滴血，然后绝望地死去。"日本人说。

生硬的中国话，像斧子劈进木头发出的咯吱声。他整个人的气息，都变得更加压抑起来，而刀尖上的一点寒意，却像是拉满的弓弦上的箭一样，令人感到毛骨悚然。巴特尔望向温坦，但那王爷之子握着手枪，却哆嗦着，向后退了一步。

巴特尔长长地出了一口气，知道了少爷的选择。他慢慢脱去了自己的蒙古袍。在今天出发前，他就早已做好死战的准备，所以在他已经湿透了的蒙古袍下，穿的是那件曾伴随他在草原传统的比武大会"那达慕"的摔跤比赛上，多次征战的坎肩和滚裤。蒙古摔跤的牛皮坎肩，像父亲的拥抱，护住了他的脊柱与上臂。坎肩与滚裤上的铜钉闪闪发光，用五种丝线绣出的花朵与猛虎栩栩如生。

他的脖子上戴着一个铁圈，铁圈上垂下长长短短的彩色布带。那些布带有的已经很旧了，原本鲜亮的颜色都已经暗淡了。但它们所代表的荣耀，却只会随着时间的流逝，而越发耀眼和厚重。那是在一次又一次摔跤比赛中，巴特尔收获的战利品，每一根布带都代表了一个强壮可敬的对手。他们在输给巴特尔之后，都恭恭敬敬地将象征自己荣耀的的布带交给了他。

草原上最勇猛的摔跤手向日本人走去。

秃鹫侧过头，耸起两只翅膀，金色的眼睛兴奋地盯着那一触即发的决战。

它看着两个人一点一点地接近，看着两人试探、引诱、挑衅、蓄势待发，看着他们每一次迈出脚步，每一次眼神闪烁，每一次手指屈伸，每一次深深呼吸。在这一刻，来自蒙古的摔跤手和来自日本的剑客仿佛都进入了同一个境界，他们像猛虎，像毒蛇，像张开獠牙的捕兽夹，像即将从树梢上滴落的一滴晨露。

突然！人影一闪，那个日本人已头上脚下地栽倒在草地上。他的头重重撞入地下，剖开一大片被雨水浸透了的泥土，颈椎发出令人毛骨悚然的一声脆响。然后他原本绷紧的身子，在半空中就如同碎裂了一般，软绵绵地坠入泥水中。

那把长刀也被丢在泥水里，几乎立刻就失去了光华。

巴特尔的身上，从胸膛到左肋，多了一道如弦月般弧形的、惨白的伤口，粉色的皮肉向两边翻起，然后鲜血猛地从那裂痕中涌出，和着血水瞬间染红了他半边身子。然后"啪嗒"一声，他的摔跤坎肩，从背后滑落。坎肩两肩上的牛皮，已被他在刚才那一瞬间胀起的肌肉撑裂，而小腹上一巴掌多宽的皮扣，则被日本人那一刀划断了。

那个日本人，应该就是传说中的黑龙会中的高手吧。从东北到内蒙古草原，这支由日本武士、军人秘密组成的组织，活跃在日军侵略的最前线。他们收买叛徒、煽动分裂、暗杀抵抗人士，是狡猾的狼群的前哨，是阴冷的暴雪后的白毛风，但也确实是可怕的对手。

刚才那日本人的一刀，像是最恶毒的毒蛇的一次吐信，也许只差一个弹指那么长的一段距离，就可以将巴特尔彻底杀死。但摔跤手的右手终于在那之前搭住了他的左肩，用三根手指将他前扑的身体带倒，让他直接摔死了。

"温坍少爷，"巴特尔说，"摔跤，是用大地作为武器。蒙古族人拥有整片草原，多么锐利的刀锋都无法战胜我们。"

六

成吉思汗的血脉传到这一代，草原上出现了两个雄才大略的王爷。

一个，叫作德穆楚克栋鲁普亲王，人们称他德王；一个，叫作沙格都尔扎布亲王，人们称他沙王。日军侵入草原后，德王投靠了日本人，主张将成陵东迁，进入日本人控制的地区；而沙王权衡利弊，则联合了重庆的国民政府与延安的陕甘宁边区政府，促成了成陵西迁，远离日本人。

巴特尔曾经追随沙王到处奔走。在延安，沙王终于下定决心要将成陵西迁。

"巴特尔啊，"沙王感慨地对他说，"达尔扈特只需要代表蒙古族人守护成陵的安全就好；但蒙古族人自己，却要想清楚成陵对于草原、对于整个国家，到底意味着什么。国共联合抗战已经两年了，日本人在这个时候想要成陵、想要战神的黑纛，可不是想要保护大汗的遗物，而是想要获得成吉思汗战无不胜的吉兆，打击全国各地军民的信心。"

巴特尔那几天在延安，常常能见到一群读书人。他们戴着眼镜，斯斯文文的，虽然没上前线打仗，也没有带兵，但大多数都能写充满了战斗力的文章。每天傍晚的时候，他们会在一片枣林前的场坪上聚集开会讨论。他们自东北、来自上海、来自山东、来自河南……说的虽然都是汉话，但却有着千奇百怪的地方口音。他们穿着打着补丁的破衣服，用巨大的搪瓷缸子和大茶碗喝水，脸上永远洋溢着笑容，相信未来一定能战胜日本人。

他们看见巴特尔远远地站着，就招呼他过去一起喝茶、吃酸酸的枣子。知道巴特尔是蒙古族人后，他们立刻兴致勃勃地打听起奶茶的熬制方法和摔跤的小技巧。虽然因语言不通，巴特尔最终也没能和他们把奶茶的做法说明白，但教授摔跤时，巴特尔把他们一个个摔得灰头土脸，他们一定是明白摔跤的技巧了的。

那些看起来文弱但是勇敢的人，那些看起来贫穷但是快乐的人，他们确实把巴特尔当成了兄弟。汉族人和蒙古族人都是中国人，达尔扈特决不允许成吉思汗的英灵被日本人利用，草原上的蒙古族人也会誓死保卫自己的祖国！

巴特尔回过头来，对温坍说："少爷……"

"砰"的一声，温坍向他开了枪。

突如其来的枪声，把秃鹫吓了一大跳，它用力拍打翅膀，才没有从枯木桩上掉下去。

巴特尔后退了两步，看着温坍手里还在冒烟的枪口。他宽厚如石板的胸膛上，多了一个圆圆的、指头粗细的黑洞，那黑洞里正慢慢溢出血来。

"你竟敢杀死日本人！"温坍恶狠狠地说。

"我们……是成吉思汗的子孙……勇猛无畏的蒙古族人……"巴特尔挣扎着说。

回答他的，是第二枪、第三枪。温坍不断扣动扳机，秃鹫在之前就预见到的场景终于上演，那个强壮的、无辜的达尔扈特战士，踉跄着向后退去，摔倒在敖包下。

"谁也不能破坏德王和日本人的好事！"温坍说。亲手杀死了一个自己从小认识的人后，他就像是野狗吃了人肉，眼睛变得血红吓人，"那七个达尔扈特人，也逃不出草原！成吉思汗的黑纛，德王一定会把它当做最珍贵的礼品送给日本人！"

巴特尔坐在地上，已经说不出话来。但他看着温坍，忽然笑了出来。

原来德王和温坍少爷从来都不是被日本人欺骗和威胁才出卖了成吉思汗的灵榇和黑纛的，他们只是为了自己的利益，才决定背叛草原和蒙古族人。最骄傲的骏马，也会生出瘸腿的驹子；成吉思汗的子孙，也终于不都是苍鹰一般的英雄。巴特尔觉得似乎有清凉的风，从胸前那火热的弹孔中钻入自己的心肺，一直以来对德王父子的混杂着畏惧和仇恨的感激之情，在这些风的吹拂中，渐渐消散了。

那些延安场坪上的读书人的身影，忽然又浮现在他眼前。他们充满了自由的快乐的笑容，仿佛云破日出，在这样的阴雨中照亮了他。如果没有德王的同意，他的母亲便不能获得自由；如果没有德王的慈悲，他和母亲早就已经饿死了；如果没有德王的开恩，他的父亲甚至也只是一个殉葬的奴隶……可是正如那些读书人所言，如果他不是一个奴隶，如果他从一开始就拥有自由，那他自然可以不必感激这些尊贵的、无耻的、怯懦的、卑劣的亲王和少爷。

"你赢不过真正的蒙古族人……"

巴特尔突然放声大笑，吓得温坍又把枪口对准了他，直到发现他已经死去，才放下心来。温坍将日本人的尸体拖上吉普车，又向巴特尔啐了一口，就急急忙忙地开车走了。

那只秃鹫飞上巴特尔的肩头，降落时巨大的冲击力推得巴特尔轻轻摇了摇头。它看着巴特尔的眼睛，那已失去了神采的眼睛里，映着渐渐明亮的清澄天色；那凝固的笑容，则好似天边湿漉漉的彩虹。秃鹫饥肠辘辘，可这温热的尸体却令它难以下嘴。这渐渐冷去的身体上，没有血肉腐烂时腥臭的气味，那英雄的灵魂之火虽已熄灭，但在那之前突然爆发的热烈而蓬勃的生命的余响，仍令它感到不适。

　　犹豫再三，秃鹫终于重新振翅飞起，向温坍远去的车子飞去。

我的唐门机器人男友·唐无忧篇

傲月寒

第一幕　大比

我是五幺。我没名字，跟身边其他孩子一样，我们只有代号——而所谓的五幺，意思很直接，五月初一。

正是在十二年前的五月初一，三岁的我被唐门接引使带入了唐家堡。

我身边有很多孩子，跟我出身一样，都是在三岁上下被引入外门，之后根据天赋分别拜入牵记、娲皇、宿隐三窟，由教习长老教授功法技艺。

牵机，专注于奇毒秘药、蛊虫降头；

娲皇，钻研傀儡方术、人形偶偶；

宿隐，擅长暗器幻阵、奇门遁甲。

外门训练弟子的方式很极端，仿佛养蛊，让大家定期死斗，没人关心我们的死活。

我见过太多孩子生病或是受伤，还没咽气就被杂役当作垃圾扔到后山。不过我的运气很好，凭着不错的娲皇窟天赋和与小伙伴的互相扶持，我和同组的三七都顺利熬到十五，即将一同面对最后的考验——外门大比。

我们若是赢了，便可以进入内门，被恩赐正式的名字，更能得到真正的唐门传承，从此远离不知什么时候就会死的恐惧。

可若是输了，迎接我们的就大概只剩下死……

我的小伙伴三七，在七岁那年曾经生过一场大病，差点被当成死尸丢到乱葬冈。万幸的是，当天负责抛尸的杂役良心发现，觉察到三七还剩一口气，竟又将她带回来。三七这才险险捡回一条小命。

可自从经历过这次生死，三七就变得十分沉默，加上她原本就生得瘦小普通，在人堆中越发不起眼。

其实她平素还有些古怪。我偶尔能撞到她在偷摸吃些药丸，或者摆弄些奇怪的肉块断骨。她还总喜欢在月圆之夜不睡觉，死撑着一双眼睛瞪着月亮。

我因此追问过，而她只说自己正在测试新炼制的丹药，或是在处理炼药厎的材料，而吸收满月的月华，是为了精进她的功法……

想到她修炼的是牵机窟制毒、制药的传承，我作为娲皇窟弟子，也不太懂，于是就没有深究。

其实对我来说，相比其他那些为了活下来，一天到晚诡计多端、满口谎言的外门弟子，反而是跟三七这样影子般毫无存在感的小伙伴相处，更让我觉得自在。

别看我平时总用一张可爱的笑脸对人，但在内心深处，其实格外希望有一个人，能够让我卸下脸上的面具，与她轻松相处。

眼看只有几天就要举行外门大比，想要脱颖而出，我和三七至少要联手战胜几十对强敌。对此我俩毫无把握，只能加紧炼制秘密武器——那就是强大的人形偶傀阿缺。

这事说起来还得回到三个月前。那天我刚结束了一天的训练，回屋正准备休息，三七突然闯进来，说她在后山山坳里发现一个脑袋被重伤的少年，让我赶紧跟着她去救人。

受伤甚至死人，都是外门最寻常的小事，我丝毫不想多管，只是在心里纳闷，一贯冷漠的三七为什么会突然起了善心。

耐不住三七的软磨硬泡，最终我还是跟着她去找到那个少年——他就硬挺挺躺在及膝深的草丛中，脸上血肉模糊，看不清楚面貌，脑袋上有一个大窟窿，眼看着出气多进气少，随时都会毙命。

就算我早已见惯生死，但眼看着一条年轻的生命即将消逝，也产生了一分不忍。不过更多的，还是疑惑不解。

我问道："你认识他么？为什么要带我来救他？"

三七摇头道："我不认识，他应该是别组的外门弟子，被人偷袭才受了致命伤。不过……之前你不是一直想练成娲皇窟的终极大杀器——人形傀偶么？这少年身形完好，只是颅脑被重伤，眼下已经不可挽回，正是上佳的炼偶材料。我可以先用秘药和银针驱散他残存的神志，你再施展娲皇绝学将他炼制成傀偶，一旦成功，我们何愁赢不了外门大比？"

听三七如此说，我也不禁心动，于是协助她将少年搬回住处，再尝试动手将垂死的他炼制为傀偶。

然而，外门所教的毕竟只是皮毛，我和三七哪怕用尽全力，也不过完成祛除少年神志的第一步，将他变成了一个无知无识的活死人，别说打造成我俩的超强战力，就算让他动一个手指头都做不到。

眼看时间已经过去一个多月，傀偶的炼制依旧毫无头绪。就在我们准备放弃的时候，一个神秘的蒙面人突然现身，留下一张纸条后便消失了。

我和三七根本追不上他的身形。可是凭着从小就过人的五感，我敏锐地捕捉到空气中弥散着一抹淡淡的合欢香味。

我们展开纸条，发现那竟然是一张傀偶图纸，不仅详细讲解了如何炼制人形傀偶，还附上了一系列调试傀偶身形、四肢甚至外貌的详细数据。

这张图纸令我欣喜若狂，因为上面记载的知识简直颠覆了我的想象。我能够分辨出它们和我所学的功法一脉相承，却更为高深，正是我眼下最需要的！

于是，我和三七立刻投入到傀偶的打造中。由于所需的珍稀材料太多，几乎要将我们这些年的积累完全耗尽，但我们倾囊而出，毫不可惜，因为他已经是我俩最后的希望！

终于，在外门大比的前一日，人形傀偶的炼制到了最关键的一步！

相比于娲皇窟传承的各类奇形怪状、凶神恶煞的机械杀器，我们的这具傀偶看上去就像一个真正的少年：他的身躯如同修竹一般清俊，长发披散，双眼紧闭。

然而这具看上去柔软精巧的躯体，却是三七用尽了她在牵机窟中所学，由各种秘药锤炼得无坚不摧的躯体。

此刻，我心中默念神秘人送来的最后一条核心信息，开始用我才会的秘术激活傀偶。

我面对面地拥住他，一手撩起他的长发，另一只皓白的手腕探出一根细而透明的丝，伸进了傀偶脑后的命门……

过了一会儿，少年缓缓睁开双眼。

他听到一个清透如同蜜水的少女声线：

"我是你的谁呀？"

"主人——"少年回答。

"不对，是姐姐哦。"

"好的，主人姐姐——"

扑哧，我笑出了声，继续问道：

"那你呢，你是谁？"

少年呆愣片刻，我瞧着他的傻样子觉得十分有趣，开口道："小笨蛋，记住了，你是阿缺。我和三七的阿缺。"

"好的，主人姐姐——"

三七给了他一张乌金打造的面具，遮住他精致美好的面容。而我瞧他叫三人的样子呆呆萌萌，刚才便送他一个名字——阿缺，缺心眼的缺。

眼前这个经过我和三七连夜调试的大杀器阿缺，全身都由合金战甲覆盖，灵活强韧，无坚不摧。

不需要施加任何指令，他就能自动捕捉对手的动作，再精准运用被我俩输入的牵机、娲皇两窟绝学，做出最恰当的反击。他已堪比最厉害的外门弟子！

随着清晨的第一缕曙光降临，外门大比如期而至。

凭借着战力惊人的阿缺相助，我和三七跌跌撞撞地连胜几十对强敌，好不容易闯到最后一场比拼。

接下来，我们将要在门主唐赢的见证下，对上内门年轻一辈最为优秀的双人组合——唐门大公子唐欢和他的未婚妻子唐无恙。

外门大比有着极为严格的规则，其中最核心的三条是——

第一条：对战人数必须相等；

第二条：内门弟子无论身兼了几窟的传承，都只能选择一窟的功法出手，外门弟子对战则不用拘泥；

第三条：内门弟子的获胜条件是场上的外门弟子全部无力再战，而外门弟子只需要打退一名内门弟子即可。

虽然按照规则，唐欢和唐无恙都会被限制实力，但这两人的个人战力极强，远不是在外门仅仅修得皮毛的我们所能比的。

更何况我早有耳闻，唐无恚自从父母早亡之后，便与唐欢一同长大，想必两人早已练就了默契的配合。

所以，这场比试对于我、三七和阿缺来说，依旧困难重重！

而且雪上加霜的是，原本在一旁观战的门主唐赢竟然在正式开战之前，突然对阿缺出手，一瞬间便击碎了他上半身的护体机甲，露出下面的肉身。

只听他斥道："大胆！这哪里是傀儡？分明就是个人！"

面对他的斥问，我面色紧绷，竟然完全无法保持住常年挂在脸上的笑意。而已经受伤的阿缺则完全不在意自己的伤势，而是一个闪身，稳稳挡到了我的身前。

就见门主脸上戴着一副白瓷面具，看不出相貌，也辨不清喜怒；只能听到他声音清朗，不怒而威，让人一听便心生臣服。

还好，他接下来并没有过多苛责，只是做出裁定——阿缺的身体并非由机械打造，他是用牵机窟的秘药先将真人炼制成无知无识的药人，再加上娲皇秘术调试出智慧的肉身傀儡。这样一个由两窟绝学打造的肉身傀儡，严格上说，应该算一个人。

为了符合大比人数相等的规则，唐赢决定亲自下场。

就此，内门最强三人对上了我、三七与阿缺。

几无胜算！

要如何战胜强敌，我心中毫无把握，只有一个念头无比清晰——必须赢得大比，必须活下去，必须进入真正的唐门……

第二幕　洗髓

当我缓缓睁开眼睛时，发现自己已经身处内门。身下的蜀锦褥子干爽柔软，与外门小屋中又湿又硬的床板全然不同。

周身上下大大小小的伤口都得到了最好的治疗，而三七就静静地躺在我身边，还没恢复意识。

阿缺呢？

虽然才相处了短短两天，我却好像已经离不开这个忠心耿耿的傀偶。此刻寻不见他的踪迹，我的心头不禁一颤。

我连声唤来仆人，问过后方才知晓，此时距离外门大比，已经过去了整整三天！

原来就在那日比拼的最后关头，我和三七都已重伤昏迷。是阿缺在千钧一发之际，运功激发了脸上的乌金面具——那竟是一件奇诡莫测的暗器！

就见那乌沉沉的金属仿佛一块薄冰，在瞬间消融为水，随即又猛然凝结成冰。

只是这一次，它们不再是薄薄的冰片，而是结成了一根又一根细密如毫毛的黑针，全部兜头向那冷美人唐无恚罩去。

这招实在是太出人意料，顿时逼退了唐无恚，达成了大比时外门弟子胜利的条件，取巧地帮我们三人锁定了胜局。

只可惜，阿缺却因为唐无恚的强势反击受伤过重，一副残躯彻底沦为垃圾，被随手丢弃在后山的乱葬冈内。

刚悠悠醒转的三七恰好听到这里，顿时撑起身子，就要往后山奔去！

"两位，请即刻收拾一下，前往明堂谒见门主。"另一名仆人推门进来通报。

于是，我和三七来不及寻回阿缺，只能作为年度大比的获胜者，被领着前去拜见门主唐赢，以及内门的长老与精英们。

神秘的唐家堡，建制仿佛是大圈套着小圈的循环。圈层与圈层之间，仅有小小的门楼相连，可谓易守难攻的绝佳构造。

而且每当入夜，除了最内核的三圈彼此开放，其他圈层全部小门紧闭，完全无法相通。

越往外围，居住的弟子等级越低，而最中心被团团拱卫的所在，自然是唐门门主唐赢的居所——明堂。

明明被称为"明堂"，可这座面积颇大的独立厅堂，却丝毫透不进阳光，完全名不副实。

也不知道它是由何种材料制成，明堂外的所有墙壁都显得十分光滑细腻，呈现出无懈可击的弧形，仿佛一颗正圆的墨蓝色巨卵，被剖为两片后取下了一半，正正地倒扣在地上。

明堂无缝无窗，仅在东南角留下了一处门洞，相比于内部的宽阔，这处入口只容两人并行，高度也刚刚过了半丈，就连长些的兵刃都只能横着通过。

我不禁加紧几步，微微超到三七前面，和她前后脚迈了进去。

明堂内部却不像我想象中的那般漆黑阴暗，也不知是用上了哪种照明方式，内壁皎然如月，虽然看不到火把光源，却透着柔而薄的暖光。

在一众唐门精英中，我一眼就认出了长相朗如明月的唐门大公子唐欢。

在此前的外门决战中，我便已经从他身上淡淡的合欢香味中认出，唐欢就是那个曾经在外门递给我资料的神秘蒙面人。

虽然我完全想不通他帮助我和三七的原因，但看他此时一脸和煦的笑容，可比那位紧挨他站着、冷然出尘的未婚妻唐无恙，显得可亲可爱得多。

于是我见唐欢看向我，便对他眨了眨眼，又指了指他腰间的香囊。

唐欢似乎呆了呆，笑容渐渐收敛，就连打量我的目光中，也多了几分郑重。

而那唐无恙仿若没看到我，只冷冷瞥了三七一眼，就转开目光，扭头与她身后的娲皇窟传功长老唐瑶说话。

那唐瑶看上去三十岁上下，穿着一身艳红的衣裙，说话间顾盼生姿，十分招人瞩目。她身边立着的面色萎黄、身体瘦削的男子，正是牵机窟的传功长老唐延。

唐瑶另一侧也有一个人，这人正是宿隐窟长老唐融。此人人如其名，毫无存在感。我需要仔细辨识，才能勉强看清并记住他的模样。

我与这些唐门精英一一微笑拜会之后，便被引到了明堂中心的最高处。

那里设有一张长而大的矮桌门主唐赢正一个人踞坐在桌前，自斟自饮。

此时的他，并未和大比时一样，用白瓷的面罩遮住容貌。

就见他的年纪其实很轻，但气势如松，身量高挑，面容略微苍白，生得清俊逼人！

想必他平时面对门人时习惯遮掩面容，也是为了避免这张太过美好的脸孔，削减了他作为门主的气势。

待我看清他的容貌，一时竟全然呆住了！

倒不是被他的姿容迷惑，而是我无比惊讶地发现——无论是身形还是外貌，这唐嬴居然都与我的阿缺生得一模一样！

唯一的区别只是，阿缺的眼眸如同纯净的小鹿一般乌黑通透，而唐嬴浅褐色的双眸深处，隐隐透着一抹血色的光芒。

陷入震惊的我，只顾着直勾勾地盯着唐嬴的脸仔细端详，甚至没能听到他开口问到了我的名字。幸好身边的三七轻轻扯了扯我的衣角。

按照唐门惯例，外门弟子不配享有姓名，所谓的五幺或者三七，都不过是由唐门接引使带我们入外门时随口起的代号。

只有等到通过外门大比正式成为内门成员时，我们这样的蝼蚁才有资格在谒见门主的一刻，由他正式赐名，以示恩宠。

"你的代号？"门主唐嬴沉声再问我一次。

"五幺。门主，我曾经叫五幺。"我终于从震惊中清醒，重新绽开笑容，面容上酒窝浅浅，说出自己的名字。

"无忧，唐无忧。"门主沉吟了片刻，给出我的新名字。

从此，外门的五幺变成了唐门的唐无忧。而紧跟着，三七被赐名为唐无惧。

终于，完成了仪式。我和无惧赶紧前往后山，捡回了阿缺的残躯。

因为受损过重，所以即使我们用尽了所有的能力和资源，也只能勉强修补好他的伤口，让他重新启动起来。

然而阿缺的神志已经完全陷入紊乱，无论是记忆还是认知，都几乎退化成一个懵懂无知的幼童，只保留下一点点的战斗本能。

正在一筹莫展之际，唐欢大公子突然现身我们居住的外围小楼，并带来一个大好消息。

"我有办法，帮你们恢复阿缺神志！"

上一次在外门，正因为有了他的传信，我们才能够顺利地炼制成阿缺。于是这一次，我们也没有理由怀疑他的办法，就算这办法听上去近乎无法实现。

按照唐欢公子的说法，只有得到门主唐嬴的协助，才能彻底地修复阿缺。

原来，我们一开始在外门制造阿缺时，为了帮我们打造出唐门最强的傀儡，唐欢公子提供的那些用于调试、炼制的资料，本就取自于门主唐赢——这位当世唐门的第一人。

难怪门主与阿缺会生得这样相似！门主反而和唐欢不太相像，大约他俩一个长相随父，一个肖似生母。

我还来不及从惊愕中恢复思考，便听唐欢接着说："阿缺可是我弟，哦不，是门主的原型傀儡。他会在大比中受了如此重的伤，其实不过是因为，当时我能取得的资料极为浅表，这才令阿缺先天受限、战力不足。只可惜门主身体的各项深层信息，就连我这个当哥哥的也无法触及……"

说到这里，这个一向温柔带笑的青年面色也不由得黯然下来。

"如今你们想要彻底恢复阿缺的神志，甚至令他的能力更进一步，唯一能依靠的只有唐赢，必须让他自愿为你们提供最全面的资料。"

可是根据我的连日观察，唐赢门主为人冷面冷心，平素离群索居，终日在唐家堡最中心的明堂内深居简出，就连唐门核心之人都极难接近。

甚至唐欢这个亲哥哥，若无要事都常被他拒之门外。

而且，那唐赢的性子看似极为骄傲。在之前的外门大比时，他便见过了阿缺的容貌，应该绝不可能去帮我和无惧修复一具和他自己如此相似的傀儡。大概这具肉身傀儡的存在本身，就堪比对他最大的侮辱。

"放心，对于你们这样有天赋的年轻一代弟子，我一定会倾力相助！"留下这句虚无的承诺后，唐欢公子翩然而去。我和无惧只能在屋内辗转苦思。

想了好久，虽然明知此事千难万险，我俩决定不放弃。我们定下未来在唐门最重要的目标——那就是接近唐赢，复原阿缺。

这是因为，阿缺在不知不觉中，已经成为我和无惧都无法舍弃的存在。

对于无惧来说，她本就是阿缺的第一个主人，当初是她发现了快要伤重而死的外门少年，这才有了此后的种种。想必她是舍不下自己这个完美的造物，更可能的是，她已将阿缺视作自己的半个亲人。

而我呢？我为何同样一心想要恢复阿缺？

虽然我的外表看似甜美温暖、永远一脸笑意，实则内心执着坚定。

对于我来说，阿缺已经助我通过了那么艰难的外门大比，未来还会是我更强的助力，无论如何都不可以放弃！

为了达成目标，我和无惧开始想尽各种办法，希望能够创造机会，接近唐赢门主。可惜连日来一无所获。

然后没想到如此之快，机会就自己找上门来！

作为外门初入内门的新弟子，在得到门主赐名之后，就必须下到唐门最神秘的洗髓窟内伐筋洗髓，以便接受真正的三窟传承。

这处洗髓窟设有诸多机关，危险重重。考验一共分为三重，对应身、口、意三业，只有突破了所有的业障，才能真正涤荡身心，获得传承，成为被唐门认可的弟子。

正因洗髓窟试炼过于危险，唐门门规写明，所有入窟的新弟子都必须由前辈精英一对一陪同。

今天就是我和无惧入窟的日子。阿缺懵懂无知，我们放心不下，只好带着他一起闯关。只是为了避免惹人注目，三七为他重新戴上面具，遮住了那张与唐赢门主一模一样的面容。

唐欢公子果然没有食言，为了帮我们，一大早就等在了洗髓窟前。

而令我没想到的是，唐赢门主竟然也会现身。这大大不符他冷情冷性的本性，也不知是何缘故。

跟着他一起现身的，是第二个我认为绝无可能出现的人——唐无恚。

早在外门大比时，我便觉出这位冷美人也不知是出于什么原因，偏偏对我与无惧心存了极大的恶意。尤其是面对毫不惹眼的无惧，她更是屡下杀手，完全让人摸不着头脑。

难道她竟突然转了性子，要好心地主动成为我和无惧的护法？或者是因为她的未婚夫婿唐欢的请求？

眼看洗髓窟就要开放，已经不容我再思虑纠结，我们六人只需要两两配为三队，就可启动闯关。

我自然想要抓住机会，和门主唐赢一道。然而唐无恚却抢先上前，想要伸手挽向我的胳膊。

还好无惧似乎早有准备，一把就捏住了她的手掌，扯着她笔直进了洞窟。

只听无惧低低的声音传来："无恚小姐，接下来就要拜托你了。"

目从入了内门后，无惧似乎也有些变了。

她将一头细软的长发高高束成马尾，也不再穿着外门女弟子的制服长裙，而是找仆从要了几身墨蓝的男子衣袍。

如此装扮，她仿佛不再是那个影子般不起眼的瘦弱丫头，反而多了些超乎性别的英姿飒爽。

看着无惧和唐无恚消失在洞窟内的身影，我朝唐赢微微一笑，轻轻碰了碰他的衣袖。唐赢稍稍一愣后，便随着我迈步向前。

落在最后的唐欢公子与阿缺也立刻跟了上来。

在危险重重的洗髓窟中，究竟会遭遇什么？无人能够未卜先知！

而我唯一能够确定的，就是一定要抓住这个绝佳的机会，拉近自己与唐赢的距离。

第三幕　缉凶

经历过洗髓窟三业考验，我正式得到了娲皇窟传承，无惧也被牵机窟承认，就连阿缺的神志也变得清醒了一些。

更令人惊喜的是，我与唐赢的关系也如我所愿地产生了微妙的进展。

我回想起当时在洗髓窟的闯关经历。

第一窟牵机窟身业关内，考验的是眼灵体巧，我和唐赢合作挑战另外两组，有惊无险地顺利通过；待来到第二窟娲皇窟心业关，我们六人从对手变成了队友，一起推理机变，总算扶持着闯关成功；待到最后一窟宿隐窟意业关，面对着玄奇的前尘异日图，我一直想要埋藏的秘密，竟然以一种始料未及的方式，突然暴露在他人眼前。而且按照这场考验的规则，我还不得不将它们亲手交到同组的唐赢眼前！

所谓前尘异日图，虽然看上去不过是一幅没什么稀奇的普通画轴，可展开之后，它却可以显示出代表着你过往经历以及未来命运的图景。

我的前尘图中展现着一座小小的院落。院中树下一个两三岁的女娃娃，小脸圆圆，扎着两枚羊角小辫，手里举着一根咬了两口的糖葫芦。她正坐在小板凳上笑得香甜，脸颊上一左一右，嵌着两个浅浅的酒窝。

小娃娃身边挨着个穿着长裙、二十多岁的美丽妇人，衣饰虽不华丽，却整洁雅致，正低头看着那孩童微笑。

两人侧后的不远处，一个俊秀男子双手操控一只小小傀儡，小傀儡正翻着跟头做把戏。

与这岁月静好的前尘图截然相反，我的异日图显得一片狰狞。

唐家堡被遮天蔽日的火光与浓烟笼罩。在血与火之间，一个十七八岁的圆脸姑娘，穿着身粉色的衣裙，正背对火光冲天的唐家堡。她的双手高高举起，像是在庆祝，又像在告别。

看到这两幅画面的一刻，我拼死运起了全身力气，才终于压制住发自内心的战栗，装作一脸坦然，将卷轴交给唐赢，并接过他的，细细看起来。

他的前尘图中透出浓浓的诡异。

幽深的山洞内，一个少年正在十字星芒的阵法中打坐，他满头是汗，全身紧绷，面容显得痛苦不堪。

他旁边站着一个极其高瘦的男人，男人穿着一身带兜帽的黑色长袍，一头黑发披散，脸上戴着黑色面具，令人完全分辨不出其年龄与样貌。

我来不及深思这图中含义，异日图已经逐渐浮现出来——

夕阳之下的唐家堡，和平安宁。近处一对紧挨的男女，背对画面而坐。

那男子侧弯脊背，虚靠在女子的肩上。女子探出手来，揽住他劲瘦的侧腰。

两人的头都向着彼此的方向倾倒，亲密无间地紧紧贴在一起。

良久，我努力凝神静气，收敛想要抢回自己画轴的冲动，总算挺过这番煎熬，达成第三关意定神清的考验要求。

此刻的我，并不确定唐赢是否从我的前尘异日图中窥探出多少秘密，好在我却从他的两幅图中，洞悉了不少他的脾气和秉性。

——他绝不是外表看上去的那样无情冷酷，否则他不会在自己的异日图中展露出那样脆弱恬静的一面。

接下来的日子里，为了达成修复阿缺的目标，我一面苦修娲皇窟的功法精粹，尝试着一点点调试他的身体机能，一面继续在无惧的帮助下，尽量把握与唐赢单独相处的机会。

说起来，那唐无恙也颇有点古怪。作为唐欢的未婚妻，她已到了婚嫁年纪，却迟迟未与唐欢成亲，反而时不时出现在唐赢身边，丝毫不知避嫌。

一开始，她的出现还会打乱我接近唐赢的计划。还好与当时在洗髓窟时一样，每次她都会被无惧给机智地支开，为我与唐赢留下了独处的空间。

其实我心中明白，若不是有唐赢默许，就算他身边没有唐无恚，以我在门中的微末地位，也不可能轻易地接近他。

我有些理解他的行为与心态：大概是一个人孤单得太久，无论看上去如何强悍、地位如何尊贵，他终究不过是一个十七八岁的少年。

而我，看似比他还小些，却因为幼时遭遇，心智要深沉上许多，那些伪装出来的温暖，想必正好投其所需。

我俩相处，大部分时候都在一起读书品茶，或是习字画画，时间也不太固定。

因为平日里他不仅得时不时地闭关、去修炼艰涩的三窟秘法，还得为唐门的破山计划调度资源与人力。而且每月总有那么一两日，他会支开所有人，只传唤唐欢公子一起前往密室，就连我也不能随行。

然而每当遇到这种情况，他并不会冷硬地让我离开，而是会由着我待在他的书房里，自由翻看书架上浩瀚如海的书卷。

于是从其中的某些卷牍中，我读到了一些关于唐门的旧事与秘闻。

比如说唐门血咒。

依照常理来说，掌控着三窟绝学、战力超强的唐门，功法算得上是攻守兼备，完全具备闻名天下、称霸武林的实力。可极其诡异的是，立派以来，唐门便深陷诅咒，常年被封闭在这巴蜀的崇山峻岭间。

每当门派苦熬百年，终于诞生一位惊才绝艳的领袖，能够带领门人冲出封山禁制、获得久违的自由时，不久后便会因为某种莫名的原因，不得不再度重返唐家堡，进入下一个蛰伏期。

在蛰伏期间，仅有极少数门人能够短暂到江湖上行走，违规者轻则功法尽失，重则殒命。

而如今距离上一轮唐门出世已经过去了三百年，这也是唐门立派以来，门人被封闭得最长的一次。

现如今，憋屈的唐门众人早就蠢蠢欲动。所有人都在热切地期待一位应天命谶语而生的天选之子，能够带领大家冲出大山、重获自由。

冲出去，冲出去！

无论要付出何等残酷、甚至违背人伦的代价，唐门都决心冲出大山，重入人间！

这仿佛已经成为无数唐门中人的心魔！

想必让我能够从容地了解到这些隐秘，也是唐赢没有说出口的信任与温柔吧。

看上去，我和唐赢已经越来越亲密，距离我的目标也必定越来越近！

我不由得为此开心，继而更频繁地前往明堂，给予他想要的陪伴。

正是从这些时时处处的相处中，我俩由相遇到相识，最后相知。

到后来，我再不用绞尽脑汁地找理由去接触他，因为他已经完全习惯了我出现在他身边。我的笑容中似乎藏着他无法抗拒的温暖，正一点点驱散他内心的阴霾。

而我俩真正"定情"，是在他娘亲的忌日那夜。

明月高悬，他独自在月下饮酒，酒瓶散落在脚下，已是零零落落的一小堆。

看着眼前的人，我一时陷入恍惚——一直被努力压抑的记忆深处，似乎也有过一个清雅的男子，曾经在月下饮酒。

只不过他并不孤单，身边不仅有温柔的妻子陪伴，膝下还有一个扎着羊角辫的女娃，正一个劲儿地将手中的糖葫芦往男子的嘴里塞。

"爹爹，配酒，好甜。"

曾经拥有过最美好的一切，我自然无法不沉湎、不追思、不仇恨……

我情不自禁地伸出手来，轻抚过唐赢的脊背——一把瘦骨，嶙嶙峋峋，琵琶一般地优美。

那一刻，我恨不能落下泪来，并不是为了眼前人，而是为了自己曾经不可追回的过去。

可现在远不到能够软弱哭泣的时刻，我努力将泪水憋回，化作了一副笑容。

唐赢并没有回头，似乎对我的出现一无所觉。他只是轻轻地道出自己成为唐赢之前的名字——唐萱，以及他与阿爹、阿娘，还有哥哥唐欢相处的那段幼时岁月。

唐萱这个名字，是他阿爹给他起的，取自一首古诗：

> 合欢能解恚，萱草信忘忧。
> 尽向庭前种，萋萋特地愁。

他的阿娘唐妻与他阿爹唐时是少年夫妻，两人感情甚笃。

他阿爹的血缘、天赋极高，弱冠之年就获得牵机、宿隐两窟传承，被门人寄予厚望，之后更一举打败所有挑战者，以武力登上巅峰，就任门主。

从那天开始，他便与历任唐门门主一样，放弃了本名，成为唐赢——也就是唐门中那个永远不会输也不能输的第一人。

他的阿娘也很优秀，作为娲皇窟传功长老，一身功法尽得娲皇窟精髓，而且她丝毫不因为自身天赋、丈夫显赫，便对旁人颐指气使，而是因为人美心善，得到了唐门众人的爱戴。

只是他阿娘的性子过于柔顺，始终秉持着内门对于女子的训诫——女人的战场在产床，于是仅仅年过及笄，身体都未完全长成，就产下了长子唐欢。

唐欢出生后三日便睁眼，其中一只眼瞳隐隐透出血色，似乎应了那句在唐门精英中口口相传的天命谶言：

唐门骄子，乌发血瞳，体纳三窟，荡涤天下。

果然，唐欢生而早慧，六岁就得到了宿隐窟传承，虽然他的眼瞳随着年长，血色渐渐消失，但他的实力仍远超同辈。到了十五岁那年，他又获得娲皇窟传承，堪称少年天才。

要知道唐门的三大绝技牵机、娲皇、宿隐，有机缘天赋的，一生能够领悟其中之一，已是十分幸运。而能身兼两窟传承的天才，便会被奉为门派瑰宝！

整个唐门建派的近千年以来，这样的人也不足二十个。

原本阿娘羸弱，身子已不宜生产，但如此优秀的血脉怎么可以轻易断绝？于是在时隔六年之后，她又艰辛地产下了唐萱。

唐萱初一落地就大睁着一双血瞳，而且生着满头黑发，全然应了预言。

门人顿时欢欣鼓舞，就等着这个天选之子长大，能够带领唐门破咒出山。

接下来的三年，是唐萱生命中最开心的日子——阿娘、阿爹和哥哥，一家四口在唐家堡深处的一隅安居，岁月无比静好。

待到唐萱三岁那年，因为三窟传功长老伙同唐门宿老的联合催迫，阿娘又有了身孕。

在苦苦挣扎了一整个日夜之后，她诞下一个皮肤雪白的婴孩，但也因此流尽了身体里的最后一滴血。

"欢儿、萱儿，来。"阿娘挣扎片刻，方才将一只右手微微举起半寸，招呼着自己两个一脸悲切的儿子。

唐萱开智极早，虽然年仅三岁，却已通晓人情。此刻见到自己的阿娘面如金纸，就连双唇都失了血色，不禁怕得全身颤抖、泪流如雨，全靠着哥哥的拉扯搀扶，才能勉力地跟跄上前。

而奇怪的是，他身旁的唐欢眼眶却极为干涩，就连一滴泪都流不出来。

"我儿，莫……哭。"短短四个字，阿娘都需分成三次才能吐完，这还得亏有阿爹始终握紧她的左手，用绵绵的内力为她吊着最后一丝力气。

"娘，你别死！"突然，只听唐欢挤出一声哀叫。那声音撕帛一般尖厉，几乎不像是人声。

似乎他那颗一向朗如明月的心陡然闯入了一匹恶狼，充满着满满的怒火，却不知要对谁发泄！

"欢儿，对不起……"阿娘眼窝深陷，良久方才洇出了一点泪意，似乎她连眼泪都已经跟着身下的鲜血一道流干了。

'不，不要啊！"唐欢盯着阿娘干涩的脸庞，禁不住猛地前扑，紧紧揽住她的腰身。一直靠在他身边的唐萱被带得一个趔趄，重重撞上拔步床的廊柱，额头顿时起了一个大包。

伤在儿身，痛在娘心，那一滴久久无法蕴成的眼泪，终于还是缓缓地顺着阿娘的脸颊，落了下来……

那晚，阿娘是睁着眼去的。临死前她再三叮嘱唐欢，要替她照顾好弟弟们。

那晚，一起离开的，还有阿爹。他如同一缕残魂，从唐门神秘蒸发，同时带走了那个如初雪一样白净的婴孩。

其实所有人都明白，唐萱的阿爹和小弟弟应该早已死了，毕竟唐门中人根本没办法在破除禁制之前，长久地离开唐家堡。

一夕间，唐萱的世界彻底坍塌——阿娘去世，阿爹带着小弟弟失踪，他只剩下哥哥一个亲人。

可就在第二日清晨，他便被行踪诡谲的长老唐佚从哥哥的怀中揪起，带入后山禁地。无论他如何哀求，唐佚都不让他再见哥哥一面……

我听得分外认真。当唐赢讲到这里，我猛然意识到，我在洗髓窟前尘图上看到的那个神秘男子，大约就是这位唐佚长老了。

唐佚长老可算是唐门中最神秘的人物，他常年黑袍兜帽，面具遮面，全身上下都被盖得严严实实，根本辨不出美丑长幼，行踪也十分诡谲不定。

唐门众人只知道，他辅佐过好几任的门主，在门中地位异常尊崇。只是大家都不清楚，如果事实真的如此，难道他竟然能够突破极限，活出几百岁的年纪？！

于是大家私下里都尊称他为老祖宗，对他又敬又畏。

可对于这个人，我心中除了敬与畏之外，还有一丝来自第六感的警觉。

他应当是我想要实践心中愿望的、最大的隐患！

眼看我与唐赢的关系日趋稳定，而阿缺因为有了唐赢自愿提供的资料，也在我和无惧的精心修复下肉眼可见地好转起来。

眼看已经到了炼制阿缺内核的关键步骤，无惧虽有牵机窟绝技，却无奈地告知我，因为她自小身体羸弱，就算获得了传承，依旧无法完全参透牵机窟的最深奥义。眼下唯一的办法，就是让唐赢为我开启牵机窟传承。

其实就算无惧不说，我也想要重回洗髓窟，拿到牵机窟传承。

对于一个没有任何血缘关联的外人来说，想要获得唐门第二窟传承的唯一可能，就是成为内门精英的妻子。

和其他江湖门派不同，唐门是一个以血缘、天赋为立门根基的门派。

内门与外门的区别几乎是天堑：内门弟子基本全为身具唐门血缘的唐家子侄，天赋最高者才有机会兼修几窟的功法，居于门派顶端，掌控最佳资源与供奉；而外门弟子则全部由从江湖上搜集的孤童组成，一入门便沦为门派棋子。

只是为了改良唐门血脉，偶尔也会有极少数出自外门的优秀女子，有幸被门中接纳。

牵机窟对我再次开启，也就等同于我和唐赢二人无论是否立即成婚，都有了正式的婚约。

如此一来，我会立即由一个只能住在唐家堡最外围的入门弟子，跃迁到以明堂为中心的内环第三圈。

这处唐门内门所在的唐家堡，是一座占地极广的大型土堡，最外环的圆形土墙通高四丈、厚一丈，环抱内的建筑呈大圈套小圈的层叠分布。越往内圈，居住者的身份地位越高。

其中最核心的半圆形厅堂，便是门主居住、会客的场所，之外的一圈有三处住所，分别属于牵机、娲皇、宿隐三窟的传功长老，再外围则居住着门主的亲眷、信任的仆从，或是天赋极高、身具两窟以上传承的精英子弟。

圈层与圈层间只留有狭窄的门洞，令整个唐门精粹都被妥善安置在易守难攻的唐家堡内，确保他们安全无虞。

若能借着获取传承成功跻身内圈，我距离最终目标自然又近了一大步！

更何况，根据唐赢书房中的唐门密卷所载，这牵机窟中还藏着一个我梦寐以求的宝贝，若是未来有它助力，一切应当顺遂许多。

我本想着此事如此重大，定然会有些波折，没想到我刚一提起，唐赢就毫不犹豫地点头应下，就连那个一向最爱与我和无惧作对的唐无恚大小姐，也并没有出手捣乱。

很快，唐赢便在众人面前宣布，我会再入洗髓窟。而这一次，我必须独自面对一切挑战，凭借个人的努力，获得牵机窟认可。

当唐瑶长老问及，若是我闯关成功，未来亲事如何时，唐赢定定地瞧着我，眼神中带着满满的歉意：

"大阵不破，无颜成家。"

这是他给唐门的承诺，也是他对我的抱歉。

我立刻对他回之以微笑，向众人表达了对他的理解与安抚。

可我心中真正所想的，其实是这成家、这嫁人原本都是假的，自然拖得越晚越好。

经历了千难万险，搞得周身狼狈，我终于如愿地通过了牵机窟试炼。加上我原本就有娲皇窟的传承，此刻的我，不仅已经是唐门众人心目中未来的门主夫人，也是门内极少数能够身具双窟传承的精英。

我自然被立刻委以重任，搬入了唐家堡内围。

在我的坚持下，无惧和阿缺作为我的亲眷随我一同迁入，我们仨便和门主的哥哥唐欢以及他的未婚妻子唐无恚成了邻居。

有无惧倾力协助，再加上唐赢提供的全面信息，我得以用悬丝细心调试，令阿缺的身体各处彻底复原。甚至他的周身内外都被门中为精英特供的天材地宝锻造得强健万分。

很遗憾的是，我大部分时间都不得不用来修炼传承，或是陪伴唐赢；如此一来，自然不得不忽略了阿缺。

还好阿缺有无惧时刻相伴，并不觉得孤单，就连唐欢也经常不请自来，主动关心阿缺身体的康复状况。

有时他甚至会大方地提供一些格外珍奇的炼偶材料，想必是因为无法经常见到自家那个冷脸的弟弟，有了阿缺这么一个长相一样、性情又可亲的少年作为替代，对他来说，多少算是一个心理安慰。

随着身体强健，阿缺的神志也日渐清醒；而且最令我开心的是，他并未与我生分，反而显得更加黏我。

尤其每当我要前往明堂时，他总会流露出孩子般的恋恋不舍，对我的称呼也从"主人""主人姐姐"，变为如今他直接唤我"姐姐"。

"姐姐，你又要走了么？为何不能多陪我一会儿？"

眼看我又要离开，阿缺坐在椅上，拽着我的衣袖，可怜巴巴地抬头看我。

"阿缺乖，不是还有无惧姐姐陪着你么？"

"阿缺有无惧姐姐陪，可也想要姐姐陪。明堂有那么好么？若是阿缺也住在明堂，是不是就可以和门主一样，时时看到姐姐了？"

我被这孩子气的话语给逗笑。身旁的无惧原本一直静静地看着我俩，此时见我被牵扯，便翻出阿缺未做完的功课，提着他的耳朵逼他完成，这才助我脱身。

"如今阿缺恢复在即，你我心愿已成，无谓再应酬外人，记得早些回来。"背后传来无惧的叮嘱，我轻轻点头之后，提气向明堂奔去。

转眼间已过数月，从外门蝼蚁到内门精英，从低贱孤女到门主的未嫁娘，我的命运几乎发生了翻天覆地的改变。

眼看六月已至，合欢花起，地处山谷的唐家堡即将迎来一年中最不爽利的季节。

此地虽然有奇门遁甲加持，多少能引来些凉风阵雨缓解暑热，然而无处不在的小小蚊虫，就连牵机窟最好的秘药也无法除尽，让人苦不堪言。

还好有无惧与唐无恙联手，炼制出几颗避虫的药丸。

此药确有奇效，随身佩戴，虫不近身。然而所需原料精贵，听说搜尽了整个唐门，也不过炼得区区五枚，完全无法普及。

我微笑着任由无惧将药丸填入我的随身香囊，再帮我把香囊细细地在腰间佩好。

听她说起这药丸的稀奇来历，我不禁感叹："不知无惧是给那唐无恙下了什么蛊，这两人一段时间以来，居然由冤家对头处成了闺阁密友，倒是比我与唐赢的进展更令人吃惊。"

听我调笑，无惧停下捋顺我香囊丝绦的动作，抬头定定地看我两眼，方才又低下头，声音清淡无波。

"我与她也就是普通相处，怎比得你与门主那么亲密无间。"

这话听上去倒像是有几分酸溜溜的醋意。我笑得更欢，抬手便开始咯吱无惧的一把瘦腰。

无惧素日不爱笑，唯一的软肋就是怕痒，稍稍一挠都无法耐受，顿时在我的双手齐攻下颓软着告饶。

看着她满额薄汗、笑意盈然的模样，我突然觉得，这张一向平凡素淡的脸，也显出了十分的好颜色，简直是生动美丽极了。

眼看阿缺已经完全复原，我和唐赢相处融洽。唐欢时常串门，如同老友。就连唐无恙，不仅不找我们麻烦，还会经常跑到无惧的屋里一待就是半晌，和她一起捣鼓些稀奇古怪的药物蛊虫……

一派岁月静好。

然而这难得的安宁时光，却被一具周身密布虫卵的尸身击得粉碎！

——唐门三大长老之一、牵机窟的传功长老唐延，此刻正扭曲狰狞地躺倒在明堂前院。经过初步探查，他的死亡时间为昨天夜晚……

由于唐家堡的特殊建制，入夜后，外圈人等无法入内，如今唐延长老离奇身死，凶手只能在居住于内环三圈的八个人之中。

拱卫内环的仆从均为不可能说谎的傀儡。经过初步筛查，负责守备各人院落的傀儡人证实，唐瑶昨夜没有离开过房间，而唐延长老不仅没有离开过，甚至卧床不起，似乎患上了什么急症。

如此一来，嫌疑便只能落在了我、无惧、阿缺、唐欢、唐无恚和唐赢六人身上。

陆续赶来的门人群情激奋，所有人都在吵嚷着，想要揪出真凶。

线索被一条一条列出。为了彰显公平，就连唐赢也被列为嫌疑人，同我们一道被搜证。

其中唐门密卷中记载的证据分别是：

外门辛秘。唐门闭锁百年，为了不被外间门派超越，在上任唐赢失踪后，由宿隐窟传功长老唐融指挥，原本只是零星到山外搜集孤儿的外门接引使，化身秘密扑灭山外小门派、夺其传承气运的杀星。那些被纳入外门的幼童，原本都是一门一派最具天赋的未来希望，却一夕沦为最卑贱的消耗品。而他们出身门派的那些功法秘籍藏宝，全都落入内门三窟，成为给唐门破关积蓄力量的柴薪。

"死生不欲"。唐门精英血脉中传承着一种名为僵槁症的绝症，一旦病发，便会身体僵硬，只能控制双眼转动。随着发病持续的时间越来越长，病人将会在三年内彻底僵死。上任唐赢失踪后，牵机窟传功长老唐延通过将罹患僵槁症的门人炼成药人，最终制成奇毒。中毒者会如同患上急性僵槁症，在半个月内身亡。

药人。唐门中僵槁症发作的底层门人，被唐延选中成为炼制"死生不欲"的材料。这些人已经不能算是严格意义上的活人。他们的大脑早已死亡，仅存的生命体征全靠各种器械药物维持，存在的唯一价值就是被抽取鲜血。大部分药人已被销毁，仅存的几具被唐延藏于密室，用来炼制其他药物。

活灵丹。在炼制奇毒"死生不欲"的过程中，唐延偶然获得了一种附生物，将其取名为活灵丹。此药虽然无法治愈僵槁症，却能够稍稍减短病症发作的时长。

尸体上搜得的证据有三条：

除开脖子上的伤口外，尸体身上有大量青紫色的斑块，应该是搏斗造成的瘀血。

脖子上有一道深可见骨的伤口，应该就是致命伤，看功法属于宿隐窟。

尸身上有密密麻麻的细小虫卵，尸体周围聚集着许多山间常见的黑蠓。

各人房间，被逐一搜证：

唐无忧房间。书架上摆放着唐门密卷，其中有一页被插入书签，页面内容是"外门辛秘"。

阿缺房间。摆放着一盒小且透明微红的圆形薄片。

唐延房间。房内有暗门，内通密室，摆放着几个覆有透明盖子的石棺。棺内充斥着黏稠的液体，几个全身赤裸的瘦弱男女躺在其中，双眼紧闭，不知死活。

唐瑶房间。卧房内挂着一幅残卷，纸面微微发黄。画上是一个丰神俊朗的男子，面貌与唐欢十分相似。画卷一看就不完整，男子身边应该还有一个被裁掉的女子，现在只留下一只柔白的纤手，与男子十指紧扣。

最后，六人房间门口的偃偶，也都提供了证据。

唐嬴处偃偶。当天门主一直和无忧小姐待在明堂内，下午他叫我去给大公子带话，过了一会儿大公子来了，无忧小姐半个时辰后离开，之后大公子又待了半个时辰左右离开。

唐无惧、唐无忧、阿缺处偃偶。当天无忧小姐、阿缺一起离开，无惧小姐一人在家，之后无恚小姐前来，阿缺不久后也回来了。然后无惧、无恚小姐先出门，阿缺过了一会儿也出去了。晚些时候无惧小姐和阿缺一同回来，无忧小姐最后才回来。

唐无恚处偃偶。当天无恚小姐出去了很长一段时间，很晚才回来。

唐欢处偃偶。当天阿缺来找大公子，然后门主处的侍人来给大公子传话，大公子和阿缺一起离开，过了一个多时辰大公子才回来。

唐瑶处偃偶。昨日长老一直待在房内，晚些时候无恚小姐过来找长老，不久两人吵了起来，然后无恚小姐离开。

唐延处偃偶。昨日早些时候大公子前来，才走后不久无惧、无恚小姐一同前来，过了一会儿屋内传出争吵打斗声，接着两位小姐一起离开。再晚些时候，门主派侍人前来将长老叫走，之后长老就再没有回来。

唐融处偃偶。昨日晚些时候，无忧小姐前来拜访长老，进去不久后，里间传来争吵打斗声，之后无忧姑娘离开。

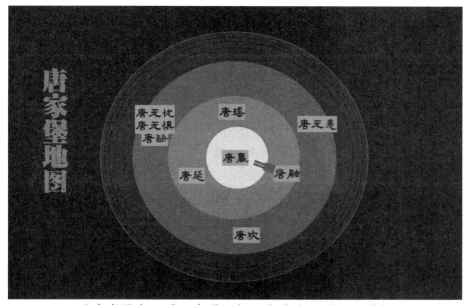

（唐家堡内三圈示意图，标注当晚众人居住位置）

随着证据被一条条列出，真相看似扑朔迷离，大家却也渐渐都将矛头对准了那个人……

还好那人不是我的无惧，而且似乎我的秘密，也并没有被人知晓！

我正庆幸着事情总算告一段落，然而……

"扑通！"我听到一声沉闷的钝响，仿佛有什么人正直挺挺地砸到地上。

紧跟着，仿佛是启动了某种神秘的开关。

"扑通！""扑通！""扑通！"……

一声接着一声！

就在我眼前，除了我们六人之外，方才还生龙活虎的唐门众人，先是如同被瞬间下了定身咒，然后再一个接一个地如被无形的巨掌推倒，转眼间就硬挺挺地躺了满地。

明堂位于唐门内核，白日里走动的门人弟子加起来不过十数人，并不算多，可此时除了我们六人和唐瑶长老外，这些人全部莫名其妙地僵直倒地，场面显得十分诡异可怖。

而最可怕的事情是，那不停发出的"扑通"声远没有终结，反而渐传渐远，似乎在看不见的唐家堡一圈圈围楼中，有一种恐怖的瘟疫正在悄悄蔓延。

正有更多更多的人，也和这里一样，在莫名地僵硬、倒地；最终身体上唯一能动弹的，只剩下一双瞪得浑圆、滴溜乱转的眼珠，它们正代替主人，哭诉着自己无法宣之于口的惊惧！

看来方才推测出的所谓真相，大概率并不是真的……

在唐瑶的指挥下，作为侍人的偶偶开始了第二轮搜证，一些宗门秘闻也随之陆续浮出水面：

门主夫妇——当年门主夫妇为什么一死一失踪？相传都与唐门的天命谶语有关。

外门黑影——好几年前外门来报，有段时间总有个长相丑陋的佝偻老头儿出没在乱葬冈附近，也不知在转悠什么。

哨声——这两天不知道谁闲着没事，半夜总是吹口哨。

合欢蛊——唐无恚为将味道浅淡的合欢花香留住，专门用山间黑蠓炼制成一种特殊的蛊虫。此蛊看似不起眼，却能自行繁殖被灌注到体内的物事，可以是合欢的味道，也可以是其他东西。

锦鲤弟子——好几年前外门有一个女弟子得了急病，本已被运到乱葬冈，但后来不知怎么又完好无损地回来了，还通过大比进了内门，真是特别幸运。

唐赢书房。房内有一封短信，内容为：唐融处，五月一。信纸有被飞镖一类利器扎破的痕迹。

阿缺房间。房内有一副覆面的面具，边缘极其锋利。

唐无惧房间。房内有一幅画卷，画上左边的男子与唐瑶房间画上的一模一样，右边绘着一个清雅至极的女子，长相与唐赢和阿缺神似。

唐无忧房间。墙壁的夹层中藏有一个药瓶，瓶中药物不知有何用途，闻起夹带着隐隐的血腥气。

唐欢房间。房内燃烧着几盏命灯，此刻两盏已经暗淡。

唐融房间。原本受伤一直躺在房间的唐融此时已化作僵直的活死人，全身完全无法动弹，只微微还有心跳，如同风中残烛，随时都会消失。

唐无恚房间。绣床边有一个快要缝制完成的香囊，发出淡淡的合欢花香。

唐瑶房间。房内一个上锁的旧木盒内，放着半幅画卷，画上绘制着一个女子，面容被尖利的物体划得面目全非。

　　天啊！

　　真相居然是这样？！

　　我几乎无法相信自己的判断，可不仅是我，想必在场的所有人都已经通过这些线索，慢慢推导出谁才是导致这场唐门灾祸的元凶！

　　——无惧！

　　她居然连我都彻底瞒下，偷偷带着阿缺，做下这样的事！难道她已经将所有人的生死都置之度外了么？

　　就在我晃神之际，唐瑶长老竟在几个傀儡侍人的协助下，将杀死唐延和唐融、放蛊害人的我、无惧和阿缺困在了唐门最厉害的阵法——锁龙阵中。

第四幕　燃血

　　"你竟是下毒之人！为什么要对所有唐门中人下手？快将解药交出来！"面对被困在锁龙阵的无惧，唐瑶长老厉声呵斥，周身杀气四溢！

　　"原因很简单，我只想用唐门这些人的性命来交换一个真相，一个十五年前的真相。"无惧一脸淡然，丝毫没有罪行被揭穿的惶恐与不安。

　　"什么真相？你究竟是谁？"唐瑶长老的声音拔得更高。

　　"上一任娲皇窟传功长老与上一任唐门门主唐赢一死一失踪的真相。"似乎唐瑶长老越失去从容，无惧就越觉得满足。

　　她仿佛一只拨弄着野鼠的猫儿，正享受着猎物无谓的挣扎带来的快意。

　　"笑话！当年唐萋长老的死因众人皆知，不过就是产子后的血崩之症。而唐赢门主为什么会失踪，我也很想知道！"唐瑶长老的声音尖锐刺耳。

　　"就连阿爹大概都从没想过你会与阿娘的死有关联。可既然你不愿说实话，那就让唐门所有人都为你的秘密陪葬吧。"无惧反而显得十分平静。

　　"阿爹？阿娘？难道你是……"唐瑶长老彻底失去了镇定，"不可能，你生得与他俩丝毫不像！"

　　"你既然已经猜到我是谁，为何不敢相信我的身份？汤药罐！"

听到这三个字，唐瑶长老仿佛被一双无形的手撕开了美艳的皮相，露出下面狰狞扭曲的真容，"快告诉我，你阿爹究竟在哪里？他什么时候能再回唐门？"

"想知道很简单，你只需要告诉我当年的真相。"

"当年……"

唐瑶长老仿佛完全陷入回忆，久久没有言语。

此时距离上一任唐赢门主离开唐门，已经过去了整整十五年。而在十五年之前那些更遥远的过去，唐瑶长老与无惧的爹娘又有着怎样的过往呢？

当听了唐瑶长老终于悠悠开口后说的话，我只觉这一切简直就是一个疯女人令人无法直视的执念与恶意！

唐瑶出生唐门内门，可幼时天赋平平，身体也孱弱，所以被同辈的孩子们欺负，还被起了个"药罐子"的绰号。

只有唐萋并不嫌弃这个小妹妹，不仅保护她、陪她玩耍，还宽慰她：

唐瑶唐瑶，你的名字和药罐子加起来，不就是好好吃汤药，等吃光了汤药罐，你就一定能好起来，变强大！

所以，"汤药罐"是独属于小姐妹间的昵称，除了寥寥几个人，根本没有其他人知晓。

唐瑶与唐萋从小相伴玩耍，之后还一同拜入娲皇窟。最终唐萋年少登顶，成为娲皇窟传功长老；而唐瑶也紧随其后，成为唐萋最好的副手。

后来，唐萋与另一个唐门的少年天才，在长辈们的撮合下成婚。可那唐瑶却突然在两人成亲的当日发难，偏说是自己先遇到那少年，还质问他为何不记得自己，直弄得少年一头雾水。

他此前压根儿就没见过唐瑶，更不可能与她有何牵连。

此事后唐瑶依旧耿耿于怀，但既成事实已经无法更改。可为了心中的那一点执念，她不但继续与唐萋互称姐妹，甚至比之前往来得更为频繁。

接下来，那少年成为门主唐赢。两个儿子唐欢和唐萱相继出生，唐萋身体亏虚，不得不将娲皇窟的大半权柄都交给唐瑶掌控，令她几乎成为事实上的娲皇窟传功长老。而其他两窟的长老唐延、唐融，也相继被唐瑶的美色所迷，事事听她摆布。

唐瑶眼看唐萋身体虚弱，却一直被夫婿全心全意地关注、爱慕着，而自己身边虽然围绕着两个男人，却都根本不是她真正想要的那个人。

于是恶念如同杂草，从她心底勃然生发：

既然娲皇窟长老的权柄可以夺取，那此生挚爱岂不是一样么？！

为了不令唐赢今后怨怼，唐瑶想要唐妻死得自然，于是伙同其他两位长老，发动了诸位唐门宿老，一起逼迫不宜再生产的唐妻为了唐门血脉昌盛继续怀孕生子。

她还让唐延炼制出一种特殊补药，去进一步激发唐妻腹中胎儿血脉中暗藏的唐门之力，因为她深知，那力量不仅是祝福，更是诅咒。

果然，原本就体弱的唐妻根本无法承受药性，而她产下的无惧更是因此先天不足，身体极致地暴露出唐门血脉中最负面的特质。

"你阿娘不是我害死的，我给她吃下的也不是毒药，而是补药。你让你阿爹赶快回来，到时我亲口告诉他一切，他一定没道理怪罪我的——当年你阿娘死后我曾发誓，一定会对她的孩子们好。我也做到了，不是么？这十几年来，我不仅一直善待、照顾着唐欢，那唐萱归来要抢夺我权柄时，我也毫不还手地选择了退让。若是知晓我做的一切，你阿爹一定会明白我的一颗真心，你说是不是？"

眼见唐瑶这副毫不知错的模样，无惧满脸的憎恶！

"阿爹他绝无可能再回唐门，因为他早已死了多年。"

瞅着一脸期盼的唐瑶，无惧字字铮然地吐出的几个字，就仿佛天下最尖利的暗器，瞬间就将唐瑶扎成了筛子。

"既然你那么想知道当年阿爹带我离开唐门后究竟发生了什么，我不妨详详细细地告诉你。"

当年，唐妻生下一个全身雪白的婴孩之后血崩而死，唐赢深知妻子的死，是源于唐门宿老的催逼。然而，他更恨自己无能，没有勇气替妻子报仇，便只能选择带着孩子不辞而别。

原本，丢弃唐赢姓名的唐时是想远离唐家堡，和孩子一起在云间深谷结庐而居。但很快他便因为唐门禁制功力渐失，那小小的婴儿因先天不足，更是气息奄奄，陷入濒死境地。

无奈之下，唐时只能下手毁掉了自己的容貌与声音，佝偻着身躯伪装成驼子，带着这个全身雪白、双眼赤红的婴儿，搬到了距离唐家堡最近的一个村寨，以给周边的贫苦人当游医为生。

小婴孩年龄渐长，身体一直孱弱不堪，稍微跑跳就会心悸晕厥。为了好养活，唐时没给他起名，就叫他雪奴，每天用各种药物内服外敷，再替他输入内力，洗髓护脉，维系着他的性命。

由于内力耗损和诅咒侵蚀叠加，唐时无可挽回地一日日衰弱下去。他心知自己时日无多，一旦离世，雪奴必定无法存活，便决定铤而走险！

待到雪奴七岁那年的某日，唐时连日的蹲守终于有了收获。

就在唐家堡的外门荒坟中，他释放出宿隐和牵机绝学，控制住一个出外处理病死弟子的唐门杂役。

然后，唐时用无比精巧的手段，亲手给雪奴彻底改换了他的体貌、肤色与眼瞳，让他顶着一个女孩的样貌，被杂役带回唐门，替掉那个因急病去世的普通外门弟子。

这便是唐时的计划——赶在自己死去之前，帮儿子回到唐门，保住他一条性命。

唐时叮嘱雪奴，一定要想办法隐藏身份通过大比，进入内门，之后彻底毁掉唐门的禁制。因为只有这样，才能帮他自己，也帮所有被困在唐门的人，帮他的两个哥哥，获得真正的自由。

那一刻雪奴拼命想反抗，他根本不想离开阿爹，也不想扮成女孩，但唐时控住了他的身体，然后开启宿隐禁术——燃血阵，将自身所剩无几的丙窟传承全部硬生生灌输给雪奴，自己则一寸寸化为了飞灰。

唐时临死前说，自己此生最对不起的人便是妻子唐薹。而此生最痛心的事，莫过于亲手毁掉了那张和唐薹越来越像的脸。

雪奴和哥哥唐萱一样，都神似唐薹。

从此，七岁的雪奴顶替了外门弟子三七的身份，成为一个彻底被扭转了身心的怪物。

一个心心念念了十几年的人，直至今日才彻底知晓了他的下落；而那人不仅早已经死了，而且死前还经历过那样痛苦不堪的七年，就算自私心狠如唐瑶，也瞬间就痛碎了心肠，彻底委顿在地。

而我自己多年来一直亲如姐妹的无惧，竟然是个男儿身？在震惊之余想起往日相处的点滴，我也确实分辨出一丝端倪。

眼看无惧就要出手破阵，想来是要亲自终结仇人的性命，这时，竟是唐欢挡到唐瑶身前相护，而唐赢也并未阻止。

此刻局势，无惧与阿缺下毒一事败露，已成唐门公敌；这事唐无恚虽然无心参与，却也在事实上帮无惧炼成了蛊，隐隐成为两人的同伙；我为了替父母报仇，一时冲动对唐融下毒，此刻被揭发，自身难保；可唐赢、唐欢这对好哥哥，在已经完全明了当年爹娘惨剧根源的情况下，竟然会做出如此选择？！

对此，我完全无法理解。

"闪开！"此时的无惧无论气度样貌，都不再是之前瘦削女娃的模样。虽然早在七岁那年，他就被爹爹全然改换了面貌甚至性别特征，但骨子里依旧是个七尺的少年郎，这点始终没有改变。

"无惧，唐瑶身系娲皇窟阵眼，若你此刻动手，唐门大阵不得破。"见无惧气急，唐欢赶忙出言劝解。

唐赢兀自站在一旁，一言不发。

我大概猜到了，此前无惧为我装入香囊的避虫药丸，必定能隔绝此次的蛊虫，而唐赢因为并未携带药丸，不免遭到毒蛊叮咬。

虽然他原本就患有枯槁症，如此以毒攻毒，还不至如同唐融一样毙命，但一定已经加重了他自身病症，以至于此时身体僵直、口不能言。

然而以我对他的了解，就算他能够行止如常，选择也只会是与唐欢一模一样——放弃私人恩怨，选择唐门大义。

"去他的天命成谶，去他的唐门大义！破不破阵，这唐门也在唐家堡好好地活了几百年、一千年，就算永不出世，我也必须手刃这个杀母害父的凶手！谁都别拦我，否则……"

这番话简直道出了我心中所想，不愧是与我相处时日最长的伙伴。

除了亡故多年的父母外，他大约是与我最彼此理解的人。

只听无惧嗫唇而呼，即刻便有一大群毒蛊云集而来，瞬间就在众人的头顶上汇成了一朵乌云。

"若是有人拦我，不仅已经中毒者毒不能解，每人的症状还会再重上几分。到最后我可以保证，唐门就算破阵，也少有几人能好生生走到外间。"无惧说出来的话，每个字都掷地有声。

此时明堂内已陆续赶来许多人，大多是原本住在外围、受害较小的唐门中人。

他们全都不明所以，只是看到身周诡事频发，便纷纷会聚驰援。

众人只见我、无惧和阿缺被困在平日锁拿嫌犯的锁龙阵中；门主不发一言，站姿僵冷；地位仅次于他的唐瑶长老神情委顿，软倒在地。顿时有几个娲皇窟门人想要上前探问。

就见无惧口唇微动，那几人的头脸便立即布满了小小的黑色麻点——那是数不清的毒虿正叮住他们的皮肤，拼命吸食鲜血。

仅仅片刻，毒虿饱食完毕，"扑通""扑通"，一个个面貌肿胀的娲皇门人如同一截截死木，沉沉地砸在地上。

这一下，明堂彻底炸了锅！

所有人顿时明白了究竟是谁制造出这起唐门惨剧，若不是锁龙阵往内对外都无法突破，我、无惧和阿缺大概会瞬间就被愤怒的人群给活撕了。

眼看情势危急，阿缺立刻蹿上，将我与无惧牢牢护在身后。而无惧也准备好操纵毒虿全力袭向人群。这时只听一声暮鼓晨钟般的断喝：

"停！"

这一声杂糅了三窟绝学，自带有言灵术令行禁止的莫大威能，顿时令整个明堂为之一静。

"唐瑶，你方才亲口承认曾于十五年前伙同唐延、唐融，谋害娲皇窟传功长老唐萋、逼走上一任门主，你认不认罪？"

"我没有逼他，我爱他，我想嫁给他。我对你和阿欢很好的，我会把你们都当成我自己的孩子。我不会逼他，更没想害死他！"

自从听到唐时的死讯，唐瑶似乎就已被彻底击溃。此时听唐赢问话，她对前半截置若罔闻，只是急着反复辩解后半句，仿佛生怕那个已经逝去的人，会对她产生一丁点的误会。

"唐瑶，你不配提我阿爹。他一生只爱我阿娘一人，就算带我离开唐门，也贴身藏着我阿娘的画像。而至于你，不过只听他在追忆与阿娘的相处时光中偶然提到过那么一次'汤药罐'。"无惧的言语仿佛冰刀，又刺又冷。

"你不懂，你不懂我和他的感情。当年是我先遇到他，只是他生了场大病，于是把我给忘了。可我忘不了，永生永世都忘不了，就算你说他已经死了，我也一定要出阵去寻他。"

"不可能，因为你的性命会终结在此时此地。"无惧看着她，眼神寒凉，仿佛她已是一个死人。

"我现在还不能死，我必须出去，必须找到他！饶了我，我可以告诉你一个秘密！"

"守着你的阵眼所在，我不稀罕。"眼看唐门众人似乎已从几人的对话中醒过味来，不再那么群情激奋，无惧正用手势暗示阿缺，让阿缺赶紧与他合力破阵。

"不是的，不是关于阵眼！是在你阿娘死去的那晚，我一直偷偷藏在暗处窥视。我看到了那个人，他和你阿爹说过几句话之后，你阿爹就抱着你离开了唐门。一定是他，一定是他逼走了……"

"啊！"

尖利的女声戛然而止，唐瑶如同突然被触发了机关的傀儡人，表情、动作全都定格在一瞬，然后下一秒——砰！

一声闷响，她那曾经美艳非常的头瞬间冒出血花……

唐瑶，卒。

虽然对上任门主夫妻做下过恶事，但大部分唐门中人对于这位辖制唐门多年的娲皇窟传功长老并无太大恶感，见她死得如此突然而又惨烈，顿时忽略了她本是咎由自取，转而将矛头重新指向我、无惧与阿缺。

唐瑶之死确实太过出人意料，仿佛是她口中的神秘人在紧要关头出手，一举将她灭口。

此人竟能在众目睽睽之下一招得手，就连唐赢也毫无觉察。此人功力之深，显然已经超出身兼三窟传承的唐赢，令他唐门第一人的威望大大降低，顿时无法弹压住众人的骚动。

其实我十分明白，以唐赢的身体状况，方才能够压制病症运起言灵术已属奇迹，而此时他必定正在承受极为激烈的反噬，说不定又进入了无法言说和动弹的活死人状态。

唐欢显然也立刻察觉到了这点！

作为继唐赢与三大长老之后唐门的地位最高者，他立刻试图控制住众人的情绪。然而一方面他平素为人亲和，威势不足；更关键的是，被太多死亡激发的滔天民愤，已然无法阻拦。

"给解药，惩凶手！给解药，惩凶手！"

眼看民意不可阻，唐欢赶忙连放好几层禁制，加固锁龙阵，将我、无惧和阿缺护在阵中。唐无恚也立即抢到阵前，与人群隐隐对峙。

"呼——""呼——"

四壁密封的明堂内突然刮过一股冷风。在这个暑气逼人的六月，僵持着的双方同时感到周身一寒。

是屠欢正十指连动，操纵数个傀儡同时掐诀布阵。一大圈磨砂般的寒凉阵法立成，瞬息间将偌大的明堂隔成了两个全然独立的空间：

以锁龙阵为中心，大阵的内圈拱卫着我、无惧、阿缺、唐赢、唐欢、唐无恚六人；而其他唐门中人则全被排除在外，只有声音能遥遥传来，甚至看不清内圈人的身影。

"唐大公子，并非我等目无尊长，不听号令。只是大家都已中毒，如不能解，莫说破阵出山，就算只想求个平安终老都无法做到。无论公子几人功力如何高绝，然而双拳不敌四手，我们困也能困死你们；除非交出解药，惩治凶手！"

阵外有年长者振臂一呼，从者甚众，山呼海啸一般。

"啪"……

那呼声最大、站得最前的门人陡然看到一物由阵中扔出，几乎当头砸在他脸上，赶忙退开半步闪了开去。

众人鼻端传来一股浓重的血腥气，低头细看，就见那落在地上的物事竟是一只骨肉匀停的男子手掌，还连着半截小臂。

看那衣饰与指上佩戴的扳指，它的主人居然是……

"各位少安毋躁，欢以断臂起誓，待明早日升，必然开阵给各位一个交代。一截臂膀换一夜时光，想必各位不会不给欢这点薄面。"

我、无惧与阿缺的锁龙阵早解，看着唐欢断臂处兀自缓缓滴落的血点，和那张因为失血变得全然苍白的脸，无惧满腔的郁怒仿佛被细针扎破了一个小口，一下子散了个干净。

果然是亲兄弟，再如何怨怼，毕竟血肉相连。

唐无恚正不断掏出各色药粉、药丸，为唐欢裹伤、喂药，忙个不停，平素装出来的安然淡定已然碎了一地。

唐赢动弹不得，也发不出声响，一双秀美的眼睛先是瞪得浑圆，几乎将眼眶撑裂，然后又陡然闭紧，久久不愿睁开。

阿缺素日与唐欢交好，甚至早已将唐欢当作哥哥，虽然无法体会兄长的断臂之痛，但瞧他神色，是一副想要以身代之的模样。

而我也与阿缺一样，凑到唐欢身前——方才他果决断臂，也许此时能助我破局的正是他？

"无惧、门主、阿缺、各位，我其实早有一个计划，只是没想到会在今时今日这样的情形下被迫提前。不过这计划恰好能解开目前僵局，而且还有一夜时光，足够我向大家说明一切，若有对不住的地方，唐欢先给诸位道歉了。"唐欢面色虽差，神情气度却一如平常的明朗静定，此时用仅存的一只手一揖到底。

原来，早在两年前唐赢初初回归，唐欢便察觉到他身上的些许异常，可数次想要关切，唐赢都避而不见。直到某日他撞见唐延长老送药，才知晓唐赢竟是僵槁绝症病发。

僵槁症，流淌于唐门精英血脉中的诅咒——自由的灵魂终将被封印在僵死的躯壳中，一点点枯槁萎缩，至死才得解脱。

整个病程至多持续三年，其间周期发作，病发时全身僵直、口不能言，仅能控制双眼张合转动。

最麻烦的是，这病不可逆转，一旦病发无药可医，唯有功力深厚者能够忍耐住熬骨损精之痛，稍稍减缓僵直的进程。而若想维持住深厚的功力，又只能拖着病躯加速修炼功法，如此便会产生常人无法抵受的痛楚。

十多年前，牵机窟长老唐延正是通过将僵槁症门人炼成药人，反复提纯他们的血液，再佐以其他药材，最终制成奇毒"死生不欲"——此毒能令中毒者痛不欲生却求死不能。

因这毒的毒效过于阴毒，且炼制方式大伤天和，在唐赢回归后便被立即列入禁制之列，封入了牵机窟。

正是在炼制"死生不欲"的过程中，唐延偶然获得了一种附生物，并将其取名为活灵丹。此药能够稍稍减短僵槁症发作的时长，于是每次唐赢发病时，都需要服用。

只是此事隐秘，若被唐门众人知晓自己期盼多年的天命门主居然身患绝症，命不久矣，原本被团结起来的人心大概会如同沙塔，顷刻坍塌。所以唐欢在知晓此事后立即自告奋勇，往来于唐赢和唐延之间，避免两人直接接触过频，被人瞧出端倪。

然而这药仅有些许作用，连疗效都说不上，更不要祈望治愈了。

凭借身具的宿隐、娲皇两窟传承，唐欢苦思良久，方才想出一个彻底解救弟弟的方法——先要打造一具能够和弟弟完美契合的傀儡身躯，再以和弟弟相同血脉的自己为活引，启动宿隐禁术燃血阵。

一旦成功，势必早夭的唐赢将在无敌的傀儡身躯中复苏，唐门也将迎来史上最强领袖，带领门人冲击命运！

一次不行就两次，甚至十次百次，只要有不死之身，唐门终究能冲破世代延续的困顿宿命，阿爹阿娘的悲剧也就再也不会发生。而自己作为哥哥，也算完成了阿娘临终前照顾好弟弟的嘱托。

而这个办法想要实现，就必须先制造出那具和弟弟完全一样的完美躯壳。

作为内门娲皇窟的至强者，唐欢自知无论是自己还是唐瑶都做不到，于是只能无奈地将希望寄托到外门。

历时将近两年，竟然终于让他偶然发现外门中有一个终日笑嘻嘻的小姑娘，似乎掌握着一种他从未见过，却梦寐以求的傀儡术——能够通过她手腕处的悬丝来施展。

而让他得到这一发现的契机，是一封突然出现在他枕下的神秘书信……

此后发生的一切，虽然略有曲折，但几乎都遂了唐欢所愿——我确实带着阿缺成功进入了内门，还得到了唐赢提供的资料，让阿缺的身体日趋完美。

唐欢原本准备在过完今年生日后，便启动燃血阵，可不承想无惧骤然发难，以"死生不欲"为药引，利用唐无恙豢养的合欢蛊特性，创生出惊人的毒蛊。

他更没想到的是，无惧竟然是他仅仅见过一面的亲弟弟，而他爹娘当年的惨事背后，还藏有如此不堪的真相……

一个个秘密次第揭开，到最后事情已经发展到无可挽回的境地。

一面是唐门中人的众怒难平，一面是必须守护的兄弟手足。唐欢唯一能想到的办法，就是提前启动燃血阵，让唐赢立即转生到阿缺体内。之后两人交换身份，用唐赢的身体充作阿缺，作为整个事件的唯一罪魁，平息众人的愤怒。

而至于我和无惧，他相信只要唐赢获得了阿缺的身体，必定能够重新压制住唐门，将我俩好好保护起来。

听完唐欢的计划，我一时间思绪万千，几乎不能言语……

月朗星稀，我们六人三三两两，陷入黎明之前的黑暗之中。

只听唐欢的声音缓缓道：

"想必这是我们几个最后一次齐聚于此，有的话，若是现在不说，此生再也不会有机会。要不就由我开始，大家直抒胸臆，也算不负这良辰美景。"

番外　唐欢独白

阿萱，别难过，千万不要觉得对不起哥哥。

其实这么多年来，一面是阿娘的嘱托，一面是门人的期待，它们仿佛两座大山，一直死死压在我心头。

我也曾经想过，也许可以稍稍懈怠逃避，为自己好好地活一次，爱一回。我甚至差一点儿就要自私地放纵自己，娶了无恚，那个我今生最爱的女孩儿。

可当你回来的那一刻，我在时隔了那么多个日日夜夜的期待，再一次地见到了你时，我立刻就明白了，我根本做不到，我完全放不下。

阿萱，谢谢你让哥哥有机会得到真正的轻松与解脱！

无惧弟弟，哥哥想对你说一声对不起！

对于你所做的一切，我虽然并非完全认同，却无法生出丁点儿的生气与责怪。

我只是自责没能早点儿认出你。只要一想到你多年以来都必须顶着一张不属于自己的脸努力求生，甚至还得损毁身体，装扮成女孩儿，我就觉得好心疼！

只可惜哥哥要先走一步了，但是没关系的，你的阿萱哥哥一定会护你周全，让你未来的日子再不用活在面具下，只需做回你自己。

无惧，希望你能原谅哥哥，原谅唐门。

无恚妹妹，我此生最对不起的人！

初遇的你，是我少年时的恩人，若没有你相伴，也许我早就死在了阿娘故去的那个冬日。而之后的你，是我对一切美好憧憬的化身。我一直在等着你长大，因为我觉得，若阿娘不是如此早就生下我，身子也不至于那般亏虚。

可有时午夜梦回，我也会禁不住地幻想，若我没有那么坚持，而是在阿萱归来前就与你成婚，此时此刻，我是否还有勇气做出一样的选择？

我一再地自问，最终明白，我的选择不会变，那么也许我没娶你才是对的。

而今我唯一所求，是你彻底忘了我，然后勇敢地去爱你所爱。

那人，大概是无惧吧？

此时此刻，真的好想好想再拿到一枚你亲手缝制的合欢香囊，好想好想再和你吃一颗小院里结的枣儿。

番外　唐无惧独白

唐欢、唐赢，"哥哥"两个字就在嘴边，我却无论如何都说不出口。

从记事起，身边和我同龄的孩子看我相貌奇异、身体孱弱，便都敌视我、欺辱我，但我并不介意，因为有阿爹全心全意的爱护和照管，让我丝毫不觉得孤独难过。

阿爹是我小时候最爱最爱的人。可后来，我不爱他了，不是因为他一刀一刀对我剜肉切骨，改换我的容貌性别；而是他完全不顾我的意愿，启动了燃血阵，在我的眼前一点点地化为了灰烬。

无数次我都在梦里重回那一幕，我曾经希望，若能和他一起死了，这样就能与他永远永远地在一起。可后来，我不再这么想了。

我乖乖地听从他的安排，隐瞒身份，进入内门。可我明明知道你俩是我的哥哥，却没有听从阿爹的安排，与你们相认、助你们破阵。因为我恨唐门，不仅仅恨害死爹娘的元凶唐瑶、唐延和唐融，也恨这个封闭陈腐的门派；封山诅咒本就是唐门应得的报应，永不值得被破除！

唐欢，你愿意为我断臂，还要为唐赢献身，我的确有几分感动。

我答应你，即刻便为唐门众人解毒，至于其他，且看命运安排吧。

无忧，我曾十分自信，自己必定是此生最理解你、也最适合你的人。

只是虽然与你朝夕相处、彼此扶持了那么多年，我却始终被困在一副不男不女的躯壳内，只能躲在你的身后，推动你完成自己夺舍改命的计划。

是的，无忧，我必须对你坦白：这么多年来，我一直都在卑劣地诱导你，甚至亲手将你推向另一个男人，一点点让自己陷入最痛苦纠结的嫉妒深渊。

此刻我说出一切，是想接受你对我的审判——阿缺的身体，是我俩一手打造的，而他的脸，来自唐赢，也就来自阿娘。

每次我和他对望，总在自问，若我未被阿爹毁去容貌，是不是就生着一副这样的皮囊？

无忧，这是阿缺的脸，是唐赢的脸，也是我的脸啊。

我千方百计地混入内门，不是为苟活，而是只为两个目的：一是为爹娘报仇，一是取回属于我的那张脸、阿爹临终前念念不忘的那张脸。

我原本以为，只要我对你说出真相，你必定会帮我实现愿望。可现在，我有点儿慌，有点儿不确信，因为有一个人挡在了我的前面。而你，似乎已经爱上了他。

但是没事的，无忧。我是靠阿爹续命，才苟活到了今日，这才有机会认识了你。对我来说，能够拥有这段回忆，此生已经足够。无论你会作何选择，我一样甘之如饴。

有三个字，我想对你说，但我不配。也许未来，还有机会吧……

番外　唐无恚独白

唐欢哥哥，要说对不起的那个人，其实是我呀。

你说我是你的恩人，你又何尝不是我的恩人呢？

如果不是你的呵护，年幼失孤的我也不会赢得门人的重视，取得今时成就；如果不是有你未嫁娘的身份，众人也不可能全都羡慕我、追捧我，养成我如今的性子。

正是依仗着你不会生我的气，我才无所顾忌地纠缠门主，妄图倚靠着他的权势，站到所有人瞩目的中心。

但我后来从一个人的身上学到了，要想摆脱沦为影子的命运，必须能够自己发出光与热，成为一颗小小的太阳。

至于我对你的感情，完全无关男女，而似亲人、兄妹。所以此时此刻，唐欢哥哥，真的真的对不起。作为从小陪伴你长大的妹妹，我本该不顾一切地阻止你自毁；然而为了他，我却不得不眼睁睁地看着你启动燃血阵，将自己的性命作为献祭的血食。

我想，这辈子我大概都无法放下这份内疚，也不可能实现你的嘱托——永远忘掉你！

希望来世，我还能做你的妹妹。

无惧，我一直都明白你的心意，可我却没办法控制住自己的一颗心。

我曾是唐欢哥哥的未嫁娘，曾是唐赢门主的纠缠者。可我知道，无论是对唐欢哥哥还是唐赢门主，我都从未真正动过情。

当你还是女子时，我一面体味着前所未有的悸动，一面陷入禁忌不伦的恐慌。可恰恰是这一甜一辣，让我沉沦其中，无力自拔。

直至今日，我知晓了你的身世，比之我儿时惨剧，更为凄苦曲折。而这一切，都源自一个女人求而不得的疯狂。

是不是我也和唐瑶一样，已经彻底疯了呢？

我甚至有点儿感谢她，因为若不是她的阴谋算计，你的阿娘当年不会再冒险产子，而你，也许根本就没机会降生到这个世界。

对不起对不起，听我这么说，你该生气了吧？

若是没有唐瑶的前车之鉴，我大概会想要下手毁掉你爱的那个人。

可我不能啊，我唯一能做的，只是求她，给你一个未来，也给我自己一丝指望。

唐无忧，我曾将你当成碍眼难缠的竞争者，觊觎着唐赢身边那个本不属于我的位置。可此时此刻，我早已意不在此。

在明白了无惧心中所爱不是我之后，我依然想要为他，向你求一个未来。

他这一生，何其凄苦；而他之所求，又何等卑微。我之所以会为他动容，是因为我与他都曾被他人的光芒遮盖，沦为阴影；可我的内心曾经一片荒凉怯懦，他却并非如此。

丝萝虽然孱弱，却柔韧不折。他自有他的风骨，他的谋略，他的坚守，也有他炙热忠诚的爱。

说真的，我好羡慕你，我曾梦寐以求的地位，已是你囊中之物，而我真正想要的那颗心，自始至终都被你牢牢地握在掌心，任你搓揉处置。

若是按我此前性情，必定会不择手段地逼你就范，但与无惧相处了这么些时日，我应当有所长进。

能决定一切的人，会是你，也只能是你。

求求你，帮帮无惧吧。

番外：唐赢独白

此刻的我，动不可动，说无法说。

我想阻止哥哥牺牲自己；我想成全弟弟重获新生；我想让阿缺不再沦为任何人的工具；我想令唐无恚获得幸福。

而最重要的是，我想与无忧相伴，一起静看日月起落、草长莺飞。

可在这最紧要的时刻，自小便被所有人誉为天才、背负着众人期待的我，却连向至亲至爱的人，说出一句话的能力都没有……

也许我的心，已经死在了这一刻。

番外　阿缺独白

姐姐，此前你已得到娲皇、牵机两窟传承，若能再有机会获得宿隐传承，你将成为唐门建派以来第一个身具三窟传承的女子。

我真的真的为你感到开心，因为在我心中，你才是真正应命而生的唐门骄子！我希望你能够借由这至高无上的力量，获得随心所欲的自由。

而我，无论你将如何选择，都会始终站在你身边，成为你最坚实的后盾。因为在我心中，你永远都是阿缺的主人！

您会相信我的，对吧？

番外　唐无忧独白

我的人生，仿佛被一把名为命运的铡刀，利落地斩成了两半。

三岁之前，我是爹娘无忧无虑的小棉袄，全副心思不过是纠结今日的糖葫芦究竟是山楂馅还是海棠馅，除此外再没有丁点儿的烦忧。

可三岁那年，五月初一，一夕间爹娘化为白骨，我沦落为草芥。

我出生的傀儡门虽然不过是一个江湖卖艺的弱小戏班，却也有自己的独到之处。作为门派的继承人，我在出生时便被植入悬丝，也同时被植入了门派的传承记忆。

所以阿爹、阿娘，我一直都记得你们，记得曾经拥有的每一点快乐时光。

被带入外门后的每一分每一秒，我都好想好想你们，可是为何你们从来不曾入我的梦来？是在责怪若瑜未能给你们报仇么？

所以阿爹、阿娘，一直以来，我都觉得好恨、好恨，恨得全身的每一滴血、每一块肉、每一处骨头缝都生疼。

于是我疼得越深，便笑得越甜。我时时刻刻都记得自己曾遭遇过什么，也清清楚楚地明白自己的命运到底通向何处。

无惧，这么多年来，我们几乎朝夕相处，可惜彼此间却未能做到全然的坦诚。你说你曾为了实践愿望，隐隐推动我向前。而我，又何尝不是如此呢？所以就算此刻我知晓了你全部过往，也很难回报给你满心满意的信任。

唐赢，其实我早就从你书房中的密卷中得知，两年前开始，外门之所以再也没有了新的牺牲品，是因为你在初掌权后，便强势叫停了这持续多年的罪恶。对此，我心存感激。而至于其他，不过都是我实践愿望的伎俩罢了。

阿缺，你叫过我主人，叫我过无忧姐姐，现在叫我姐姐。

旦然你是我一手打造，我却越来越看不透你的心思，也无法完全掌控你的行为。只是我却愿意相信，若这世上还有一个人，能够全心全意地对我，那人大约该是你吧？

唐赢、无惧、阿缺，你们三人的命运早已同我纠缠到一处，而且你们也都自愿由我代替你们选择。

　　既然如此，落子无悔。请放心，我定会当好那个拨转你们命运的人。

　　此刻，唐欢将包扎住左臂伤口的绷带撕下，右手蘸取鲜血，开始布置复杂的符咒与诡阵；唐无恙似乎想上前拦阻，可看了无惧一眼，最终止住了脚步；唐赢动弹不得，虽然目眦欲裂，却全然无力阻止哥哥的举动；我的手腕提起又放下，嘴唇紧咬，心中纠结难定；阿缺呆呆站在原地，看着我与无惧，似乎只要是我俩的安排，生也好死也罢，都由着我们决定就好；而无惧，一直静静瞅着我，似乎在等待一场命运的审判。

　　转眼间阵法已成，唐欢因为失血，行走间微微有些缓慢。他拍了拍我，示意让我协助他完成最后的一步——原来在唐欢启动阵法献祭血肉时，还必须有一个宿隐窟人能够作为阵眼，维持住禁术运转。

　　这个人选唐欢早就定好——正是我。

　　因为只要他的心神全不设防，我腕中的悬丝便能抽取他的神识，只需短短一瞬，我就能记住宿隐窟禁术燃血阵的运转轨迹。

　　这就是我出身的弱小傀偏门的最大的秘技！

　　此时的我虽然读懂了唐赢血色双瞳中的意思——他不要用哥哥的死换自己的生，他也对自私地占据他人的躯壳心存不忍……

　　可此刻的一切已经由不得他来掌控——我逆转命运、实践愿望的时刻即将到来，任谁都不可阻挡。

　　能够熔炼性命的燃血阵已经开启——唐欢盘膝而坐的身体仿佛在瞬间石化，然后表面出现干枯的裂纹，再一点点碎裂溃散；唐赢的身躯由僵硬踞坐，转为软倒为一摊；唐无恙没有意识到自己已经满脸是泪，只顾着将没了气息的无惧揽入怀里轻轻摇晃；而处于阵心的我，则温柔地拥抱着一个瞬息重生的少年。

　　一切似乎都已结束，一切似乎都将开始！

　　当年真相究竟为何？

　　唐瑶死于谁手？当年逼走唐赢的神秘人是谁？

　　是谁给唐欢留下了书信？

　　唐赢的师父因何古怪地给他安排下任务？

　　无惧在外门时为何能预知到制造出的阿缺会拥有他想要的身躯？

阿缺的身上，究竟藏着什么秘密？

最后一个问题——再次睁眼的傀儡，究竟是谁？

想要解开全部剧情，请解锁其他五位人物视角番外。

旁门弟子

三月初七

一

为了成亲，我来少林寺剃度了。

二

少林寺并没有想象中的青灯古佛、宝相庄严。接引师父说，这两年年景不好，一切从简。甚至拿着剃刀的都不是大和尚，而是山下请来的剃头担子。

热水快刀，一秃噜一个。剃一个头五文钱，一批入门的一共十七个师兄弟，接引师父一番讨价还价，抹了个零只收了九十文。

烫戒疤这事儿曾颇让我忐忑。

上个月，嵩山派和少林寺同时给了入门帖，我犹豫了良久。其实要论待遇和发展前景，嵩山派怎么都比不上少林寺，但加入嵩山派不用烫戒疤。

说来惭愧，虽然是练武之人，但我怕疼，很怕。

当然，最终我还是选择来了少林寺。毕竟一类门派和二类门派的薪酬差距，还是挺大的。

接引师父懒洋洋地挥挥手，道："都回去歇着吧。大家都是有经验的，没经验的问问师兄，也不用我多说，明天早上起来开工。"

我身边一名看起来眉清目秀的"僧人"双手合十问道："接引师父，不需要烫戒疤吗？"

接引师父和我同时看向这不知趣的家伙，与我的使劲儿递眼色不同，接引师父的眼中满是不屑，哼了一声，没理他，直接走了。

鱼贯走出大殿，抬头看到寺门口"弘法寺"三个字，一群光头的年轻人仿佛一场大梦初醒。

是的，收纳我们的，并不是少林寺，只是"弘法寺"，托庇于少林寺的十六个外围寺庙之一。

弘法寺里，都是如我这般，武功倒是达到了少林寺的标准，但是因各种原因没能正式加入少林寺，只能暂时托身于这些外围寺庙，求一份暂时的谋生工作的年轻人。

三

一切要从一百年前的大变革说起。

大变革之前的江湖，我只在书本上见过。

据说那个时代，"武功"是一种被包装成近似于玄学的东西，所有武功的秘籍、练武的诀窍、修炼的技法等，都被一个个门派、帮会严密地保护在自家门派传承范围内。

普通人之间，或许流传着一些类似"无敌神拳""翻江腿"之类的"武学"，但明眼人一看便知道，这些真假参半的"武功"，练了还不如不练。

除了极小部分的幸运儿，偶有进入那些并不完全靠血脉传承的门派的机会。绝大部分普通人，从不会有练武的念头。

偶尔有天纵之才，自己摸索出了练武的诀窍，或者运气好得到了什么真王的传承，很快就会被各个门派吸纳，或者莫名身死。而他的"传承"，自然也不会出现在另一个普通人身上。

总之，在有记载以来的千年之间，武功，是一种只有某些团体内部才能流传的高端技艺，与这世间绝大多数庸庸碌碌的凡人无关。

有不少人曾经提出疑问，为何不将武学知识广布于大众，一则这样不会让大量的拥有绝佳资质的普通人埋没于草野之间，二则可以极大扩充正道的力量。若人人习武，而非将武艺作为各个门派闭门修炼、相互攀比的玩具，也许到时候，人间不平事，将被千千万万侠义之士一扫而空。

这个问题千年来多有争论，最好的两个答案分别出自曾经的武林盟主和天下武宗的少林寺掌门。

武林盟主的答案是，练武需要极高的悟性，只有天赋极高的人才有修炼成功的可能。这些天赋来自遗传，大多来自门派内部。民间偶有高天赋者，也不会逃脱各门各派搜罗贤才的眼睛，自会得到前程。至于普通人盲目修炼，只能是浪费生命，平白耽搁了自己该做的事情。

少林寺方丈则从另一方面阐述这个问题。他说，古人曾言，身怀利刃，杀心自起。修武需修心，例如少林寺所有高深武学都需要佛法化解戾气，各门各派也都会有专门的修心方式。普通人心性不坚，若得了上乘武功，必会滋生心魔，去追求那些本不该属于自己的名利、权势，从而导致相互争夺、杀戮，届时才是天下大乱、修罗降世。

两名大宗师的阐述让天下人心服口服，"不得泄露本门武功"，成为天下所有门派的默契和准则。

直到一百年前。

四

一百年前究竟发生了什么事，其实我到现在也没有特别搞清楚。

那个时代被各门派联盟称为"大变革"时期，我们这种普通武者则被称为"大断层"，因为所有的武侠故事，涉及那个时代的前后几年，都语焉不详。无数的英雄、天骄的出现，或在那之前，或在那之后。就仿佛有人在历史的长河上拔刀断水，硬生生斩出了一条沟壑。

无论如何，从那时起，整个武林发生了翻天覆地的变化——各门各派的武学秘籍，突然传遍整个天下。

武林盟主和少林寺方丈的预言，果然并非空言恫吓。之后的三十年间，天下大乱。

草莽之中，无数英豪拔剑而起——其实民间没什么刀剑，但是武学练到至高境界，飞花摘叶即如宝剑，足可以与人争雄了。从前这种层次的高手，足以称雄一方；但武学大规模普及之后，基于恐怖的练武人的基数，曾经凤毛麟角的高手大批量地出现，相互争斗杀戮不断。

江湖足足混乱了三十年。

五

混乱终究会过去。

秩序慢慢重新建立起来。

到我出生时，江湖已经重新平静得如同一潭死水。如果不是从书上、话本上读到那些惊心动魄的往事，我会觉得从古至今便是如此。

佢就我所感觉，现在，似乎与百年前，没有什么区别。

少林寺还是少林寺，武当还是武当，我还是那个无足轻重的我。

甚至更无足轻重了。

弘法寺的正门，其实就是少林寺的侧门。所谓少林寺正规弟子，和我们日常都在一起。

大部分门派与附属组织，都是这样的布局。所以我们这些名门正派编外的人，有时候会戏谑自称"旁门弟子"。

日常的工作也慢慢做了起来，早课晚课、招待香客、练武抄经、排布阵法，偶尔下山"度化"一些太过分的山贼马匪……除了一身僧袍是灰色的，我们看起来与少林寺正规弟子们并无不同。

领到的薪水肯定是大大不同，但这个我们看不到。毕竟我们的薪水，是在弘法寺发放的，根本没机会知道少林寺正式弟子的收入。

当然，我这样已经辗转过多个门派的附属组织的人，不会如身边这些年轻人一样，有这种天真的想法。

路过大殿时，隐隐约约看到一队白袍僧人朝少林寺深处走去。走在我身边的悟尘——也就是当天没眼色问戒疤的年轻人，看着满眼好奇，就要跟上。

我忙一把拉住他。

白袍僧们——也就是真正有少林寺度牒的正式弟子，倒是颇为有礼，停下脚步对我们合十行礼。我无奈单手回礼，另一只手拉着悟尘，不让他往前走。

六

能够进入少林寺——哪怕只是旁门——的人终究不会太笨，悟尘很快醒悟自己可能惹了祸，晚饭时悄悄跑来询问。

这也不是什么秘密，但凡干过两三家旁门弟子的，都知道其中关窍。我也细细给他解释。

大变革之时，几乎各门各派的独家武学都流入民间，一时间天下人人如龙，传统的门派结构几乎瓦解。

但终究有些积淀深厚的大门派，比如少林寺、武当、魔教等撑了下来。而慢慢地，一大批新组织也逐渐崛起，形成新的江湖势力结构，终结了武林几十年的混乱。

大变革之前，武林门派的优势在于武功秘籍，每个门派都靠精研自己的独门武功，保持对普通人士的优势。变革之后，武功扩散的态势已经无法遏制或倒退，那么重新崛起的门派，只好以组织力凝聚弟子，增强向心力。所以白袍僧人们，就是少林寺真正的"弟子"，是少林寺能够威震武林的真正凭依。

"那我们呢？我们是什么？"

"是耗材！"看着懵懂的悟尘一如当年的我，我便也如当年一般笑道，"各门各派，都以核心弟子为主，自然要给最好的待遇、最高的报酬，甚至要照顾核心弟子全家。核心弟子是门派的根，我们呢，是榨干后就可以放弃的耗材。"

"严格来说，我们甚至跟少林寺毫无关系——别忘了，你只是弘法寺门下弟子。理论上来说，我们只是弘法寺派来少林寺帮忙干活的而已。"看着悟尘懵懵懂懂的脸色，我不禁摇了摇头，"你不会到现在，还不知道你'旁门弟子'的身份是什么意思吧？"

悟尘摇了摇头，他果然什么都不懂。细问下来，他家祖祖辈辈务农，即使变革之后也从未涉及江湖。他却偶然爆发了天赋，练武有成，但不知道江湖险恶，懵懵懂懂只一心来到大门派谋一份前程，好光宗耀祖。

加入弘法宗，工作在少林寺，在这个心思单纯的少年看来，已经等于加入了武林第一大帮派，光宗耀祖了。

我叹了口气，不得不告诉他残酷的事实——有毒的美梦，越早醒来越好。

七

"当今天下，习武者如过江之鲫。十年前少林寺、武当曾经做过一次估算，当今天下，几乎人人都懂得一些粗浅武术，平均每五人就有一人达到'好手'地步，而达到'高手'这个级别的，平均二十人就有一人；即使如各派掌门这种'绝顶高手'级别的，平均两百人中也有一人。而且这个比例还在逐渐上升。

"人人都想凭借一身功夫鲤鱼跃龙门。但人一多，便不值钱了。你也看到了，即使弘法寺这样的依附少林寺而生的次生门派，想加入，也是要层层选拔、优中选优的。而想加入少林寺这样能让你一生稳定的泰山北斗门派，更是要比这难上几百倍。

"众所周知，从百年前直到现在，始终屹立在江湖之巅的组织，始终是三个：少林寺、武当、魔教。他们之下，是八大门派和十二世家。再之后，才是种种各地方门派，加起来总共一百零八家。凡江湖子弟，无不以能加入这一百零八家门派为终极目的。"

'那我们……弘法寺，也是一百零八家之一吗？"悟尘忍不住插嘴。

我摇摇头，没有回答他的问题，继续我对江湖格局的讲解："近十年来，江湖风平浪静，很久没有发生过震动江湖的大事，也缺少推陈出新的武功阵法。死水一潭的江湖，也就无法产生足够的收益和动力，让门派们扩张规模。所以最近几年，各大门派都肉眼可见地收紧了招收门人的规模，像少林寺这样的大帮派，更是从三年前就已经传令封山，不再招收弟子了。"

"那我们……"

"少林寺不再招收弟子，但有些杂事终究需要人来做。这就是弘法寺这类旁门组织开始起作用的时候了。少林寺的弘法寺、武当的青云观、峨眉的锦绣山庄……这些听起来名字唬人、背靠大树的组织，实际上都是一个作用，就是给这些名门正派提供派遣弟子。"

"派遣弟子？我们吗？"

"没错。我们便是少林寺的派遣弟子——我们都自称旁门弟子。你入门的时候，法牒上填的几年？"

"三年。"

"那么在这三年里，你就在少林寺工作，做的事情倒是与普通少林寺弟子一般无二，但给你发薪水、帮你向朝廷登记，以及你万一出事了，为你抚恤料理后事的，只会是弘法寺。而弘法寺，最起码从明面上来说，跟少林寺是没有关系的。"

"这……可既然都是干一样的活，为什么要这么干？"

"因为'断层之约'。"我看着悟尘一脸茫然的表情，摇头道，"既然已经找到工作了，以后别只练武，没事读读书吧。一百年前，江湖纷乱，各大门派崛起，为了能尽量多地将人才吸引进自己的组织，各大门派共同签署了'断层之约'，甚至魔教也不例外。这个盟约涵盖了方方面面，其中要求，各大门派弟子需一视同仁，练武不得超过身体极限，一旦入门不得随意驱逐，同时也规定了最低报酬，以及若为本门战死后天价的抚恤金等。这些盟约迅速稳定了当时纷乱的江湖局势，成为各个门派都不能违反的铁规。"

"师兄，我不太懂，各门派为何要签署这些盟约，自缚手脚吗？若是违反了盟约，又能如何？难道还有谁能来少林寺问罪不成？"

"这些盟约，当时建立，是因为江湖纷乱、高手攻伐，这些门派组织处于弱势，若不做出给超高待遇的姿态来，根本不会有人来投，所以最终形成了这么一个妥协的产物。至于这个盟约能一直延续至今，那是因为，这些盟约能有效防止组织之间的腥风血雨。

"比如盟约规定，任何一名正式弟子，只要战死，就要付出极高的抚恤金——别翻你的度牒了，你上面写的数字，不及人家的零头。比如少林寺要是同时损失十几个弟子，那会是一笔足以让少林寺方丈都倒吸冷气的巨款。有这件事压着，各门各派，想要派弟子征伐别派，就得掂量掂量自己的钱够不够了。按照这个思路你去想，其他条约也都能起到这个作用。"

"那如果我就是不按盟约办事，又会如何？"

"这分短期和长期影响。你一次失信，整个江湖都知道了，你门内弟子士气受打击，同时也很难再招来足够优秀的弟子了。从长久来看，你这门派必将衰亡。还有短期影响，就是江湖其他门派会认定你有野心，可能会群起攻之。所以百年来，从没有门派公然违背盟约，甚至包括各大门派多次攻伐的魔教，也是如此。"

"那我们……"

"我们……呵呵，我们就是盟约的漏洞。从大概五十年前起，有聪明人发现，盟约规定的所有约束，都指向各大门派的本门弟子——那么，如果我们只临时雇佣一些江湖浪子，不让他们加入门派，不就可以规避盟约了吗？于是，最早一批'临时弟子'开始出现。这批人很好地规避了门派盟约，一时间各大门派纷纷开始效仿。"

"我明白了！既然如此，也把我们招成临时弟子不就行了，可为什么还要让我们加入弘法寺？"

"一两个或者几十个临时弟子，还好管理，但是当临时弟子太多，又有太多重要的工作需要临时弟子去做的时候，门派就发现，这些弟子来来往往，今天在，明天就走了，一团散沙，属实不好管理。所以慢慢又发展出了'旁门'系统，就是我们这些'外派弟子'。我们的待遇虽然不及真正的少林寺弟子，但比当年的'临时弟子'还是要好上一大截的。比如我们作为少林寺的旁门弟子，其实待遇并不比普通小帮派的正式弟子差——当然，前提是别出事或战死。"

看了看一脸惶恐的悟尘，我叹了口气，想起了多年前在天剑门的旁门"试剑山庄"里，第一次听懂了自己的定位，可能我那时候一脸的震撼表情，跟现在这无知少年一样吧。

果然，悟尘随即便问出了跟我当年一样的问题："所以我们，有没有机会转成正式弟子？"

我笑了笑，也给出了跟当年听到的一样的回答："睡吧，梦里啥都有。"

八

讲真，做旁门弟子，其实并没有什么大问题。

待遇是差了一些，但这差，是相对于正式弟子而言的；跟江湖上那些找不到工作，只能奔波做些送货、保镖、零工的浪人来说，我们这工作已经如在云端了。

与悟尘不同，我这种已经辗转四五家旁门系统的"老旁门"，看了太多的门派运转秘密，早就没了年轻人的那股天真的冲劲。我现在还能进入弘法寺，无非是靠着有过几次搏杀的经验——在这个无趣的江湖，真正的对等搏杀，其实是很难得的经验。

但我也知道，我这样的旁门老油条，是所有旁门极度警惕的。下一轮，恐怕我很难找到在弘法寺当旁门这种级别的工作了。

但钱……好像还不够。

算了，多想无益。我有时候自暴自弃地想：真希望江湖别这么平静，赶紧出点什么事，比如魔教跟少林寺打起来。富贵险中求，到时候或许跟上次一样，能发点小财。

我这只是牢骚，但我知道，悟尘这样的年轻人，是真的天天在盼望着能在哪里打起来。我能理解他们，我年轻时候也是这么天天盼着出点什么事，可以打破这个沉闷到窒息的世界。

不过我没想到，他们的愿望，能这么快实现。

九

甲辰年，己巳月，甲戌日，六甲之日，诸事大吉。

弘法寺弟子，被召集到少林寺大殿外。

我左右看了看，几天没见，又多了许多生面孔。

其实我虽然对着新人侃侃而谈，实际上我一直不太懂现在整个江湖究竟是什么情况。

一百零八个大大小小的门派，几乎将整个江湖瓜分殆尽，小到维持秩序，中到通商贸易，大到保家御敌，都是门派出工出力。当然，其中的收益，也是这些门派拿走大头，用来供养派内的高手们。

从前各大门派每年总会从江湖上招纳一些人才加入的，这一般是为了增强自己的实力，也是为了防止江湖上出现太强大的独行武者，造成无法控制的后果。

但这七八年来，似乎所有门派都约定好了一般，几乎全部冻结了招纳普通武者的通道。

一问就说是江湖平静，不需要那么多门派子弟。但各个旁门，却迅速壮大。

相对于大门派而言，并不是所有武者都愿意进入旁门。所以最近几年，在一百零八个门派组织之外，陆陆续续有不少武者会试图自行联络旁门，尝试独自开辟财路。

甚至很多没有武力的商会、庄园，对于向上分润，也开始变得不情愿起来——以前是因为江湖战乱不止，必须要大门派的庇护。如今河清海晏，就算为了防止意外，也有大批独行的武者可以雇佣。

江湖看起来的确平静，可我知道，其实暗地里也不是没有波澜。

弘智法师的佛号声打断了我的胡思乱想。

弘智法师一身白袍，是少林寺的正式僧人。事实上，他是达摩院的首座长老，地位尊崇。他的现身，引起周围年轻人此起彼伏的赞叹声。

这一趟虽然集结的人多，却也不是什么大事：西域大金刚寺有一场盛大法会，少林寺也需要人参加。此去西域几千里，路途遥远，一来一回怕要数月甚至一年，本寺弟子各有任务，不能如此耽搁，自然只能我等旁门弟子走一趟了。

弘智法师话音一落，周围的年轻人顿时嗡嗡声不停。

悟尘的声音最大："我们旁门弟子，一身灰衣，连戒疤都没有，到了地方也得被人当假和尚打出来！"

我们的确是假和尚没错——别的不说，据说西域盛行辩经，我们这群只会跟着念阿弥陀佛的，一开口肯定露馅。

弘智法师面色不变，合十道："老衲会带你们前去，相关事宜，自有老衲解决。至于你们的身份……"说着话，他挥挥手，身后小沙弥抬来衣箱，里面全是少林寺正式僧众的白衣。

十

少林寺中，白衣和灰衣之间，似乎隔着无法逾越的一座高山，将正式弟子和我等旁门弟子隔开。多少旁门弟子看着那出尘的白色，羡慕得半夜睡不着觉。

但真的穿上白衣，却发现，除了颜色不同，其他感觉似乎也并没有什么不同。

旁门弟子们的兴奋只持续了片刻。当从弘智法师口中确切得知，这并不是让他们就此加入少林寺正门了，而只是这一趟出差的扮演时，又都泄了气。

弘智法师管理达摩院多年，对这反应估计早有预料，微笑合十："出家人不打诳语，本次旅途，老衲带队，也是存了考察之意。"

弘智法师并没有再多说一个字，但气氛一下子热烈起来。这模模糊糊的话语，在年轻人看来，就是一字千钧的承诺。

大家都开始暗中较劲，期待着回来，被弘智法师亲口告诉，不需要脱下白衣的那一个光荣时刻。

我却心下一沉。

莫名地让我想起了，曾经很相似的情景。

七年前，在试剑山庄，我如悟尘一样，还是个懵懂的弟子，随同精挑细选出的数十名旁门弟子，在一名天剑门弟子带领下，出征岭南。

弘智法师的言语，莫名让我想起当日临行前，天剑门激励我们旁门弟子的话术。

岭南一战，是十年来江湖最大的一仗。来自海外的三百余名异乡武士尽数被斩，而天剑门、金刀门等数十个门派旁门弟子组成的联军，十不存一。

作为从死人堆里爬出来的幸存者，我打了个冷战。

悟尘等年轻人心内只有兴奋，一如七年前的我。

那时候，我以为，这是上天给我以鲜血撞开通天路的机会。或许只有经历过一次生死劫，人才会明白，通天路是撞开了，但那条路，不是给你走的。

那一战后，试剑山庄鱼跃龙门，登上十二世家的位置。至于埋骨岭南的大批同侪，拿到的是旁门弟子的些微抚恤，而江湖上流传的，是试剑山庄为江湖大义，牺牲数十名嫡传弟子的威名。

而我，仍然是我。

半年后，我合约期满，转投蜀中唐门。

十一

一路无事。

心中那隐隐的忌惮已经几乎消散。

我暗中嘲笑自己，一朝被蛇咬，十年怕井绳。

七年前，还是天下动乱的时节。如今江湖太平，虽各门派间仍有隐隐隔阂，但已有三五年未动刀兵。

不过是假冒和尚去个法会，能有什么问题？

当然，弘智法师说的话，什么考察之类的，我肯定一个字都不相信。

一样的道理：不过是假冒和尚去个法会，凭这就想入少林寺正门，哪有这种好事？

没有危险，就别想有收益。

刚想到"危险"两个字，危险就来了。

一人倒伏于地。

白袍，光头。

十二

江湖上打滚的，本来该对尸体这东西见怪不怪。

就算是做了和尚，日常其实偶尔也会下山清剿一些山贼，捉拿一些凶徒。毕竟，少林寺作为天下最顶尖的三大门派之一，掌管着中原最丰腴的地盘，不是真的光靠佛法就能感化万民的。

但还是有一大半的弟子惊呼起来。

我有些恍然，这一批弟子里，的确有一大半是刚刚招进来，毫无战斗经验的新人。很可能是刚从哪个小学堂学了武术，就加入了弘法寺，转而加入了这支队伍。

我蹲下，低头看向倒地之人。我认得这人，是被分配在前面探路的弟子之一。

全身上下无伤，仅胸口一点红痕，是被极其细锐的武器正面击中，一击毙命。

事情麻烦了。

这不是意外，也不是暗中偷袭。

凶手正面一击，杀害了这个弘法寺的旁门弟子。

要知道，弘法寺虽然只是少林寺的旁门，但其招收弟子时对武功的要求，其实并不低于正式门人。江湖习武之人千万，能达到弘法寺标准的，千中无一。

能将他一击毙命，凶手的武功，恐怕高于这支队伍里的绝大多数人。

而且他是穿着白袍被杀的。

白色僧袍，是少林寺的标志性服装。只要是习武之人，就不会有人认不出。

虽然我们知道他只是旁门弟子，但外人看来，他就是少林寺嫡系。

任何一个门派的嫡系弟子，都不可能白死，凶手会受到该门派不死不休的追缉。

也就是说，这敌人并不惧怕少林寺。

我揉揉头，站起来。不需要我多说，弘智法师显然跟我有一样的想法。

这不是意外，是未知的敌人，对少林寺的挑衅。

这是江湖安定十几年来，从未有过之事。

十三

"我已看出敌人是谁。"弘智法师双手合十,为丧生的弟子诵念往生经文后,抬头,看向我们,"将诸君带入险境,弘智法师惭愧。如今我们身处千里之外,孤立无援,处境凶险,希望大家能打起精神,听从安排,我们才有重返少林寺的希望。"

弟子们一阵惶恐。

我能理解他们的感受。经过几十年的安定,在这些年轻人眼里,练武可能和读书、种田、做豆腐一样,无非是一件"营生"而已。

谁能想到,千辛万苦过独木桥,加入了少林寺的旁门,还没来得及回家夸耀,就直接遇上了这等事情——让少林寺达摩院首座都称"凶险",绝不是什么普通风险。

我不奇怪他能从伤口上看出敌人。事实上我也有所猜度,但是我的猜测,是不能说出口的。

虽然大变革导致武学昌盛之后,天下人所学武功纷杂,但经过数百年去芜存菁,实际上真正流行于江湖之上的,被大家认为具有真正威力的,无非六类。

尸体受的伤,是其中最小众的"锥"门类。这一类的武者,选择细长锥状武器,以内力催发,放弃武学中其他所有劈砍格挡等动作,集中全身心力量于一击,势不可挡。当然,它的缺陷也很明显:若一击不中,就会立刻陷入被动挨打,九死一生。

这种武功太过刚烈,虽然威力巨大,但隐患颇多,所以很少有人将其选择为主修。当今天下,将这一脉武功修炼到极点的,能够完成一击杀死少林寺弟子的,寥寥无几。

其中绝大部分人是……

"魔教!"悟真双手合十道,"十五年前,少林寺、武当、魔教签署盟约之后,魔教蛰伏十五年,相安无事。如今,看来他们是不甘寂寞了。"

我想到的也是魔教。但我完全无法理解。

十五年前,我还是懵懂少年,并不敢说清楚知道当时江湖发生了什么。

但近几年的江湖态势我是了解的。

什么不甘寂寞，纯属扯淡。

在这个武人比商人还多、武林秘籍比春宫图便宜的时代，就算是魔教，我也很难想象他们会起什么一统江湖的心思。

时代的变化改变了各个门派秘传的模式，也就彻底摧毁了它们发展的土壤。

事实上，经过百年的磨合，所谓魔教，跟少林寺、武当，内里本质没什么区别，无非是一群武人，聚在一起赚几文钱的世俗组织。

太久的纠缠，相互战斗、相互较劲、相互模仿，让这些宿敌们，彼此之间越来越像。

唯一例外的，可能是某些不明真相的外来者——比如七年前那几十名倒霉的海外来客。

但现在明显不是。这一击，是武林人士所为。

弘智法师看向我："你看出来了吧？"

我本想装傻的，不愿意掺和这件内有玄机的怪事，没想到弘智法师的眼睛如此毒辣。

我无奈低头合十，自觉做出了一副高僧模样："凶手轻功很高，但没到片羽不沾身的境界。从树冠雪落的痕迹来看，对方应该是朝这边去了。"

弘智法师点头："按照第十三法阵的预案，分散包围过去！敌人凶狠，一旦遇敌，切莫留手。"

十四

此处已经近西域，乃是大雪山的余脉，积雪经年。

我尽量放缓脚步，减轻脚踩在积雪上的声音。但可惜我并不是专修轻功的，每一步总还是难免发出一丝丝"咔嚓"的声音。

在万籁俱寂的密林里，这声音听在我耳中，犹如催命符一般。

我不太理解弘智法师为何要用十三法阵。那是围捕普通凶徒的阵法：所有队员分散开来，以求最大限速搜捕到猎物。在这个环境陌生、敌人未明的情况下，不是应该收缩队伍，先确保大家安全再说吗？

不过我没有提出异议。多年来的战斗经验告诉我，临阵质疑指挥者，是不理性的行为。特别是队伍中大多是没经验的菜鸟的情况下。

哪怕我的疑虑是对的，但现场提出质疑，一旦争执起来，也可能会让本就摇摇欲坠的士气彻底坍塌，最终使队伍分崩离析，什么阵形都没有，变成一盘散沙。

所以我什么都没说，默默听从安排，开始搜寻敌人的踪迹。

十五

我手里提着一柄剑。

南海一战后，试剑山庄其实还算大方，除了给我们额外的奖金之外，还允许我们挑选战利品。我一眼选中了这柄精钢长剑。

虽然一个白袍僧人，提着一柄剑，看起来有些不太协调，但江湖打打杀杀千年来，不就是这么样的么。

早期的江湖，与现在还是有些一些区别的。比如少林寺武学，向来以拳脚和棍法为主，偶有刀剑技法，但因其碍于观瞻，并不会作为主流。而武当派门人自然人人学剑，追求仙人般的潇洒飘逸，绝不会出现像上次演武大会那样的情况，武当掌门嫡传弟子用一根狼牙棒大杀四方。

但百年前，时代变了。武学不再是门派秘传，让门派固然失去了一项拿捏弟子的资源，但所有人能够选择自己更适合的习武方向，更多基数的人加入习武的行列，长远来看，却在逐渐增强各大门派组织真实的战斗力。

我有时候很好奇，百年前的事情究竟是如何发生的？

各大门派联手抹去了那段时间所有的记载，甚至没有留下任何一个语焉不详的传说。所以我们只能猜测，当年是一个何等惊才绝艳又充满奇思妙想的绝世人物，出于什么样的目的、用了什么样的手法，竟然一次性公布了整个武林的绝大部分秘籍，让各大门派的反扑都失去了意义。

他做这件事，又究竟是为了什么？

就像现在这莫名其妙出现的敌人和杀戮，又是为了什么。

想到这里，我悚然一惊。

劲敌不明的密林中，我竟然走神了？

刚刚想到这，一道劲风，直朝胸口袭来。

十六

飞退。

我自信剑术不低于任何一派的嫡传弟子。

但是从我学剑的第一天起，我的老师，那个一生郁郁不得志、最终撑船为生的老剑客，就曾叮嘱过我。

"你所学所练，名为剑术，实为刀术。当今江湖，风平浪静太久了，没人愿意学这种战阵之上一往无前的铁血刀法。幸好，你的性子贴它，将来必有大成。但你的剑法酷烈，长于堂堂正正对敌，不利于偷袭闪避。小巧灵动的刺杀，是你的大敌。"

如今，我就遇到了大敌。

我连退三十二步。可对方锋锐步步紧逼，我始终没能找到一个空隙，挥剑还击。

这三十二步里，我听到了十七声惨叫，其中九声来自同行的弘法寺弟子。

我仍然没能看清敌人的面庞，只看到一身金黄色火焰纹的礼服——敌人竟然是魔教内坛高手，从婀娜的身形看，甚至有可能是魔教的圣女。

我们这一行旁门弟子，何德何能，竟然劳动魔教圣女率队亲自劫杀？

不对！这或许不是蓄谋已久的劫杀，只是一场意外的遭遇而已。如果对方有心算无心，分散开来的弘法寺弟子，早该死伤殆尽，而不该是现在这样，竟然隐隐占了上风。

但生死一战之间，想要去辩驳这些已经不可能了，也没有意义。

战场之上，没有对错。

刀剑已经相交，你死，我亡，二选其一。

一路飞退。我本来心中期待能惊动压阵的弘智法师。若他出手，与我合力，定能扭转现在这不利的局势。

可惜，密林茫茫，始终没能遇到弘智法师。

一路上倒是遇到三处相互搏杀的弘法寺弟子和魔教杀手，但我自身难保，实在无力帮助。

十七

所谓轻功也好，气功也好，靠的是胸膛中一口气。

我的这口气，已经是大大超常发挥了。

如今，它撑不住了。

感受着寸步不让的寒芒，我心有预感。

换气之时，怕就是我殒命之刻。

我无法理解，为什么突然如此倒霉，本来一个公费旅游的小工作，怎么竟然要莫名其妙殒命在这茫茫雪山之上？

一口气吐出，我身形一滞。

那寒光如影随形，刺破我身上白色的僧袍。

但这一口气我只吐出一半，迅速挥剑还击。

对面错愕，怕是万万没想到，我竟然留着一口反击之力，以身做饵。

这是我舍弃性命，布下的陷阱。

——既然无力逃脱，就一起死吧！

寒光暴涨。

十八

少林寺，达摩院。

方丈缓缓合十，向躺在床上养伤的弘智法师致意。

"辛苦师弟了。请师弟好好休养，后续事件，自有安排。"

弘智法师缓缓点头："抚恤金可能足额发下？"

"二十七人的抚恤金，加上寺中额外的慰问金，在你们出发前已经准备好，只待你回来。今日下午已经全部发放了。"

弘智法师双手合十，不再说话。

方丈慢慢走出。

弘智法师缓缓闭上眼睛，但下一瞬，他惊恐地睁大了双眼。

他的眼眸之中，映现出的倒影，是我。

"我的那份抚恤金，你可以直接给我的。"

十九

被剑指住咽喉，弘智法师的脸上并没有惊慌之色。

"大雪山一战，凶险无比，佛祖能佑你险死还生，说明你与本寺有缘。待明日我禀明方丈，破例收你入寺做正式弟子，如何？"

我摸着头上已经长出寸许的头发，冷笑："我不想继续做和尚了。"

"那也无妨。老衲可以请方丈修书一封，你想去哪个门派，对方一定会卖方丈个面子的。"

"如果我想去魔教呢？"

弘智法师古井不波的脸上，一丝慌乱一闪即逝。犹豫了片刻，他点了点头。

"你能逃脱性命，想必已经发现了真相。如此，老衲也不推托，你若想去魔门，其实也容易。"

虽然早已猜出了整个事件背后的谋划，但是听到弘智法师这近乎亲口承认的回答，我仍然恍惚了："果然，弘法寺的二十六名弟子，你们是故意带去送死的？！"

"是的。"

"这是你们与魔教勾结，商量好的？"

"是的。"弘智法师抬头看着我，"按照约定，少林寺出动门人二十七人，魔门出动四十人，由魔教圣女亲自带领，双方发生摩擦后，于密林中对战。按照计算好的结局，应该是少林寺二十七人全部战死，魔门损失三十人以上。"

我无法理解。

虽然我也在这个江湖浪荡了十来年，经历过三四个门派，各种奇怪的脏活累活都干过，但回来时我想了整整一路，还是完全无法理解，少林寺和蒐门设计这种损人不利己的冲突，究竟是为什么？

"不为什么。"弘智法师抬头叹了口气，接着道，"冲突本身就是目的。江湖……平静得太久了……"

我悚然抬头。

二十

时代剧变之后，练武之人满坑满谷。经历过几十年的乱世，各大门派世家终于让江湖暂且安定下来，现在，安定已经持续好久了。

但就算是不会武功的愚盲村民，也没有几十年不发生冲突的道理。何况满天下找不到出路的身怀武功的武人们？

正常情况下，各大门派会以优厚的待遇，将绝大多数有天赋的高手纳入其中，避免他们走上歪路；与此同时，这些高手又能够有力震慑江湖宵小，维护江湖安宁。

但各门各派无论如何扩张，终究是有其极限的。而门派内部盘根错节的关系，也让其逐渐无法再公平吸纳江湖人士。

就像最近这些年，各大门派实际上都已经达到了其扩张的极限，大批的高手无法被吸纳进入，成了游荡于江湖的不稳定因素。

旁门弟子的设立，是一个延缓危机的方式。但各大门派没想到的是，旁门虽然一度缓解了各大门派自身的危机，但随着时间推移，这个好处逐渐变淡，旁门自身开始逐渐成为不可控因素。

各大门派似乎都发现了这个无法解决的难题，于是，他们只能选择开启新一轮的江湖冲突。

这冲突就由少林寺和魔教开始。而我们这二十七名弘法寺的旁门弟子，就是引发冲突的引线。

我实在无法理解这种荒唐而疯狂的想法，难道引发江湖争斗，让江湖重新充满腥风血雨，就真的能解决这些问题吗？

"不能解决，但能延缓。毕竟百年来，这个江湖，就是这样过来的。"

弘智法师低声说道。

我无言以对。

二十一

"你不能杀我。"弘智法师似乎并不担心我手中利剑的威胁,"你进弘法寺,是我亲自面试的。我当时便发现,你是足够聪明的人。现在放下剑,当作什么都不知道,你就是劫后余生的功臣,是少林寺以后会重点培养的门人。这里不会埋没你这样的人才。但杀了我,你可能会从此无路可走。"

我沉默了片刻。

弘智法师的眼神逐渐染上恐慌。他应该能看得出来,我的沉默,不是犹豫。

"死去的二十六人中,最小的才十五岁,他从小习武,一心只敬仰少林寺,从未想过,自己只是被利用了。"我抬头看向弘智法师的眼睛,"其实,按照原计划,送死的该是少林寺本门弟子才对,这样才能激起江湖最大的反应,对吧?"

"他们死后……就是少林寺本门弟子了。"

我冷笑。

正要动手,弘智法师突然问起不相干的话题:"你们二十七个人的武功、内功、特长,甚至破解方式,事先其实已经送到了魔教,他们特意派出教内武功最高的圣女领头追杀,事先埋伏又有地利。根据我的计算,你们绝无逃生可能,你究竟是怎么从那里逃出来的?"

我笑了。

"我记得当初入门时,你问我这般年纪为何还不归隐,我说为了结婚生子,要攒一笔钱。所以我瞒着妻子,偷偷来搏最后三年。"

弘智法师点头。

"恰好,我妻子也是这么想的,所以她也去做了旁门弟子。她投入的,恰好是魔教。"

一个俏丽的蒙面身影出现在门口。

"你舍不得少林寺门内弟子去送死,魔教又怎么舍得让真圣女出来冒险。"我苦笑道,"江湖啊!就是你们这些人拨弄是非,却带来我们这些无辜的旁门弟子自相残杀。"

"按照计划，三月之后，大家就会握手言和的，到那时你们就可以……"

"抱歉，你看不到那时了。二十六条无辜的性命也不能答应！"

鲜血飞溅。

二十二

本来，到了这个年纪，我不该这么冲动行事的。

弘智法师可能至死都不信我们会杀他。毕竟，我们夫妻俩又没有真的受到伤害，选择跟他合作，似乎是我们最好的出路——反过来讲，如今我们杀了他，就等于得罪了整个江湖。

但好像，这一剑，不得不刺。

可能是为了抚平悟尘那稚嫩天真的向往遭到背叛后的痛楚，也可能是为了告慰密林中那一声声惨叫，还可能是为了我们夫妻的几乎生离死别……但更多的还是因为，这江湖几十年来的和平与宁静，不应该就这么被毁掉。

总之，从现在开始，天下虽大，似乎没有我们夫妻容身之所了。

二十三

既然江湖容不下我们，干脆，就改变这江湖。

"我们要阻止这一场毫无意义的争斗。"

"怎么阻止？"妻子似乎比我更镇定。

"不知道，走着看！"

秦武阳刺秦

谢前燕

第一回　卫国大剑师

"伯兮朅兮，邦之桀兮。伯也执殳，为王前驱。自伯之东，首如飞蓬。岂无膏沐？谁适为容！其雨其雨，杲杲出日。愿言思伯，甘心首疾。焉得谖草？言树之背。愿言思伯。使我心痗。"

魏国，榆次。

一曲悠扬的歌谣从一驾茅篷驴车内传出。车子在乡间坑洼不平的泥路上颠簸前行，两只老旧车轮晃得轧轧作响，好似随时都要散架了一样。驾车的青年回头望向车内，见得车内汉子抱剑而卧，睡眼惺忪，口中张合轻哼，便就朝他笑道："荆先生，你总算是醒了。"车内汉子撑直身子，打了个哈欠，启齿道："武阳，我们可是要到了？"驱车青年面上腾上一阵激动的喜色，指着前方朗声道："就在前面了，马上就到了，荆先生！"

汉子朝前望去，但见乡路蜿蜒曲折，道路两边尽是以黄泥搭造起的矮墙茅舍，路的尽处隐约见得有一笼翠色，却像是一座以青竹修筑而成的雅居。荆先生心中暗赞一声："好雅致的屋子。"只是他面色却依旧装得毫不在意，轻笑道："既还有半里路，我便再歇息一阵。"说罢，又躺回车上，抱剑假寐。

那唤作"武阳"的年轻人对这荆先生推崇备至，见他如此作态亦不多说，只是驱赶毛驴的动作顿时小了许多，叫车子行得缓慢安稳了些。少顷，车子便行到竹屋前，武阳轻声喊道："荆先生，到了。"荆先生却是鼾声大作，似是熟睡。武阳不敢惊扰，便自顾下了车，"咚咚咚"地叩起了院门。

俄而，门开。一个十三四岁的粗衣少年立在门前，见着来人，先是怔怔须臾，继而便喜得大叫道："哎哟，是秦武阳师兄回来了！"说完，他扑过来同秦武阳抱在一起。秦武阳也是大喜，两人相拥而笑，执手互叙别情。半晌，秦武阳一拍额头，嬉笑道："差点忘了正事，师父他老人家可在？我这次请来了卫国的剑术大师荆轲先生前来，与师父他老人家有要事相谈。白鹿，你快去替师兄通传一声。"

方白鹿面有难色，往屋内张望一番，犹豫一阵，摇头道："秦师兄，非是白鹿有意冒犯或偷懒，只是师父他昨夜就吩咐下来了，说他夜观天象，知今日卫国要来人，来了就叫我赶走。只是我也没想到，这人竟是师兄你带来的。"秦武阳面色稍变，正要出言相问，车内鼾声陡敛。荆轲冷哼一声，走下车来，挎着青铜剑，大声喊道："卫国大剑师荆轲到也，怎么不见盖聂来迎？"

方白鹿瞪大双目，愣了一下，强压心中怒气，尖声问道："先生说什么？晚辈可是听错了？"荆轲轻声笑笑，对着方白鹿倨傲道："卫国大剑师荆轲来访，怎不见盖聂出迎？难不成这便是你们'竹剑轩'的待客之道？"方白鹿暴怒如雷，寒面厉声喝道："狂人好胆，竟敢叫我师父出门相迎！你可知道便是王侯公卿前来拜访，我师父亦不见得会接见！快走快走，莫要在此捣乱！"说罢，起手便作势要关门。

荆轲见状，亦是闷哼一声，便要转身上车。秦武阳慌忙拉住他，继而又转头朝方白鹿道："方师弟，劳烦你再去通传一声，说是弟子秦武阳前来拜见。"方白鹿思虑一番，瞪了荆轲一眼，跺脚去了。秦武阳请荆轲在车上稍候，立于门前，着急地往内里看去。他待得半晌亦不见方白鹿出来，便又轻声喊道："师弟……师弟……"

喊了数次，也无反应。荆轲在车上冷不丁道："武阳兄弟，你说你师父盖聂先生上知天文、下知地理，武功通玄，怎么气量如此之小，竟连在下区区的一个卫人剑客也容不下？"秦武阳抱歉道："对不住了，荆先生。家师脾气是古怪了些，但他为人却是极好！若他知道你所想之事，他定会鼎力相助的！"荆轲冷笑一声："但愿如此，可莫要令荆某失望了。"秦武阳连连点头。少顷，便见方白鹿慢悠悠地踱到门前，朝秦武阳恭敬道：

"秦师兄，师父请你到书房一聚。"

秦武阳松了一口气，道："多谢师弟了。"说罢，转身将荆轲请下车来，便要与他同入门户。方白鹿见状，连忙出声阻拦道："秦师兄且慢，师父并未交代下来要见别人。只是叫了你去见他。"

荆轲周游列国，侠名播布天下，何曾受人如此轻视。这一闻言，登时便火烧心头，伸手推开方白鹿，高声叫道："卫人荆轲前来拜访，还请盖聂先生不吝赐见！"说罢，大步流星地走入庭院。秦武阳与荆轲共处数年，自是知他性情高傲狷狂，连忙拉住他的手臂，劝阻道："荆先生息怒！这当中定是有什么误会，且待兄弟去向家师解释一番……"荆轲暴怒打断："还有何解释！他不就是瞧不起我们卫人罢了？今日我定要向他问个清楚！"喝罢，掷袖甩开秦武阳，脚步跨出，继续往前行去。

"狂人，站住了！"

倏忽，便见青光一晃，斜刺里一柄竹剑从旁劈到。荆轲双眉一聚，见方白鹿满面怒色地挥剑而至，身随剑入，刹那间竟已罩住了自己上三路的要害，剑法颇为老练，不可小觑。只是荆轲以剑术闻名天下，自是夷然不惧，往后飘退三步，让过竹锋，右掌斜切直入，砍中竹剑气劲薄弱之处，叱咤一声"撒手"。照面间，剑柄倒转，竹剑便已易主。

荆轲轻笑一声，竹剑遥指方白鹿，道："小孩儿，你可服气？"方白鹿嗤笑一声，摇了摇头，道："先生，请注意脚下。"荆轲闻言，低头一看，却见自己竟是不知不觉地又退出了门！荆轲憬然心念："这盖聂果然有些门道，连手下的看门童子剑法都如此犀利！先前我只顾着空手夺他竹剑，却是不曾留意自己竟是被他一剑逼出门来。这下交手，却也赢得不光彩了。"

秦武阳见荆轲垂头不语，似是沮丧，便想出言宽慰。孰料那方白鹿得饶人处不饶人，竟抢白道："既然荆先生有自知之明，自己退出'竹剑轩'，白鹿亦不敢强留先生了，先生慢走，小子不克远送。"说完，纳手便要拢住竹门。

荆轲见方白鹿要将自己拒于门外，心中气矣，却又奈何不得。他正打算上车离去时，忽然听闻院内深处传来一声轻斥："白鹿，谁准许你与人动手的？不知天高地厚的家伙！哎，荆壮士请进罢。"

听得师父斥骂，方白鹿纵是心有不甘也不敢不从，这便毫不情愿地打开木门，低着头，咬着牙，眼中噙着泪花，嘴上咕哝道："请进。"想是心中十分不服气。

荆轲保住了颜面，面色稍缓，松了一口气，抬脚便又迈进院子。只是他领教过方白鹿手下剑法，倒也对他看重了几分，不再呼喝挑衅，双手将竹剑交回，道了声"叨扰"。方白鹿儿童心性，噘起嘴巴，将竹剑扔在了地上，转身引着荆轲与秦武阳往书房行去。

这座"竹剑轩"从外看来不大，可一旦入内却又别有洞天，竟有三进院子。穿过前院大厅，便到了一处小花园，见得园角栽下几簇翠竹，园中一道溪水淙淙流过。溪水两边辟出一片花田，其中种上了许多不知名的名花贵树，但见得姹紫嫣红，树荫匝地。溪上面架了座矮桥，横跨溪水，水中尚有锦鱼数尾畅游，大有悠然自在、小桥流水之意。

荆轲被引至桥上，回头打量了这花园一眼，只觉其中流水漱石、草木得宜，摆布暗合天意，和谐之内好似又藏了杀机，直叫人看不透，不禁畏而生敬，心中更加不敢小觑盖聂。只是方白鹿与秦武阳二人都已见惯此园风光，便不甚在意，脚步一迈，即都跨过矮桥，直往书房行去。荆轲收回目光，随即赶上。这般穿庭过户，少顷，便即到了一处厢房外。

方白鹿正色弓身，恭谨道："师父，秦师兄到了。"

屋内传来一个老迈声音，沉声言道："知道了。你同武阳先留在外头，请荆壮士入内一聚罢。"方白鹿与秦武阳二人稍一错愕，然后齐声应道："是，师父。"罢了，两人替荆轲推开竹门。

荆轲面色沉着，深吸了一口气，右手按着剑柄，迈进了房中。但闻"呀"的一声轻响，竹门合上。荆轲心"咯噔"一提，右掌不自觉握紧了剑柄，提高警惕。

"壮士请坐。"

荆轲转目四顾，见房中摆设简陋，仅一桌一柜两椅，柜子里尽是一卷一卷的竹简，并无可埋伏之地，便即松开剑柄，大方坐下，仔细地打量着面前老人。但见得盖聂满头华发，可面上却一条皱纹也无，让人看不出岁数，一双炯然有神的眼睛，竟是深邃得恍如一泓秋水，让人看不透。荆轲瞪大双眼，与其对视，但觉其眼中神光死死地锁住己身，粗衣布袍下仿佛藏掩着一股森然剑意，正在伺机攫取，气机稍一牵引，便要喷薄而出，择人而噬。

两人无言，对望俄而，荆轲的后背已然湿透，双股发颤。蓦然间，荆轲只觉盖聂眼中精光大盛，竟像是有一把飞剑从中射出，这便骇然大叫一声，拔身而起，挥剑疾挑，想要将来剑磕飞。忽闻"啪"的一声轻响，竹椅倒地，荆轲憬然惊醒，手中长剑兀在，眼前幻影消散，飞剑何来？对面老翁泰然安坐，嘴角噙笑，笑盈盈地望着自己，又作手势请自己坐下。

"此翁好厉害！竟已练至人剑合一的境地，周身上下莫不含有剑意，虚虚一睥睨，已可叫我胆寒而起、汗毛尽竖。"荆轲心下暗念，抱拳道了声"失礼"，便即垂手侍立，神色恭敬，不复先前狂妄。

盖聂含笑问道："荆壮士何不坐下？"

荆轲摇了摇头，应道："不敢同盖先生直面而坐，怕又会在先生面前失礼。"

盖聂大笑三声，摆了摆手，柔声道："壮士请坐，不碍事的。"荆轲闻言，也不犹豫，应了一声，便即拉起椅子，端正坐下，却依旧不敢直视盖聂。顿时，荆轲身上压力骤减，想是盖聂已经撤去了剑意。

"盖某膝下弟子秦武阳，当年学艺未精就私出门户，在外头惹下了天大的麻烦，于闹市中失手害人性命，也是多得荆壮士为之周旋，否则，我今日也无缘再见他一面咯！"盖聂手指轻捋颔下短髯，含笑而言。

"先生过奖了！当年武阳小兄弟，年仅十三便已英雄了得，于闹市中独斗'函谷关双煞'，将二人斩下马来，震惊天下。只是武阳兄弟江湖阅历尚浅，料不到这'双煞'竟还与白道有所瓜葛，终被赚入了牢中。"荆轲仿佛想起了什么事，大声说道，"在下不过是钦佩他少年英侠，有意结交他这个朋友，出了点小力，将他带了出来罢了。便是没我，相信武阳小兄弟定也能脱身。"

盖聂哂笑道："荆壮士过谦了。小小幼童，瞒着我独自出门闯荡天涯，既然身入囹圄，又有何本事独自逃出？既然荆壮士有恩于劣徒，盖聂自然也不可不答谢。壮士何不在此地盘桓些时日，同我研讨剑道，或会于你有所裨益？"

荆轲闻言，大喜过望，弓身作揖，朗声道："固所愿，不敢请耳！荆轲早闻榆次隐居了一位剑术名家，已是仰慕久矣。只是荆轲云游七国，见过无数自称剑道高手之人，却都浮于剑术而自满，根本不懂何为剑之道，尽是沽名钓誉、浪得虚名之辈，自以为天下无人。今后如得蒙先生赐教一剑，荆轲方知天外有天、人外有人！能与先生共研剑道，真乃荆轲生平一大快事！"盖聂抚掌称善。他正要开口说话时，不料荆轲忽地正色沉声道："能与先生共研剑道固然可喜，只是荆轲尚有一件大事不得解决，还望先生出手相助。"说罢，恭谨朝盖聂鞠了个躬。

盖聂闻言，面如青霜，摇了摇头，道："你不必说了，我早已卜算出来了。我与秦武阳都不会随你去的。"

"先生！"荆轲猛地抬起头来，面色涨红，着急道，"秦王无道，兵乱不休！七国之中，韩国已灭；赵国已是国将不国，赵王逃亡代城，无奈要改称代王！余下数国也是岌岌可危，若是叫秦国铁骑踏来，怕连此地也要化作焦土，天下再无宁日！先生可忍心见得生灵涂炭？"

盖聂闻言，只是敛目屏息，却不回应。

"伯兮朅兮，邦之桀兮。伯也执殳，为王前驱。自伯之东，首如飞蓬。岂无膏沐？谁适为容！其雨其雨，杲杲出日。愿言思伯，甘心首疾。焉得谖草？言树之背。愿言思伯。使我心痗。"荆轲溘然高声唱歌，若鲛人夜泣，如三峡猿啼，声音凄厉哀婉，岂可不叫人伤悲。荆轲唱罢后，叹了一气，道："此乃我卫国民歌，唱的乃是百战之士，十出无归，妇人空守家园，翘首期盼丈夫不得。哎，秦王不除，战乱不休，天下何以太平？还请先生以天下为重！"

盖聂面无表情，声若静水，道："那不知荆壮士又有何法可安邦定国，叫烽火掩熄、黎民万安？"荆轲一拍剑鞘，一抱拳，豪气陡生，大声道："仗此剑，杀秦王，天下安矣！"

盖聂稍怔，嗤笑道："天下分合，自有天意。大夏经五百年而乱，大商取而代之。大商历五百年而崩，大周取之而代。自大周建朝至今，已近八百载，名存实亡，乱象迭生。若无王者出世，一统天下，战火如何能停？你今日杀了秦王，秦国罢兵。但来日楚王得势，难不成你又要去杀了楚王？依我之见，唯有华夏一统，方能得保天下百年太平！"

荆轲勃然大怒，面上青筋暴绽，呵斥道："若是来日别国大王残暴无道，天下义士中，自有人去替天行道！难不成先生便如此忍心，于诸国的残垣断壁视若无睹，于诸国的鳏寡厉哭听若无闻么？"

盖聂叹了口气，道："天象所示，帝王已出，华夏将一，又何苦挣扎，徒送了性命？"

"狗屁天象！"荆轲舌绽春雷，暴喝道，"我荆轲向来不信如此无稽之谈！盖聂，你可敢与我一赌！我虽自忖剑法大不如你，但也着实气不过你如此作态。今日我便要与你一分高低，假若我侥幸得胜，你便须得随我前去，共襄大事！"盖聂直在摇头，嘴角挂着冷笑，缄口不应。荆轲大叫一声："休要小觑我！"

但见荆轲长剑含怒而出，剑法骤然使开，剑花错落，宛如寒星飞雨，晃得满室青光，让人看不清剑路！盖聂在满室剑风中安坐不动，目力稍聚，眼神有若冷箭般落到荆轲胸口之处。荆轲陡觉胸口"神封""灵墟"二穴一凉，已知是被盖聂瞧破虚实，再不撒手，盖聂便要起而攻之。他不敢托大，脚尖一撑，身子便即弹起，有若巨鸟摩云，长剑一收一展，已是逼近盖聂眉睫。

"得手！"荆轲心中暗喜叫道。孰料倏忽间，他右腿"风市""中渎"一酸，右腿已是发颤。不禁骇然大惊，连忙腾挪翻滚，须臾间，已是收剑飞退，身在空中，舞出一片剑雨，以防盖聂暴起。谁想，荆轲翩然落地，拿桩站稳后，竟见盖聂依然如如不动，只是目光如箭般附骨而至，心中又惊又怕。稍一思量，荆轲咬紧银牙，双眼发红，急喝一声："拔出你的剑！"登时，青光闪烁，剑如游龙。他便又欺身而进，四尺青锋朝盖聂面门直搠而去，势如破竹。剑至途半，荆轲身子忽地塌下，招式虚实交替，长剑化搠为挂，兜头打去，使的却是一招"剑挂南宫"。

盖聂口中挤出了个"好"字，目中冷光森然，身上剑意汹涌而出，罩住荆轲浑身上下。霎时间，荆轲只觉身入冰窖，打了个冷战，腹部猛地凉风飒飒，却见一柄飞剑刺来！荆轲大惊失色，脚下一绞，顿时刹住去势，鲤鱼打挺翻起，长剑由正挂变为反挂，将飞剑格开，动作一气呵成，兔起鹘落。但荆轲这厢堪堪挡过一剑，那厢又有一剑迎面劈来，角度刁钻狠毒，招法凌厉难当。荆轲不敢大意，吸足一口凉气，手腕一翻，长剑挑出，又将飞剑击飞。如是者，飞剑源源不断，荆轲将剑法使到极致，长剑挥舞越趋疾速，霎时间，剑影飞掠，若奔霆骇电，疾风骤雨，远远望去，恍若他生了八条臂膀在同时使剑一般。只是荆轲剑舞越疾，飞剑来势亦疾，两相比拼，一连七十二招，竟是针尖对麦芒，铢两悉称。

但须知，人力终有穷时。荆轲手上猛地一滑，长剑脱手而出，深深地钉入墙内，剑柄急颤，发出嗡然龙吟。倏忽，飞剑抵至喉间，荆轲汗出如浆，身上早已湿透，使剑的右手一阵乏力，竟是直在发抖。荆轲闭起双眼，重重地吐了一口浊气，周遭剑意顿消。再睁眼一看，但见书房内一片狼藉，桌柜早已被他劈成粉碎，自己的青铜剑插入竹墙，仍在颤抖不已。室内除了他以外，便只剩下一个华发老头笑意盈盈地安坐椅上，竟似从头至尾都未曾站起身过——飞剑何来？

荆轲望了盖聂一眼，仰天苦笑一声，道："天下大剑师，唯有先生耳！奈何先生空有屠龙之术，却无屠龙之志，浪费了这惊天地泣鬼神的剑术了！"说罢，转身推门而出，夺路而走，竟连跟了自己十年的佩剑也不要，弃之如敝屣。

"荆先生！荆先生！"

守在门外的秦武阳与方白鹿虽是听得房中声响，但不得盖聂通传，二人皆不敢妄进。正自焦急时，忽然间，便见得荆轲披头乱发仓皇而出，秦武阳惊得口中连连叫住："荆先生，且慢！究竟发生何事？"荆轲听得秦武阳叫唤，念及今日惨败，自己使出浑身解数竟还无法逼得一个年迈老翁起身，一身引以为傲的剑术恍如玩笑一般，不由得心灰意冷，于是垂下头颅，恍若无闻，脚下生风，不一下子就已走到大厅。

秦武阳回头看了看房中狼藉，咬咬牙，一跺脚便想要追上荆轲。忽闻盖聂沉声喝道："武阳，你来见师父难道就不进来请安么？又想逃走，是么？"闻言，秦武阳心头如被泼了盆冷水，霎时就凉了下来。但听得院外驴声突起，一阵辘辘的车轮急响，由近及远，再至无闻，想是荆轲已然走远。

秦武阳叹息一声，踱入书房，匍匐在地，恭声道："弟子参见师父，师父安详！"盖聂面色沉如死水，怒哼一声，却是一言不发。秦武阳顿觉气孔一滞，恍如有块大石头压住自己腰背一般，起身不得。秦武阳神色稍惊，重重地磕了一个头，道："弟子有错，请师父责罚！"

盖聂问道："你错在哪儿？"

秦武阳虔声道："六年前，弟子不该私自离开，让师父担忧……"盖聂忙一摆手，打断道："你最错的不在此处，而是你不该应承那荆轲，不该预谋去刺杀秦王！"

秦武阳闻及此事，猛地长身而起，迎上盖聂目光，高声道："师父，弟子不觉得此事有错！秦王无道，黎民涂炭，若是让局势如此发展下去，天下将无一寸完土！我祖父秦开乃燕国之大将，终生戎马便是要守护燕土。如今他虽不在了，但武阳自当秉承遗志。如今燕国大难，天下大难，我如何能袖手旁观？"

盖聂嗤笑一声，道："一片歪理，一片歪理！秦王天命加身，又岂是吾等凡夫俗子可以刺杀？你祖父秦开雄才伟略，百战不败，尚且战死沙场，马革裹尸，以你那不成器的剑术，难道自信可以在百万兵甲中直取敌枭？哼，难不成你还想依托荆轲不成？荆轲此人虽是性情直率，颇有侠义，但可惜为人孟浪，心高气傲，志大才疏，并无安邦定国之能。若想成事，须得远离此人！"

秦武阳面色青红数转，沉声道："弟子无能，无法做到。但假若是师父出手，定能手到擒来！弟子恳请师父出山，随弟子去看看这支离破碎的河山，听听那无辜黎民的痛哭！"

"呵！呵！呵！"盖聂见秦武阳依旧不听劝，忽地摇头苦笑三声，伸手捶了捶膝盖，仰天叹息，眼中竟有泪光闪烁，道，"师父老啦，不中用啦，也管不了你了，你愿意去哪儿便去吧！白鹿，背我回房，为师倦了。"方白鹿眼眶泛红，低声应了一下，走至盖聂身前，将他负起，缓步走出书房。

秦武阳双眼瞪大，望着师父无力垂下的双腿，身子惊得半起，口中痴痴念道："师父，您的腿……"

方白鹿回过身来，若有深意地看了秦武阳一眼，想要说些什么，只是盖聂轻轻拍了拍方白鹿，他便只好摇了摇头，一叹气，转回身去，大步走出书房，穿庭过户。秦武阳一人呆立其处，怔然如痴。

秦武阳呆立一阵，幽幽回过神来，低头看着遍地狼藉，心中不知作何滋味。抬头望去，见得荆轲佩剑孤零零地插进墙内，秦武阳痴痴念道："荆先生怎么会连剑都不要了呢……真不知他跑哪去了……"念罢，秦武阳叹息一声，走上前去将长剑抽出，推回鞘内，满怀心事地踱步出门。

走出"竹剑轩"，回头望了一眼，隐隐见得梁腐柱朽，门可罗雀，竟生破败之象，远不如从前自己于此学剑时的那般兴旺。秦武阳心头一酸，"扑通"跪下，朝门内重重地磕了三个响头，仰天长啸一声，翻起身来，沿着蜿蜒小道行去。只是他心怀不舍，行路之间，不由得踟蹰，故而三步一回顾，十步一停留，走了许久方才出村口。等到再也看不见师父的居所了，便是喟然一叹，放下牵挂，脚下迈着流星大步，朝着远方行去。

"秦师兄等等我！等等我！"

蓦然间，身后传来一阵"嘚嘚嘚"的马蹄急响。秦武阳回首望去，只见黄尘滚滚之中，隐约有一骑驰来，待到近处，便认出骑者乃是方白鹿。秦武阳住脚回身，朝方白鹿问道："师弟为何追来？可是师父有何吩咐？"

方白鹿放马行至，手中抱着一口木匣，翻下马背，气喘吁吁道："师兄，师父叫我将马儿给你带来，说你跋山涉水，须得良马代步。还有这个……"说着，方白鹿便将木匣子推到秦武阳怀中，道，"此乃赵人徐夫人几年前命人送来的，是昔日专诸刺王僚所用的'鱼肠剑'，师父说或许会对你有所帮助。"

秦武阳接过木匣，打开盖子，却见其中置着一柄短匕。秦武阳将短匕抽出，登时见得寒光扑面、剑气森然，不禁赞道："好一把剑！"

方白鹿"嗯"了一声，点了点头，又从怀中摸出了一卷绸布来，交给秦武阳，道："师父让我将此信给你，然后叫我带到一句话，'你我师徒缘尽，但假若你能活着回来，便再来看我这个没用的老头子一眼吧。'"说罢，方白鹿眼眶也红了。

秦武阳念及师父的教导之恩，心中不由得悲情激荡，鼻头一酸，泪水簌簌流下。回头望着远方那抹几不可见的翠色，一时间，他竟是有股冲动想要回到师父身旁，从此留在村中，孝敬左右，再也不想管什么天下安宁、百姓生死了。

方白鹿将绸布塞到秦武阳手中，不舍道："秦师兄，我要回了。师父叫我不要与你多说一句话。只是我忍不住，宁愿受罚也还是要说……师兄，回来吧，别走了！其实当年你走后，师父也很舍不得你的。师父说了，这天下终会有统一的时候，大势是我们凡人是拦不住的……"

秦武阳闻言，顿时垂下头去，长久不语，但最终牙关一咬，还是向方白鹿摇了摇头。方白鹿看着秦武阳那坚毅的样子，便是叹了一声，呢喃自语道："哎，我就知道是这样子的。当年你执意要出门闯荡江湖，师父不让，你就逃走了。我劝你留下，你也是不肯的。你说——'这天下，或许正在等着我……'"

方白鹿一边说着，一边转身往村内走去，不再回头，面上的苦泪业已成行——"我不知道这天下是不是在等着你，但我却肯定师父是一直在等着你的……"

秦武阳看着方白鹿离去的背影，想起以往师父的谆谆教诲，更为心痛。只是他心意已决，秦王不死，寰宇不清，他亦不会苟活。这便深吸了口气，将短剑挂在腰间，展开绸布一看，见得其上龙飞凤舞地写了四个大字——"戒急用忍"。

秦武阳知道此乃师父最后的教诲，稍一颔首，便将绸布仔细收好，然后翻上马背，回头看了一眼，将村子收入眼帘，将牵挂思念藏回心中。一扬鞭，马鸣声声，疾行而去，只留下黄尘滚滚和一个朦胧而决绝的背影。

第二回　秦国义将军

秦武阳打马行去，一路上到处打探荆轲消息，却依旧一无所得。无奈之下，他只好在先在魏地盘桓打听，过了两月，终于探听到荆轲曾于邯郸与鲁勾践谈剑下棋，遭其侮辱驱赶，然后改道往燕国去了。秦武阳得此消息，自是欣喜若狂，这便策马北上。他朝登紫陌，暮踏红尘，不过月余，便进了燕国地界。

这一日，秦武阳到了燕都蓟城。入了城，他自牵马缓行，正犹豫着不知到何处寻找荆轲。忽然间，听得道旁酒舍中传出铮铮击筑之声，轻灵若银铃乍响，婉转如黄莺初啼，时而又如昆仑玉碎，若芙蓉玉露，细碎空灵，妙不可言。秦武阳伫立舍旁，全心倾听，顿时忘掉心中不快。俄而，弦音骤停，天籁消散，却是一曲奏罢。秦武阳心中饶有余味，不由得一阵心动："如此妙音，却不知是何人弹奏？"心里想着，秦武阳招呼小厮来引，迈步走进酒舍。

秦武阳被引至舍中一角，据案而坐。他自吩咐小二端来酒菜，便即四顾寻找适才击筑之人。看了一遭，但见得酒舍内食客零散坐着，自在谈天不已，却无一人击筑。秦武阳招来小厮，问道："我且问你，适才击筑之人何在？我想去拜会一下。"小厮面露难色，道："客官，你就别打听了，那三位爷吩咐下来，并不想叫人打扰。"秦武阳闻言，心下默然，摇了摇头，端起酒杯，呷了一口，百无聊赖地吃起菜来。

正吃着菜，蓦然间，酒舍内又响起铮然筑声。只是此次筑声高亢激昂、磅礴大气，弹奏的竟是沙场之乐。秦武阳恍若置身沙场之中，耳畔尽是鸣锣打鼓、金铁交击之声。他胸中豪气陡生，以箸敲碗，大声应和唱道：

"岂曰无衣？与子同袍。王于兴师，修我戈矛，与子同仇！岂曰无衣？与子同泽。王于兴师，修我矛戟，与子偕作！岂曰无衣？与子同裳。王于兴师，修我甲兵，与子偕行……"

秦武阳一曲唱罢，筑音亦止。偌大店中，顿时鸦雀无声，食客纷纷转目以望。秦武阳朗声轻笑，也不见怪，自顾举箸吃菜，提杯饮酒，好一副豪迈做派。少顷，先前那小厮弓着腰身行来，恭谨道："这位客人，适才击筑的那三位客官请您过去一叙。"秦武阳嘴角含笑，将木箸拍落案几，长身而起，颔首道："带路！"

那小厮赔着笑脸，引着秦武阳直往酒舍后门行去。小厮解开后门的铜锁，穿门而出，便是一处小院，院中一隅建有一间小屋。这般行去，越是近了，屋内推觥换盏、大声畅谈之声便越是清晰。

二人踱至门前，小厮轻轻一叩，虔声唱喏道："几位老爷，人已带来了。"

屋内交谈之声顿敛，传出一个男声，掷地有声道："嗯，带进来！"秦武阳听得此声，登时虎躯一震，心中赞曰："好威严，此人必是位大将军！"不由得一阵紧张。小厮推开门户，待得秦武阳走进屋内，便又垂首拢门，匆匆去了，想来应是受不住那位"将军"身上的沙场之气。

秦武阳昂首而进，抱拳唱喏道："小子失礼，惊扰诸位雅兴了。"说着，目光扫视，打量起席上三人。见得左侧坐的是一肥胖汉子，袒胸露乳，麻巾绕头，似屠夫状；右侧者，眉目清秀，浑身青衣，抱筑而踞，却是名乐者；而居中那人，虎目英眉，乱髯如虬，虽是着了一身布衣，却掩盖不住身上的一股英武之气，让人见而生敬。

居中那乱髯大汉，伸手指着屠夫旁的案几，沉声道："请入座。"秦武阳应了一声，便即箕踞而坐，朝那乐者稍一颔首，便又目光灼灼地望回乱髯大汉，尽是敬仰之色。那屠夫嘿然笑笑，伸手从自己面前的锅里抓了几块大肥肉，径直放到秦武阳案上空盘中，道："小兄弟快尝尝，这是我亲手做的炙狗肉。"罢了，将油腻腻的手指放入嘴中，将香油吮尽，面上神色陶醉。秦武阳见他如此作态，心中顿感亲切，道了声谢，也学着屠夫的模样，用手抓起狗肉，大口咬下，果然肉质香嫩，入口即化。他不禁赞道："好手艺！"

屠夫听得秦武阳称赞，乐得哈哈大笑，伸手拍了拍自己的大肚皮，另一只手指着那乐者，哂笑道："高渐离，就你这家伙清高孤傲，瞧不起我的狗肉，算你没口福！"乐者闻言，嗤笑一声，道："樊屠子，你也莫要说我，每次我击筑，你不也是迭步逃开么？那是不是也是你没耳福了？"樊屠子啐了一口，没好气道："你这小子整日里鼓弄这破玩意儿，难听死了。听这东西又不能抵肚子饿，有个鸟用！还不如老子的狗肉实在。"说完，又挑了一块肥肉，大口啖尽。

高渐离听得樊屠子骂咧两句，不再管他，反而打量起了秦武阳。见他身负两柄长剑，颇为奇特，眼光陡亮，出言道："小兄弟先前吟唱之歌，豪气颇足，想是由心所发。小小年纪，实属难得。"秦武阳忙道："不敢不敢，先生乐技超凡，小子不过随口胡诌，倒是班门弄斧，贻笑诸位了。"

高渐离轻笑道："小兄弟过谦了。还未请教尊姓大名？看你说话的口音不似我燕国中人。"秦武阳站起身来，朝三人抱拳施礼，大声道："小子叫作秦武阳，先祖是燕将秦开。只是小子常留魏国榆次学剑，已许久不曾回到燕地，故而话失乡音，实在惭愧。今日初回燕国，便能与三位结识，实是快事，小子先干为敬！"说罢，拿起案上酒碗，昂首饮尽。

"好！"樊屠子见得秦武阳这般豪爽，拍着桌子，大声叫喝，"将门之后，果然气度不凡，好酒量！哥哥我也陪你一碗！"说着，伸手端起酒碗，自也喝干，继续道，"我叫樊屠子，是蓟城中的一屠户。对面那位叫作高渐离，没什么了不起的。坐在首位的是……"说到此处，高渐离朝樊屠子摇了摇头，他便即心领神会，当下住口，只是尴尬笑笑。

秦武阳见他神情，自是猜到中间那人身份超然，不便透露，也不见怪。高渐离见他识趣，也是颇为赞赏，便搭口道："不知小兄弟此来蓟城所为何事？高某同那樊屠子虽然不济，但在这城中却也有几分薄面可用，或许能帮上小忙。"樊屠子忙接口道："不错不错，你小小年纪，就有如此豪气，我樊屠子今日结下你这个朋友了！若是有什么事情吩咐下来，我老樊定不推托。"

秦武阳心下大喜，谢道："如此一来，小子便先多谢三位哥哥了。实不相瞒，小子此来蓟城，乃是为了追寻一人下落。"听得秦武阳乃是到燕找人，高、樊二人相顾一眼，眼角纷纷瞟了瞟居中的那名大汉。见他神色无异，高渐离便出声道："嗯，不知秦兄弟是来找仇人呢，还是亲人呢？"

秦武阳忙应道："小子是在找一位朋友，叫作荆轲。我们失散三月有余了，小子心中实是挂念得紧。"听得"荆轲"一名，在座三人无不竦起了眉头。樊屠子正待开口说话，忽然便听得那居中大汉沉声问道："噢，据闻这荆轲乃是卫国的大剑师，一柄青铜剑，上可斩神龙，下可斩妖魔，剑术通玄。不知小兄弟是如何与他结识的呢？"

秦武阳心中犹豫一番，但见三人对自己颇为礼遇，倒也不再隐瞒，推心置腹地将自己同荆轲相识的过程娓娓道来。待听得秦武阳与荆轲合谋打算去刺杀秦王时，在座三人无不惊讶，面上竟是一阵欣喜之色！

"好胆量！"那居中大汉拍着桌子，朗声长笑道，"小兄弟年纪虽轻，却勇气可嘉！只是你小小少年又岂能深入王宫，杀了那秦王呢？唔，若是那荆轲去刺，说不定能成事。"言下之意，却是小觑了秦武阳。

秦武阳见大汉瞧不起他，心中颇为委屈，有意想要证明自己的剑术。可他正要开口说话时，忽然听得屋顶传来稀疏脚步声，混杂在房内谈笑声中，几不可闻。秦武阳凛然心惊，正要出声叫喝提醒，轰然一声巨响，碎木飞屑，屋顶洞穿，一道灰影从天上落下，漫扬弥散的灰尘中，一道寒光闪烁穿梭，直逼乱髯大汉头顶。

"将军小心！"樊屠子骇然大惊，旋身扑上，将乱髯大汉推倒在地，躲过一劫。但闻"嘟"的一声闷响，乱髯大汉案前矮几已被劈断。灰衣人一击不中，落地后，眼见樊屠子同大汉叠扑脚前，登时倒提青锋，往下疾捌，誓要将二人刺出个窟窿。

"住手！"

灰衣人陡闻一声暴喝，随即后脊劲风飒然涌至，背上泛起一阵凉意，不敢托大，连忙挥剑来挡。仅一回身，便见秦武阳仗剑刺来，势若飞星疾火，猛虎出柙。灰衣人不敢直撄锋芒，遂力透右臂，长剑斜上挂出，想要卸开此剑。却见得秦武阳口中低吟，左手剑诀稍引，右腕微拧，长剑登时若灵蛇出洞般，去势曲折，眨眼间，剑风一紧，剑尖便即刺中灰衣人剑身之上。两剑相接，灰衣人只觉对方剑上无力，刺中己剑恍如无物，不禁暗自生奇。他只道是对方虚张声势，正要还击时，陡闻秦武阳寒面厉叱道："中！"

灰衣人眉头紧皱，正要反应时，却变起俄顷。但见秦武阳手臂陡长，长剑猛然推递，剑尖一绷，劲力吐出，若钱塘春潮般层层涌到。灰衣人顿觉剑上压力猛增，敌方气劲汇于剑尖一点，钻透过来，撞中己身。灰衣人闷哼一声，面色煞白，胸口如被铜锤杵中般，应声飞开，撞破一面泥墙，摔落到院子当中。

"好剑法！"乱髯大汉推开樊屠子，按地站起，目中精光长亮，朝秦武阳颔首赞道，"我行走军伍多年，当真不曾见过如此剑法！"

秦武阳无暇应话，脚下一蹬，身子便已从墙中洞虎跃而出，长剑挺空，急如掣电，夭矫如龙。顿时听闻一阵金铁铿锵，却是他截下了灰衣人的长剑。秦武阳目光敛聚，觑破敌人虚实，身子倏忽塌下，剑光贴地展开，恍如水银洒地，直削灰衣人双足。灰衣人凛然失色，连忙运起轻功，脚下虚点，身子便即飘退飞去，躲过一剑。秦武阳一招不中，后着随剑递出。见他左掌斜下按地，身子朝前翻起，转动间，剑光暴绽，反手撩起，批亢捣虚，上斩灰衣人裆部，却是想要将之从中两断！灰衣人已是吓得胆寒，不敢再留，长剑下捺，磕中秦武阳的剑，借势翻飞而起，一个鹞子冲天，人已踏上屋脊，仓皇逃走。

这下交手，虽仅三四招，但其中凶险无比。秦武阳固然剑法犀利，进退如鬼魅，攻守如天神，可那刺客却也不俗，剑法迅疾，反应灵敏，不失为一名劲敌。若非今日秦武阳在场，怕不是要叫他得手了。

秦武阳斗得兴起，见灰衣人要逃，哪里肯放！脚下一蹬，便也翻上屋脊，正待放足追去时，忽然听闻屋内传来一声惊喝："老樊！"却是高渐离的声音。秦武阳心下一凛，忙跃下屋顶，旋身抢回屋内，却是见得樊屠子浑身浴血，身子颓然倒在乱髯大汉面前。而乱髯大汉则虎目噙泪，一手抱住樊屠子的尸体，另一手死死攥住一人颈项。那人手上兀还握着柄血淋淋的短刃，可脑袋已歪折，竟是硬生生被大汉只手扭断了脖子，眼见不活。仔细看去，此人竟是先前引秦武阳到此的那名酒舍小厮！

秦武阳陡见新识的好友骤然蒙难，心中悲怆，面上瞿然失色，掷落长剑，跌坐在地，口中支吾道："樊屠子他……"高渐离放声大哭，指着小厮的尸体，厉喝道："我们都被骗了！这小厮是和先前那刺客一伙的！方才你追出门去，这厮就抢进屋来，假意避难，实则举着匕首就要往将军身上刺去！樊屠子为救将军，便挡下此刀……"

乱髯大汉仰天悲啸一声，右手用力将小厮的尸体直掼出去，摔落丈许远近，合臂一抱，将樊屠子揽进怀中，英雄泪落满襟。秦武阳虽与樊屠子初识，却是意气相投，大感白头如新，倾盖如故，顿时不由得眼眶一红，摇头直叹，心酸不已。

三人自在神伤时，忽然间，酒舍外传来飒沓马蹄声，急如骤雨，却是有大队人马赶到。俄而，酒舍内食客哄散，脚步杳杳，来人已是抢进院落。秦武阳与高渐离等人义气相交，见得樊屠子惨死，大为恼火，这便执剑而起，抹去面上泪水，大声道："岂有此理，竟然还带了人来围攻！二位哥哥先走，小弟在此殿后！"罢了，迈步推门而出，长剑斜摆，威风睥睨院中诸人。

　　却见院中站了三十来人，皆身披软甲、手执长戟，众星拱月般护着一位华服贵公子。那贵公子见得秦武阳从房中步出，仗剑而立，怒目而视，豪气十足，心中不禁赞道："好少年！"轻笑一声，从人群中走前几步，道："你是何人？见了不谷竟敢不行礼？"

　　秦武阳见眼前此人雍容华贵，浑身上下无不透着一股贵气，煞是少见，心中顿生好感。只是他担心此人要对乱髯大汉不利，便即长剑平举，遥指贵公子，寒声道："你又是谁？为何带人将我们围起来？"众兵将见得秦武阳长剑直指主公，不由得骇然失色，纷纷抢前两步，平执长戟，两相对峙，剑拔弩张。

　　"太子丹，且慢！此人乃是在下熟识，他并无恶意！"侍卫中忽然走出一人，站到了前头，回身朝贵公子鞠了个躬，说道，"还请太子下令，让诸将罢手。"太子丹颔首轻笑，右手举起，轻轻挥了挥，众将登时将长戟竖起，收起敌意。

　　"荆先生！"秦武阳看着说话那人，失声叫道，一把将长剑收起，冲了过去。荆轲转过身来，朝秦武阳笑道："武阳，许久不见，你可还好？"两人把臂相视，哈哈大笑。笑过后，秦武阳发现荆轲面容消瘦，双眼深凹，相貌大变，必先前憔悴了许多，便颤声问道："荆先生，你为何变成这样？"荆轲冷哼几声，眼中似是窜过怒火，继而苦笑两声，直言："不说这个，不说这个。"

　　那贵公子见荆轲同秦武阳相叙，也自不管，径直踱步上前，高声道："樊将军何在？太子丹特地来迎！"屋内，那乱髯大汉听得叫唤，便将樊屠子尸身轻轻放下，迈步出去，寒着脸面，一拱手，沉声道："在下秦国降将樊於期，这厢见过太子丹，还请太子入内一叙。"说罢，一摆手，将太子丹迎入室内。

　　太子丹"嗯"了一声，抬腿走进屋子，而荆轲与秦武阳自也尾随。

进了屋，太子丹见得遍地是血，满室狼藉，又有两具尸体横卧其中，不由得大惊道："发生了何事，可是有刺客来袭？"樊於期惨笑一声，道："樊某自叛秦以来，秦王便擒杀了在下家室，又以千金万户悬赏捉拿，一路行来，自然是险象环生，不得安宁。今日我在此饮酒，便遭逢刺客，若非我这好朋友替我挡了一剑，怕我也没命见你了。"太子丹闻言，忽地正身，朝樊屠子尸首恭敬一拜，想是敬佩他的侠肝义胆。

樊於期见得荆轲同秦武阳也都走进屋来，朝荆轲点了点头，他二人原是旧识！樊於期继而指着秦武阳，向太子丹解释道："也是多得这位秦少侠出手相助，赶跑了另外一名刺客，否则，在下亦是凶多吉少。"太子丹闻言，转过身去，又是朝秦武阳恭谨一拜，道："多谢少侠出手相助。你救了秦将军，便如同救了不谷，从此往后，我们已是朋友！"

秦武阳听得他们唤这贵公子作"太子丹"，便知其身份，哪里敢受他一拜，连忙还了一礼，高声道："折煞小子了。太子身份尊贵，小子岂敢受您一礼！"

太子丹施礼过后，身板便复挺直，张口招呼道："来人！"待见两名兵卒走进，继续道，"将这刺客的尸首拖出去，斩首示众，曝晒三日，以儆效尤。然后以士大夫之礼，厚葬樊屠子。"两名兵卒领命下去，自去处置不题。

樊於期见太子丹如此厚待自己，不禁好生感动，抱拳称谢。继而又叫人换过案几，诸人分宾主高低坐下。秦武阳坐于荆轲旁侧，忽然想起一事，双手将荆轲遗下的长剑奉上，道："当日荆先生走得匆忙，将佩剑忘了，如今物归原主，武阳也算了了一事。"荆轲看见长剑，眼中忽地生出惧色，额上冒出冷汗，好像想到了什么，尴尬地笑了笑，就想伸出右手去接。孰料，这右手一伸出去，便是直在发抖，看似虚弱无力。他连忙收回右手，改用左手接回长剑，放到身旁，道了声"谢"，只是语气不复以往那般亲热。秦武阳皱着眉头，心觉不妥，但只觉其中大有蹊跷，却又想之不透。他正想出言相问时，旁边樊於期与太子丹二人谈话已是越渐激昂，似是讲到要紧之处，他便只好缄口旁听。

"太子，请恕樊於期直言。以燕国的军力来抵御秦兵，那无异于以卵击石。"樊於期抱拳大声说道。太子丹闻言，面色陡变阴沉，默然不语，少顷，喟然叹息，道："不谷又何尝不知？秦国之大，又岂是我小小燕国所能抵御？只是丹虽樗栎不佞，却也不敢将祖宗家业拱手让人。假若秦军来犯，也定要斗个鱼死网破才肯罢休！"

樊於期闻言，眉头一挺，朝荆轲看了一眼，见他低着头似是走神，便长身而起，走到正中，推金山倒玉柱地跪倒在地，大声请道："末将斗胆，恳请太子拯救燕国黎民于危难，亦为末将报得家仇！"

"哎哟！"太子丹不料樊於期突然行此大礼，连忙抢前扶起，道，"樊将军快快请起！丹岂敢受你一拜！"樊於期拜倒在地，任得太子丹如何拽拉也不肯起，口中直道："太子若不应承末将，末将便长跪不起！"

太子丹问道："樊将军所言，不谷又何尝不想？只是秦军势大，我燕军又如何能挡？还请将军教我！"樊於期猛然抬头，斩钉截铁道："如要抵御秦军，别无他法，唯有刺杀秦王嬴政！秦王一死，举国为丧，新王登基，朝局未稳，必不敢贸然出兵！这般，燕国安矣！"

"啊！"太子丹愕然大惊，"何人能行此事？"

樊於期见太子丹竟像是从未听过此事，不由得眉头皱起，转过头去，奇怪地瞪了荆轲一眼，大声道："禀太子，卫国大剑师荆轲堪当此任！臣半年前曾与荆轲书信密议此事，已是商量妥定。"

太子丹转朝荆轲，正声道："荆卿，樊将军所言可是真的？你可愿往？"荆轲咬住牙齿，面色越发难看，眼神游摆不定，竟是有些迟疑："臣……臣……"

"禀太子，秦武阳愿随荆先生一起前往秦国！"秦武阳不知荆轲发生何事，行事竟是蝎蝎螫螫起来，便抱拳上前，跪地应道："武阳虽是年轻，但其实我师从魏国大剑师盖聂学剑久矣，自认剑术尚可，堪当副手！"樊於期高声接口道："末将可担保，秦小兄弟剑术确实卓绝，可当荆轲副手！"此话既出，众人便将目光投到荆轲身上。却见他低叹一声，垂着头，走上前去，也跪倒说道："臣，愿往。"

太子丹沉吟不语，脚下绕着小圈踱了几步，便已定计，一抬手，朝三人道："快快请起！三位侠义，不谷无以为报，请受不谷一拜。"话音甫落，太子丹便深深地弯下腰去，朝三人一拜。三人不敢妄受，慌忙还礼。太子丹将三人一一扶起，送回入座。转而朝樊於期问道："既然刺客已定，不知良计安出？"樊於期道："此事甚易，秦王觊觎督亢之地久矣，太子何不将计就计，将督亢地图交予荆轲与秦武阳。他二人假意献图奉承，实则暗藏刀兵于身，一见秦王，便暴起刺之！谅他秦王勇猛过人，于欢喜无备之时，焉能抵挡两大剑客的袭击？这便一命呜呼，大燕之危，解矣！"

太子丹闻言，先是一喜，只是仔细一想，又是摇头道："不行不行，此计不通。若秦王只是命人收下地图，却不接见，计谋岂不落空？督亢岂非陷入险境？刺秦不是万全之策，依不谷看来，此计不行。"荆轲闻言，却是轻轻松了口气，面色稍缓，拈起酒碗，呷了一口。此举落入秦武阳眼中，顿觉奇怪，眉头皱起，便想发问。只是忽然闻樊於期大声劝道："太子，刺秦一事势在必行呀！若不铤而走险，燕国便就无救了！"说完，匍匐跪倒，朝太子丹磕了个头。

此次，太子丹却没急着扶他起来，只是皱着眉头，摇头直叹。樊於期见状，突然福至心灵，忙叫喝道："有了！有了！若是督亢地图不可确保秦王接见，那么带上末将的头颅，他定会于御殿接见！末将乃是秦国叛将，嬴政赏千金、邑万户，以缉拿末将。若是谁能带去末将的头颅，嬴政定会亲自褒赏。"

在场诸人闻言，无不瞪大了双眼，愕然望着樊於期。高渐离生怕太子丹应承了，忙出口劝道："将军不可！"樊於期怒瞪了高渐离一眼，暴喝道："渐离闭嘴！"继而，转头看了荆轲一眼，见他正自闭目养神，一言不发，便重重地吐了口气，大喊道，"刺秦之事，就拜托诸位了！"话音刚落，便见樊於期突然从靴中拔出一柄短匕，闪电般插入了自己的心口，用力一绞，鲜血喷涌，大笑一声，已是气绝。

"不！"

这下变起俄顷，便是秦武阳有意去救已是来不及了。但见得秦武阳抢身出去，扑倒在樊於期身旁，放声痛哭。荆轲见得此景，"啊"地叫了一声，惊立而起，右手又发起抖来。

太子丹当庭跪下，仰天大叫三声，拜倒在地："将军忠胆，世上无双！丹为燕国百姓，谢过将军义举！"说罢，泪水也是涔涔而落。而高渐离漠然看着地上血泊，想到片刻前，屋子里的三人还在举杯畅饮，高谈阔论，却不料，现如今竟只剩下他一人，登时心头悲怆，不胜寂寥。这便伸手拉过筑，击弹一曲，放声凄然唱道："风萧萧兮易水寒，壮士一去兮不复还。探虎穴兮入蛟宫，仰天呼气兮成白虹。"一曲唱罢，高渐离将筑抱起，奋力摔下，"哗啦"一声，其已断成两截。

众人正自哭着，便见高渐离忽地颤悠悠地站起身来，望了樊於期尸首一眼，苦笑一声，步履踉跄地走出门去，口中依旧"咿咿呀呀"地吟唱着这首歌谣，双眼通红，却又不见泪落。恍惚间，身影业已消失在院子之外。

第三回　燕国勇刺客

"风萧萧兮易水寒，壮士一去兮不复还。探虎穴兮入蛟宫，仰天呼气兮成白虹。"

秦武阳撩起车帘，望着马车外缓缓东去的易水，心中不由得念起了那日在酒舍中高渐离所唱之悲歌，不禁喟然生叹。秦武阳最后望了一眼逐渐缩成黄豆大小的蓟城，便放下车帘，端正身体，看着坐在对面的荆轲怀中抱着一方木匣、一卷图轴，正自闭目养神，越发觉得看他不透，仿佛不再是以往自己熟悉的那个"荆先生"了。

马车内，荆轲睁开了眼睛，望了秦武阳一眼，正想与之搭话，忽地眼角瞥见秦武阳座旁长剑，颈中陡然泛起一股凉气，好似有把剑架在其上一般。他面色猛变，右手又开始发起抖来。荆轲生怕叫秦武阳看见自己狼狈窘样，连忙将右手掩入袖内，用左手牢牢握紧，继而闭起双眼，深深地吸了口气，这才压下心中魔魇。秦武阳见得此状，眉头大皱，霎时便想出言相问，只是陡然念及师父最后赠予的四个字"戒急用忍"，这才按下冲动，又是叹了一声，学着荆轲模样，在车内打起坐来，闭目养神。身子随着马车辘辘前行，晃摆晃摆，直往秦都咸阳赶去。

这么晃着，自蓟城到咸阳的两千余里路程，便就晃过。屈指一数，已是过了月余。车外山河变色，寒风萧索，过目之处尽是枯草败叶，鸿雁南归，时节已入深秋。望着横亘马头的巍峨高墙，秦武阳手掌不自觉地摸上腰旁长剑，舒了口气，低声念道："秦都，终是到了。"

交过通牒，马车缓缓自城门驶入。行到街上，秦武阳撩起车帘，往外看去，却见得街上熙熙攘攘、游人如织，道旁尽是打酒卖茶、摇饴称卤的商贩，几筵匣笥、盘盂铜锡摆了满地，货品琳琅满目，飒沓鳞萃，直让人看不过来，远比蓟城繁盛百倍。渐渐地，马车行过直街，往秦王宫驶去，将繁华街景，抛在车后。

"武阳，此行必无生还的可能，"荆轲闭着眼睛，冷然问道，"你可有后悔？若是要走，如今可还来得及。"秦武阳压低嗓子，凛然道："侠之所驱，义不容辞！往日荆先生的教诲，武阳不敢或忘！以武阳之躯，救得燕国千万子民，那也是值了！成此一举，虽死无憾！"荆轲闻言，低着头，像是要说什么，却又按下话头。他犹豫一番，终是开口道："只是我……"

"吁……"

帘外车夫拉起马缰，长吁一声，车速陡缓。外头传过几声喝问，继而便发出一片鳞甲交击的琅琅脆响，显是有兵卒走来。忽然，车帘被撩起，一名秦兵探头进来，看了看车内二人，验过通牒，也即放行，车子已是进了秦王宫。

秦武阳心头蓦然紧张，捏紧了拳头，深吸两口气，转过头去便想听荆轲说完。只是经此打断，荆轲却又收回了话头，叹息一声，摆了摆手，意兴阑珊道："没事了。"说罢，又闭起双眼，听着车轮辘辘，自去养神。只是他养神之际，牙关咬紧，眉头忽紧忽松，似是想起了什么事情，右手竟又不自觉地发起抖来。

秦武阳看着，心头一动，低声问道："荆先生，您的手……"

荆轲双目圆睁，睖视秦武阳，眼中悲、愤、恨诸多情绪交杂。秦武阳从未见过荆轲如此模样，望之不禁愕然。良久，荆轲见右手颤得更厉害了，便即收入袖内，藏至身后，摇头冷漠道："我没事。"此时二人深入虎口，秦武阳亦是不敢多说什么，叹了一声，心中想道："今日便要同荆先生死战于此了。"

俄而，马蹄落地声弱，马儿咳咳累嘶，已是住脚。马夫撩起车帘，朝里恭敬道："二位爷，小人就送到这里了。前面的路，还请二位好走！二位的高义，燕国百姓万世铭记于心！"这马夫本是太子丹的御用马夫，今次为了送他二人出行，太子丹便叫了他来送，以示礼遇。

秦武阳点了点头，道："劳烦谢伯了。还请您回去后向太子丹问好，说荆轲与秦武阳无所畏惧，多谢太子的知遇之恩！若有来世，定当再为大燕、为天下锄奸！"谢老伯闻言，不禁眼眶通红，伸手为二人撩起车帘，服侍下车，便如同往日服侍太子丹一般。

荆轲面色沉如死水，双手托住摆放着图轴与木匣的承盘，径直走下车去。秦武阳望了一眼荆轲落在座旁的长剑，眼中精光一闪，不知想到了什么，伸手拍了拍藏于靴内的"鱼肠剑"，便提着两柄长剑，随之下车。

下得车去，映入眼帘的是洞开的庄重宫门，门下砌了一道青石长阶，向上直往宫城内廷延伸去，抬头望去，隐约可见宫殿弯弯飞起的檐角。长阶两旁站了两排手执长戟的黑甲戍兵，见得荆轲与秦武阳由火者引路，步上长阶，口中忽然"呜呜"低叫起来，长戟一下一下地重杵在地上，发出"橐橐橐"的声响，密集如雨，整齐划一，好似随时都会冲将上来，搏杀二人一般。秦武阳心中藏事，见如此情景，登时面色稍慌，右手摸到剑柄，抽出小半截青铜剑，准备随时应敌。

"大胆！谁许你们这般吓唬人？你们难道不知，这二位乃是大王的贵客么？"火者见得秦武阳这般紧张，倏忽嗤笑一声，阴阳怪气地呵斥众兵。待见众兵卒挺身站稳，不再妄动，便转朝荆轲戏谑道："荆先生莫要见怪，我们秦人勇武，向来只服英雄人物。若是遇见狗熊，这般不长眼的东西就尽会作怪，往日里，宫中的小火者们可没少受他们欺负。"言下之意，却是将荆、秦二人同无根宦者相提并论了。

秦武阳闻言，面色陡变酱红。只是他们身负要命，不敢多生枝节，便怒哼一声，将长剑推回鞘内。荆轲则面色不变，点头道："宫正所言甚是。"那火者有心戏谑二人，见荆轲竟是不动气，顿觉无趣，转回身去继续引路。

长阶登尽，二人便见眼前一条长道直通一处大广场，场中有一大圆，大圆前、后、左、右各立了两根雕龙石柱，每两根石柱底下都夹了条长道，通往不同宫殿。广场之后便又是一道长阶，石阶玉砌，华贵非常。阶梯后，屹然立了座宫殿，见得是紫阙朱宫，重楼延阁，檐牙涂金，流碧飞丹。秦武阳不禁讶然叹道："好威风的一座秦王宫，倒也难怪秦国大兴！"

这般叹着，他们人已踏过长梯，来到了大殿门前。两人垂首伫立。那火者弯着腰、弓着背，碎步踱进殿内，施礼唱喏道："禀大王，燕使荆轲、秦武阳带到！"

秦王高踞座上，寒面肃声，道："带上来。"火者站起身来，朝外高声宣道："带荆轲、秦武阳上殿觐见！"闻得此声，秦武阳忽地紧张了起来，迈起脚步，就想冲进大殿。

"慢着，入殿解剑！"殿外侍卫见得秦武阳便要莽撞冲入，连忙叫住。

秦武阳望了望荆轲，见他目不斜视，承盘高举过顶，低着头蹑步朝里恭谨行去，他便哼了声，将佩剑交出，低着头，大步流星地行入殿内，落后于荆轲半步。

两人行至大殿正中，便双膝跪倒，朝秦王施礼道："臣燕使荆轲、秦武阳，叩见秦国大王！"行礼毕，荆轲将承盘高高举起，继续唱喏道："臣荆轲奉敝上太子丹之命，特来献上两件宝物，还请秦王笑纳！"

秦王早从手下得知荆轲带来何物，心中大为欢喜，却又佯作不知，道："噢，我大秦国富有天下，你们燕国又有什么稀奇宝贝，可以贡上？"荆轲虔声道："珠石玉器、宝剑名刀，大王当是应有尽有，敝上自是不敢送上此等俗物。这第一件宝物，乃是太子丹亲命在下亲自取来的，可谓世间独一无二。"说罢，将承盘放下，打开木匣，继而高举，毕恭毕敬奉承道，"请大王过目，这第一件宝物便是秦国叛将樊於期的脑袋！"

秦王居高临下，放目过去，便见得木匣之中置着一人头。此人粗眉怒目，乱髯丛生，岂不正是那樊於期！秦王招呼火者，将木匣接了上来，放至案前仔细一看，便即朗声大笑道："不错不错，此人正是那不忠之人——叛将樊於期！哈哈哈，赵高！"火者屈膝应道："奴才在。"秦王大手一挥，转眼睥睨殿前诸臣，冷声道："去，将这人头传给诸卿看看，叫他们瞧瞧这不忠不义的叛国贼！"诸臣闻言，登时吓得冷汗淋淋。赵高得令，带着樊於期的脑袋在殿上走了一圈，见群臣瑟瑟不言，显得心有余悸，心头也觉好笑，便将木匣合上，交予手下收好。

秦王抚着颔下短须，含笑道："荆轲，孤曾张榜天下，凡是能提来樊於期脑袋的，孤便赏千金、邑万户，晋封为将军！孤不会食言的，抬上来！"少时，便有十余名火者抬着五个大箱子走进大殿。

"打开了！"秦王高呼一声，大手一挥。火者们应声将木箱打开，登时映得满室熠熠生辉，里面装着的尽是价值连城的奇珍异宝。诸臣看着，不由得大为艳羡。秦王轻笑道："顺我者昌，逆我者亡。你做得很好，这是你应得的。"这般恩威并施，殿前诸臣纷纷鞠躬施礼，山呼道："大王英明！"

荆轲看着这么多的珍宝，也是一愣，待回过神后，忙高声道："臣谢过大王赏赐！"秦王含笑问道："荆卿，你的第二件宝物又是什么呢？"荆轲拿起图轴，长身而起，恭声道："大王，请许臣上前展示。"

秦王一喜，颔首应承道："上来吧，荆卿立此大功，孤破例准允！"荆轲谢了一声，双手捧着图轴，缓步走近秦王。秦武阳眼角瞥着他们，心中紧张呐喊："来了，就要成功了！"

原来，太子丹料得秦王定不许他们带剑上殿，于是便藏了一柄利匕在图轴之中，以浑水摸鱼带进殿内，待得荆轲展示地图之时，就可暴起刺之。

荆轲走上短阶，来到秦王案前，将图轴放置案上，一寸一寸地缓缓展开。秦武阳双眼瞪大，注目而视，心子怦怦乱跳，恍如打起了战鼓一般。

须臾，图穷，匕却不现！

秦武阳目眦欲裂，惊愕地望向荆轲，竟然见他面上换上了一副谄笑，如同狗儿般弯下往日不折的腰身——他竟是临阵变卦了！

秦武阳忽地想起那日樊於期死时的悲壮，登时怒火攻心，双眼涌出血丝，霎时便想冲上前去，将荆轲与秦王二人杀于案前。只是他蓦然想起了师父的教诲——戒急用忍。这才咬牙忍下，低下头去，生怕被人瞧破虚实。

"大王当心，跪着的那人乃是刺客！"忽然，殿角传来一声惊喝。场面登时炸开了锅，殿外武士拔刀潮涌而进。秦武阳抬头望去，却见右前方跪立一人，瞧他面目，赫然便是当日刺杀樊於期的那名灰衣刺客！荆轲听着刀剑铿锵，连忙跑到阶下，匍匐跪倒，惶恐道："臣等冤枉！"右手竟又颤抖了起来。

"夏无且，可有实据？"秦王回头朝那灰衣刺客寒面问道。秦武阳深知时不我待，不敢再等，脚掌运力一撑，身子便如鹰搏豹扑般蹿至案前，不知何时，手上竟多了柄出鞘短剑，直朝秦王面门搠去。秦王顿觉眼前银光数闪，寒风扑面，一柄尺许短剑已是递到眼前。他尚来不及惊呼，便见一道黑影后发抢到，随手甩出手中玉笏，拦至秦武阳剑前。秦武阳手腕一晃，寒光过处，玉笏断为两截——断金碎玉，竟如无物。

秦王借此良机向旁翻滚，狼狈逃开。秦武阳一击不中，短剑急舞，又朝秦王刺去。只是夏无且已从旁抢到，一只手拉着秦王飞退，另一只手银针急发，直往秦武阳要害扎去。秦武阳不敢托大，短剑舞出一片剑网，顿闻"叮叮当当"数响，银针便尽数被磕落地上。待他要提剑追去时，顿觉身后劲风袭来，却是兵卒赶到。秦武阳舌绽春雷，短剑回削，登时削断三柄长戟。他旋身踢脚，将三卒踹飞。他脚下生风，跃下玉阶，旋风般截到秦王面前，短剑又是劈到。夏无且叱咤一声："贼人敢尔！"左手推开秦王，右手投臂送掌，幻化出无数掌影，罩住秦武阳全身，自与他短剑相拆。

秦武阳口中怒喝："荆轲你为何不出手？"喝罢，登时剑光暴绽，夭矫如龙，在夏无且如山掌影中，直透出来，三五招后，便将他逼退。夏无且骇得冷汗大出，为之胆寒，不敢撄其锋芒，连忙退却。秦武阳逼退夏无且后，便又朝秦王追去，途中数名兵卒来拦，但又如何能拦住！秦武阳乃是盖聂门徒，剑法得其真传，加之手上执着的又是"鱼肠"名剑，轻轻一挥，敌方手中兵刃已被削成两截，盔甲穿裂，血流遍地。

秦武阳一面追杀秦王，一面高声喝问："荆轲，你回答我！"荆轲耳畔听得金铁交击，右手抖得更是厉害了。他仰天苦笑道："不是我不想刺秦。实是我无能为力！自那日同你师父盖聂斗剑后，我一见到刀剑，眼中便生幻想，只觉有把飞剑架在我喉间，右手直发抖……我这一身剑法，早已是废了！"

秦武阳闻言，心中又惊又怒，挥剑挡开拦路的一名兵卒，血溅其身，大声厉斥道："那你为何不早说？你若不想来，我自己来杀秦王就好了，为什么要误我大事，误了天下苍生？樊将军可是白白枉死了！"

荆轲嗤笑一声，道："若是我跟大家说，荆轲已剑法尽失，成了个无用之人，太子丹还会对我这般礼遇么？哼，我荆轲侠名播布天下，是卫国的大剑师！天下众人无不对我高看，我又岂能说出我是个废人！"

秦武阳越听越恨，竟没想到荆轲居然为了一己私名而误了大事，忽然想起出行前师父的谶语——"荆轲此人虽是性情直率，颇有侠义，但可惜为人孟浪，心高气傲，志大才疏，并无安邦定国之能。若想成事，须得远离此人！"他心中大为悔恨，恼恨自己竟是不听师父劝告，自己丧命事小，但假若连累得燕国烽火再起，生灵涂炭，那便是罪孽了！

这般想着，秦武阳剑法施展不由得一滞。身后秦兵抓住机会，两刀一枪，直往秦武阳身上招呼。秦武阳躲避不及，被单刀割中左臂，带走一片血肉。他痛呼一声，短剑疾出，如奔雷骇电，三颗大好人头立时滚落地上。秦武阳跟跄两步，转头四顾，见得秦王又蹿回案前，即刻快步抢去。只是此时殿内兵卒已多，秦武阳一动，便又有三人挺枪搠来。

秦武阳正要回剑格挡时，忽见荆轲暴跳而起，口中叱咤一声，高大的身子如山撞到，将两名兵卒撞开；左拳崩出，势如卷瓦，击中一人下颌，此人登时被击碎颌骨，掼飞出去，又压倒数人，眼见不活。秦武阳短剑舞动，又杀了两人，回头见荆轲合身抱起地上沉重宝箱，直往殿门抛去。少时，五个大箱子，重达千斤之物，全堆撒在大门，拦住了门外兵卒进殿之路。荆轲哈哈大笑两声，右手尚自急颤，虎躯便就抢出，力贯臂膀，一条左臂若镶铁棍般挥舞起来，扫中数人脖颈，便都是颈断而死，可见其力道刚猛无俦，如缚万斤。

夏无且无暇顾及荆轲，眼见秦武阳越杀越靠近秦王，便从地上捡起一把长剑，身子随剑直进，批亢捣虚，刺向秦武阳身后空当。倏忽间，夏无且身后猛风袭来，猝不及防下，竟被来人扑倒，滚落在地。那人却是荆轲！但闻荆轲朝秦武阳大声笑道："我欠你的，如今已是还清。能不能杀秦王，就看你了，小兄弟！"话音甫落，夏无且一个翻身将荆轲推开，后面两名待机侍卫，长枪挺进，霎时将荆轲钉在地上。

荆轲口中溢出鲜血，将衣襟染红，心中一片平静，魔魇尽消，耳畔听得刀剑铿锵，右手却不再发抖，竟是于这将死之际，剑术尽复！他心中起念，信手拈起地上长剑，寒光一亮，势若飞星疾火，猛虎出柙，顷刻间，两颗头高高飞起，鲜血落了荆轲满面。荆轲掷落长剑，大笑三声，豪迈唱道："风萧萧兮易水寒，壮士一去兮不复返。"歌曲唱罢，他口吐鲜血，泯然气绝。

秦武阳见荆轲死得惨烈，已是不再记恨于他，念及往日情谊，泪水不禁簌簌流下。口中"啊"的悲啸一声，短剑奋力直起，挺空上下，眨眼间斩杀了拦路三人，忽地反展剑锋，疾如骇电，刺向秦王心口。秦王急往后退，却也避之不及，闭起眼睛，心中呐喊："孤，命绝于此了。"

危急间，一只药囊横空掠过，又拦在了秦武阳面前。秦武阳以为是暗器，短剑一挥，便想将之磕飞。孰料这短剑一割，竟是将药囊破了开来，其中药粉弥散，秦武阳吸入两口，顿觉头昏脑涨，手脚酥软，短剑险些也要落地。秦武阳心想，成败在此一举。于是，齿间用力，咬破舌尖，登时飙出鲜血，腥气入喉，精神不由得为之抖擞。这便倒提青锋，又往秦王扎去。秦王中了药粉，也是迷迷糊糊地摔在地上，只是陡然见得眼前寒光大绽，本能之下，便要向前爬开，却又酥软无力。

"逆贼受死！"但闻夏无且暴喝一声，人已星火赶至，飞起一脚，将秦武阳踢开。秦武阳闷哼一声，应脚踉跄摔倒，摔落之际，右掌振臂直投，将短剑激射而去。

"啊！"秦王痛叫一声，短剑却是射中了他的大腿旁侧，避过了要害。

秦武阳摔在地上，眼见门外兵卒飒沓赶到，将自己团团围住，已知功败垂成，不禁眼眦目裂，双眼赤红，仰天悲喝三声，道："秦武阳无能，无能，无能呀！有愧于天地！"喝罢，牙齿用力一咬，将舌根咬断，口中喷出一道血柱，竟是自绝于殿上。

殿上兵卒骇其勇猛，均不敢上前，只是执戈警惕。良久，夏无且甩手飞出几根银针，扎进秦武阳心口，见他丝毫不动，这才信他已是气绝，大大松了一口气。只是他须臾转过头去，见得殿上陈尸遍地，血流漂橹，短短半刻钟的光景，竟是死伤七八十人。念及秦武阳舞剑斩杀的样子，夏无且尚觉余威迫人，心有余悸，一时间，右手竟是不禁打起战来，手中长剑登时"哐啷"落地，脑中空白，似乎忘记了如何使剑。

是夜，榆次，"竹剑轩"。

本在熟睡的盖聂陡然惊醒，好似察觉到了什么，面上泪水簌簌而下，高声喊道："白鹿，白鹿！"几声过后，方白鹿睡眼惺忪地跑进屋来。盖聂抹去面上泪水，淡然道："你背我出去走走。"

方白鹿应了一声，将盖聂负起，走出门，来到花园，站在溪面小桥上。盖聂环顾四周，见得院中花木凋敝，满目萧条，又不禁潸然泪落。抬头望天，见得墨黑天穹下的北斗天枢奇亮，登时涕泪纵横，喟然叹息道："贪狼星起，天下定矣。"叹罢，他又朝着西方秦都的方向望了一阵，俄而，便叫方白鹿背了自己回房。

从此，方白鹿便再也没有听师父提过秦武阳这个人，只是有时候会在夜深人静时，听到他在拊心幽泣。

心 药
——《英雄堂》系列之二

时未寒

一

舞阳城外十里，有个处于湖畔的小村落。

说是村落，其实都显夸大，不过是在阴霾的天空下，零散着几栋茅屋而已。

湖边有间老屋，陈旧简陋，多年无人居住。除了偶尔有村里的顽童来这里捉迷藏，就再无人迹，宛如破败鬼屋。

但说来奇怪，从两年前开始，这里每个月都会发生一件蹊跷的事。

初九。清晨。

不知从何处来的老人突然出现在旧屋里。他发须如雪，就连眉毛都花白了，看起来年纪很大，但却全无佝偻之态。也不多言，只是拿着扫帚清理一番。

半日清扫后，房屋焕然一新。然后午时左右，就会陆续有马车前来，运送来一些家具物品，在屋中张罗起来。

村里有好事者偷偷打探，似乎是有一位年轻人在房屋里摆摊设点，也不知做的是什么生意？

然而到了晚上，也不管这半日里有没有主顾上门，几辆马车便搬屋内走所有家居物品，最后只剩下那位发须皆白的老人留守在房屋内。

初十。残砖败瓦，破旧老屋，恢复如初。

原来让老人忙碌一夜的事，居然是重新做旧老屋。

每月初九、初十，周而复始，固定如一。

这件事情已经不是蹊跷，而是诡异了！

二

十一月初九。傍晚时分。

寒鸦欲归，斜阳未落。

顿错有致的马蹄声沿着湖畔悠悠传来，如同踏着某种奇异的节奏。

来的是一人一骑。火红色的高头大马，神骏异常。骑者一身纯黑，肋下隐隐露出带鞘宝刀，显得神威凛凛。只是他头戴面罩，浑身上下遮掩得严严实实，只露出一对精光闪闪的双眸，神秘异常。

这里远离官道，人迹罕至，也不知这个黑衣骑士是如何寻来的。

蒙蒙的湖面上，结着一层薄薄的冰。在傍晚夕阳的照射下，如同一面未打磨的铜镜，隐隐透出水下的淤泥与杂草。

黑衣骑士信马由缰，不疾不徐，眼眺湖水，仿佛若有所思。直至望见那湖畔的破旧茅屋，眼中才闪过一丝光亮，喃喃念道："想必这就是了……"当即策马直奔而去，看来是专程而来，决非迷路。

旧屋已是焕然一新，门口左右还挂着旗幡，左首上书"饮一杯，共销万古愁绪"，右边写着"问一句，开解当下疑难"。房屋简陋，门槛破败，字迹亦是潦草，但冷风如刀，卷动旗幡，那龙飞凤舞之势直欲破空而出。

黑衣骑士默吟对联，有会于心，大步入内。

屋正中是一张大木桌，桌边有数坛酒，桌上有杯盏，除此之外更无一物。

一位年轻人端坐在桌边，年纪不过二十出头，粗布薄衫，青衣小帽，洁净淡雅。凌乱的发丝下浓眉斜飞入鬓，一双凤目陷入深深的眼眶中。装束平凡，相貌英俊，神态间隐有倨傲之色，胯下虽只是寻常木椅，却浑若坐在金銮宝殿中。

一只手按上了桌案。"请教先生。"黑衣骑士声音压得极低，却字字清晰，如在耳边。

年轻人头也不抬，只是望着桌前。那是一只修长秀气的手，苍白的皮肤下依稀可见血脉青筋。它的主人更应该是一位读书的秀才，而不是执刀的武士。

中指处，戴着一枚玉色扳指，上面隐见一个"散"字。

"我不是先生，我只做生意。"年轻人淡淡道，神情不悲不喜，态度不卑不亢，"不知客官想要什么？"

黑衣骑士不以为然："你卖什么？"

"招牌上写得明明白白：你若想消愁，我有美酒；你若想解难，我有答案。"

"我连夜奔波二百里，可不仅仅是为了美酒和答案。"

"二百里？苏州散家……"年轻人盯着黑衣骑士的中指，若有所思，"我这里不卖刀。"

黑衣骑士大笑："我不要刀，我要药。"

"江湖人光明磊落，岂可用毒？"

"先生误会了，我所说的药可不是害人的毒药，而是医人的解药。"

"要治谁？"

"我有心结，愿求一味解药。"

年轻人蓦然抬首，望着黑衣骑士，一字一句："你要的心药，我有！"

那一瞬间，他的目光凌厉如剑，瞳眸黑得摄人心魄，令平凡的相貌顿增光彩。

三

苏州散家。这是一个拥有非常少见的姓氏的家族，但在江湖上，却是赫赫有名。

江南三大名楼，除岳阳楼之外，一个是扬州府的观月楼，一个就是号称天下第一赌楼的苏州快活楼。

快活楼被誉为赌楼之中的销金窟，是天下赌客趋之若鹜的地方。而执掌快活楼的，就是散氏家族！

散家以赌发迹，随后涉及各行各业，因其财富庞大，周转极多，甚至专门在全国各地开有典当行。据说其当票制作精良，无可仿制，甚至比官府通行的银票更受欢迎。由此可见其在江湖上富可敌国的底蕴及地位。

散家掌门散万金，人如其名，生性豪爽，掷万金而不改色；但这只是表面文章，其实他心思缜密，精于算计。也正因如此，他才能由白手起家，一面结交江湖上三教九流的朋友，一面不断积累人脉与财富，最终创下偌大家业。

散万金二十岁的时候，娶妻顾氏，但其后十余年间，并无所出。但那时的散万金一来醉心于名利，二来也念在结发夫妻的情分上，对顾氏倒也并不嫌弃。

等到散万金三十岁事业有成、创下快活楼后，终是耐不得膝下无子的寂寞，娶了一名小妾宁氏。第二年，生下一子，取名散云归。

虽非正室所生，但散万金中年得子，对散云归十分喜爱，精心栽培。

散云归自幼聪明伶俐，读书习武皆是一学就会，极得父亲的看重。加上宁氏在枕边温语软言，到了散云归八岁那年，散万金便生了立宁氏为正妻的念头。

但毕竟夫妻一场，散万金也狠不下心就此将顾氏逐出家门，只是暂让她移至别院，寻机休妻。偶尔念及往日恩情，亦来留宿……

然而，就在这节骨眼上，小儿子颇有些不合时宜地来到了人间。

快活楼楼主散万金在江湖上颇有名望，自需顾全名声，既然正室生了儿子，也就再无休妻的理由。

他给小儿子起名散复来，是应着李白千古名句"千金散尽还复来"的缘故。但对于此时年近四十、已然功成名就的散万金来说，早就把大儿子散云归视为继承人，散复来的出现与其说令他欣喜，倒不如说令他愕然。

而散复来无疑成了宁氏眼中钉、心头恨。从此，因为他的缘故，散万金的妻妾间就几乎没有停止过争吵。

一个是不离不弃的旧爱发妻，一个是正当得宠的新欢爱妾，散万金纵然可以在江湖上叱咤风云，但面对这清官难断的家务琐事，也只能高挂免战牌。

幸好，长子散云归为人谦厚，不论私下如何，至少在外人面前总是维护着幼弟散复来。

但谁也无法判断，这究竟是兄弟情深，还是只在散万金眼前做做样子。

童年的散复来生性内向、模样平凡，又没有大哥散云归的聪明乖巧，每每见到父亲散万金皱着眉头不怒自威的样子，更是觉得胆战心惊，恨不得躲得远远的。加上后院总是因他燃起战火，久而久之，散万金对他逐渐也有些厌烦了。

到了散复来七岁那年，散万金豪掷千金，送他去了繁华京师的"北林堂'。

"北林堂"是京师最有名的学府，开设了诗文、字画、武功、经商、政事等多种科目。来此学习的多是权贵豪门子弟，或是像散万金这样家底丰厚、不惜砸下重金的帮派人家子弟。

只是散氏家族上上下下，包括散复来本人都清楚地知道，送他去"北林堂"可不是散万金看好他的资质，仅仅是图个眼不见心不烦的清净而已。

一晃十余年过去了。快活楼名动江湖，散氏家族势力越来越大，散万金可谓风生水起，成了江湖上雄霸一方的枭雄。

散万金纵横江湖近四十年，如今已是年近六十的老人，早已看透了人间世情，厌倦了花天酒地、声色犬马的生活。精于算计的小妾宁氏渐渐失宠，重情厚义的正妻顾氏反而重获敬重。

可惜顾氏忽染重病，拖了一年多不治，临终前切切念叨远在京师学艺的爱子散复来。散万金含泪送别亡妻，心中大概亦觉得愧对幼子，当即写下家书，命他回来继承家业，并允诺在送顾氏入葬时将此事宣之于众。

不料就这一句话，竟然掀起了轩然大波！

长子散云归这些年来奔波四方，将散家发扬光大，可谓立下汗马功劳，早被外人视作散万金不二的继承人选，只是欠缺一句承诺而已。

却不承想，远离散氏基业多年的幼弟散复来突然杀了出来，意欲夺宫上位。

虽然那或许只是散万金一时痛惜亡妻的决断，事后想必也觉得不妥。但行走江湖，最讲究一诺千金，散万金既然承诺将继承权交给散复来，即使反悔也需要一个足以令人信服的理由！不然，只怕也会影响到日后散氏家族的发展。

据说，再过三个月，散万金将在他六十大寿的寿宴上，正式宣布散氏家族的继承人！

是选择能力超强且极有人脉但庶出的长子散云归，还是选择学艺归来而寂寂无闻但嫡出的幼子散复来？

对于散万金来说，这恐怕是一道难题。

一山不容二虎！

江湖上名利为先，听闻此消息，各方三教九流的人马蠢蠢欲动。谁都知道：只要能站准位置，在散氏家族的继承人争夺上出一份力，事后无疑将会得到极大的好处。

为此，甚至久不现江湖的英雄堂都开出了盘口：散氏家族继承人选，是大公子散云归，还是二公子散复来，目前是十二赔十的比率，众人谨慎看好散复来。

毕竟，能从"京师北林堂"学成归来的，无一不是天纵之才！

四

湖畔边的旧屋中，年轻人与黑衣骑士的谈话已到了尾声。

“那么，一个月后，还是在这个地方，你的问题——客观判定散家二公子散复来在一家之主散万金心中的位置与分量——将得到答案。”

　　“是的。我不需要知道‘散复来能否得到继承权’这样确切的回答，毕竟那可能是散老爷子在最后一刻才能决定的事情。我只要知道他对于小儿子的态度究竟是什么：依然如小时候的厌倦和嫌弃，或是因为对爱妻的怀念重新找到了某种亲情，抑或还有血脉间天然的温情，还是只有生意人冷冰冰的算计……”

　　年轻人微微一笑：“虽然听起来这是很特殊，甚至强人所难的要求，但精通人性才正是我们最擅长的，很高兴能在这方面为你效劳。”

　　“记住，一定要保密。这个事情绝对不能让任何人知道，尤其是散老爷子。”

　　“你放心。我们将会派出最可靠的人选近距离接触他老人家，并通过不动声色的合适话题引导他说出你想知道的答案。”

　　“你可别忘了，散老爷子是因为什么发家的，他可是赌桌上的高手，最精于对人性的揣摩与把握。我可不希望你们因为轻敌而犯下什么不可逆转的错误……”黑衣骑士有些紧张地再次强调。

　　“你也别忘了，在我们的职业历史上，从来没有出现过任何纰漏……”受到了怀疑的年轻人语气似乎有些不太高兴，冷冷地补充了一句，“我想知道，在这一个月的调查期间，我们的调查人员面对你本人的时候应该采用什么态度？”

　　黑衣骑士略吃了一惊：“你认出了我？”

　　“你虽然把自己遮挡得密不透风，但还是在某些方面露出了破绽。当然，我保证不会跟踪你，也不会因此给你留下什么把柄……我只是需要确认：在此期间，如果有必要的话，是否可以与你——散家大公子私下联络？”

　　‘没有必要联络。这一个月我将外出，将所有的事情全权委托给你们调查，同时也可以消除我父亲对我的怀疑。”黑衣骑士原来就是散家大公子散云归，他苦笑道，“请相信我，我从没想过会与弟弟成为竞争对手，所以如果我觉得自己没有胜算，我将会主动退出。这就是我要的‘心药’！”

　　年轻人恭敬地点点头：“我也相信散公子的诚意。我为之前的猜想道歉。”

散云归语气诚恳："大可不必道歉。恰恰相反，你能在那个时候就发出了类似的猜测，才让我更加相信了你的实力。"

两人相视，抚掌大笑，一时皆有惺惺相惜之感。

刚刚见面之时，年轻人猜测散云归想买的是"刀"或者"毒药"，无疑点明了他或许想找人暗算弟弟的用意……虽然猜错了手段，但年轻人无疑在电光火石间确定了对方的身份与动机。

散云归拱手告辞，到了门口忽又停步，转身望向年轻人："有一个问题，我很想问，你可以不答。"

年轻人一挑眉："客官请讲。"他明明确定了对方就是散云归，却依然一本正经称呼他"客官"，实在猜不透这到底是职业素养还是有意为之。

散云归吸一口气："十二比十，为什么你们会看好他？"

年轻人似是胸有成竹，不答反问："不然你也不会来找我吧？"

散云归哈哈大笑，长吟道："饮一杯，共销万古愁绪；问一句，开解当下疑难……"推门而出，声音渐远，再不可闻。

年轻人微笑着摇摇头，喃喃自语道："这个散公子，果然是个妙人。"

他眼望大厅高处，那里挂着那副对联的横批：莫问出处！

只有"英雄"才"莫问出处"。而他，包括打扫房屋的老人、搬运物品的车夫，自然都来自"英雄堂"。

英雄堂并不属于江湖帮会，而是一个专门为武林高手之间的纷争设立赌局的地方。英雄堂里也没有什么顶天立地的英雄，只有一个文质彬彬、看似书生的老人与几个手下。老人姓罗，大家都尊敬地叫他罗先生。

英雄堂的来历无从考证，甚至没有人知道英雄堂在什么地方，只是当江湖上出现高手的决战或类似比拼争斗时，英雄堂的榜文就会提前几天在决斗地点出现。英雄堂数年来设立了十几次赌局，绝对公平无欺，不少人因此发了财，也有许多人输得精光。

最奇特的是，即使是一赔一的盘口，英雄堂总能巧妙地诱导那些眼光精准的老江湖下错赌注，每一次都能保证堂众略有盈余。这靠的当然不是运气，而是一份独特的眼力。久而久之，大家都说罗先生是江湖上最聪明的人。

英雄堂能在江湖上屹立不倒，靠的不是扛鼎抃牛的勇力英雄，而是四两拨千斤的智者英雄。

它的成功之道就在于最客观的洞察分析与最精准的消息情报。

年轻人能带给散云归什么样的答案，或是心药？

这对设定散氏兄弟争夺继承权的盘口，又会有什么影响？

一个月之后，当可见分晓！

五

资料一：

在北林堂学习时，散复来对诗文、武技都不感兴趣，却对诸般杂艺颇有兴致。每日要么到梨园赏曲看戏，要么听说书人口若悬河。一面欣赏，一面暗自学艺。闲来无事，他把在梨园书场偷学的技艺给同窗表演，却也像模像样，在众人一片叫好声中，他似乎越来越找到了自信。

或许是经常听书的缘故，他还练就了一副伶牙俐齿，不但各种笑话段子层出不穷，更能在对话中随机应变，化敌为友。

但是父亲一纸书信，把散复来拉回了现实。他不得不离开渐已如鱼得水的学堂，离开情深义笃的学友，回家继承家业。

在其他人看来，这是多么令人羡慕的事情，但对于散复来自己，他也是这么想吗？没有人知道。但或许在他与父亲散万金的接触中，可以看出一些端倪……

资料二：

数年未回家的散复来有意乔装改扮成一个卖货郎中，挑着小担走入家门。他利用早就准备好的话术，从容骗过看门人与兄长散云归，终于见到了久违的父亲散万金。十年之后的他容貌已有所改变，加上他的精心化装，父亲根本没有认出他来。散复来强按着曾经对父亲的惧怕，天南海北、滔滔不绝的一阵神侃，最终游说父亲答应买下他的所有货物。

直到这时，散复来忍不住哈哈大笑，当着兄长与一众下人的面，对父亲说出了自己的真实身份……

他从小内心里的渴望就是得到父亲的认可，现在更希望用自己在梨园学到的技艺给他一个惊喜！

谁知父亲散万金只有惊讶，全无喜悦，只是冷冷地看着他："你总算回来了，为了不耽误学业，你母亲病逝我也一直没告诉你，去她灵前看望一下吧……"散复来大吃一惊，泪如雨下，连忙磕头告罪，前往看望母亲灵堂。

散复来不知道的是，父亲散万金随后吩咐下人："快找几件得体的衣服，把他那身丢人现眼的装束换了……再备点姜汤，小心他着凉了……"

资料三：

散家二公子散复来，二十一岁。

在别人眼里，生于豪门望族的他，是衣食无忧的天选之子，是游手好闲的富家公子，是纵情声色的纨绔子弟，是挥霍无度的败家少年……

可在他父亲散万金眼里，小儿子散复来只是一个既没有远大抱负，也不用思考未来，只是每日混吃等死、浑浑噩噩的废物；一个时而风度翩翩，时而放荡不羁，内心却毫无方向感的惨绿少年。

资料四：

…………

六

十二月初九，还是在湖畔的旧屋中。

年轻人把数份资料递给了依然把自己遮挡得严严实实的散云归。

他看不到散云归的表情，只见他时而不语，似在沉思；时而双肩轻震，似在激动……

所有的资料其实都在表达一个信息：散万金根本不看好自己的小儿子散复来，他只是在纠结是不是应该履行对亡妻的承诺！

看完资料后，散云归沉默良久，问出的第一句话居然是："这个资料说明继承人之争中，我的弟弟全无胜算。但为什么，英雄堂的盘口依然没什么大的变化，还是散复来稍有优势？"

年轻人目光闪动，摊手而叹："因为这是只有你才知道的资料。对于其他人来说，赌局依然是扑朔迷离、无法预知的。"

散云归一怔，随即大笑起来："英雄堂也会出这样的纰漏吗？虽然我为了得到这份资料付出了巨大的代价，但我也完全可以派人私下购买赌局，狠狠赢你们一把，从而赚回来呀……"

年轻人苦笑："理论上是可以成立的……"

散云归道："放心吧，我已经得到了散家的继承权，又岂会在乎你那点银子……哈哈哈哈……"他越笑越厉害，简直要把眼泪都笑出来了。

年轻人轻声道："你可以押注，只要数额别太大，我愿意输给你。"

散云归一呆："你说的是'你'，而不是'你们'？"

年轻人点点头："这是我个人的承诺，与英雄堂无关。"

"为什么？"

"因为我答应过,给你的是'心药',但却没想到,这个药是那么苦……"

散云归愣住了："原来你都知道了……"

"是的，从一开始，我就知道了。"

散云归长叹了一声，缓缓摘下了面具，露出一张年轻而稚气未脱的脸孔，一大滴眼泪在他眼角凝聚，慢慢滚出。

是的，他是散家公子。不过不是散云归，而是散复来。

他假扮兄长,调查的却是自己,只不过真相确比想象中还要残酷许多。

年轻人继续道："从你求解的那一刻开始，我就已经隐隐猜出了你的身份，也大致了解你的'心结'在哪里。只是，我本希望通过调查化解你内心的戾气，让你知道父亲眼里的你并非一无是处……"

'那你为什么不编个好听的故事骗骗我？你给我的到底是'解药'还是'毒药'？"

"是心药！"

"很抱歉，这个'心药'不但无效，反而更让我病入膏肓。我可以要求退款吗？"散复来脸上挂着笑，眼里却是无尽的绝望。

年轻人不动声色："所以我给你一个赢钱的机会。"

散复来大怒："我不要你同情！"

"那就把这个心药强行咽下去吧！"年轻人淡然一笑，"你对散氏的家业根本不感兴趣，对权力欲望也没有野心，而你真正的兴趣在梨园、在戏场、在舞台，甚至在日常生活的表演之中。你参与这一场与兄长的竞争，唯一目标就只是想证明父亲对你的态度。是的，他并不看好你，不认为你可以继承他的家业，替他壮大散氏商业帝国……"

"那还不够吗？"散复来大吼一声。

"你需要的是这个吗？"年轻人不为所动，"我这还有一些资料，可以看到父亲对你的'纵容'和'溺爱'……"

"他哪有……"

"他并没有用自己的标准要求你做一个像他一样的人，这本身不就是一种纵容吗？相比之下，你的兄长担负了更多家族的职责，同时也少了更多自己的乐趣。人生，并不是非要在别人的注视下生活，你可以做更加自由的选择！"

散复来若有所思："我还能有什么选择？"

年轻人道："知道我为什么早早看破了你是散复来，却一直没有揭破吗？"

散复来赌气道："看我笑话？"

年轻人大笑："因为我喜欢看你的表演，也更懂得欣赏你的才能。"

散复来眼睛亮了："你也喜欢演戏？"

"我可没你那本事。但我知道，英雄堂真的很需要你这样一个人。"年轻人朗然一笑："所以，如果你愿意放下家业，可不可以和我一起，在江湖上做一些更好玩也更刺激惊险的'表演'吗？"

散复来完全愣住了，他没想到对方竟然会提出这样的请求。

多少年来，午夜梦回之际，他也设想过远走高飞，离那个家远远的，再也不管什么家族使命，只是尽情去做自己喜欢的事。可是，他虽是喜欢独辟蹊径的人，却做不出离经叛道的事！

他不想成为父亲眼中的逆子，更不能让整个家族因他而蒙羞。

但现在，他接到了江湖上最神秘的"英雄堂"的邀请，这足可让父亲也略得宽慰吧……

散复来只觉心头怦怦乱跳，陡然间有一种热泪盈眶的感觉：从小到大，他一直在人生路上被命运推着前行，无奈而又索然无味，而直到现在这一刻，才第一次遇见最令他动心的选择机会！

"这，真是太好了。我需要好好考虑一下。等父亲的六十大寿过完，我就来给你答复。"

"记住，这剂'心药'三个月内都有效，每个月的这一天，我都会在这里等着……"

"好，我们不见不散！"

七

斜阳终于落下，弥漫的夜色逐渐淹没了远山、村落、湖水、旧屋……与远去的黑衣骑士散复来。

零落的掌声忽然响起。那位须发皆白的老人抚掌而叹："虽然罗先生早有纳贤散复来之意，并特别下令此次英雄堂开出奇异的盘口，只为了吸引伬他的的注意力，但若没有公子的神机妙算与这味'心药'，能否收他入堂，确实尚属未知。"

年轻人微笑道："其实我能配制出这味'心药'，有一半灵感也是来自散复来本人……"

"哦，老朽鲁钝，不辨公子言中之意，还请解释一二。"

"这一味'心药'，每个有梦想的年轻人都无法抗拒，并甘之若饴。"年轻人挺了挺胸，整个人透出一种寒冰淬玉般的清秀高傲，衬得身后残阳亦为之暗淡。

黑夜虽已降临，但他清楚地知道，他的药已经种在另一个年轻人心中，生根发芽，等到下一个黎明，定会绽放。

'因为这味'心药'的名字，叫作……"年轻人淡淡说道，"天生我材必有用！"

经典鉴赏
聆听获奖小说，进入文学世界。

作家往事
跟随纪录片，探寻作家的故乡。

文学发展
穿越时间长河，纵览文学的演变。

随心书摘
记录你的阅读感悟和写作灵感。

扫码探索

中国文学脉络
在文学的棱镜里，发现生活的千面。